OLIVIER NOREK

Engagé dans l'humanitaire durant la guerre en ex-Yougoslavie, puis capitaine de police à la section Enquête et Recherche de la police judiciaire du 93 pendant dix-huit ans, Olivier Norek est l'auteur de la trilogie du capitaine Coste (*Code 93*, *Territoires* et *Surtensions*) et du bouleversant roman social *Entre deux mondes*, largement salués par la critique, lauréats de nombreux prix littéraires et traduits en plus de dix langues. Avec *Surface* (Prix Maison de la Presse, Prix Relay, Prix Babelio-Polar et Prix de l'Embouchure), il nous entraîne dans une enquête aussi déroutante que dangereuse. Un retour aux sources du polar, brutal, terriblement humain, et un suspense à couper le souffle. *Impact* nous confronte aux conséquences tragiques du changement climatique. Dans son nouveau roman, *Dans les brumes de Capelans* (Prix Babelio-Polar), nous retrouvons le capitaine Coste, obligé d'enquêter à l'aveugle.

Tous ses ouvrages ont paru chez Michel Lafon et sont repris chez Pocket.

DANS LES BRUMES
DE CAPELANS

ÉGALEMENT CHEZ POCKET

OLIVIER NOREK

DANS LES BRUMES
DE CAPELANS

Pour plus d'information :

www.lisez.com

Imprimé sur du papier issu de forêts gérées durablement.

© Éditions Michel Lafon, 2022
ISBN : 978-2-266-33213-2
Dépôt légal : mars 2023

Au Major.
Comme tu me l'as demandé, je veille sur lui.

PROLOGUE EN TROIS PRÉNOMS

ANNA

- 1 -

Niché dans son berceau, au fil des rêves, ses yeux roulant sous ses paupières… Il n'est rien de plus imparfait, de moins abouti, de plus fragile qu'un nourrisson. Il n'était pas plus grand que les peluches qui l'entouraient et son souffle irrégulier était si léger que j'avais dû poser la main sur son ventre pour le sentir s'élever doucement sous sa respiration. Au sommet de sa tête, le crâne informe n'était pas encore soudé et laissait là l'espace de la fontanelle, sans plus de protection qu'une fine membrane. J'aurais pu, si je l'avais voulu, y plonger mon doigt sans effort, comme dans un fruit mûr.

Je l'avais soulevé avec mille précautions, le bébé s'était agité un instant à la lisière du réveil, puis, rassuré par le cocon protecteur que formaient désormais mes bras, il avait sombré à nouveau dans le sommeil.

Nous avons quitté sa chambre et, au milieu du couloir, mes pas amortis par le lit d'une moquette épaisse, j'ai entrebâillé la porte de celle de ses parents. Ils dormaient, épuisés, rassurés par l'artificielle sécurité que constituent les quatre murs d'une maison.

Leur bébé entre mes mains, j'ai regardé ce couple. Elle et lui. Au matin, ils ne seraient plus. Décharnés, vides, fantomatiques. Tout ce qu'ils vivraient d'heureux, tout ce qu'ils verraient de sublime, serait anéanti par une absence.

Ils ne traceraient plus que des lignes de vie parallèles, sans plus jamais se croiser, ni se retrouver.

Ils deviendraient des instruments désaccordés à jamais.

- 2 -

Le matin suivant…

L'effervescence ne semblait pas les atteindre. Il y avait là différents services de police à la tâche et nombre de policiers en civil dans chaque pièce, mais si le couple, assis sur le canapé, avait dû raconter la scène, il aurait donné à chacun des étrangers présents le même visage, le même costume et les aurait fait parler de la même voix. Ces parents répondaient mécaniquement aux questions sans même le réaliser, depuis qu'un pilote automatique avait pris les commandes de leur cerveau anesthésié, comme flottant dans un bocal de formol.

« Non, nous n'avons rien entendu. » « Non, nous n'avions pas fermé la porte de notre maison. Nous ne le faisons jamais. Personne ne le fait dans notre quartier. »

« Oui, nous avons une alarme… mais avec le temps les craintes s'estompent, on ne fait plus l'effort. » « Oui, c'est absurde. »

Même le babil innocent de leur nouveau-né, confortable dans son petit fauteuil balancelle posé à leurs pieds, ne réussissait pas à les sortir de leur torpeur.

— J'ai senti un mouvement, sur les draps, avait soufflé le père. Puis ses pleurs nous ont réveillés d'un coup. Et il était là. Entre nous. Il était un peu moins de 6 heures du matin au réveil.

L'instant suivant, racontèrent-ils, une seconde à peine, s'était étiré en plusieurs actes. Cinq, exactement, comme dans les tragédies. Je vois mon bébé. Il sourit, semble aller bien. Que fait-il là ? Il est impossible qu'il soit là. Qui l'a posé là ?

Car, à moins d'une fabuleuse précocité, il aurait été impossible à un nourrisson de huit mois de se lever sur ses jambes, d'escalader les barrières de son berceau, de marcher jusqu'à leur chambre puis enfin de monter sur leur lit. Et encore moins probable que leur fille de quatorze ans l'ait mis là, entre eux, en le laissant sans surveillance.

Ainsi, à la fin de cette interminable seconde, il était apparu évident que quelqu'un était entré dans la nuit. Alors, d'un bond, la mère s'était levée et avait foncé au bout du couloir, ouvert la porte à la volée pour y découvrir un lit vide, couette en boule sur draps froissés.

Maintenant, dans la chambre de leur fille, rien ne manquait que leur fille. Quatorze ans soufflés il y a une semaine sur un gâteau blanc qui portait son prénom d'une maladroite écriture au chocolat : Anna.

11

« Anna Bailly, quatorze ans, disparue dans la nuit du 16 mai, tenue vestimentaire ignorée, 1 m 53, corpulence fine, cheveux châtain clair, mi-longs, type européen… », répétait-on à la radio police, pour ne commettre aucune erreur dans la rédaction de l'alerte enlèvement. À la description s'ajouterait une photo d'Anna, avec ce visage, si étrange, qui la rendait unique.

*
* *

En sursis, les souliers élimés du capitaine Russo vivaient leurs dernières semaines et piétinaient sans égard les quelques fleurs du jardin des Bailly. Le policier avait pourtant des manières et du savoir-vivre, mais le fait était là, il n'avait pas vu ses pieds depuis bien longtemps. Son ventre énorme entamait une bonne partie de son champ de vision, et son cœur, vaillant, pompait comme il le pouvait pour que la machine avance.

Encore harassé d'avoir dû à plusieurs reprises monter et descendre le seul étage de la maison, passant du salon aux chambres et faisant le chemin inverse, il respirait aussi fort qu'un soufflet de forge et donnait l'impression d'un phoque asthmatique. Asthmatique mais catégorique :

— Ça ne colle pas.

Là-haut, dans la chambre d'Anna, une fois l'identité judiciaire passée et après qu'elle eut couvert de poudre noire la moindre surface pouvant receler une empreinte digitale, les subalternes du capitaine se mirent à l'œuvre. Chaque roman de sa bibliothèque, qui couvrait tout un mur de sa chambre et étonnamment imposante pour une jeune fille de son âge, était feuilleté à la manière des livres animés dont on laisse filer les pages en accéléré pour qu'ils prennent vie. Chaque poster était détaché et retourné. Chaque vêtement était inspecté, les poches, s'il y en avait, étaient vidées.

Les spécialistes informatique avaient déjà éventré l'ordinateur et le téléphone portable d'Anna, cherchant dans leurs entrailles le poison qui aurait pu s'y cacher et peut-être offrir un début d'explication à sa disparition.

Puis, en deux fausses notes, la partition entière dérailla.

Sur la porte, vers la moitié haute, quatre minuscules trous avaient écaillé la peinture. Pas plus grands que ceux que quatre petites vis auraient creusés. L'emplacement probable, jadis, d'un verrou. Mais fixé à l'extérieur. Un verrou pour enfermer. Et la question, perturbante, était venue à l'esprit de tous. Qui enferme sa môme ?

Ainsi pouvaient se justifier les rangées interminables de livres de sa bibliothèque. Une façon de s'évader lorsque l'on est cloîtrée, de se transporter ailleurs, au-delà des murs de sa chambre condamnée.

Puis on découvrit le journal intime de la jeune fille. Peut-être assez planqué pour résister à la perquisition d'un père ou d'une mère. Pas assez pour celle de flics aguerris. Sur le dessus, pas de stickers colorés, pas de messages rêveurs au feutre brillant, ni d'étoiles filantes d'un bord à l'autre de sa couverture. Un journal sans magie, sans innocence. Noirci d'une écriture serrée, précipitée, inquiète d'être interrompue, on pouvait l'imaginer rédigé à la hâte, à la lueur d'une lampe de poche, et la première page commençait ainsi :

« Ma mère sait ce que mon père me fait. »

Le père, justement, était passé devant la chambre de sa fille et lorsqu'il aperçut, à la fois le journal soigneusement glissé dans un sac à scellé, puis ce flic de l'identité judiciaire qui zoomait sur le verrou extérieur afin d'en avoir un cliché parfait, son regard avait accroché ses pompes pour ne plus les quitter.

Retourné dans le jardin, l'adjoint du capitaine Russo lui avait joué les fausses notes à l'oreille, et l'enlèvement, s'il était toujours possible, avait laissé la place à une éventuelle fugue. Pourtant, le capitaine avait répété :

— Ça ne colle toujours pas.

— OK, mais après ? l'interrogea l'adjoint, rejoint depuis peu par la psychologue du groupe Crime.

— Je sais pas. Je suis pas allé « après ». Je bloque là.

Et comme la psy et l'adjoint restaient pendus à ses lèvres, il fit l'effort de préciser sa pensée.

— Le portable est toujours dans sa chambre. Les parents nous ont confirmé qu'il ne manquait aucun vêtement dans son armoire et que leurs portefeuilles étaient toujours dans leurs vestes, accrochées dans l'entrée, avec des billets qui n'ont pas été volés. Ça nous donne une gamine qui part en pyjama, sans argent et sans son portable. Voilà pourquoi je bloque, et que vous devriez aussi.

— Elle est peut-être attendue chez quelqu'un qui pourra lui fournir tout ça, argent et fringues, avait souligné l'adjoint. Et même à cet âge, particulièrement cette génération, on sait qu'un portable peut être géolocalisé.

— Il y a le journal intime, surtout, conclut la psy.

— Je sais, reconnut Russo. J'ai simplement dit que ça ne collait pas. Ça ne nous empêche pas de suivre la procédure et de ramener tout le monde au bureau. Je soulignais, juste.

Et sur ces réflexions vaporeuses, on avait invité le couple à monter dans la voiture de la Crime, « pour un complément d'information », leur avait-on assuré, mais personne ne doutait que les paumes du père devaient être moites comme un été en Guyane.

GARANCE et SALOMÉ

- 1 -

Dix ans plus tard…

C'était le genre de maison lugubre à la porte de laquelle les enfants se donnent pour défi de sonner, avant de repartir en courant le cœur en tambour, sans même attendre de réponse, juste pour se vanter d'en avoir eu le courage. Le genre de maison qu'un agent immobilier récupère à son embauche et passe à son successeur quand vient la retraite.

Située en banlieue de banlieue, à quelques mètres d'une déprimante zone d'activité commerciale qui l'éclairait par intermittence de ses grands néons fluo, elle était invisible de la rue, posée au bout d'une courette traversée en son milieu par une allée de béton craquelé, mangée par les herbes, bordée d'une voiture agonisante à sa gauche, et d'absolument rien à sa droite.

Isolée, elle portait le numéro 16, mais ni le 14 ni le 18 n'étaient à portée de vue. En face, le 15 n'existait tout simplement pas.

Un colis à la main, dans son uniforme de postier visiblement neuf, le jeune homme qui s'était présenté à sa porte avait déjà sonné deux fois sans que la maison daigne lui répondre. Il se décida alors à faire le tour et s'arrêta devant la seule fenêtre qui n'avait pas été recouverte de film opaque ou de papier journal. Il arrondit ses mains et les posa en demi-cercle autour de ses tempes pour regarder à l'intérieur, laissant à ses yeux le temps de s'adapter au peu de lumière. Des meubles en ombres, des rideaux en fantômes longilignes et une odeur de renfermé que l'on voyait très distinctement.

Il recula, écouta attentivement comme on cherche à entendre un pouls trop faible, puis, convaincu de l'absence du propriétaire, se retrouva de nouveau en quelques pas seulement dans la courette et face à la voiture. Il s'inclina et vérifia l'immatriculation dont il prit la plaque en photo.

Avant de quitter les lieux, l'étrange postier fit un arrêt devant la boîte aux lettres. Il l'ouvrit et elle se vida, laissant échapper au sol une centaine de prospectus et de publicités.

— La maison est vide, la boîte est pleine. L'immatriculation correspond, mais ça a l'air inhabité, dit-il tout haut.

Il remonta la rue, tourna, dépassa une voiture dont le pare-brise collectionnait les amendes pour stationnement abusif et frappa à la fourgonnette voisine. La porte latérale s'ouvrit sur quatre costauds en tenue sombre d'intervention. Il jeta son colis vide au fond et se débarrassa de son oreillette.

Garé dix mètres devant, le capitaine, devenu commandant Russo, chef des opérations, perdait patience, compressé dans l'habitacle au risque d'en déformer la carcasse. La poignée intérieure de la portière lui cisaillait une cuisse, le levier de vitesse lui cisaillait l'autre, et ses genoux semblaient vouloir éjecter la boîte à gants par le moteur. Son téléphone vibra, il décrocha et fit le point, puis le juge d'instruction à qui avait échoué l'affaire hésita, et Russo s'emporta.

— Huit heures qu'on planque. Et nous ne sommes même pas sûrs qu'il habite réellement là. C'est peut-être juste une tanière. L'endroit où il la garde. Il peut très bien ne pas passer pendant des jours, et nous, on ne sait pas si elle est vivante, morte, ou quelque chose entre les deux. Laissez-nous vérifier !

— Et risquer de griller le dispositif ? s'inquiéta le juge.

— Au point où nous en sommes, je préfère sauver une victime et repartir de zéro que de… Écoutez, nous avons une chance. L'enlèvement ne remonte pas à plus de deux jours. Ça ne vous dit pas d'en retrouver une vivante, cette fois-ci ?

Russo évoquait sans avoir besoin de la nommer Garance Perthuis, quinze ans, « Victime 9 », dite « la guitariste ». Même mode opératoire que pour les huit précédentes. Et enfin, une erreur du prédateur. Celle d'avoir utilisé le même véhicule.

Deux semaines plus tôt, Salomé Acker, seize ans, dite « la fêtarde », s'inscrivait sur la tranche d'un dossier de la PJ et, sous son identité, la mention « Victime 8 ».

Sans le savoir, encore moins le vouloir, c'est elle qui avait précipité les événements et c'est elle qui permettrait peut-être, si le juge prenait la bonne décision, de sauver « Victime 9 ».

- 2 -

Deux semaines avant Garance, Salomé s'évanouissait, au beau milieu de la nuit et au beau milieu du village sans histoires de Beaumont-en-Argonne. Côté fête, on la pensait rentrée chez elle. Côté parents, on la pensait à la fête, si bien que ce n'est qu'au matin que le quiproquo fut découvert, et Salomé, considérée comme disparue.

Immédiatement, un appel à témoin avait été lancé et, en déluge, les informations les plus farfelues avaient plu sur le service de la Crime. Une délation à bon train avait accusé ici un voisin, là un cousin, un ex-copain, au guidon d'un vélo, au volant d'un camion, un portrait-robot, puis cent, des lignes et des lignes d'immatriculations diverses, sans rien de concluant... Si bien que le témoignage du grincheux retraité, tenu en laisse par son chien, même s'il avait été pris au sérieux, s'était perdu dans un maelström d'informations plus ou moins utiles. Pourtant, le maître avait bien dit que son vieux labrador, atteint d'une affection aux reins, n'arrivait à pisser que la nuit, et qu'« une voiture, là, arrêtée moteur tournant, en bordure de la forêt d'Argonne, à cette heure, vous comprenez... Et aussi la portière, pas de la même couleur, ça je m'en souviens ». On avait noté ses déclarations, on lui avait dit merci, souligné le geste citoyen et montré la porte de la sortie.

Deux semaines plus tard, Garance Perthuis, « Victime 9 », connaissait le même destin, enlevée un jeudi vers 21 heures, après son cours de guitare, sans créer le moindre frémissement sur la surface de la nuit, aux abords d'une zone pavillonnaire privée qu'elle devait traverser pour rentrer à son domicile, situé quelque cinq cents mètres plus loin, dans un quartier plus modeste. Une zone pavillonnaire type « classes très aisées », aux villas d'architectes, équipée d'une discrète vidéosurveillance qui couvrait la rue principale et ses ruelles affluentes. Bien sûr, l'enlèvement aurait été trop visible en ce lieu habité et avait dû se commettre ailleurs. Ailleurs, mais pas loin, et il y avait donc une chance, sinon de voir les faits en direct, au moins d'en apercevoir la préparation.

Le commandant Russo s'était empressé de récupérer le disque dur de la société de sécurité privée et s'était envoyé les images des douze caméras entre 17 heures et 21 h 30. Cinquante-quatre heures d'images en accéléré s'il avait dû aller jusqu'au bout. Mais, pour une fois dans son enquête, le sort lui fut clément et après seulement une dizaine d'heures de visionnage il aperçut une vieille voiture qu'il faillit d'abord laisser filer, quand son cerveau, entièrement dédié à cette affaire depuis les dix dernières années, lui envoya une petite tape d'alerte sur les neurones. Et le témoignage d'un retraité grincheux et de son chien patraque évoquant une voiture aux différentes couleurs lui revint en mémoire. Il fit remonter le temps sur son clavier, mit pause à l'endroit souhaité et zooma. L'image, si elle ne se fit pas plus précise, prit au moins la taille de l'écran. Là, sous ses yeux, dans la rue principale de la zone pavillonnaire, on les distinguait maintenant clairement : une carrosserie grise, une portière bleue et une plaque d'immatriculation. Cette voiture, aperçue en bordure de la forêt d'Argonne deux semaines plus tôt lors de l'enlèvement de Salomé, venait de réapparaître à trois cents kilomètres de là et avait emporté, il en était sûr, la jeune Garance.

Malheureusement, après un contrôle aux fichiers police, les plaques s'étaient révélées fausses et la découverte du véhicule bigarré n'avait pas permis l'identification de son conducteur.

Toutefois, la forêt d'Argonne où elle avait été aperçue la première fois devenait désormais le centre d'intérêt du groupe Crime, et une battue avait été organisée avec l'aide des chiens spécialisés dans la recherche de personnes disparues. À la tombée de la nuit, juste avant qu'on se résolve à cesser les recherches, l'un d'eux avait planté sa truffe au pied du tronc d'un chêne remarquable, à quelques encablures d'un des nombreux étangs qui, gorgeant les rives et offrant un limon meuble, avait dû rendre plus facile le creusement d'une tombe. Alors on creusa, profond, jusqu'à découvrir les coins d'une bâche plastique, entourant grossièrement une forme humaine.

Russo s'était approché du trou et avait regardé le gars de l'identité judiciaire retirer à légers coups de pinceau brosse la terre qui salissait le visage de Salomé Acker, « Victime 8 ». Il n'avait pu s'empêcher de penser qu'elle était, malgré tout, toujours bien jolie. Elle était la première à avoir été retrouvée. Pas dans l'état où l'espérait Russo, mais retrouvée.

Plus tard, la légiste de l'IML[1] de Paris, écœurée, ferait claquer ses gants en les retirant, et conclurait : « Elle a

_____
1. IML : institut médico-légal.

20

tout subi », et « tout » permettait de ne pas en faire le détail. La même légiste, décidément compétente, découvrirait aussi deux particularités qui deviendraient les premiers éléments constitutifs d'un mode opératoire. La jeune fille avait été étranglée, mais, auparavant, sa trachée avait été écrasée. L'étranglement peut prendre une bonne dizaine de minutes, six pour un homme puissant. Briser d'abord les cartilages du larynx assurait une mort beaucoup plus rapide. Enfin, dans son sang, on notait la présence d'un taux élevé de benzodiazépine, probablement du Rivotril, un sédatif puissant.

Russo avait noté l'avancée de son enquête sur le tableau criminel qui couvrait chaque centimètre des quatre murs de son bureau, lui donnant parfois l'impression, quand il se trouvait au centre de la pièce, de se noyer dans cette affaire plus que sa santé ne l'aurait souhaité.

Sous sa photo, un trait rouge soulignait le prénom de la huitième victime, Salomé « la fêtarde » – « *Arrête de les appeler par leur prénom, Russo, on les numérote de Victime 1 à Victime 9, c'est préférable pour tout le monde* » –, puis le trait partait en direction d'un cliché de la voiture grise à la portière bleue pour entourer enfin la scène de crime de la forêt d'Argonne où elle avait été déterrée.

Plus bas, sous sa photo, un trait rouge soulignait le prénom de la neuvième victime, Garance « la guitariste » – « *Fous-moi la paix, tu veux ? Si ça te perturbe au point de changer leurs prénoms par des numéros, change plutôt de métier* » –, puis le trait partait lui aussi vers la photo de la voiture bicolore, puis vers une photo de la zone pavillonnaire huppée sous vidéosurveillance et s'arrêtait là, comme s'était arrêtée la route de la gamine.

Neuf victimes, un corps, et une bagnole de clown.

Russo avait espéré, et comme après un faux départ il était revenu sagement et dépité sur la ligne de course.

Une affaire de crime se règle généralement dans la première semaine. Parce que c'est rarement bien malin, un criminel. Mais après ce délai, dans les affaires que l'on appelle « au long cours », soyons honnêtes, les flics, même s'ils la provoquent par leur travail assidu, espèrent plus du côté de la chance que de celui du flair. La première semaine, ce sont des bulldozers, à foncer vers les évidences, puis, lorsque les évidences n'accouchent de rien, les jours d'après, ils deviennent de petites fourmis laborieuses. Et à force d'alerter, de recouper, d'informer, de vérifier, de revérifier, de comparer, de lister, de cafés et de nuits blanches, il y a bien un moment où l'une des milliers de clés récoltées ouvre une porte.

Ce moment survint enfin lorsque trois cambrioleurs amateurs forcèrent un des hangars d'une déprimante zone d'activité commerciale aux néons fluo, faisant chanter l'alarme et décoller une patrouille de police de sa base, toutes sirènes hurlantes. Après de minutieuses recherches à la lampe torche dans les environs, les trois champions essoufflés avaient été retrouvés planqués dans le jardin d'une maison isolée aux fenêtres opaques. L'un d'eux, bravache, alors que son sort était pourtant scellé, avait tout de même joué des poings avant de se faire plaquer contre la vieille bagnole garée dans la cour, invisible de la rue, la gueule écrasée contre une portière bleue qui n'avait pas la même couleur que le reste du véhicule. Et cette particularité ayant fait l'objet d'une circulaire code rouge diffusée à tous les services, l'information remonta sans délai.

Quelques heures plus tard, Russo avait mis en place un dispositif de surveillance devant cette maison, dans l'espoir de retrouver Garance vivante, fait passer un effectif en tenue de postier et subi les atermoiements d'un juge d'instruction un peu vert mais dont la hiérarchie ne tarissait pas d'éloges. Cette affaire, depuis le temps qu'elle traînait, avait épuisé nombre d'entre eux, ravis, à la faveur d'une mutation, de la laisser au juge suivant. Et le suivant, malgré ses excellentes notations, trouvait aujourd'hui ses limites.

— Vous patientez encore, avait-il trouillé, droit dans son petit fauteuil, penché sur son téléphone, à des kilomètres de là.

Russo évacua sa colère par deux bruyantes respirations, considéra sa carrière et ce qu'il risquait de perdre. Il y a des flics qui chassent les monstres. Il y a des flics qui protègent leurs victimes. La différence est ténue, mais entre les deux philosophies, c'est tout un monde.

— Bien reçu, monsieur le magistrat, capitula Russo en raccrochant, dans un calme revenu qui étonna son adjoint, assis derrière le volant.

— Alors ? demanda ce dernier.

— Alors on entre.

- 3 -

Une pluie de verre se répandit sur le plancher alors que par la fenêtre brisée se coulait une silhouette noire, suivie d'une autre. Coordination parfaite, au même moment, la porte d'entrée, soufflée, vint cogner contre le mur et se dégonda, la laissant de travers quand trois autres hommes dont une femme, en uniforme d'intervention, pénétrèrent à la file, le dernier main gauche sur épaule gauche du suivant, le second main gauche sur épaule gauche de la première, la première fusil en avant, projetant le point rouge de son laser là où son canon pointait. Excepté leur intrusion fracassante, eux-mêmes ne faisaient pas un bruit, gang de chats armés jusqu'aux crocs. Après un rapide contrôle, ils passèrent d'une pièce à l'autre, et le son de leurs voix s'entendit enfin, trahissant une nervosité contenue.

« Salon. Clair ! » « Cuisine. Clair ! » « Salle de bains. Clair ! »

Coup de botte rangers dans la porte de la seule chambre, craquement de bois. Les lumières vives de leurs torches révélèrent un lit recouvert d'un drap ocre aux quatre coins duquel pendait une paire de menottes. « Clair ! »

Aucun de ces flics ne devait réfléchir plus loin que la sécurité de l'opération et la neutralisation d'une possible cible, mais les menottes, le lit, la fenêtre recouverte de papier journal… La moitié d'entre eux étaient parents, ce qui n'enlevait pas pour autant du cœur aux autres, cœur qui se souleva face à ce rébus facilement déchiffrable. Un quart de seconde après avoir compris ce que cette chambre avait dû accueillir, ils redevinrent soldats.

Quand la maison fut sécurisée, Russo et son adjoint entrèrent à leur tour, flingues tendus.

« Ici ! » entendit-on au fond de la maison.

Dans une boîte en métal rouillé posée sur un établi, un des policiers d'intervention sortait avec précaution d'un chiffon sale un revolver six coups Manurhin dont il fit pivoter le barillet pour en extraire les cartouches et le mettre en sécurité. Au-dessus de la boîte, suspendue à un clou, une clé longue et épaisse leur assura qu'il y avait quelque part une autre pièce à découvrir. Puis le faisceau d'une torche éclaira une porte presque invisible, recouverte du même papier peint que le reste du mur.

La poignée s'abaissa sans grincer et la porte s'ouvrit sur une volée de marches descendantes, en ciment nu, tournant vers la gauche dans un colimaçon étroit qui disparaissait au fur et à mesure de l'absence de lumière. Au bout, une cave aveugle d'une trentaine de mètres carrés, dont l'entrée était immédiatement barrée d'un côté à l'autre du mur par une large et solide grille, avec en son centre une porte aux épais barreaux de fer. Une cage plutôt qu'une cave. Un cachot.

Une des silhouettes s'agenouilla, essaya la clé qui s'inséra sans effort dans la serrure alors que l'on venait enfin de trouver l'interrupteur. La faible lumière jaune du néon baigna la pièce sans l'éclairer totalement, laissant dans les coins des zones d'ombre, et la porte de prison s'ouvrit enfin.

Un sol terreux, des couettes sales, deux fins matelas, un pot de chambre, des magazines datés, des boîtes de céréales et de gâteaux, des Tupperware vides entourés de mouches, des bouteilles plastique d'eau et, sur le mur du fond, un robinet auquel était embouché un tuyau d'arrosage qui venait en hauteur s'enrouler autour d'un gros clou de chantier en une douche de fortune. Au milieu de tout cela, un corps immobile, allongé, les bras écartés, le visage écrasé contre le sol, entouré d'une couronne de cheveux bruns.

Entre deux mèches était venu se ficher un petit pliage japonais, un origami de un centimètre carré, en forme de moineau.

On retourna précipitamment le corps pour prendre un pouls qui ne battait plus. Du bout des gants, les cheveux emmêlés furent écartés pour révéler les traits fins de celle qui avait été Garance Perthuis, quinze ans, « Victime 9 », enlevée deux jours plus tôt. Sur son cou, bien visible, la trace violacée de dix gros doigts enfoncés, huit sur la nuque, deux autour de la gorge. Et sur cette dernière, un creux difforme, bleu hématome. Avant qu'elle ait été étranglée, sa trachée paraissait avoir été écrasée. Plus tard, la légiste confirmerait.

Même relégué au second plan de l'action, Russo comprit la situation. L'équipe d'intervention avait été portée haut par l'espoir et relâchée d'un coup. La tension venait de retomber en un instant et les épaules s'affaissèrent, telles des marionnettes dont on coupe les fils. Il s'approcha alors, jouant des coudes et du ventre pour passer plus en avant et enfin, voir. Une fraction de silence pendant laquelle toutes ses pensées s'effondrèrent en lui-même, comme on explose par la base ces barres d'immeubles vétustes en ne laissant que de la poussière.

Une victime de plus. De moins.

Ses jambes peinèrent à le soutenir et il posa une main sur le mur dont le vieil enduit partait en poussière et recouvrait sa paume. Il remarqua alors, insérés aléatoirement dans les interstices des pierres, une dizaine de petits moineaux en origami. L'adjoint s'inquiéta pour son commandant : combien de temps ça peut tenir, un flic qui ne vit que pour une enquête sans rémission qui le détruit comme un cancer ?

Puis, un raclement au fond de la pièce, quelque chose dans l'ombre. Retour de tension. Les canons se dirigèrent vers la source du bruit et les faisceaux des lampes intégrées éclairèrent une seconde silhouette… recroquevillée dans un coin, la vingtaine à peine dépassée, recouverte d'un drap dégueulasse, tremblante et sale.

Incrédule, Russo écarta les deux uniformes qui barraient sa route, mit difficilement les genoux à terre et, malgré les dix années passées, reconnut sans un doute celle qui posait un regard effrayé sur lui. Comment oublier ce visage ? Après un moment suspendu, elle se jeta dans ses bras, le déséquilibrant jusqu'à le faire s'asseoir complètement. Il hésita, puis la serra fort dans les siens.

Voilà dix ans qu'ils avaient conclu à une fugue, voilà dix ans qu'elle était là.

— Anna ? dit-il tout haut, comme pour l'entendre vraiment, s'en persuader. Anna, répéta-t-il en fermant les yeux.

- 4 -

Ainsi, dix ans et deux pontages coronariens réussis plus tard, Russo était revenu au tout premier jour de son enquête, dans la chambre d'Anna Bailly, sans savoir à l'époque qu'elle était la première victime d'une trop longue série à venir. Après la découverte du journal intime incriminant, l'enquête s'était logiquement dirigée vers une fugue. Le père avait nié, la mère s'était murée dans un silence accusateur, et l'un comme l'autre n'avaient évité la prison que grâce à l'absence de la victime.

« La fugue de votre enfant est votre salut », avait asséné le juge. Mais il ne fallait aucun tribunal ni aucun jury pour que l'Aide sociale fasse son travail. Par sécurité, leur bébé fut d'abord placé en famille d'accueil pour atterrir ensuite chez une sœur du côté maternel. Adopté enfin par cette dernière, il ne saurait jamais rien des gens qui avaient été ses premiers parents.

Tout ce temps, Russo avait pensé à Anna en l'imaginant vivre une autre vie. Il comptait parfois les années et les associait à des événements marquants. Sa majorité, son premier job, sur ce continent, sur un autre, dans un des milliers d'endroits sur la planète où personne ne vous regarde ni ne vous pose de question, un endroit où on vous prend comme vous êtes sans ramener le passé à la surface. Sa première bagnole, sa première cuite, son premier type, ou sa première nana, puisque, avec l'aide du paternel et dès son jeune âge, elle avait dû générer un certain dégoût pour le sexe opposé. Tout ce temps où il l'avait espérée heureuse et libre enfin, elle l'avait passé dans une cage, aux mains de ce… La presse lui avait donné un surnom, les chaînes en continu dix autres, mais Russo ne les utilisait jamais.

Son adjoint lui avait téléphoné des unités médico-judiciaires après l'examen corporel d'Anna et, du salon de son appartement, Russo avait écouté le résumé de l'avancée de son affaire. La perquisition du reste de la maison n'avait pas donné grand-chose et, même si plus de deux cents scellés avaient été constitués, il faudrait que le monstre soit déjà connu des services de police pour que son ADN matche et finisse par donner une identité. Le propriétaire des lieux n'avait pas encore été identifié et le revolver Manurhin était déjà parti au service balistique pour en connaître l'historique. Mais il était plus facile d'évoquer les aspects techniques de l'enquête que son aspect humain et, lorsque l'adjoint aborda le sujet d'Anna, sa voix parut plus faible, presque confidente : « *Fracture du poignet, fracture de la cheville, fracture de deux doigts, et aucune d'elles n'a bénéficié d'une intervention chirurgicale. Le type l'a cassée et réparée tout seul. On poursuit les examens physiques, mais ce ne sera rien par rapport à son état psy. Je ne sais même pas si on va pouvoir la récupérer totalement. Dix ans qu'elle nous attend.* »

Le cœur de Russo se mit à jouer les marteaux-piqueurs dans sa poitrine. Il connaissait la mélodie et les fausses notes qui risquaient de suivre, il pensa à composer le 18, mais n'en fit rien. Il attrapa la bouteille bleue sur l'étagère, se versa un demi-verre de gin Bombay Sapphire qu'il refroidit aux glaçons et s'alluma une cigarette dont la fumée amoureuse caressa son visage et s'enroula dans ses cheveux. Il inspira avec délice, très longuement, et la fuma entièrement de cette manière, en moins de dix bouffées, comme s'il était indestructible.

Il avait été consigné à domicile le matin même par un coup d'orgueil bruyant du juge d'instruction qui avait résonné jusque dans le bureau du commissaire. Vouloir entrer dans la maison isolée, vouloir sauver Garance Perthuis, en vain, même s'ils avaient découvert Anna, c'était accepter de perdre la partie face au monstre, accepter de se dévoiler, de montrer leur jeu alors qu'ils étaient si proches de lui, et de le perdre, peut-être à jamais. Le petit magistrat s'était pourtant vu, comme ses aînés, faire un point presse triomphant, caméras braquées sur son importance, être celui qui avait mis la main sur l'insaisissable assassin croque-mitaine poursuivi depuis une décennie, et passer en boucle sur le petit écran. Il n'avait pas aimé qu'on lui tînt tête et avait probablement tapé des pieds en colère pour avoir le scalp de celui qui lui avait volé sa gloire, son avancement et les premières pages de sa légende. Les molosses sont paisibles, les roquets aboient pour pallier leur insignifiance. Et il avait aboyé sans cesse jusqu'à ce qu'on lui présente enfin le rapport de mise à pied du commandant Russo.

Mais Russo s'en foutait. Pas juste pour donner le change, car à qui le donnerait-il, dans son appartement vide ? Non, Russo s'en foutait vraiment. Du magistrat, de sa hiérarchie, de son bureau, de sa lampe articulée, de sa tasse « Le meilleur des papas » qui avait un jour échoué là sans qu'il ait jamais eu besoin de faire d'enfant, de son tableau criminel et de son cœur qui boxait tout seul ses derniers rounds.

Deux opérations de la dernière chance lui avaient à chaque fois offert un délai supplémentaire pour finir cette enquête. C'était ainsi que le commandant s'était persuadé qu'il avait passé un marché avec là-haut. Les nuages s'étaient écartés et la voix avait tonné, sentencieuse : « Je te laisse en paix jusqu'à ce que tu termines ce bordel infâme, et je viendrai récolter mon dû en temps voulu. »

Malgré ce sponsor de qualité, Russo avait échoué, et l'autre courait encore. Et comme les miracles sont rares – ils perdraient sinon leur titre –, la machine qui portait Russo s'arrêta là, laissant un verre de gin presque vide, un mégot de cigarette écrasé, un adjoint inquiet qui tentait de le recontacter, le tout accompagné de la musique rythmée des secours qui tambourinaient à la porte du flic écroulé dans son salon, le cœur arrêté.

PREMIÈRE PARTIE

Le peseur d'âmes

1

Saint-Pierre.
Résidence surveillée.
Localisation classée secret-défense.

En rideaux opaques, la neige tombait à l'horizontale, portée par le vent violent qui soufflait contre les fenêtres blindées de la maison, posée sur les rochers d'une falaise recouverte d'une forêt dense dont les derniers pins surplombaient l'océan. À l'intérieur, le flic regardait dehors sans voir autre chose que du blanc parasite, comme si la baraque était enserrée d'un fil d'araignée épais et hermétique.

C'était apaisant, de ne rien discerner. Il aimait cet endroit où le mot « disparaître » s'entendait au sens propre comme au figuré. Et voilà bien longtemps qu'il avait disparu.

Il avait eu une équipe, elle avait été sa famille, mais il n'avait pas su la protéger. Il avait voulu démissionner, il l'avait même écrit et signé, mais, en dernier recours, on lui avait proposé ce job. L'idée était venue directement de Fleur Saint-Croix, une magistrate qu'il avait connue il y a des années[1], en qui il avait confiance, et qui avait été propulsée à la tête d'un tout récent service. Un job parfait pour lui, elle le lui avait assuré, où il ne fréquenterait que des ordures, elle le lui avait promis. Un job où il ne risquait de croiser personne de son ancienne vie, là-bas, au bout du monde, et il avait dit qu'il y penserait.

Ne plus être responsable de quiconque, ne plus s'inquiéter pour les autres, déjà fait, déjà subi. Alors il avait accepté et collectionné lesdites ordures. Depuis six années déjà. Six années au cours desquelles il avait préféré ne donner aucune nouvelle, pas vraiment sûr qu'on en attende, ni qu'il manque à qui que ce soit.

Il avait rempli chacune de ses missions avec professionnalisme et était devenu le préféré du programme pour lequel il travaillait, libéré de tout sentimentalisme, dénué d'états d'âme, ce que requérait exactement la fiche emploi de son nouveau boulot.

Il n'avait donc pas eu la moindre empathie pour ses treize derniers clients et il n'en avait pas plus pour Isaac, le quatorzième, ce type maigrelet, perdu dans la chemise qu'on lui avait achetée et qui ouvrait de grands yeux ronds, pas vraiment certain d'avoir entendu ce qu'il avait entendu.

— T'es un sale chien, Coste. T'oserais pas !

— Ne sous-estime pas le désintérêt que je te porte, lui assura le flic.

Il aurait pu directement poser le canon de son flingue sur la nuque de son « repenti » que cela n'aurait pas rendu la menace plus réelle.

---

1. *Territoires*, opus 2 de la *Trilogie 93*, Éditions Michel Lafon, 2014 ; Pocket, 2015.

— T'es pas censé me protéger ? s'étrangla Isaac.

— Absolument pas. Ta protection, c'est la phase d'après. Et c'est pas ma mission. Moi, je suis juste une balance. Je pèse les âmes de ceux qu'on m'envoie. Je vérifie s'ils méritent d'entrer dans le programme. Des informations utilisables en échange d'une nouvelle vie. Nouvelle identité, nouvelle adresse. C'est le deal.

— Mais je n'ai passé de deal avec personne, moi ! Je n'ai jamais demandé à être là. J'ai juste écrit un programme de cryptage informatique. Ce que les gens en font, c'est pas ma responsabilité !

La même défense irritante que celle des vendeurs d'armes. Et le type devait même croire sincèrement à sa bonne foi.

— Je risque quoi ? poursuivit Isaac. Cinq ans de prison, maximum. Et sérieusement, plutôt qu'être ici, je préfère largement la tôle.

— Parce que tu penses vraiment que tu peux encore choisir ?

Victor Coste remonta les manches de son large pull noir, fit pivoter la chaise de son repenti et le replaça bien droit devant le clavier de son ordinateur.

— Alors maintenant, je vais te l'expliquer une dernière fois, ton choix. Soit tu te mets à pianoter, soit je te colle dans le premier avion pour Paris et je te fais déposer en plein centre-ville. Qui achèterait le scénario ? Interpellé par Europol et relâché quelques semaines après, sans aucune poursuite judiciaire ? Ça risque d'inquiéter pas mal de tes clients, voire de les rendre un brin suspicieux, et ton espérance de vie se comptera en minutes.

Même repenti, rien n'efface les actes d'un sale type. Si l'un des ex-pensionnaires du flic venait à y rester, abattu, noyé, pendu… Qu'en dire ? N'est-ce pas le destin possible de ceux qui ont choisi la criminalité comme gagne-pain ?

— T'auras même pas le temps de t'acheter un ticket de métro et de passer les tripodes que tu te seras déjà pris une balle. Et ce serait le scénario le plus charitable, conclut Coste.

Dans ses yeux bleus au regard aussi lointain que possible, Isaac ne vit qu'une détermination sans esbroufe, traversée par un désenchantement qui avait dû naître à la source de bien des infortunes. Ça ne faisait aucun doute, ce gars le laisserait brûler en s'allumant une clope avec le briquet même qui avait démarré l'incendie.

*
* *

La criminalité organisée génère mille milliards de recettes annuelles, l'équivalent de la moitié du produit intérieur brut de la France. Et chacun des billets qui constituent cette fortune est taché de sang, d'une manière ou d'une autre, au début ou à la fin de la chaîne.

L'infiltration de ces organisations est quasiment impossible. Quelques agents s'y sont essayés, très peu ont réussi, certains y ont laissé la vie. Et l'État n'avait aucun moyen de lutte approprié, jusqu'à la création, en 2014, de la Commission nationale de protection et de réinsertion, plus simplement nommée SPT : Service de protection des témoins.

L'idée était simple et éprouvée par d'autres pays depuis assez longtemps pour se demander pourquoi la

France avait autant traîné. Proposer à un petit pion, bien ancré à l'intérieur du système, d'ouvrir les portes scellées des grandes familles du crime, contre un casier vierge, un nom tout neuf et une adresse secrète.

Plusieurs candidats furent compatibles avec le programme, mais aucun d'entre eux n'y était entré grâce à la révélation soudaine d'une morale retrouvée ou par un besoin impérieux de revenir dans le rang des honnêtes gens. Les repentis se retrouvaient là parce qu'ils n'avaient clairement pas le choix, suivant trois cas de figures possibles que Coste listait ainsi :

Cas de figure n° 1 : les criminels trop gourmands qui avaient arnaqué leurs associés et dont les jours étaient comptés.

Cas de figure n° 2 : les « lieutenants » ou collaborateurs qui avaient offert leur vie à une organisation criminelle sans jamais recevoir la reconnaissance qu'ils attendaient et qui, humiliés, trouvaient qu'il était temps de montrer qu'eux aussi avaient leur petit caractère.

Cas de figure n° 3 : les criminels qui, par un coup du sort regrettable, tombaient dans les filets de la police et qui, contraints, acceptaient, contre une remise de peine ou un blanchiment total, de raconter en détail le système dont ils avaient profité, de la base de la hiérarchie jusqu'à son sommet.

Pour les deux premiers cas, l'entrée dans le programme relevait du volontariat. Pour le dernier, l'entrée dans le programme était légèrement forcée, car beaucoup, plutôt que trahir, préféraient passer un temps à l'ombre.

Mais pour chacun des cas, l'avantage était aux forces de l'ordre, car elles avaient désormais un type au fait de tout, un « *inside man* ». La seule manière efficace de démanteler une structure normalement impénétrable.

La suite se passait alors en deux phases. D'abord, peser les âmes. Le repenti faisait un acte de foi en donnant les noms, les planques, le fonctionnement, les contacts, les numéros de téléphone, les coups à venir et toute autre preuve, en espérant que les agents du programme tiendraient parole et rempliraient leur part du marché, ce qu'ils respectaient la plupart du temps.

Seconde phase, la récompense pour services rendus. Alors on faisait tourner le globe et l'imprimerie d'État. Le globe pour leur trouver un nouveau pays d'accueil, l'imprimerie pour fournir une nouvelle identité au repenti, à sa femme, et à ses gosses s'il en avait.

Pour un programme similaire, les Américains avaient un budget annuel de soixante milliards de dollars. Les Italiens, eux, offraient une rente à vie. En France, on coupait les subsides dès que les repentis trouvaient du travail et devenaient autonomes. Mais malgré cette différence de traitement d'un pays à l'autre, tout roula bien huilé entre flics et ex-voyous, et les dossiers d'instruction de criminalité organisée se multiplièrent sur tous les bureaux des cours d'assises du pays. Grâce à Coste, grâce à d'autres.

Jusqu'au grain de sable, puisqu'il y en a toujours un, qui apparut en 2016.

Le nouvel ennemi numéro un prit les traits de celui dont on se moquait au lycée : le geek informaticien à lunettes, qui parle avec ferveur de jeux en réseau et s'ébahit devant des cartes mères et des lignes d'encodage. Et c'est l'un d'eux, Isaac, qui allait mettre un coup d'arrêt brutal à l'action prolifique du SPT en inventant le logiciel des darkphones[1], des mobiles cryptés, indéchiffrables, impossibles à localiser, et impossibles à mettre sur écoute.

Le premier darkphone fut retrouvé dans le nord de la France, lors d'une banale opération de police autour d'un trafic de drogue. Un autre fut découvert aux Pays-Bas dans une affaire de blanchiment d'argent. Un autre en Grande-Bretagne sur un sympathique tueur à gages qui remplissait ses contrats en même temps qu'il faisait son footing. Et quand les flics découvrirent que ces téléphones ne pouvaient communiquer qu'entre eux et avec aucun autre des mobiles sur le marché, ils comprirent que la criminalité organisée venait de se créer son propre réseau télécom.

Plus aucune info, plus aucune preuve, les enquêteurs avançaient une main devant, comme des aveugles privés de canne dans un labyrinthe de murs et de crevasses. Ainsi, le programme de protection avait beau dénicher les repentis les plus bavards, c'était peine perdue, puisque toute la criminalité était devenue silencieuse et indéchiffrable.

On remonta alors à la source, jusqu'aux constructeurs de ces appareils, une entreprise hollandaise, dont le P-DG se retrouva rapidement sous les verrous alors que se multipliaient les découvertes de darkphones. L'un de

---

1. Pour tout ce qui suit et aborde le sujet des darkphones et des logiciels d'encryptage de données pour la criminalité organisée, suivre les enquêtes EncroChat, SkyEcc, What3Words, AnOm, Phantom-Secure ainsi que les opérations de police de ripostes internationales Cerberus, Emma 95, Trojan Shield, Ironside et Greenlight.

ces téléphones fit la une de la presse européenne, oublié dans un conteneur maritime perquisitionné à la frontière belge et utilisé comme salle de torture, sobrement décoré d'un fauteuil de dentiste dont les accoudoirs étaient équipés de solides liens en cuir et, sur une table à côté, un éventail d'objets adaptés, sécateurs, scalpels, scies, pinces, le tout couvert par une caméra de vidéo-surveillance, soit pour faire avouer des secrets, soit pour le plaisir de voyeurs pervers et fortunés[1].

Le P-DG hollandais, acculé, révéla que soixante mille de ces merveilleux téléphones avaient déjà été écoulés et, pour alléger au maximum son devenir judiciaire, lâcha dans la foulée Isaac, son informaticien, un surdoué plus rare qu'une espèce en voie de disparition. Un de ces surdoués mille fois moins nombreux sur le marché que les rhinocéros blancs dans la nature.

Et il se trouvait, là, en face de Coste, dans l'une des résidences surveillées classées secret-défense du programme de protection des témoins, à tenter de se défendre en assurant qu'il avait juste écrit un programme de cryptage téléphonique et qu'il n'était pas responsable de l'utilisation que les autres en faisaient… Qu'ils soient tueurs à gages ou honnêtes propriétaires de chambres de torture.

*
* *

Depuis des heures maintenant, Isaac pianotait des lignes et des lignes d'encodage informatique sous le

---

1. Véridique. Comme 95 % du reste.

contrôle de Coste, afin de recréer les méandres du logiciel qui avait protégé pendant si longtemps une grande partie des pires crapules en activité. Le bleu de l'écran le fatiguait, des aiguilles commençaient à darder sous ses paupières, et le flic lui accorda une pause et un café chaud.

— T'en as encore pour combien de temps ? lui demanda-t-il sans aucune intention de le laisser souffler plus que nécessaire.

— J'ai bientôt fini. Quelques heures, pas plus. Je corrige les bugs et je recompile le code. Tu peux aller te reposer si tu veux, t'es pas obligé de me coller. Promis, je tenterai rien.

L'idée amusa Coste, mais Isaac insista :

— T'es pas non plus infaillible, comme gardien, tu sais ? Tu dors, des fois. Et puis tu sors de temps en temps pour faire… Merde, j'ai aucune idée de ce que tu fous dehors. Quoi qu'il en soit j'aurais pu te fausser compagnie plusieurs fois.

— Et pour aller où ? T'es arrivé en avion, de nuit, et depuis je t'ai gardé ici, entre ces murs. Alors tu l'ignores, mais voilà, t'es sur une île. À Saint-Pierre.

— Saint-Pierre de la Réunion ? Avec ce temps ?

— Non, Saint-Pierre de Saint-Pierre-et-Miquelon, à gauche du Groenland, à droite du Québec, juste en dessous de Terre-Neuve. Une île que tu ne peux quitter qu'en avion ou en bateau, et je contrôle entièrement les deux.

Contrôle des airs et des mers, Isaac se demanda quel genre de type avait un tel pouvoir, mais bizarrement pas une seconde il ne pensa qu'il lui mentait.

— On ne contrôle jamais rien totalement. Il y a toujours une faille, assura l'informaticien. Crois-moi, les failles c'est ma spécialité.

— OK, accorda Coste en lui reprenant la tasse des mains, imaginons que tu trouves une faille et que tu réussisses à partir d'ici. Tu peux peut-être faire disparaître les données informatiques de tes clients et laisser mes collègues sourds et aveugles, mais c'est autre chose de se faire disparaître soi-même. Pour ça, il te faut une nouvelle identité, de nouveaux papiers, et le peu de faussaires capables de faire ça sont tous en lien avec les gars que t'es en train de trahir. Pour une juste cause, je précise. Donc si tu prends contact avec l'un d'eux…

— Ouais, je sais, pas le temps d'acheter un ticket de métro, les tripodes, la balle dans la tête, scénario charitable, tu te répètes.

— Désolé, la conversation ne fait pas vraiment partie de mes attributions. Allez, je veux ce logiciel, alors pianote. Beaucoup de personnes attendent après toi.

La pièce où le repenti avait repris son travail se trouvait au second étage qui, comme une vigie de bateau entourée de fenêtres, n'accueillait qu'elle. Victor descendit la volée de marches pour se retrouver dans l'immense pièce principale que constituait tout le rez-de-chaussée, dont le parquet de bois sombre était légèrement lessivé par le temps et donnait l'impression que la forêt qui entourait la maison se poursuivait à l'intérieur. Il y avait là un salon, composé d'un confortable canapé trois places en cuir, un bureau collé face à l'une des fenêtres, bordé à sa gauche par une bibliothèque fournie puis, au centre de la pièce, une large table faite d'un seul et même morceau de bois flotté, épais, tanné par les vagues et légèrement irrégulier, donnant sur une cuisine ouverte, fonctionnelle, sans extravagance aucune. Ainsi on voyait la totalité des lieux de quelque endroit où l'on se trouvait, excepté derrière la petite porte du fond qui forçait à pencher un peu la tête si l'on faisait la taille du flic, et desservait les deux chambres dont il n'y avait rien à dire en particulier, sinon que l'une était plus grande que l'autre et que la plus grande était celle de Coste.

Une solide maison en matériaux nobles, construite il y a plus d'un siècle par les mains d'un compagnon du Devoir, rachetée par l'État, comme une dizaine d'autres à travers le monde, pour la transformer en résidence surveillée. Un endroit de prime abord paisible dont personne ne pouvait se douter de la réelle nature, celle d'une imprenable forteresse. Fenêtres pare-balles, porte blindée à verrouillage automatique, alarme à détecteur de mouvement et à détecteur thermique, pistolet Sig Sauer sous le matelas et fusil à pompe accroché à son rack, juste à l'entrée. À l'extérieur, d'autres alarmes, à détecteurs volumétriques et infrarouges, étaient calibrées sur la taille et la chaleur humaines, pour ne pas déclencher tout un orchestre au moindre passage d'un lapin. Enfin, seize caméras couvrant les abords sur un périmètre de trois cents mètres finissaient de sécuriser totalement les lieux.

Coste s'assit à son bureau, alluma la lampe au socle en pierre volcanique rouge, et sortit du tiroir un ordinateur portable. Il ouvrit sa boîte de communication protégée et informa les équipes en attente des quelques heures que prendraient encore le travail de son pensionnaire.

La tempête de neige s'était assagie et le poudrin subissait une accalmie favorable à un rapide contrôle. Coste afficha sur son écran le retour de la vidéo-surveillance, et les images nocturnes révélées par les capteurs thermiques en couleurs verdâtres le projetèrent dehors.

La falaise déserte était survolée de petites taches blanches virevoltantes, des goélands, profitant du vent qui les faisait planer sans le moindre coup d'aile. Dans la forêt, un lièvre arctique se nourrissait aux ramilles des arbres, ignorant qu'on l'épiait. Bordant l'orée, le chemin de terre qui serpentait jusqu'à la résidence fut soudainement englouti par un nuage de neige et disparut. L'éclaircie, de courte durée, laissa de nouveau la place aux bourrasques dont la force semblait avoir redoublé, aveuglant les caméras.

Il regarda sa montre afficher 6 heures du matin, ferma les yeux un instant pour les rouvrir deux heures et demie plus tard, lorsqu'il entendit le craquement du bois des marches et aperçut l'informaticien, passablement épuisé, un disque dur argenté dans la main. Coste tendit la sienne, récupéra l'objet qu'il brancha à son ordinateur.

— Et donc, même pas un merci ? *Good job* ? La France t'est redevable ? Non ? Rien ?

— Je suis pas le plus chaleureux des baby-sitters, tu le sais. Et t'es pas le plus innocent des chérubins.

— Les baby-sitters ne menacent pas de mort les enfants qu'ils surveillent.

— Un point pour toi. Va te coucher. Quand tu te réveilleras, le monde sera un peu moins dégueulasse.

Isaac disparut dans le couloir exigu des chambres et son gardien composa un numéro sur son téléphone.

Un déclic après lequel personne ne se présenta, puis il entra rapidement la série de douze numéros qui changeait toutes les trente secondes et fut mis en contact direct avec la salle des opérations du centre de lutte contre la cyber-criminalité de La Haye, siège d'Europol.

— Bonjour Coste, le salua une voix qu'il connaissait bien et dont l'impatience s'entendait nettement. Autant vous dire que tout le monde ici est à l'écoute.

— Alors bonjour tout le monde, se contenta-t-il de répondre. Les données sont en ligne sur le serveur, vous devriez pouvoir commencer le téléchargement.

Le chef des opérations laissa passer un moment de silence que le flic ne se sentit pas obligé de combler.

— OK, on reçoit. Et on partage.

Allemagne, Italie, Hollande, Belgique, Espagne, France, Angleterre, dans une bonne partie de l'Europe, quelle que soit l'heure, l'élite des services de police allait infiltrer le réseau téléphonique du banditisme et avoir accès à ses secrets les plus intimes. Devant eux, les séries incompréhensibles de lignes de codage qui protégeaient leurs échanges écrits allaient devenir noms, lieux, adresses, activités et projets.

— Vous comprenez qu'on va carrément s'asseoir à leur table, capitaine ? Vous avez déchiffré la pierre de Rosette du crime. Vous pouvez souffler maintenant.

— Jusqu'à la prochaine partie, le tempéra Coste. Avec ces darkphones on aura toujours un coup de retard.

— Vous êtes pas un joyeux, vous, se désola son inter-locuteur à quelques milliers de kilomètres de là.

— Chacun des pays qui participent à cette opération aura le temps de choisir une cible, peut-être deux, avant que les soixante mille téléphones se préviennent les uns les autres qu'ils ont été infiltrés et que nos chers bandits retrouvent un nouveau rhinocéros blanc.

— Un quoi ? se fit répéter Europol.

— Laissez tomber. Je crains juste que vous n'ayez d'autres hiéroglyphes à déchiffrer dans pas longtemps.

— Écoutez, je prends ce qu'on m'offre au moment où on me l'offre, aussi longtemps qu'on me l'offre. Vous avez fait un formidable travail, Coste. Au plaisir de vous rencontrer un jour.

Mais l'option verre en terrasse en centre-ville n'était pas dans l'agenda du flic, planté sur son île et sans intention de la quitter dans les années à venir.

— Merci. Bonne chance à tous.

Il ouvrit ensuite sa boîte de communication sécurisée et rédigea le message suivant à Saint-Croix, la présidente du Service de protection des témoins :

« Mission terminée. Europol satisfait. En attente d'Alix. »

Il rabaissa l'écran de son ordinateur portable sur le clavier et se laissa aller en arrière dans son fauteuil. Dans quelques jours, il l'espérait, il serait débarrassé de son colis et retrouverait le calme de sa maison en bois battue par les vents, salée par les embruns, loin du tumulte du terrain des opérations.

*
* *

Trois jours plus tard, alors que le repenti commençait à se poser des questions sur le sérieux des promesses du Service de protection des témoins, Coste reçut un mail de confirmation.

« Alix en chemin. Départ par l'avion de demain. Préparez notre ami. »

Il ne fallut pas le lui répéter et dans l'heure qui suivait, « l'ami » avait fait ses valises qui trônaient déjà sur les marches de l'entrée, à côté du fusil à pompe dans son casier cadenassé. Isaac se rendit ensuite à la cuisine, attrapa un couteau, s'approcha de son gardien, posa un pied sur la table basse et releva son pantalon jusqu'à la cheville, laissant apparaître un fin bracelet électronique noir et son boîtier blanc, pas plus grand qu'un paquet de cigarettes.

— Bon, je crois qu'on peut définitivement proclamer notre séparation ! ironisa-t-il en tendant la lame.

En trois cisailles, le bracelet fut tranché et, à Paris, le technicien observa sur son écran de contrôle la désactivation du dispositif de surveillance, et une alerte évasion se déclencha. Même s'il en avait été averti au préalable, il contacta Saint-Croix qui lui confirma que l'opération darkphones prenait fin, et il coupa l'alarme silencieuse.

— Ça aussi, j'aurais pas eu beaucoup de peine à le couper ou à le pirater, fit remarquer Isaac.

— Le bracelet ? Ce n'est pas contre toi, c'est pour toi. Si la résidence surveillée avait été compromise, si j'avais été éliminé par tes ex-camarades de jeu, et si tu t'étais retrouvé dans un coffre de bagnole ou dans la cale d'un bateau, je suis sûr que tu aurais apprécié qu'on te suive à la trace.

— Comment ils m'auraient retrouvé ? Je croyais que la localisation de la maison était sous secret-défense ?

— Ce n'est pas parce qu'un plan A est infaillible qu'il ne faut pas prévoir de plan B.

Isaac frotta sa cheville endolorie et enleva son pied de la table basse avant que Coste ne le fasse lui-même.

— Et maintenant qu'on est dans le même camp, on pourrait sortir, boire un verre ? proposa le repenti.

Dehors, alors que le soir tombait, le climat de l'île offrait un phénomène rare à celui qui y portait attention. La surfusion. Quelques kilomètres plus haut, le temps se réchauffait légèrement et la neige devenait pluie. Arrivant sur ce bout de planète encore si froid qu'on se brûlait à le toucher, les gouttes se transformaient instantanément en glace, enrobant d'une coque transparente ce sur quoi elles tombaient. Et tout devenait sculpture de givre. Les fleurs en bouquets de cristal, les aiguilles des pins en épines de verre, les rochers sombres en pierres précieuses géantes.

Sous cette pluie, chaque goutte devint solide au moindre contact et la surfusion engourdit la résidence. Les jointures des portes se scellèrent et les fenêtres furent recouvertes de gel épais comme du verre cathédrale, enfermant le flic et son voyou dans un bloc translucide d'une épaisseur de plus d'un centimètre dont ils ne pourraient sortir qu'au matin, libérés par la chaleur des rayons du soleil.

— Non ? Voir du monde, écouter un peu de musique ? insista le repenti. Doit bien y avoir un troquet sur ton île ?

Coste n'avait aucune envie de lui expliquer le phénomène météorologique qu'ils subissaient ainsi que le nombre de coups d'épaule qu'il aurait fallu mettre contre la porte pour l'ouvrir, ou le temps qu'il aurait fallu pour dégeler la portière de la voiture, tout ça pour arriver dans une ville déserte et verglacée dans laquelle ils se tordraient les chevilles à chaque pas, sans compter que, même par temps clair, l'idée de partir en vadrouille avec son locataire le laissait froid. Il préféra le gratifier d'un regard parlant qui lui fit faire l'économie de toute réponse.

— Non, mais t'inquiète, je l'ai entendu en le disant que c'était une connerie, reconnut Isaac.

Alors il s'affala dans le fauteuil du salon et étira ses jambes, décidé à ne rien faire jusqu'à ce qu'on lui demande de boucler sa ceinture, PNC aux portes, plateau-repas et mignonnettes de whisky. Il détestait les avions, les prendre, les attendre, ne serait-ce que les voir décoller, mais de celui-ci, il aimerait chaque pièce, chaque petite vis.

— T'es encore dans mon fauteuil, bougonna son gardien, agréable jusqu'au dernier jour.

Le squatteur se leva et lui céda la place, un sourire aux lèvres.

— Vraiment pas fâché de te dire au revoir, Coste.

— Dans dix ans, tu te souviendras de ton petit séjour ici et, parce que tu seras toujours vivant, tu en riras.

— Disons vingt alors, histoire d'être sûr. En attendant, je t'avouerai qu'un peu de soleil me ferait du bien. Rassure-moi, vous m'envoyez au soleil ? C'est pas un trou en Sibérie, hein ? Coste ? Tu sais au moins où je vais ?

— Non. C'est l'idée. Chacun de nous n'est au courant que d'une toute petite partie du puzzle, ça assure ta sécurité. Il n'y a que la présidente qui ait une connaissance globale de ton avenir.

— La présidente ?

— Celle qui a validé ta nouvelle vie.

— Alors on aime bien la présidente, s'amusa Isaac. Si c'est au soleil, on aime bien la présidente.

2

Quelques jours plus tard.
Paris, île de la Cité.

Au dernier étage du Palais de justice, au fond d'un couloir, le grand bureau à l'apparence austère ne laissait en rien présager de l'importance des missions dont il avait la charge. Une partie de l'équipe parisienne du Service de protection des témoins – deux policiers d'escorte et deux magistrats – était rassemblée autour de la table de réunion, face à leur présidente, Fleur Saint-Croix.

Anna Bailly, la jeune femme retrouvée après dix ans dans un cachot, était une chance. Une opportunité d'apporter un nouvel éclairage. Mais surtout une victoire inattendue, car elle n'avait pas été, au départ, comptabilisée parmi les victimes de cette affaire.

La découverte du journal intime incriminant ses parents l'avait plutôt classée parmi les fugueuses que les kidnappées, ce qui, vu les statistiques, n'avait rien d'improbable. Dix pour cent des dix mille disparus annuels sont des mineurs, ce qui nous fait mille gamins qui entrent dans la boîte du magicien et qui n'y sont plus quand on l'ouvre, sans que l'on comprenne jamais le « truc ».

Ainsi, de neuf victimes, on passait à dix, et Anna devenait la première. Malgré cette « victoire », l'état des lieux n'était pas en faveur de la police judiciaire. Deux mortes, Garance et Salomé, une retrouvée, et absolument rien sur les sept autres. Voilà pourquoi Anna était une chance et une candidate parfaite pour le Service de protection des témoins, la seule à pouvoir remplir les blancs d'une enquête vieille d'une décennie aussi trouée qu'une partition d'orgue de Barbarie.

Que savait-elle sur les autres victimes ? Sur le ravisseur ? Qu'avait-elle accepté d'enregistrer dans sa mémoire ? Le trauma n'avait-il pas tout effacé au fur et à mesure ou tout déformé jusqu'à l'inutilisable ? Deux semaines qu'elle était entre les mains de la PJ et rien n'avait avancé. Et puisque la psy du SSPO[1] du 36 Bastion n'avait pas réussi à entamer avec elle la moindre conversation, il était temps d'agir, de changer de méthodes.

— Sauf que, depuis la création du service, on n'a jamais géré de vraies victimes, fit remarquer l'un de ses magistrats collaborateurs. Des repentis, d'accord, soixante-deux même, si j'en oublie aucun, mais une victime…

Saint-Croix ne semblait pas plus inquiète que ça.

— Tout simplement parce qu'on n'en a jamais eu l'occasion, assura-t-elle. Cela fait pourtant partie des attributions du programme. C'est juste que les victimes ont rarement plus d'informations que ce qu'elles ont déjà donné aux enquêteurs. Mais là, on ne sait pas où ce type se cache et, si ça se trouve, nous n'avons réussi qu'à

---

1. Service de soutien psychologique opérationnel.

l'énerver ou à titiller son ego. Il n'est pas impossible qu'il accélère. Vous comme moi savons que la plupart des assassins en série sont loin d'être des champions d'échecs. On en fait des adversaires redoutables dans toutes les séries télé, mais soyons honnêtes, dès qu'on en a eu un en face, il nous a rarement émerveillés. Celui-là n'échappe probablement pas à la règle, mais ce qui est sûr, c'est qu'il est patient et méticuleux, un des mélanges les plus retors. Aucune trace, aucun indice, et il réussit à mettre ses pulsions de côté pendant plusieurs mois, parfois plus d'un an entre deux victimes. Ajoutez qu'on ignore complètement si notre chiffre de dix est proche du vrai ou si nous l'avons sous-estimé, alors cette gamine, il faut qu'elle nous parle.

Jamais d'argot chez Fleur Saint-Croix, encore moins de vulgarité, bien qu'elle ait fait ses classes au tribunal de grande instance de Bobigny, qu'elle ait quotidiennement fréquenté sa délinquance au vocabulaire réduit et ses flics à la langue imagée, elle avait toujours su garder un français mesuré et poli, concis et qui faisait mouche. Si bien qu'une fois son avis donné elle détestait par-dessus tout se répéter. La présidente laissa pourtant à son auditoire le temps de formuler une éventuelle désapprobation qui ne vint pas.

— Alors c'est décidé. Vous récupérez son dossier, je m'occupe de faire valider ça par le ministère. Anna Bailly intègre le programme de protection.

*
* *

Le petit juge d'instruction faillit s'étrangler de colère lorsqu'il découvrit son bureau, vidé de toutes les pièces du dossier « Bailly ». Il y avait pourtant le reste. Le dossier de Salomé Acker, celui de Garance Perthuis et des autres, mais Anna avait disparu, encore une fois.

Il parcourut les couloirs du tribunal, monta et descendit les étages tel un ascenseur déréglé, frappa aux portes, prêt à se battre jusqu'au bout pour récupérer ce qu'il considérait comme sien. Il avait été éconduit de service en service et, de guerre lasse, on lui avait enfin conseillé d'appeler ce numéro exactement, où l'on espérait qu'il entendrait enfin raison. Le greffier décrocha, écouta, écarta l'oreille pour baisser le volume de son interlocuteur, puis posa une main sur le combiné en s'adressant à sa présidente.

— C'est le juge. Il est dans l'état que vous aviez prévu.

Fleur Saint-Croix, d'un geste de la main, demanda à récupérer la communication.

— Je sais, cher confrère, dit-elle sans lui laisser le temps de formuler le moindre reproche, j'aurais dû vous prévenir, mais la décision vient juste d'être prise et il fallait que j'agisse en urgence. Malheureusement, la suite risque de ne pas vous plaire.

Elle avait beau faire mine de prendre des pincettes, force était de constater qu'elle adorait le moment qui allait suivre.

— Anna Bailly est placée sous secret-défense. Vous ne pourrez ni la voir ni l'entendre. Nous faisons au plus vite copie des actes de procédure et mon greffier se chargera de vous restituer son dossier. Vous restez en charge de l'enquête sur son ravisseur mais vous devrez nous faire part de toute avancée significative. Nous ferons de même de notre côté, je vous l'assure. Nous sommes dans la même équipe.

Le juge avait bloqué sur le terme « secret-défense »
sans réussir à comprendre ce qu'il venait faire là, laissant
la présidente poursuivre en solo.

— À ce sujet, il nous faudra copie des neuf autres
dossiers. Désolée, nous n'avons pas eu le temps de tout
prendre ce matin. Je vous repasse mon greffier afin de
convenir d'un rendez-vous au moment qui vous agréera.

Puis elle repassa la balle dans le bureau d'à côté sans
même avoir entendu le son de la voix du petit juge.

*
* *

Le lendemain, la même équipe, autour de la même
table, consultait les centaines de pages du dossier Bailly
depuis des heures. Fleur Saint-Croix débarqua en retard
à la réunion qu'elle avait elle-même organisée et jeta son
long manteau beige à grandes poches sur la chaise la
plus proche.

— J'ai bataillé, mais j'ai obtenu ce que je voulais, les
informa-t-elle. Nous avons temps illimité pour le dossier
Bailly.

— Illimité ? s'étonna Alix, l'une de ses officiers de
terrain, petite rousse au caractère survitaminé.

— Autant que le ministère peut être patient. J'imagine qu'illimité doit vouloir dire trois mois. On ne traite
pas une victime comme un repenti, ils ont accepté de le
prendre en compte.

Chacun referma ses dossiers et Saint-Croix lança la
phase préliminaire où l'on cherchait quel caractère irait le
mieux avec quel « candidat », quel flic avec quel repenti,

dans un tour de table où tout le monde avait la parole. Mais aujourd'hui, il ne s'agissait pas d'un repenti et l'exercice était plus subtil.

— On a Vallat, sur la Côte, qui est dispo.

— Elle est bien trop brusque, objecta la présidente un peu rapidement.

— Lamarque ?

— Oui, Lamarque, pourquoi pas, soutint Alix. Sa résidence surveillée dans la Creuse a été fragilisée lors de sa dernière mission, on l'a relocalisé en Suisse maintenant.

— Trop proche de la France, objecta à nouveau la présidente, toujours aussi prestement. On ne sait absolument pas où se terre notre individu. Le choix de ses victimes, même s'il ne semble pas aléatoire, n'a jamais permis de trouver un épicentre. De toute façon, j'y ai déjà beaucoup réfléchi et je pense avoir trouvé la meilleure solution. On l'envoie à Saint-Pierre.

Tout le monde comprit alors que le tour de table de Saint-Croix n'avait été qu'une formalité polie et la décision, prise avec elle-même depuis le départ.

Mais ce n'était pas Saint-Pierre qui posa un silence surpris aussi lourd qu'un parpaing au beau milieu de la table de réunion en verre. Saint-Pierre se trouvait à quatre mille kilomètres environ de n'importe quel endroit de la métropole, le Canada à sa gauche et avec pour tout premier voisin à sa droite le Groenland, et si l'on craignait un prédateur mobile, l'endroit était judicieux. Saint-Pierre n'était donc pas le sujet. Le sujet était celui qui y dirigeait la safe house.

— Vous trouvez Vallat « brusque » mais vous envoyez la petite chez Coste ? s'étonna l'un des magistrats.

— Pardon, madame, mais même les repentis s'en plaignent, ajouta le second.

— Vous ne le connaissez pas aussi bien que moi, trancha la présidente. Quand j'ai commencé dans le 93, il a été à la tête de ma première grosse affaire. On peut dire que j'ai fait mes armes avec lui, et que je les ai aiguisées grâce à lui.

— J'ai du mal à l'imaginer autrement que comme le flic monosyllabique dont on reçoit les rapports. Ça, couplé à son caractère de chien…

— Il n'a pas toujours été comme ça. Bien au contraire. Et il est temps qu'il s'en souvienne. Il sera parfait.

Tout le monde, jusqu'au greffier qui n'en ratait pas une miette, sembla sérieusement en douter, et tout le monde se posa la même question. Si le capitaine avait été auparavant un type disons moitié moins asocial que celui qu'ils pensaient connaître, alors il avait dû recevoir un sacré coup dans le cœur, et l'un des adjoints formula cette pensée tout haut.

— Oui, confirma Saint-Croix. Un coup dont aucun flic ne se remet vraiment. La mort d'un membre de son équipe.

Parmi les flics du programme de protection, seule Alix avait assez d'ancienneté pour savoir à qui faisait référence la présidente et elle lui évita de raviver ses souvenirs. Comme à son habitude, Alix se fit précise, n'évoquant que ce que les gens avaient besoin de savoir, sans jamais un mot de plus, ce qu'appréciait fort sa supérieure.

— Une balle dans le cœur tirée par Alexandra Mosconi, du clan Mosconi[1]. Le groupe n'a pas tenu le

---

1. *Surtensions*, opus 3 de la *Trilogie 93*, Éditions Michel Lafon, 2016 ; Pocket, 2017.

coup, surtout Coste. Tous ceux qui ont bossé avec lui avant ce drame en font un tableau que personne d'entre nous n'a vu, à part la présidente.

— Je sais que c'est nouveau pour vous, je sais aussi que je vous ai imposé mon choix, ce qui doit vous être assez désagréable, mais croyez-moi puisque j'y crois. L'assemblage peut paraître étrange, mais sur ce coup on a besoin d'un type comme Coste. Envoyez-lui tous les dossiers, et prévenez Melchior.

Saint-Pierre.

La saison s'étirait à l'infini sans qu'on en voie les contours, ses jours toujours masqués par la neige. La neige sur les toits, sur le rebord des fenêtres, cachant les routes, transformant les voitures en gros bonshommes blancs allongés, nappant le béton des quais, se posant jusque sur la glace qui avait emprisonné les eaux de la lagune voisine du port de Saint-Pierre, donnant à l'île un air de gros gâteau crémeux.

Et de tout ce blanc immaculé explosaient les couleurs des maisons. Rouges, bleues, vertes, orange, et leurs déclinaisons, comme une grenade dégoupillée dans un magasin de peinture. Certaines entretenues, d'autres écaillées, les plus jolies n'étant pas toujours les premières. Pour pallier un climat bicolore qui huit mois de l'année ne laissait le choix qu'entre le blanc de la neige et le gris des brumes, les habitants se vengeaient, pinceaux à la main, osant jusqu'aux roses, turquoise, jaunes, violets et, toujours, leurs déclinaisons. Les maisons beiges et marron avaient aussi leur place et, sans réussir à ternir le nuancier, elles rendaient les autres plus flamboyantes encore. À l'écrire, on frôle le mauvais goût, à le voir, c'était bien autre chose.

L'île prenait la forme d'une baleine gueule ouverte dont la mâchoire inférieure partirait en fragments, créant en éclats de plus en plus réduits d'autres petites îles, voisines d'îlets, voisines de simples rochers affleurant à la surface de l'eau et où l'on aurait pu installer une cabane et rien d'autre. Située au bout de la queue de la baleine, excentrée et totalement isolée, la résidence surveillée de Coste était d'un bleu profond, noyée dans le vert de la forêt boréale, qui, recouverte de flocons, ne montrait pas ses couleurs.

Voilà deux semaines qu'il avait dit être en vacances, et le matin de sa reprise avait eu la clémence d'être ensoleillé et dégagé. Il monta dans son vieux Land Rover, une machine sans âge qu'on lui avait prêtée à son arrivée et qu'il avait fini par acheter, et attendit patiemment le passage de la déneigeuse dont tout le monde, ici, connaissait les horaires.

Dans un bruit de torrent d'eau, la mâchoire en acier ouvrit un chemin comme la proue d'un bateau fend les vagues, projetant sur le bord de la route une lourde écume glacée, illuminée de l'intérieur par les gerbes d'étincelles du métal qui raclait l'asphalte pour en casser la glace accrochée, donnant l'impression d'éclairs zébrant une tempête de neige. Coste laissa une bonne distance entre lui et la déneigeuse, puis démarra, abandonnant derrière lui la safe house dont il n'était quasiment pas sorti depuis quinze jours.

Les résidences surveillées du programme de protection des témoins doivent respecter un seul et même critère. Elles doivent être là, sans vraiment y être, invisibles, dans le fourmillement anonyme d'une grande ville ou dans un désert rural. Celle de Coste, plantée au bout d'une falaise, à en frôler le précipice comme une maison suicidaire, ne dérogeait pas à la règle.

À l'écart du centre-ville autant qu'on pouvait l'être, à l'abri de tout voisin et de tout regard, elle avait cependant la particularité étonnante d'être sur une île de vingt-cinq kilomètres carrés dont chacun des cinq mille habitants connaissait les quatre mille neuf cent quatre-vingt-dix-neuf autres. Une île où l'on ne demande pas son chemin avec le nom d'une rue mais en nommant directement la personne chez qui l'on se rend et où l'on s'entend irrémédiablement demander « C'est un petit qui ? » lorsqu'on évoque une connaissance sans en restituer la généalogie. Au temps pour la discrétion, pourrait-on penser.

Toutefois, la résidence surveillée avait l'avantage d'être à Saint-Pierre, une collectivité d'outre-mer que 99 % des Français étaient infoutus de placer correctement sur un globe sans se planter de quelques milliers de kilomètres, voire d'hémisphère. Coste pouvait donc y garder ses repentis sous verrou, le temps de leur collaboration, et aucun des cinq mille Saint-Pierrais n'en voyait la silhouette.

Et pour assurer leur protection, il suffisait au flic de contrôler les airs et l'océan, et c'est exactement l'exploit que lui permettait sa couverture.

Saint-Croix, ayant appris six ans plus tôt, pour une raison que son capitaine lui expliquerait peut-être un jour, qu'il se trouvait sous les aurores boréales de Saint-Pierre, l'avait propulsé au commandement de la police aux frontières de l'île, dont le groupe de six effectifs surveillait au quotidien l'arrivée et le départ des avions comme des navires. En ceci résidait donc l'avantage principal de la safe house Saint-Pierre : Coste savait au moment M et à la minute près qui entrait dans l'archipel et qui en sortait. Peseur des âmes des criminels était sa mission, chef des « Frontières », sa légende[1].

Son job officiel se résumait donc à surveiller cette île nichée entre les États-Unis, le Canada et au loin le Groenland danois, contrôlant les allées et venues, les documents et les visas, et lorsque par hasard les vérifications menaient à la découverte d'un chargement de drogue ou d'un peu d'alcool, les douanes reprenaient le flambeau. Jamais de violence ni de grand danger encouru, et cela lui convenait de savoir qu'aucun de ses adjoints ne prendrait de mauvais coups.

Pour le reste, la délinquance, essentiellement autour des bars et autour de minuit, ainsi que la criminalité, soit trois meurtres en quarante ans, échouaient à la gendarmerie, dont la brigade de recherche composée de quatre enquêteurs aurait pu boucler le travail d'une année en un mois et passer les onze suivants à pêcher.

Plusieurs fois, Coste avait été invité à dîner, ou à boire un verre, et il avait poliment refusé autant de fois. Grâce à ses faibles efforts de sociabilisation, il avait rapidement été classé par les Saint-Pierrais comme par ses collègues dans la catégorie des ours solitaires et traité comme tel. On n'ennuie pas un ours solitaire.

---

1. Légende : identité fictive destinée à servir de couverture à un agent.

Ainsi, la plupart de ses flics venaient ici pour des missions n'excédant jamais quatre ou cinq ans, puis, à moins de tomber amoureux d'une îlienne et de s'installer, repartaient en métropole, sans lui laisser le temps, ni l'envie pour être honnête, de s'attacher à aucun d'entre eux. Il connaissait leurs prénoms, leurs états de service, les laissait travailler sans pression et ne les emmerdait pas. D'ailleurs, lisse et conciliant, Coste n'emmerdait personne, jamais, à tel point qu'on ignorait s'il était capable de gérer une affaire importante si un jour elle devait tomber sur son service, ce qui en six ans n'était jamais arrivé. Et lorsqu'on demandait si le chef des Frontières était bon, la réponse la plus adaptée était : « On ne sait pas encore. »

Même ses vacances, une à trois semaines deux ou trois fois par an, il les passait seul, dans cette résidence où personne n'était jamais entré. Il devait aimer lire, se disait-on, écrire peut-être, et si c'étaient ses mémoires, la question était de savoir ce qu'il allait pouvoir mettre dedans, puisque rien des années passées ici n'aurait pu remplir un chapitre. Voilà l'idée que l'on se faisait de Coste, sans imaginer une seconde que pendant ses supposées vacances il avait recueilli les confidences des pires ordures de la criminalité organisée et, par sa seule parole, décidé de leur avenir, sauvés ou sacrifiés, lui, le capitaine lisse et conciliant qui n'emmerdait jamais personne dans sa maison suicidaire au bord du précipice.

*
* *

Coste laissa poursuivre la déneigeuse et bifurqua. Il gara son Land Rover devant le service des Frontières, une bâtisse verte, étonnamment très pâle pour les habitudes colorées de l'île. Elle jouxtait celle de la gendarmerie, les deux faisant face au port, plus loin à l'océan Atlantique, plus loin à gauche à l'île de Miquelon, et plus loin à droite à l'île canadienne de Terre-Neuve.

Il grimpa les escaliers menant à son bureau, déjà bloqué par ses six hommes, car, personne ne se l'expliquait vraiment, aucune fliquette n'avait jamais eu envie de se pointer à Saint-Pierre. Il nota un certain degré de malaise dans leur attitude, mais, quoi qu'ils aient à lui dire, Coste savait déjà qu'il s'en foutrait terriblement.

Les deux premiers effectifs sur son chemin étaient ses préférés, s'il avait dû les classer dans l'ordre ou en sauver deux d'un naufrage. D'abord Soba, un grand type tatoué au crâne rasé que beaucoup hésitaient à contredire, au sein du service ou en ville, et qui s'exprimait par phrases courtes comme s'il devait un jour avoir à payer les mots qu'il utilisait. Puis, collé à Soba, presque à s'y adosser, Casteran, dont on percevait d'abord l'accent toulousain, si loin de chez lui qu'il en était incongru, et ensuite seulement son corps tout de travers dont personne ne se moquait, car on en connaissait l'origine. Une bagnole écrasée, dont on l'avait extrait in extremis, après une course-poursuite futile de braqueurs de supérette, à la sortie du centre de Toulouse. L'Administration ne l'avait pas mis à la casse et il lui en était redevable à l'excès en accomplissant chacune de ses missions avec zèle. Même pour faire le café Casteran s'appliquait comme un élève qui tire la langue quand il veut colorier sans déborder.

Puis il y en avait quatre autres, dont les noms étaient assez communs et les caractères assez égaux pour ne pas s'embêter à les mentionner ni à les différencier.

— Les fils Grady. Sur leur hors-bord. Ils jouent aux cons, synthétisa Soba à l'attention de son officier.

— On sait que c'est pour les gendarmes, mais ils ont l'information depuis quarante-cinq minutes et ils n'ont toujours pas bougé, précisa Casteran.

— C'est une infraction. On a le droit de la constater, conclut Soba.

Coste n'avait pas vu le port ni rien d'autre depuis deux semaines et une petite balade lui permettrait de sortir de son bureau à peine y avait-il mis les pieds. Ça lui éviterait aussi que Soba lui retourne la ville, la famille Grady étant la plus influente de l'île. Raison probable pour laquelle les gendarmes mettaient autant de temps pour trouver la sortie de leur caserne.

D'abord honnêtes pêcheurs descendant d'Irlande, les Grady avaient augmenté leur flotte, passant de cinq bateaux à cinquante, devenant armateurs et, dès la prohibition de 1922, leurs embarcations échangèrent les poissons contre des tonneaux de whisky. De la France métropolitaine à Saint-Pierre, l'acheminement était légal, il ne leur restait alors qu'à filer vers les côtes du Canada et des États-Unis pour être rejoints en mer par les bootleggers qui leur achetaient chaque goutte d'alcool à six fois sa valeur. En dix ans, les Grady avaient ainsi gagné l'équivalent de dix vies de pêcheur. Et un siècle plus tard rien de cette fortune n'avait été dilapidé, mais tout avait été plutôt judicieusement investi, passant de l'alcool au charbon, du charbon au pétrole et du pétrole à l'essence, assurant la richesse de la famille jusqu'à la dernière génération, celles des deux fils Grady, à qui le mot « travail » n'évoquait qu'ennui et le mot « argent » que l'envie de le dépenser.

L'un des fils, Sean, était plus crétin que son frère, David, mais il s'y appliquait tant qu'il créait un effet vortex dans lequel il aspirait l'autre sans qu'il oppose grande résistance. Ils avaient assez peu d'années de différence, si bien qu'il était difficile de savoir qui était l'aîné. Le plus crétin oui, l'aîné, non.

*
* *

Un petit Silver Dolphin avec sa coque rigide avait au préalable fait de longs allers-retours dans la lagune voisine de la baie du port afin de fendiller l'eau gelée sur deux centimètres d'épaisseur en un fragile puzzle de glace. À marée haute, l'océan entrait dans la lagune, se mélangeait à elle puis la quittait, laissant à nouveau à ses eaux le temps de se pétrifier. Quelques semaines plus tôt, les gamins jouaient encore au hockey sur les étangs, mais aujourd'hui le Silver Dolphin brisait le fin miroir sans effort. Le champ libre, le Four Winns Vista des fils Grady, un hors-bord dernière génération, missile racé aux allures de requin, dopé aux trois cents chevaux de ses moteurs, pouvait s'amuser à faire des pointes de vitesse et des virages serrés lançant des gerbes d'eau de plusieurs mètres de haut et de long, se foutant royalement des quatre nœuds et demi autorisés et filant à plus de quarante-cinq nœuds, soit pas loin de cent kilomètres-heure.

Les pêcheurs sur leurs bateaux à quai avaient cafté aux gendarmes et, ne voyant rien venir, avaient appelé

Soba qui garait maintenant la voiture sérigraphiée du service avec Coste à son bord, Casteran à l'arrière. Déjà, le Four Winns était redevenu sage, immobile et arrimé. À la vue de Soba, Sean Grady se redressa et le salua obséquieusement, la main à l'horizontale contre la tempe, à la manière des soldats américains.

— Mes respects colonel, fanfaronna-t-il devant sa cour hilare et alcoolisée malgré l'heure matinale.

Les gens riches sont très beaux, si l'on en croit les jolis papillons qui leur tournent autour. Sur le bateau de près de cent quatre-vingt mille euros, on comptait, sur la plage avant et autour du cockpit, six gamines dans la vingtaine, emmitouflées dans leurs doudounes, les joues rouges, mignonnes et exaltées, et deux garçons qui les accompagnaient, en plus de Sean et de David Grady. Avec tout le respect dont il était capable, Sean les considérait pour ce qu'ils étaient, des faire-valoir, qu'il appelait ses « gluants ». David, amoureux de l'une de ses passagères, était plus mesuré.

Soba n'apprécia pas d'être moqué et commença à maltraiter ses mâchoires. Intimidés, les gluants se mirent à rire moins fort sans que Sean enlève pour autant de son visage ce petit air narquois, acheté à prix coûtant par la fortune de sa famille. L'héritier se rapprocha des forces de l'ordre en venant s'asseoir sur le large fauteuil arrière du bateau, installé pour pêcher aussi confortablement qu'on regarderait la télévision.

— Vous étiez à quarante-cinq nœuds, Grady. C'est dix fois trop.

— Mais… Mais c'est au moins une amende, ça, commissaire ? Ça va me coûter combien ? Vous prenez la carte bleue ?

Dans les cités des Tarterêts, là où il avait passé le plus clair de sa carrière, le brigadier Soba en serait déjà à le décoller de vingt centimètres au-dessus du sol et à lui envoyer son haleine de chewing-gum mentholé dans les naseaux. C'est dans ces cités qu'il avait écopé du surnom de « Kraken », le monstre titanesque et impitoyable. Ici, il avait appris à tourner sept fois ses tentacules dans ses poches et, bien que désormais plus proche de son milieu naturel aquatique, le Kraken avait dû être maîtrisé. Mais Coste savait identifier le moment de rupture de son subordonné et, adossé à la portière de la voiture, une cigarette pas encore allumée entre les doigts, il allongea le bras pour lancer un bref coup de klaxon.

— Bougez pas, grogna Soba à l'attention des gamins.

Il rejoignit son supérieur en quelques enjambées contrariées, laissant derrière lui un groupe hilare.

— Rangez vos tatouages, tempéra Coste. Avec ce froid, il n'y a pas de baigneurs, les bateaux sont à quai et le seul risque réel c'est qu'ils s'explosent contre les rochers de la digue avec leur hors-bord, ce qui ne changera pas ma journée. Ce qui vous chagrine surtout, c'est qu'ils se foutent de vous, mais jusqu'ici le froissage d'ego n'est pas dans le code pénal.

— Ce qui me « chagrine », capitaine, c'est qu'on se laisse marcher sur les pieds par ces petites saloperies.

— Ça arrive aussi quand on danse, c'est pas une raison pour distribuer des mandales à votre cavalière.

Coste rangea sa cigarette dans son paquet et se décolla de la portière.

— Je vous laisse terminer, je rentre au service à pied.

Soba se retrouva seul avec Casteran, et le Toulousain de guingois resta désemparé, comme un gamin au milieu de parents qui viennent de s'engueuler.

— Il recommence à peine qu'il continue déjà, râla le Kraken. Si c'est pour pas en foutre une secousse, il pouvait rester chez lui. Quand je pense au flic qu'il a été.

Préférant ne pas apporter de l'eau à une rivière prête à déborder, Casteran monta sans mot dire à l'avant de la voiture de police et, respectant son habitude, tira sur sa chaîne de cou au bout de laquelle deux médaillons pesaient. Saint Christophe, patron des voyageurs et des automobilistes, et saint Fiacre, patron des taxis. Depuis son accident, le Toulousain invitait à bord tous ceux qui pouvaient veiller sur lui. Il embrassa les deux saints et pria pour un trajet sans encombre.

— Et pour les flics qui sont à deux doigts de craquer, j'implore qui ? demanda Soba.

— Saint Martin. Les flics, c'est saint Martin.

Le Kraken hésita, puis comme il était athée, retourna voir les héritiers Grady pour ne pas perdre totalement la face et s'adressa à Sean avec une prophétie :

— Je te revois sur ton bateau aujourd'hui, je tire dedans.

*
* *

Coste laissa filer la journée et récupéra tardivement le manifeste des identités des passagers du prochain vol. Jusqu'à la fin du printemps, une saison peu touristique, souvent froide et neigeuse sous ces latitudes, le seul moyen d'atteindre l'île forçait les passagers à faire, entre

Roissy Charles-de-Gaulle et Saint-Pierre, une escale par le Canada. Il passa toutes les identités aux fichiers, FPR en cas de fiche de recherche, SLTD pour vérifier les vrais-faux documents, Interpol s'il devait y avoir une fiche internationale de recherche, et TAJ pour connaître leurs antécédents judiciaires. La plupart de la trentaine d'arrivants étaient des Saint-Pierrais de retour chez eux, même s'il y avait parfois un dentiste, un véto, un médecin spécialisé ou un psy, en remplacement d'un confrère ou en mission de courte durée, la métropole fournissant quand il le fallait ce qu'il manquait ici. Coste ne découvrit parmi eux aucune source d'inquiétude et considéra sa journée comme bien remplie.

Il laissa ses policiers se rendre à l'aéroport pour faire acte de présence à l'atterrissage du bihélice ATR 42 et mit la clé dans le contact de son Land Rover. Sur la route, il avança au pas, derrière la souffleuse, un camion aspirateur qui récoltait, comme on le fait pour le maïs, la neige écartée au matin, et la projetait par un large tuyau dans un camion benne collé à son cul et qui serait remplacé, une fois plein, par l'un des trois autres camions bennes qui finissaient le cortège des ramasseurs de flocons.

À son retour à la résidence, sur son ordinateur sécurisé clignotait un mail de Saint-Croix. Il l'ouvrit et ce qu'il en lut suffit à gâcher sa soirée.

4

L'aube se levait enfin sur une nuit blanche lors de laquelle les photos envoyées avec le mail avaient défilé sur l'écran en même temps que l'imprimante couleur les avait recrachées comme un automne sur le bureau de Coste.

Désormais, sur la table du salon de la résidence surveillée et dans un patchwork macabre, étaient éparpillés les rapports du commandant Russo, les photos du dossier Bailly et des précédents.

La forêt d'Argonne. La voiture clown. La chambre aux menottes. Le cachot et la trentaine de pliages japonais représentant tous le même petit moineau au ventre arrondi et aux ailes courtes, découverts lors de la perquisition minutieuse de la maison aux fenêtres opaques que les journaux appelaient communément, et depuis que les cas se multipliaient, une « maison de l'horreur[1] ». Puis les avis de disparition de Garance, Salomé, Sacha, Claire, Maud, Samia, Cléo, Julie et Virginie.

_____
1. À Tucson (Arizona), en Californie, à Tokyo, à Gizzeria (Italie), à Cleveland, en Belgique, dans les Ardennes, à Houston, à Londres, à Vienne, etc.

Il était 6 heures du matin à Saint-Pierre, 10 heures à Paris, et les téléphones étaient posés sur les tables, les haut-parleurs activés, d'un côté comme de l'autre de la ligne.

— Je croyais avoir été clair, madame.

— Et j'ai respecté ma parole pendant six longues années, Coste.

— J'ignorais que les promesses avaient une date de péremption.

— Vous m'en voulez ? demanda Saint-Croix.

— Je ne sais pas encore, hésita le flic.

— On rencontre son destin sur la route qu'on prend pour l'éviter.

— Une citation ? Sérieux ? Je vous en prie, mon voisin m'abreuve déjà de celles de Raymond Chandler. Et en plus, celle-ci, vous l'avez maltraitée.

— En passant, et sans vraiment vous le reprocher, lui reprocha-t-elle, ce voisin, c'était une erreur.

— Non. Une nécessité. L'erreur c'est de m'avoir envoyé ce dossier.

— Il est temps de vous utiliser pour ce pour quoi vous êtes doué. Vous n'êtes pas uniquement fait pour mettre la pression sur les malfrats, même si vous le faites mieux que personne.

Il regarda Anna sur papier photo. Un visage qu'il avait mis du temps à comprendre tant rien ne semblait harmonisé. Sous un front large et des sourcils noirs, des yeux verts exagérément grands accusaient un écart de deux centimètres de trop entre eux et lui donnaient une allure animale. Ils étaient soulignés de cernes d'un léger violet, comme une ombre d'épuisement. Une bouche dont les lèvres fines semblaient commencer dans ses joues et qui auraient cisaillé son visage en deux si elle avait souri. Des cheveux châtain clair, si longs que le cadrage n'avait pu entièrement les contenir, dévalaient sur ses épaules et ses bras fins et musclés, accrochés à un buste dont la poitrine, presque inexistante, accentuait l'androgynie générale. La symétrie de ce visage était parfaite et donc déstabilisante, si bien qu'Anna n'était pas jolie, encore moins laide, mais totalement fascinante, parce que unique.

— Vous attendez quoi de moi ? demanda Coste.

— La faire parler, essentiellement. Je ne vous l'envoie pas par empathie par rapport à ce qu'elle a vécu, ni vous ni moi ne faisons dans l'humanitaire. Je vous l'envoie parce qu'elle peut nous servir. Pour ce qui a été et ce qui est à venir.

— Vous pensez qu'elle peut nous aider à retrouver son ravisseur ?

— En fonction de ce qu'elle sait, oui. Dix ans, Victor. Elle a bien dû voir ou entendre quelque chose. Et il y a celles d'avant. Excepté Salomé Acker et Garance Perthuis, aucune de ces gamines n'a été retrouvée. Imaginez leurs familles, l'espoir en suspens.

— L'espoir ? Après dix ans ?

— Oui, c'est une saleté qui a besoin d'un point final. Avec cette gamine, nous avons peut-être de quoi nous donner assez de matière pour retrouver ce type et finir une enquête qui nous ridiculise depuis trop longtemps.

— Le commandant Russo en était très près, si j'en crois ce que je lis.

— Dans ces situations, près ne sert à rien, même si je dois reconnaître que sans lui nous n'aurions pas Anna.

73

C'est elle qui détient toutes les clés, c'est elle qui nous apportera son bourreau.

Au centre de ces clichés trônait l'un des rapports ultra-détaillés de Russo, celui relatant la découverte de la voiture bicolore, l'opération de la forêt d'Argonne et le déterrement du premier corps. Rien qu'à le lire, Coste avait acquis la certitude qu'il avait été un bon flic, tenace et perspicace, un type utile et regretté.

— J'ai eu trois entretiens avec elle, poursuivit Saint-Croix. Elle n'a pas décroché un mot au premier. Au deuxième, elle m'a dit bonjour. Au troisième, j'ai jugé bon de l'informer du décès d'un de ses parents, et j'ai eu autant de réaction que si nous avions parlé de la météo des plages. Je n'ai aucune idée de ce qu'elle a dans la tête. Vous constaterez par vous-même que chaque mot que nous réussissons à lui faire articuler confine à l'exploit. Toujours est-il qu'elle a réussi à survivre. Salomé Acker est morte en un peu plus de deux semaines, Garance Perthuis a été étranglée au bout de quarante-huit heures. Nous ignorons totalement combien de temps ont tenu les sept autres et si notre compte de victimes s'arrête à elles. Anna a trouvé les codes pour rester en vie, c'est donc qu'elle a compris son prédateur mieux que la cinquantaine de policiers qui ont approché de près ou de loin cette affaire. Je suis persuadée qu'elle est notre meilleure chance, si elle accepte de se livrer.

Coste repensa à Soba, son Kraken tatoué, et au regard méprisant qu'il lui portait parfois.

— Et après deux semaines d'absence, administrativement, j'explique comment à mes hommes que je vais repartir en vacances pour une durée indéterminée ?

— Ce ne sera pas utile. Anna Bailly n'est pas un repenti à enfermer. Elle, elle doit sortir, vivre, respirer. Et vu votre île, au bout de quelques jours, les gens vont se poser des questions. Alors il va falloir lui trouver un job, une occupation, et un lien avec vous, puisque vous allez passer du temps ensemble. Une relation amoureuse est exclue. Avec vos quarante-six ans et ses vingt-quatre, je ne dis pas que c'est impossible ou immoral, mais je ne voudrais pas que vous deveniez sujets de ragots. Je travaille à sa légende, et vous, faites-moi le point sur les emplois disponibles à Saint-Pierre. Vous avez vu les photos, j'imagine ? Elle a un truc envoûtant que je ne m'explique pas, alors ne me la collez surtout pas serveuse. Un travail sans trop de relations humaines, ce serait pas mal.

Le train de la présidente filait sur des rails et le flic freinait comme il pouvait.

— On a déjà un dossier sur elle ? Elle a vu la psy du 36 ?

— Oui. Sans succès.

— Et pourquoi vous pensez que je m'en sortirai mieux ?

Parce que toi aussi, t'es en mille morceaux, Coste, pensa Saint-Croix. Parce que toi aussi, tu t'es emprisonné et qu'il n'y a vraiment que toi qui ne vois pas clair dans tout ça. Tu ne vois pas que tu es le mieux placé pour aller la chercher dans l'abysse dans lequel elle se planque et que tu pourrais même y trouver ta porte de sortie.

— Parce que vous en êtes capable. Et parce que je vous le demande, Victor. Rassurez-vous, je ne vous laisse pas seul, vous aurez un accompagnement psy pour lui présenter vos avancées, lui poser vos questions.

— Vous venez de me dire que…

— Pas celle du 36. Le nôtre. Dès que le procureur général a validé Anna Bailly dans notre programme, j'ai fait intervenir un consultant.

— Je le connais ?

— Peut-être, si vous avez suivi les informations de la métropole. C'est un lieutenant-colonel de l'hôpital militaire Percy, spécialisé dans les traumas extrêmes des soldats de retour de guerre, les anciens otages et les gueules cassées. Il a réparé une capitaine de police alors que personne n'y croyait, il y a trois ans[1]. C'est là que je l'ai repéré. Depuis, il nous épaule quand c'est nécessaire. Évidemment, ses patients n'ont pas de simples soucis de confiance en soi, ou de tracas irrésolus avec leur maman, mais plutôt des troubles profonds autour de la mort et de l'ultra-violence, il a donc aussi un diplôme en psychocriminologie, ce qui s'avère très utile. Il s'appelle Melchior, et il a même réussi à faire parler un peu Anna. Juste quelques phrases, mais c'est un début.

Coste attendit alors et Saint-Croix hésita.

— Je préfère qu'il vous raconte cela lui-même. Ici, personne ne sait quoi en penser. Ce qu'elle lui a confié est assez perturbant.

---

1. Noémie Chastain, dans *Surface*, Éditions Michel Lafon, 2019 ; Pocket, 2020.

5

Paris.
Quartier des Halles.

On les voudrait hideux, les monstres.

Dans les villes, dans la foule, leurs démons sont invisibles. Ils nous frôlent sans que l'on frémisse. Leurs sourires ressemblent aux nôtres, on les côtoie, on les voisine, on les invite. Ils nous charment ou nous indiffèrent, car ils sont bien normaux, les monstres. Leur peau, leur voix, leurs gestes, tout en surface est identique à l'ordinaire. Mais, quelque part, une ombre s'est posée. Elle s'est nourrie silencieusement d'une blessure, d'une humiliation, d'une violence, d'une anomalie, d'une malfaçon. Elle s'est posée sur une fine craquelure qu'à coups de bec et de griffes elle a transformée en faille. Un gouffre, un piège pour la raison, et s'engendre la colère. La colère si jouissive à libérer, pour que sur d'autres se pose une partie de l'ombre. Pensant ainsi s'alléger, le monstre s'enferme et nourrit son serpent, toujours plus affamé.

Là, face à l'immeuble de celui qui allait mourir aujourd'hui, sur la terrasse ombragée d'un café, se trouvait un échantillon de l'humanité. L'un, inquiet, plongé dans son téléphone dont seule la sonnerie semblait pouvoir le libérer de son tracas. L'autre, aux aguets, cherchant à attraper le regard de chaque passante comme s'il avait un rendez-vous galant dont il ne connaissait pas l'apparence physique. Le dernier, bel homme, avec un carnet de notes ouvert devant lui, un stylo posé en parallèle. Et parmi eux, un monstre.

Le téléphone du premier sonna et, après un bref échange, il laissa un billet sans attendre sa monnaie. Quelle que soit l'information reçue, elle l'envoyait ailleurs.

Une jeune femme hésita devant la terrasse avant que le sourire du deuxième lui confirme qu'il était bien celui qu'elle venait rencontrer.

Le dernier referma son carnet, attendit qu'un locataire sorte de l'immeuble d'en face et profita de la porte qui se refermait lentement pour s'y engouffrer.

*
* *

Il y a près de huit millions de personnes isolées en France, dont quatre cent mille n'ont aucun contact avec l'extérieur et ne sortent pas de chez elles. Elles sont victimes de tout un éventail de déclinaisons de phobies sociales, allant de l'anxiété à la timidité, de l'isolement protecteur au profond manque de confiance en soi, de la crainte du lien affectif à l'hypervigilance liée à la peur de l'autre, ou simplement parce qu'il est parfois impossible de trouver sa place dans une société où l'intérêt du « moi je » dépasse toujours celui de l'autre.

C'est parmi ces personnes qu'il trouvait ses nouvelles identités et c'est à travers elles qu'il renaissait vierge. Depuis l'intrusion de la police dans son sous-sol, depuis la découverte de Garance et d'Anna, même si la presse ne parlait que de la première, il avait une dernière fois utilisé les papiers d'identité de Louis Sandrel pour se planquer quelques jours dans une location parisienne à la journée. Même si on les demande souvent et pour tout ou rien, personne ne vérifie vraiment la photo que supporte ce genre de documents, et même morts leurs titulaires peuvent être administrativement actifs des années après. Ainsi, Louis Sandrel, décédé depuis trois ans, lui avait permis de passer sous les radars sans trop de risques, pour autant qu'il ne s'écarte pas d'un chemin balisé et sûr. Son travail, la maison au sous-sol prison, ou son vrai domicile, le seul endroit où il était connu sous sa réelle identité. Et combien de temps resterait-elle secrète ? Car, malheureusement, c'est aussi Louis Sandrel qui payait la maison aux fenêtres opaques, et les flics devaient déjà avoir compris que si le monstre avait utilisé son identité et son domicile, son corps devait être enterré quelque part dans les environs. Il était donc plus sage d'abandonner cette usurpation et d'aller faire le coucou dans un autre nid.

Prêt à renaître, il entra donc dans l'immeuble où vivait un autre nom de sa liste. Un solitaire, terrifié à l'extrême par tout ce qui existait de l'autre côté de sa porte, comme si elle séparait son univers d'une jungle mortelle. Il aurait voulu éviter de lui faire du mal, et ce pauvre garçon n'avait jamais fait partie de ses potentielles cibles, mais tout faisait de lui un candidat parfait. Sa pathologie, sa

79

corpulence fragile qui empêcherait une éventuelle rébellion, sa localisation en centre-ville qui permettait de se fondre dans la masse des Parisiens indifférents, et surtout son envie régulière d'en finir.

Il repéra « Thibaut Dalmas » sur le tableau des locataires du hall et l'étage où il vivait, auquel il se rendit à 20 heures passées. Trois portes sur le palier et celle de Dalmas était la seule à ne pas porter son nom sur le côté. Normal, à qui cette information aurait-elle été destinée ? Incongru, un paillasson « Welcome », qu'il avait dû acheter un jour de regain de confiance après une séance fructueuse de psychanalyse ou parce qu'il ne restait que ce modèle de disponible, semblait neuf comme au premier jour. Il appuya une première fois sur la sonnette puis une seconde, estimant que Thibaut n'avait dû entendre que rarement le bruit de celle-ci et devait se demander si cette mélodie lui était bien destinée. Quand la porte s'ouvrit, le jeune homme, d'abord inquiet, s'étonna.

— Andréas ? bafouilla-t-il. Je… J'ignorais que… Vous assurez un suivi à domicile ?

— Absolument pas, Thibaut, mais vous allez rire, j'ai vu dans votre dossier que nous étions voisins.

— De quartier ?

— Non. D'immeuble. Je viens d'emménager au quatrième étage.

Le monstre risquait peu à ce mensonge, car il y avait fort à parier que le reclus Thibaut Dalmas aurait pu avoir une licorne sur son palier sans jamais se douter de sa présence, même si elle hennissait des arcs-en-ciel.

— Je sais que les relations sociales ne sont pas votre fort, poursuivit Andréas avec un large sourire bienveillant, mais je sais aussi que vous le subissez et que vous travaillez à vous améliorer.

Thibaut parut réellement touché, comme enfin important, ou juste visible.

— J'appréciais nos conversations après le Cercle, avoua-t-il, mais je pensais que vous faisiez cela avec tout le monde.

— Alors on commence par un café ?

— Chez vous ?

— Assis sur mes cartons ? s'amusa son interlocuteur.

Thibaut, pris de court mais confiant, s'autorisa alors à entrouvrir sa porte.

— Cinq minutes, le rassura Andréas, on va y aller par étapes. Faudrait pas que vous deveniez d'un coup jet-setteur ultra-mondain.

— Ne vous moquez pas, se détendit Thibaut.

Lorsqu'il pénétra dans l'appartement parfaitement rangé de son hôte, Andréas constata avec plaisir la propreté de chaque pièce, la télévision grand écran, les manettes de jeu, les revues par centaines portant sur tous les sujets, et il se dit qu'il serait bien, ici, pour les prochains jours. Malheureusement pour celui qui l'avait invité à entrer, il ne pouvait y avoir deux Dalmas. Andréas ignorait encore combien de temps son visage resterait inconnu et combien de temps il faudrait aux flics pour faire dire à Anna tout ce qu'elle savait de lui. Il lui fallait au plus vite une nouvelle panoplie, carte bleue, téléphone et carte d'identité. Savoir surtout si Thibaut était aussi isolé qu'il le prétendait.

Cafés sur la table, Andréas demanda du sucre qui envoya le jeune homme dans la cuisine et profita des secondes de son absence pour empoisonner la tasse en face de la sienne. Rivotril liquide, un sédatif si efficace qu'il est le favori de tous les criminels, assassins, kidnappeurs et violeurs. Si efficace que même les laboratoires pharmaceutiques s'en sont inquiétés et l'ont teinté de bleu pour qu'il puisse se voir dans l'eau ou l'alcool. Ils n'ont pensé ni aux cocktails colorés, ni au café noir. À son retour, Andréas chercha les réponses à ses questions. Il avait approximativement deux minutes pour cela.

— Ça doit vous faire bizarre de me voir ici, non ?

— Vous êtes probablement une des personnes que je fréquente le plus souvent. Reste que oui, ça fait bizarre.

— Mis à part le Cercle, vous avez réussi à rencontrer des gens ? Des voisins ? Des amis ? Les réseaux sociaux, éventuellement ?

— Vous ne devez pas les utiliser souvent, s'étonna le jeune homme. J'ai essayé, c'est quand même très violent. Dès que j'ose parler de ma vie ou de mes problèmes, tout le monde se moque de moi. On m'a même incité au suicide à tant de reprises que j'ai considéré l'option.

— Six fois, je sais.

— J'oubliais, pardon. Puis j'ai effacé mes profils. Sauf un.

Thibaut hésita, un peu gêné. L'autre le mit en confiance.

— Allez, racontez-moi. Vous m'en avez déjà dit beaucoup depuis qu'on se connaît.

— J'ai gardé celui où je suis steward, avoua-t-il. Je voyage dans tous les pays, dans tous les plus beaux hôtels et, pour illustrer mes mensonges, je choisis sur Internet des photos de couchers de soleil de toute la planète, de jolis hôtels et de palaces. Les garçons sont jaloux, parfois insultants, mais là, c'est agréable. Et les filles me compli-mentent. C'est ridicule, non ?

Absolument pas, Thibaut, pensa Andréas. Tu changes de vie. Je fais pareil. Sauf que tu l'inventes et que moi, les vies, je les vole. Bientôt la tienne.

Une ouate épaisse s'installa dans le crâne du jeune homme, sa nuque se détendit, comme faite d'une pâte à modeler tiède, et un épuisement chimique écrasa ses paupières. Pour une fois qu'il recevait du monde, se dit-il. Il s'apprêta à s'excuser juste avant de s'écrouler de tout son poids sur le parquet du salon, emportant avec lui les tasses et le sucre en poudre.

*
* *

Quand Thibaut se réveilla, extrait des brumes, il sentit le contact doux des serviettes de bain qui l'entouraient, elles-mêmes entourées de larges liens qui bloquaient ses bras. Il leva ensuite les yeux vers Andréas qui ne put s'empêcher de s'expliquer.

— C'est pour l'autopsie, au cas où. Je ne vous tue pas tout de suite, pour laisser le temps au sédatif de quitter votre sang. Les serviettes aussi, c'est pour faire tampon, sinon les liens feraient des ecchymoses qui se verraient sur votre peau. Maintenant, il faut juste que vous déci-diez si vous voulez partir calmement ou violemment. Pour le même résultat, vous l'imaginez. En plus, je veux juste le code de votre téléphone, celui de votre carte bleue et celui de votre ordinateur.

Thibaut n'avait pourtant jamais ouvert sa porte à qui-conque.

Sur le moteur de recherche de l'ordinateur, Andréas posa une série de questions sans ambiguïté. « Comment en finir ? » « Comment en finir sans emmerder personne ? » « Comment en finir proprement ? » Le dossier de Thibaut mentionnait une personnalité introvertie à l'excès, persuadée de n'être qu'une gêne, toujours à s'excuser, le genre à boire un vin bouchonné et à sourire au serveur, à demander pardon quand on le bousculait, à s'inquiéter de la voiture de celui qui venait de l'emboutir, pour autant qu'il aille un jour au restaurant, dans la rue ou qu'il monte dans une voiture. Le genre à vouloir partir tout en facilitant au maximum le travail des pompiers.

La pendaison sans poutre au plafond, compliqué. Le suicide aux cachets, la plupart du temps, se finissait dans une flaque de vomi. Les poignets entaillés, beaucoup trop de sang. Sauter par la fenêtre, pauvres secours, à ramasser à la main des petits morceaux de lui-même, et la voirie, à nettoyer au matin le rouge sur le trottoir avant que les gamins du quartier partent pour l'école. Au sujet des suicides, Andréas consulta une page évoquant un vieil Italien qui avait mis fin à ses jours en s'entourant la tête de scotch. Voilà un mode opératoire qui correspondrait parfaitement au profil de Thibaut.

Avec la carte bleue, Andréas acheta du scotch noir épais dans un magasin de bricolage à quelques stations de là. Ainsi, lorsqu'il quitterait l'appartement, que les émanations du corps indisposeraient les voisins et qu'une brigade du commissariat local enfoncerait la porte, le scénario serait si lisible qu'il serait inutile d'en chercher un autre. L'achat du scotch avec la propre carte du suicidé, les recherches sans équivoque sur Internet, aucune trace de rixe, et même si par excès de zèle on en venait à procéder à une autopsie, il n'y aurait plus de traces de sédatif, en tout cas pas assez pour penser à un empoisonnement puisque, de toute façon, l'autoétouffement serait la cause de la mort. Andréas faisait cela depuis longtemps maintenant, mais c'est uniquement parce qu'il ne sous-estimait jamais l'intelligence des policiers qu'il leur échappait à chaque coup.

Le soir, il demanda si Thibaut avait une dernière volonté, et comme la vie de ce dernier avait été un échec merdique de son début à sa fin, il eut beau réfléchir, il ne trouva aucune réponse valable.

— Non. Ça va, finit-il par dire simplement.

— Sérieux ?

Andréas déroula une longueur de scotch et se plaça derrière le jeune homme. Il ne faudrait pas qu'il oublie d'utiliser les mains de sa victime pour gratter un peu du large ruban adhésif qui l'étoufferait, afin que l'on retrouve sous ses ongles la preuve que l'instinct de survie avait opéré.

— À moins que…

Le monstre suspendit son geste.

— J'imagine que vous allez refuser, mais…

— Essayez toujours.

— Il y a une série que je voulais finir ce soir. C'est au sujet du personnage d'Hannibal Lecter, tiré du roman de Thomas Harris *Dragon rouge*, mon thriller préféré. Je crois que ça m'ennuierait de partir sans connaître la fin.

Ce sont juste les deux derniers épisodes de la troisième et dernière saison.

— Oui mais j'ai pas vu les deux saisons précédentes, moi. Je vais être paumé, fit remarquer Andréas, son scotch toujours entre les mains.

— Après, ça me dérange pas de reprendre au début. Je cherche pas à gagner du temps, hein ? De toute façon, j'ai voulu en finir six fois.

— Je sais.

— Je sais que tu sais, le tutoya-t-il. Mais si tu fais ça sans violence, ça me convient. Au moins, toi, tu auras le courage. Je peux cuisiner aussi. Pour les derniers moments, on pourrait se faire plaisir.

— Tu vas pas me demander pourquoi je fais ce que je fais, le but que je poursuis, ce qui me motive ? demanda son bourreau.

— Non. Promis.

— Tu cuisines bien ?

— C'est le seul truc que je fais de bien, je crois.

Normalement, ils criaient, chialaient, suppliaient. Normalement, c'était surtout des jeunes filles.

Et pourquoi pas ? se demanda Andréas. Il devait de toute façon attendre ici quelques jours pour voir comment la police réagissait et, au contraire de Thibaut, il n'aimait pas trop la solitude.

— Il a existé, Hannibal Lecter ? demanda le monstre en défaisant les liens.

— Non, c'est un personnage fictif. Personne n'est aussi pervers.

— Détrompe-toi, Thibaut, sourit-il.

- 6 -

Quelques jours plus tôt.

L'entretien qui suivait allait dessiner un clair-obscur embarrassant pour l'équipe de Saint-Croix qu'elle résumerait ainsi à Coste : « Je préfère que Melchior vous raconte cela lui-même. Ici, personne ne sait quoi en penser. Ce qu'elle lui a confié est assez perturbant. »

*
* *

Melchior avait reçu le dossier d'enquête sur Anna Bailly et les quelques documents qui avaient pu être collectés comme autant de pièces de puzzle de sa vie, sur l'école, le collège, la famille et la confrère psy qui l'avait suivie un temps. Il y avait aussi, photocopiées, les quatre-vingt-huit pages de son journal intime, celui d'une gamine de quatorze ans à l'époque. Peu avant le rendez-vous, il en relut un passage, avec autant de dégoût que la première fois.

« Je me souviens de mes huit ans. J'aimerais avoir encore cet âge. C'était plus simple. Il ne me faisait que des caresses. Il ne me donnait que des baisers. On ne l'avait pas encore fait, lui et moi. Je trouvais ça beau, c'était de l'amour et, comme je n'en parlais à personne, je trouvais ça normal. J'avais, rien que pour moi, les attentions de celui qui était le plus important à mes yeux, je me sentais flattée. Parfois, il ne venait pas pendant plusieurs nuits et je me demandais ce que j'avais fait de mal. J'avais peur qu'il ne m'aime plus. Alors c'est moi qui allais vers lui. On recommence ? je lui disais. »

Anna, si jeune, avait une écriture d'adulte. Désarmante, intelligente, en un mot remarquable. Cela s'expliquait par les photos du dossier de sa chambre, où sa bibliothèque couvrait un mur entier, car la lecture apprend à parler et à écrire. De plus, ce qu'elle avait subi de son père l'avait projetée violemment hors du monde de l'enfance, et sa maturité forcée se révélait sous ses mots ingénus.

Melchior, grand échalas quinquagénaire aux lunettes rectangulaires surmontées par des cheveux ébouriffés en tignasse blanche, avait pour habitude d'éviter de se placer derrière son large bureau afin de ne pas créer de distance entre lui et son patient. Les entretiens se faisaient presque côte à côte, à la manière d'une discussion entre amis. Pourtant, à la lecture du dossier fourni par Saint-Croix, il avait compris qu'Anna aurait besoin d'espace et que plus on l'approcherait, plus elle se fermerait. Alors il était là, à plus d'un mètre d'elle, face à cette femme de vingt-quatre ans qui en paraissait dix-huit à peine.

La décoration se contentait d'une peinture chaude aux murs, rassurante, et d'un immense tableau de l'intérieur d'une géode améthyste violet profond dans laquelle on pouvait se perdre et devenir infiniment petit ou se reposer un instant, le temps d'y chercher du calme ou des souvenirs.

Conscient de l'intelligence et de l'instruction d'Anna, Melchior se résolut à ne pas la sous-estimer.

— Ne vous étonnez pas, je parle énormément, dit-il, et je suis parfois exagérément technique, déformation professionnelle. Mais je vais vous parler comme je parle à n'importe qui. Si un mot vous échappe ou si vous ne comprenez pas mon jargon, dites-le, n'hésitez pas, je ne me vexe jamais.

Anna leva les yeux et le regarda pour la première fois. Le dévisagea plutôt, avec attention, pour ne pas avoir à y revenir.

Et comme toutes et tous, Melchior fut saisi par les traits de son visage. Coste l'avait vue figée en photo, lui la voyait vivre et respirer. Il nota bien sûr ses yeux immenses et éloignés l'un de l'autre, identiques à ceux des félins qui doivent percevoir les menaces latérales pour survivre. Des yeux d'une couleur vert jade qu'il n'avait jamais vue ailleurs, peut-être imaginée pour elle seulement, des lèvres sans fin… Et sous la peau de ses joues, de ses tempes et de son cou, diaphane et aussi fine que le givre, couraient des veines que l'on croyait voir palpiter. Elle était fantastique, comme on le dit des créatures imaginaires.

Sur le bureau du psy restait encore la photo de l'avis de recherche lancé lors de sa disparition à ses quatorze ans et les dissonances de son visage, à cet âge, avaient dû être sources de moqueries. Cette même désharmonie et cet air sauvage, aujourd'hui, étaient profondément troublants.

Elle baissa les yeux et le délivra enfin, le souffle coupé. Melchior se reprit alors et poursuivit son but. La rassurer, mais, par-dessus tout, être honnête. C'était là sa grammaire habituelle.

— Dans les semaines à venir, tous les gens que vous allez rencontrer vont vous demander la seule et unique chose que vous êtes incapable de faire. Retourner dans ce sous-sol, avec lui. Vous souvenir de tout, dans l'espoir d'y trouver un indice. Vous comprendrez rapidement que l'intérêt que l'on vous porte ne poursuit qu'un seul but, identifier et neutraliser celui qui a été votre prédateur, et vous dire le contraire serait vous mentir. Pourtant, je vous assure qu'il n'y aura de répit pour vous que lorsque vous le saurez entre quatre murs, incapable de vous atteindre de nouveau, enfermé pour répondre de ses actes, même si, je le sais, ils sont irréparables. Alors, s'ils sont irréparables, vous vous demandez à quoi bon. À quoi bon être là, à quoi bon retourner dans la cage ? Pourquoi je ne vous propose pas une simple lobotomie ou des heures d'hypnose pour rayer les dix dernières années ?

À dire vrai, s'il n'y avait eu ce monstre et ce qu'il pouvait commettre encore, l'une ou l'autre de ces solutions aurait été la plus rapide, tant il y avait de travail de psychanalyse à venir pour qu'un jour Anna puisse refaire surface.

— Parce que je suis comme les autres, avoua-t-il. Je ne cherche qu'à vous donner le courage de revivre ces instants pour y trouver des réponses. Je vous le promets, il y aura un temps pour tenter de vous réparer, pour trouver les matériaux pour vous reconstruire, mais ce temps n'est pas venu, j'en suis désolé. La seule chose que je peux vous assurer, c'est que le programme vous offrira ensuite une nouvelle vie, ailleurs, sous une nouvelle identité, si vous le souhaitez.

Pour l'instant, la découverte d'Anna n'avait pas été relatée à la presse et son visage échappait ainsi à la une des quotidiens. Mais aucune affaire ne reste à jamais secrète et lorsque le prédateur tomberait, l'enquête serait disséquée, analysée, portée à l'écran, détaillée dans de grands articles, et Anna serait à jamais la « Victime 1 ». Changer de vie pourrait alors s'avérer nécessaire.

— Pas loin de vingt policiers le traquent jour et nuit, et lorsque vous aurez accepté de nous parler, vous choisirez sur la planète le lieu de votre renaissance.

Melchior entendit son propre chantage, Anna leva les yeux et il découvrit l'intonation de sa voix pour la première fois, ni féminine ni masculine, mais qu'il aurait tout de même imaginée deux tons plus aiguë.

— Si je vous parle ?

— Mes excuses, se reprit-il. Je connais la présidente de ce programme et je refuse de croire que c'est une condition. Que vous nous parliez ou non, quelles que soient les bribes qui vous reviennent en mémoire, nous vous protégerons. Mais en toute honnêteté, votre colla-boration pourrait être décisive. Désolé de vous charger de cette responsabilité, mais il est le pire de ce que la société peut engendrer, une menace comme il en existe peu, un esprit malveillant, corrompu à l'excès, qui n'a trouvé de satisfaction que dans la destruction de la vie des autres. Et qui pourrait à tout moment recommencer.

Une larme roula sur la joue de la jeune femme que d'un geste de la main elle effaça avant que le psy puisse la voir.

— Il s'est arrogé le droit de prendre, d'enfermer, de voler des existences, de torturer, de tuer et d'en jouir. Lui, comme d'éventuels complices, tous ceux qui ont pu apporter le moindre soutien à ce monstre ou faciliter d'une manière ou d'une autre son entreprise, tous ceux-là seront punis, et vous pouvez être l'une des armes de cette punition.

Une autre larme coupa cette fois-ci brusquement le flot de paroles de Melchior. Anna entrouvrit les lèvres, la larme s'y posa, et le psy laissa aux mots le temps de trouver assez de courage pour les franchir.

— Alors, moi aussi... chuchota-t-elle.

Il comprit avant même qu'elle poursuive qu'il venait de briser tous les ponts possibles entre eux. Qu'avait-elle dû concéder et accepter de faire pour rester en vie si longtemps, quand certaines n'avaient pas tenu plus de quelques jours ? « Tous ceux qui ont pu apporter le moindre soutien à ce monstre seront punis », venait-il de dire. S'entendait-elle complice à travers les mots du psy ? Il lui parlait du diable, et elle n'entendait parler que d'elle.

— Moi aussi, je suis un... monstre ?

7

Melchior préféra commencer par le prédateur, histoire de laisser cela derrière eux pour le reste de la conversation.

— C'est de toute façon le sujet sur lequel on en sait le moins, ajouta-t-il à l'attention de Coste, à l'autre bout du fil.

— Trachée écrasée, strangulation, et traces de benzodiazépine sur les deux victimes découvertes, Salomé Acker et Garance Perthuis. C'est une manière de tuer, et pas vraiment un mode opératoire complet, fit remarquer le flic, lui-même penché sur les dossiers d'enquête.

— J'y vois une recherche de simplicité. Comme s'il ne se délectait pas spécialement du fait de tuer, comme s'il tentait de se rendre la chose plus facile. D'abord un sédatif pour endormir, puis un coup violent sur la trachée afin de briser les cartilages du larynx, d'empêcher la respiration et de laisser un accès direct aux carotides, de manière que l'étranglement prenne moins de temps. Et si la situation lui échappe ou s'il fait une mauvaise rencontre, il lui reste son arme, le revolver Manurhin découvert en perquisition.

— Pas vraiment le genre d'assassin à aimer voir ses victimes se débattre.

— Ni à les regarder dans les yeux quand il les tue. Il pourrait davantage jouir du résultat de leur mort que de l'acte homicidaire en lui-même. La détresse des proches pourrait l'exciter, par exemple. Cela pourrait correspondre avec le tableau mis en scène lors de l'enlèvement d'Anna. Des parents qui se réveillent avec leur bébé entre eux. Un tableau familial brisé au réveil quand ils constatent la disparition de leur fille. Après, c'est seulement une hypothèse, je peux vous en tricoter douze autres en trois minutes.

— C'est là tout le charme de l'imprécision du profiling.

— Nous sommes d'accord. Voilà qui conclut nos dérisoires connaissances sur l'ennemi numéro un en France.

— Et c'est visiblement à moi de combler les trous.

Melchior referma le fin dossier qu'il avait sur le monstre puis en fit glisser un autre devant lui, sérieusement plus fourni.

— Passons à Mlle Bailly, voulez-vous ?

Coste tourna une page de son carnet et nota le prénom d'Anna qu'il souligna deux fois.

— Anna a été en échec scolaire toute son enfance, commença le psy, ce qui ne fait pas d'elle une idiote, bien au contraire. Excepté en français, rien ne dépasse la moyenne. L'échec scolaire volontaire peut parfois être un appel à l'aide. Au collège, elle est victime d'une agression sexuelle qu'elle dénonce et le gamin se fait renvoyer. C'est probablement la seule et unique fois qu'on l'écoutera. Plusieurs tentatives de suicide sans réel danger, avec des entailles superficielles, à nouveau des appels à l'aide, mais qui ont justifié de courts séjours

94

à l'hôpital psychiatrique Sainte-Anne. Elle y verra une psy au cours de nombreux rendez-vous, lui racontera sa situation, son rapport avec son père, et la psy conclura à de la mythomanie.

— Aussi facilement ?

— Il y a peut-être une raison à cela. Lors de l'enquête des services sociaux sur le père, ils découvriront que la psy était une de ses anciennes camarades de fac. Difficile d'être objective, surtout quand on a eu une petite histoire d'amour avec celui qui est accusé.

— Plutôt risqué de sa part de la choisir elle, remarqua Coste.

— Par la suite, ses parents ont un nouvel enfant, un petit frère, et Anna disparaît alors qu'il n'a que quelques mois. Pour le reste, vous la comprendrez mieux avec son journal intime. Vous l'avez lu ?

— Les exactions de son père n'ont aucun rapport avec le type qu'on traque, résista Coste.

— Écoutez, après son père et son prédateur, vous serez le troisième adulte masculin de sa vie. Ce serait peut-être pas mal de vous y intéresser.

Puis Melchior avait poursuivi et relaté le seul entretien passé avec Anna et, évidemment, Coste avait rebondi sur les derniers mots prononcés par la jeune femme.

— Elle s'est elle-même appelée ainsi ?

— Monstre, oui. Mais c'est en partie de ma faute, précisa le psy comme pour la défendre. Dix longues années, capitaine. Peut-être au fil du temps ont-ils ne serait-ce que partagé des repas ? Peut-être a-t-elle évité le pire en cuisinant pour lui, en lavant ses fringues, en ayant de simples conversations, en étant sa confidente, qu'en sais-je ? Probablement pire et que je ne préfère pas verbaliser tant c'est évident… Mais cela a pu suffire pour qu'elle se sente complice.

Par nature, Coste restait méfiant.

— Ça pourrait aller jusqu'au syndrome de Stockholm ?

— L'expression est galvaudée. Cela concerne essentiellement les otages, et notre homme n'avait visiblement aucune intention de la libérer. Mais allons dans votre sens, pourquoi pas. Un des prérequis à ce syndrome est la naissance d'une hostilité envers les forces de l'ordre. Une rancœur qui viendrait du fait que les otages sont persuadés que les difficultés à être libérés viennent directement des policiers qui n'accèdent pas aux demandes des ravisseurs. Mais dans notre cas, votre homme n'a jamais fait la plus petite requête à qui que ce soit, ni même été en contact avec la police. De plus, si j'en crois le rapport, Mlle Bailly s'est jetée dans les bras du flic qui l'a découverte.

— Ce n'est pas vraiment ce que l'on peut considérer comme une réaction hostile, effectivement.

— Un autre point essentiel, poursuivit Melchior, voudrait que l'otage puisse adhérer à la cause de ses ravisseurs. J'imagine difficilement que Mlle Bailly ait pu trouver séduisant qu'il enlève et étrangle des jeunes filles entre quatorze et seize ans. Ajoutez les fractures multiples qu'évoque son dossier médical, aucune case n'est cochée. Au sujet des fractures, d'ailleurs, j'ai invité les enquêteurs à se diriger vers une personne qui aurait des notions de médecine. Si elles sont correctement consolidées et qu'elles ne génèrent pas de handicap visible, les radios montrent qu'elles ne semblent pas avoir été traitées par un professionnel, ou soignées dans un hôpital. Un infirmier, peut-être, un docteur, pourquoi pas. Le nombre d'années d'études n'empêche pas d'être un détraqué. Le père de Mlle Bailly était bien médecin généraliste, ça n'a rien évité.

— Ça peut être tout autant de la bidouille avec des tutos sur Internet. Réparer un doigt cassé, c'est pas non plus de la microchirurgie.

Coste rappela au psy son ancienne patiente de la PJ, elle aussi capable de tirer sur tous les fils d'une même situation.

— Je vous aime bien, les bons policiers. Il y a trois genres d'observateurs. Les rationnels, les flics et les scénaristes. Pour une montre trouvée au sol à midi, et indiquant 8 heures du matin, un rationnel va penser qu'elle s'est arrêtée en tombant ou qu'elle n'a plus de pile. Un flic pensera que c'est l'heure de l'agression de son propriétaire. Un scénariste ira jusqu'à penser qu'elle appartient à un voyageur temporel qui a fait un bond de quatre heures en arrière. Sans verser évidemment dans la science-fiction, un enquêteur avisé ne doit écarter aucune piste, alors OK pour la possibilité d'un néophyte bidouilleur de plâtre.

— Ce qui nous laisse toujours un profil de prédateur protecteur. Il la maintient en vie, la répare, et si j'en crois les photos, elle n'a pas été sous-alimentée, comme on a pu le voir dans d'autres affaires où les victimes étaient retrouvées amaigries, voire squelettiques. Vous pensez qu'il a essayé de jouer avec elle le plus longtemps possible ?

— C'est un être au cerveau unique. Totalement dérangé, mais unique. Et Anna aussi, à sa manière, est unique. Intellectuellement. Physiquement. Il a pu subir une vie de rejet et trouver chez elle quelque chose qui lui parle, qui le rassure. Comprendre sa différence et l'embrasser. L'aimer peut-être.

— Le rapport médical n'indique aucune lésion vaginale ou anale. À moins qu'elle ait préféré consentir. Reste une dernière option.

— Ce qui ferme la boucle en répondant à votre première question. Vous me demandez en somme si elle a pu développer des sentiments amoureux envers son geôlier, ce que vous appeliez incorrectement « syndrome de Stockholm » ? Je vous le répète, j'en doute. Les fractures, sa culpabilité, le fait qu'elle se jette dans les bras du commandant de police qui l'a retrouvée. Il va falloir être très ouvert, Coste. Ne pas la juger. Il faudra apprendre à accepter, vous mettre à sa place, imaginer ce qu'elle a payé pour être vivante. Ce n'est que si vous lui laissez son rôle de victime qu'elle se résoudra à nous parler. Vous devez créer une relation de confiance pour qu'elle vous aide à trouver cette ordure, et si c'est possible, l'emplacement des autres victimes. S'il a gardé Anna si longtemps, peut-être en existe-t-il une autre vivante, ailleurs ? Et si notre compte de dix n'est pas le bon, elle seule pourra nous le dire.

Melchior s'interrompit, conscient de la charge de responsabilité qu'il venait de mettre sur ce flic qui n'avait rien demandé.

— Je peux vous appeler de temps en temps ? s'enquit Coste.

— Vingt-quatre heures sur vingt-quatre, sept jours sur sept, capitaine.

8

Incapable de distinguer réellement les jours des nuits qui suivirent son sauvetage, Anna Bailly s'était laissé transporter, mutique, d'un examen médical à l'autre, d'un service de police à l'autre, sans opposer la moindre résistance, sans jamais demander la moindre chose, en dormant quand on lui présentait un lit, en signant quand on lui mettait un stylo entre les doigts, en mangeant lorsqu'on lui proposait un repas. Hors de toute réalité, hors de son corps, elle semblait ne même pas avoir conscience d'exister, à croire que si elle avait vu sa main prendre feu, elle aurait regardé les flammes en s'étonnant de ne pas entendre crier celle à qui elle appartenait.

Sans perdre de temps, on avait noté ses mensurations, fait des courses vestimentaires, constitué une trousse de toilette rudimentaire, et le tout était à présent enfoui dans un petit sac de voyage posé sur le fauteuil en skaï de sa chambre d'hôtel, surveillée par un flic en faction assis sur une chaise devant sa porte, ce qui provoquait la curiosité des autres clients de l'étage.

Assise sur le rebord de son lit, dans un jean large, cachée dans un sweat à capuche, Anna avait les yeux fatigués de ne pas avoir réussi à dormir de la nuit, une fois de plus. Le confort soudain peut être déroutant.

Au matin, le téléphone de sa chambre avait sonné pour l'informer que son escorte se présenterait à 15 heures exactement.

Les deux policiers en civil avaient toqué doucement à sa porte et avaient attendu qu'elle ouvre d'elle-même, bien qu'ils aient une copie de la carte-clé de sa chambre. L'important était de lui faire sentir que plus jamais personne ne violerait son intimité. On la prévenait de tout ce qu'elle allait faire, et Saint-Croix lui avait même précisé la localisation de la résidence surveillée, puisqu'elle en sortirait à son gré et travaillerait à l'extérieur, pour assurer sa couverture.

— Bonjour, je m'appelle Tom, avait dit le premier, un grand gaillard taillé sur le modèle viking.

— Alix, avait dit la seconde en lui souriant.

— Anna Bailly, avait-elle seulement chuchoté, comme si elle ne savait que cela d'elle.

— Si tu as la moindre question, n'hésite surtout pas. On sera ton escorte jusqu'à la prochaine étape. Là où tu seras en sécurité.

« En sécurité. » Anna sembla en douter et plongea son regard au fond des yeux d'Alix, comme si rien de tel, un jour, ne pouvait lui arriver.

— C'est où Saint-Pierre ? finit-elle par demander.

— Tu vois le Groenland ? C'est mille cinq cents kilomètres après, répondit Tom sur un ton qui se voulait sympathique.

— C'est loin.

— C'est bien, non ?

— Oui, c'est bien, avait-elle reconnu, rassurée.

Aéroport Roissy Charles-de-Gaulle.
Zone d'embarquement.

Pour une jeune femme de vingt-quatre ans restée dans un sous-sol depuis si longtemps, se retrouver plongée dans les lumières scintillantes des duty free, de leurs publicités aguicheuses, enveloppée par la mélopée incessante des annonces de services et des passagers qui couraient vers leur avion en maltraitant les roulettes de leurs valises pouvait donner l'impression d'être une petite bille dans un flipper géant.

La découverte du cadavre de Garance Perthuis avait fait la une de tous les journaux et même si Anna avait été passée sous silence, qui savait ce qu'un bon journaliste pouvait dégoter ? Il avait donc été jugé préférable de modifier légèrement son aspect. Avec ses cheveux décolorés et désormais blond vénitien, rétrécis d'une bonne trentaine de centimètres, derrière ses larges lunettes de soleil impénétrables, elle ressemblait à une petite starlette paumée entre deux concerts.

Elle avait bloqué devant un immense mur de parfums dont les fragrances accumulées et mélangées n'avaient à la fin plus rien d'agréable.

— Y a un truc qui te ferait plaisir ? lui demanda Alix.

— Tout sent déjà très bon, merci, se contenta de répondre Anna.

L'escorte la laissa alors musarder tranquillement et rejoignit Tom, son collègue qui faisait là sa première mission, à scruter l'entourage, assis sur l'un des confortables fauteuils de la salle d'attente.

— J'aimerais pas être à la place de Coste, lui dit Alix en s'affalant dans l'un d'eux. À chaque fois qu'elle parle, elle me pète le cœur, cette gamine.

— D'un autre côté, on ne peut pas dire qu'elle soit bavarde, c'est un avantage.

— Elle parle, le corrigea-t-elle. Quand elle le décide, et avec qui elle le décide. Comme les chats avec les caresses.

9

Avec seulement trois meurtres commis sur l'île lors des quarante dernières années, Armand Bisset était le passionné de criminologie le plus désœuvré de son époque. Officiellement archiviste de Saint-Pierre, il avait dû s'intéresser à toutes les grandes affaires judiciaires de métropole afin d'assouvir sa fascination pour l'histoire criminelle.

Ainsi, lorsqu'il avait appris, six années plus tôt, l'identité du nouveau chef des Frontières, une exaltation carabinée s'était emparée de lui. Coste. Victor Coste ! Capitaine du SDPJ 93 pendant quinze années. Le 93 et son record annuel d'homicides faisaient de lui le flic aux deux cent soixante-quinze enquêtes de meurtre. Contre trois pour le vieil Armand.

Dès la prise de fonction du policier de métropole, une question n'avait cessé de tarauder l'apprenti criminologue : « Pourquoi ? » Pourquoi un flic de cette trempe était-il venu à Saint-Pierre où la matière première de son travail était si rare ? Si rare que le centre pénitentiaire de l'île n'accueillait que cinq cellules, la plupart du temps vides, avec comme seuls prisonniers les surveillants, bien obligés d'y vivre. Alors quoi ? Une mutation forcée ? L'envie d'une vie plus calme ? Autre chose ? Et il y avait tant de possibilités dans cette dernière éventualité que cela lui donnait un tournis auquel Armand n'avait trouvé qu'un seul remède : le harcèlement pur et simple. Et sa situation inespérée de voisin le plus « proche » avait grandement facilité les choses.

Il avait d'abord timidement déposé sur le pas de la porte du policier un exemplaire de son livre *Crimes et délits à Saint-Pierre-et-Miquelon*[1], dont la liste, exhaustive jusqu'au XIXᵉ siècle, s'arrêtait au 31 décembre 1888 avec l'affaire Néel, le meurtre infâme d'un pêcheur tant lardé de coups de couteau qu'il avait presque été démembré et son tronc, coupé en deux à quelques entailles près. Suivaient l'interpellation de son assassin, le verdict d'une peine capitale, la guillotine pas assez aiguisée tombant sur la tête sans réussir à la séparer entièrement du reste du corps, et le bourreau qui avait dû finir le travail au couteau à poisson. Avec un final aussi extrême et sensationnel que celui-ci, Armand ne pouvait être qu'en manque, et ce manque durait depuis bien trop longtemps. Voilà pourquoi il s'était même autorisé à traverser le kilomètre qui le séparait de son voisin pour venir directement frapper à la porte de la résidence qu'il ignorait surveillée, et Coste, à de nombreuses reprises, l'avait vu faire sur son écran de vidéosurveillance, sans réagir pour autant.

Il fallut une quinzième tentative pour que le flic sorte enfin et verbalise un « non » qu'il pensait définitif.

---

1. *Crimes et délits à Saint-Pierre-et-Miquelon*, de Rodrigue Girardin, Éditions Azimut975.

— Un vieil homme comme moi… Je suis bien inoffensif. Vous n'avez pas de cœur, Coste.

— Vous n'avez pas de manières, Bisset.

Puis un soir, il y a quatre ans, une jeune fille d'à peine treize ans, toute de noir vêtue jusqu'à ses cheveux, casque audio autour du cou, toqua à son tour à sa porte puis s'assit sur les trois marches qui la desservaient, indiquant clairement qu'elle attendrait le temps qu'il faudrait. Coste l'avait observée devant son écran et, de guerre lasse, il était allé se faire un café, avait envoyé quelques mails, et constaté enfin qu'elle était toujours là, une heure et vingt minutes plus tard. Il était donc sorti avec sa tête des mauvais jours puisqu'il ne portait que celle-ci, mais cela n'avait pas freiné la gamine.

— Vous savez qu'il va mourir bientôt ? lui avait-elle dit au sujet de son grand-père, comme on parle d'un banal rendez-vous à venir.

Bien sûr, dès les premières tentatives du vieil homme, le flic s'était renseigné sur son entêté voisin. Il était malade, toute l'île le savait et le considérait comme en sursis. Sur ses mains, son cou et ses bras dansaient des fleurs de cimetière de toutes les nuances de violet. Il traînait derrière lui un petit chariot portant une bouteille d'oxygène pour parer à un asthme sévère, ce qui était la moindre de ses affections. Coste avait pesé le pour et le contre, et même si ce dernier l'emportait largement, il ne s'était pas résolu à priver Bisset de ce qu'il chérissait le plus. Il n'avait d'ailleurs jamais compris pourquoi on interdisait l'abus d'alcool, de cigarette et de chocolat dans les maisons de retraite pour faire payer aux vieilles personnes le prix de quelques mois ennuyeux de vie supplémentaire. Et pourquoi ne pas les atomiser aux champignons hallucinogènes et au cannabis ? C'est toujours plus agréable que la télé fixée au mur de la chambre qui vous regarde mourir une émission après l'autre, pensait-il.

Alors un soir compliqué, où la solitude qu'il chérissait n'était plus de bonne compagnie, il s'était pointé, une bouteille à la main, acceptant d'offrir à Bisset sa came préférée.

L'affaire de Camille Soultier, celle de Vesperini, celle de la famille Mosconi[1], et les autres, même si elles avaient moins défrayé la chronique. Bisset les connaissait toutes, mais on les lui racontait cette fois-ci de l'intérieur, et il écoutait religieusement, les yeux grands ouverts, imaginant chaque scène de crime, s'amusant des fausses pistes et des erreurs, comme dans tous les bons romans policiers. Cet exercice de mémoire permettait aussi au flic de repartir dans ses souvenirs, au sein de cette équipe qui avait longtemps été son unique repère, et le résultat donnait invariablement une nostalgie agréablement douloureuse.

Ces rendez-vous s'étaient multipliés, parfois en la présence d'Esther, la petite-fille de Bisset, résolument gothique et que Coste avait fini par surnommer Mercredi, l'ado de la *Famille Addams*, amère et ténébreuse.

Vint un soir d'hiver lors duquel Bisset s'était à nouveau invité, juste après une rechute qui l'avait envoyé quelques jours aux urgences dont personne n'avait pensé qu'il res-

---

1. Personnages principaux des trois opus de la *Trilogie 93*, informations garanties sans divulgâchis.

sortirait. Ce soir-là, par compassion ou par amitié, Coste se décida à lui offrir un peu plus que sa came habituelle, quitte à lui faire frôler l'overdose.

— Tu sais garder un secret, Armand ?

— Jusque dans ma tombe, Victor, et tu risques de ne pas attendre longtemps.

Le flic lui avait donc raconté. Tout.

Quand le vieil homme réalisa que son voisin, outre son expérience criminelle, était un peseur d'âmes, et que la maison dans laquelle il se trouvait était protégée par le secret-défense, qu'elle servait de refuge le temps que les repentis se repentent vraiment, expliquant les longues semaines lors desquelles le capitaine de police était inapprochable, le masque à oxygène vint se coller à sa bouche pour de longues inspirations, tant le bonheur lui avait ôté le souffle. Il n'était plus dans ses livres, il n'était plus dans les histoires racontées, mais bien dans le présent, là et au moment où se passaient les choses, et s'il avait fallu décider d'un jour précis pour partir, c'est celui-ci qui aurait emporté son choix.

— Je le savais, Victor. Je savais qu'il y avait quelque chose de plus, triompha-t-il, heureux.

Pourtant, quatre ans plus tard, le seul ami de Coste s'accrochait toujours, démentant les faibles probabilités comme les pronostics hospitaliers, et aujourd'hui le flic contrarié par sa nouvelle mission était venu se faire payer un verre, même si c'était lui qui apportait la bouteille. Il appréciait les petits alcools de grand-mère de Bisset, du porto au muscat, mais il avait envie, particulièrement ce soir, de son poison favori.

Il croisa la gamine corbeau, assise sur le plus avancé d'une série de rochers dont seuls deux étaient encore couverts d'une fine couche des dernières neiges, posés face à l'océan, puisque à peu près tout, à Saint-Pierre, faisait face à l'Atlantique, un gros pull noir sur le dos, plongée dans sa musique, un carnet à dessin entre les mains, au bout du jardin laissé en friche de Bisset.

— Salut, Mercredi.

— Salut, Coste.

— Toujours pas d'amis ?

— Toujours pas de vie ?

C'était suffisant. Ils s'aimaient bien comme ça.

Mercredi n'affrontait jamais du regard, elle passait par en dessous ou regardait de côté comme on surveille. Elle sourit toutefois, très légèrement, et le flic apprécia cette attention qu'elle n'offrait à personne.

Dans la cuisine qu'il connaissait par cœur, Coste dévissa la bouteille de vodka et empoigna deux verres.

— Comment tu aimes ta vodka ?

— De toutes les manières, t'aurait répondu Philip Marlowe, même s'il aurait préféré un cognac.

Le flic laissa passer cette énième citation dont il commençait à apprécier la régularité et choisit la manière la plus simple. Il remplit les verres d'un fond de glaçons et d'une rasade d'alcool puis les déposa sur la table du salon.

— Tu ne t'inquiètes pas ? demanda Coste.

— Pour Mercredi ? répondit Bisset qui avait lui aussi adopté le surnom qu'avait trouvé le flic. Je n'ai pas de raisons. Je sais ce qu'elle a dans la tête, et ce n'est pas si sombre qu'elle voudrait le faire croire. Ce sentiment d'enfermement, sur ce bout de caillou, ça peut vous coller le bourdon. Elle finit son lycée, elle partira bientôt, comme les autres enfants de Saint-Pierre, au Canada ou en France. C'est le drame de l'île, la fuite de notre jeunesse. Mercredi est différente, elle pense et aime différemment, elle réfléchit différemment, ça en fait une fille exceptionnelle. C'est aussi la raison pour laquelle ses parents ne la comprennent pas et qu'elle vient se réfugier chez moi. Aujourd'hui, je suis la personne la plus importante de sa vie, mais quand elle aura vu ce que peut lui offrir le reste de la planète, je sais qu'elle ne reviendra jamais, et je lui en voudrais si elle faisait le contraire.

Coste vida son verre d'un trait et le rapprocha de la bouteille pour qu'il se remplisse à nouveau.

— Par contre, dis-moi si je dois m'inquiéter pour toi, Victor ? Tu es venu avec une bien vilaine tête. Je n'imagine pas le marais puant de tes souvenirs, mais ça n'a pas l'air d'en être la cause.

— Ma patronne pense que te parler est une erreur.

— Que tu as commise il y a bien trop longtemps pour la réparer. Et je suis le seul à qui tu te confies, alors tu ne risques rien. C'est un nouveau repenti ? Raconte.

— Non, une victime. L'affaire des dix enlèvements dans la région parisienne dont on a parlé aux infos, il y a deux semaines.

— Neuf, Victor. Travaille ton dossier. Neuf enlèvements, et à ce jour aucune survivante.

Le flic se brûla la gorge et reposa son verre, laissant le temps aux déductions de faire le chemin dans le cerveau du vieux criminologue. Enfin, Bisset fut traversé d'un léger tressaillement, celui de l'enquêteur qui comprend le puzzle qu'il a en face de lui.

— Elles étaient dix ! s'exclame-t-il. La presse ne parle que de neuf parce qu'elle n'en connaît que neuf. La dixième est vivante et c'est elle qui arrive dans la résidence. C'est elle que tu dois faire parler, c'est ça ?

— Tu ne me déçois jamais.

Bisset s'enfonça dans son fauteuil et inspira une bonne bouffée d'air enrichi en oxygène.

— De cette manière, s'amusa-t-il, nous aurons un oiseau cassé chacun chez nous. Mercredi pour moi et…

— Anna. Anna Bailly.

— Tu me montreras le dossier ?

— Non.

— Je te redemanderai plus tard, temporisa le passionné, certain que son invité changerait d'avis.

Coste se servit un troisième verre et, d'un geste raisonnable, Bisset en resta là de la vodka, mais pas de ses questions.

— Mais si elle fait partie des jeunes filles enlevées et séquestrées, tu ne comptes quand même pas l'enfermer dans ta maison bunker comme tu le fais pour tes repentis ?

— C'est là où le bât blesse, effectivement. Ma patronne construit sa légende, une histoire qui expliquera pourquoi je passe mon temps avec une gamine de vingt-quatre ans. Et moi je dois lui trouver une activité qui la fera sortir de la safe house.

— Et tu as trouvé ?

— J'ai bien une idée pour elle. Mais j'ignore si je ne la surestime pas un peu. J'ignore même si je suis fait pour cette mission et si ce n'est pas moi que je surestime.

— Ta patronne est comme Chandler, elle envoie son détective au casse-pipe et il y va malgré tout, parce que c'est un idéaliste et qu'il croit encore en ce qu'il fait, même s'il sait qu'il va y perdre des plumes.

— Merci, je connais mes faiblesses. Et toi tu lis trop.

— C'est toi qui ne viens pas me voir assez souvent.

*
* *

Victor décida de rentrer à pied pour évacuer un peu l'alcool de son sang et Mercredi lui proposa de l'accompagner au long du kilomètre qu'il devait parcourir. Il aimait la compagnie de la jeune fille qui jamais, depuis les quelques années qu'ils se connaissaient, ne lui avait posé de questions personnelles, certainement bien heureuse qu'il fasse de même. Et en ne parlant pas d'eux, tout devenait plus intéressant.

— Un ouragan va arriver.

— Tu ne crois pas si bien dire, répondit Coste.

— Je parle pas de la fille qui va débarquer chez toi, je parle d'un vrai ouragan.

— Tu écoutes aux portes, maintenant ?

— Arrête, je sais que tu sais.

— Entre ton grand-père qui ne voit personne et toi qui ne parles à personne, mes choix sont plutôt judicieux, non ? Et il a un nom, cet ouragan ?

— Larry. C'est la seule manière de nettoyer Saint-Pierre de fond en comble.

— N'essaie pas de me faire croire que tu n'aimes pas ton île.

— N'empêche. Dans un an, je serai partie d'ici. Toi aussi, quand tu seras réparé, tu partiras.

111

— Il me faudra peut-être un peu plus de temps.

— Je préfère que ce soit dans ce sens. Ça m'aurait attristée de te voir filer et de rester seule ici.

Puis elle tourna les talons après un petit salut charmant de la main, sans laisser le temps à Coste de lui dire que lui aussi, il l'aimait bien.

*
* *

De nouveau dans la résidence surveillée, Coste tourna autour des photocopies du journal intime d'Anna Bailly posées sur son bureau, comme on redoute d'ouvrir une enveloppe dont on connaît d'avance le contenu pénible. Une dernière vodka n'étant pas une bonne idée, il choisit une feuille au hasard et s'installa dans son fauteuil.

Cette écriture serrée, infusée de sa peur où même les lettres semblaient aiguisées…

« Il est venu me chercher au collège. Il reste au loin, comme si les gens pouvaient savoir. Savoir ce qu'il me fait. Il m'a vue avec Matéo. Quand il me parle, Matéo me tient les mains. Il n'a jamais rien fait de plus. Il dit que je suis jolie mais je sais ce que je suis. Mes yeux trop grands, trop écartés, ma peau transparente, on dirait que j'ai été mal dessinée.

» Dans la voiture, à un feu rouge, il m'a giflée et tout de suite il s'est excusé. Il a dit qu'il n'était pas en colère, qu'il était simplement jaloux et que si je voulais fréquenter un garçon, alors je devais quitter la maison. Il m'a dit qu'il viendrait, ce soir, et je me demande comment j'ai le courage d'attendre sans rien faire. J'en ai parlé à ma mère, mais elle refuse de voir, comme si elle avait des œillères. Elle s'est énervée en disant qu'on n'a que ce qu'on cherche. Si je pouvais mourir en claquant trois fois des talons, je le ferais. »

Coste fut incapable d'aller plus loin. Il remarqua que ses poings s'étaient légèrement serrés en tenant la photocopie qu'il reposa sur les autres, conscient qu'il n'y avait désormais plus de demi-tour possible.

10

Les quatre heures de décalage changeaient les ambiances. Le jour couchant pour Coste, la nuit noire pour Saint-Croix.

— Je viens de raccrocher avec Melchior, l'informa la magistrate. Votre idée n'est pas si mauvaise, d'après lui. Un job dans un refuge pour animaux abandonnés. Soit Anna Bailly marche à fond, soit cela aura un effet repoussoir immédiat. Vous le saurez bien assez tôt. Ça vous est venu comment ?

Deux étés plus tôt, après un orage imprévisible, le *Skoiern*, le voilier français d'un couple parti du Finistère avec l'intention d'y revenir avait dérivé jusqu'à Saint-Pierre à la suite d'une avarie sur la coque. En cette période de pandémie et de quarantaines à répétition, la plaisance avait été déclarée interdite sur l'île, et le marin et sa marine sommés de garder leurs espadrilles sur le bateau. Les humains étant en cours de réparation, il avait fallu s'inquiéter ensuite de la smala à bord, soit un chien et un chat. C'est ce jour-là que Coste fit connaissance avec la SPM3A[1], et c'est cette histoire qu'il raconta à la magistrate quand elle lui posa la question.

Le chat pouvait rester à bord, car il n'avait, comme tous les chats, besoin de personne, ce qui est généralement leur marque de fabrique, mais le chien devait se défouler et puisque ni Coste ni aucun de ses hommes n'étaient prêts à faire du dog-sitting pour les semaines à venir, il fut déposé en gardiennage au refuge pour animaux abandonnés qui bénéficiait d'un grand champ donnant, comme d'habitude, sur l'océan. C'est à cette occasion que Coste avait rencontré les deux jeunes personnes qui tenaient le fort. Pauline, une femme de l'île, et son adjointe venue de métropole, Camille.

— Et elles cherchent du personnel ? s'enquit Saint-Croix.

— La quantité de cons sur Saint-Pierre est proportionnelle à celle du reste du territoire français, leur refuge déborde d'abandonnés et de maltraités. J'ai vérifié, il leur manque deux personnes. Ça ne devrait pas poser de problèmes.

— Parfait, je vais monter un dossier de demande d'emploi depuis Paris. Rien n'aura l'air plus normal.

— Bien. J'ai fait ma partie du job. Et vous ?

Coste s'en douta, le silence qui suivit cette question prévenait d'une tuile qui n'allait pas tarder à lui tomber sur le crâne. Et il durait, ce silence. Il se brisa même après une certaine hésitation, ce qui n'était pas courant chez la présidente.

— Alors... Déjà, on lui a fait des papiers temporaires au nom d'Anna Loriot.

---

1. Saint-Pierre-et-Miquelon Aide aux animaux.

— OK, ensuite ?

— Oui, sa légende. Donc, pour résumer, Anna Loriot a besoin de s'éloigner des mauvaises fréquentations qu'elle s'est faites sur Paris. On lui a monté un petit dossier sympa au TAJ[1] avec quelques infractions de consommation de stupéfiants et deux ou trois dégradations de biens publics, histoire de bien cimenter. C'est la fille de votre sœur qui vous l'envoie le temps qu'elle retrouve le droit chemin. En gros, c'est votre nièce et elle a besoin de son oncle policier.

Derrière son téléphone, Saint-Croix plissa les yeux comme on s'attend à voir exploser un ballon qu'on gonfle trop.

— Coste ? Vous êtes là ?

C'était au tour du flic de rester muet, le temps de digérer sa nouvelle situation familiale.

— Je suis fils unique.

— C'est invérifiable, à moins d'avoir des contacts à l'état civil. Et j'imagine que si vous êtes aussi amène avec les habitants de Saint-Pierre qu'avec mon équipe et vos collègues, vous n'avez pas trop dû vous étaler sur vos parents ou sur l'enfance du petit Victor. Écoutez, on a retourné le problème dans tous les sens, le lien familial c'est la seule manière de justifier sa présence et le fait que vous vous apprêtez à passer le plus clair de votre temps ensemble.

À son tour, Coste tira les fils de la situation et arriva à une conclusion similaire. Il s'en voulut même de ne pas y avoir pensé plus tôt.

---

1. Traitement des antécédents judiciaires.

— Au moins, le coup de la nièce, on ne pourra le faire qu'une fois. Ça m'arrange, je ne compte pas multiplier ce genre de profil.

— Les victimes ?

— Oui, les victimes. Les repentis m'allaient très bien. Je fais une entorse parce que vous me le demandez.

— Si vous voulez vous en persuader, ça me convient. Mais je sais que vous avez passé la nuit à lire le dossier et je sais aussi qu'il y a un hameçon fiché dans votre conscience. Cette gamine, elle est déjà sous votre aile et vous n'y pouvez rien. Désolé de connaître aussi bien vos faiblesses et d'en profiter.

— Vous n'êtes pas la seule.

11

L'avion décolla de Roissy puis traversa la France par l'ouest, passant obligatoirement au-dessus d'un bon nombre de déclarations d'amour, de crises de couple, de crises de nerfs, de portes claquées, de coups de fil embarrassés, d'explosions de joie, de parents débordés, de gamins qui refusent d'aller au lit, passant au-dessus d'un monde qui poursuivait son chemin de millions de petites choses insignifiantes et de quelques-unes forcément sublimes ou dramatiques qui remplissent les vies, sans faire cas du Boeing 777 qui le survolait, un monde qui poursuivait son quotidien comme il l'avait fait pendant les dix dernières années durant lesquelles Anna avait disparu.

Elle y avait pensé souvent. Et les gens ? Pensent-ils encore à moi ? Et mes parents ? Continuent-ils à me chercher ?

Le visage collé au hublot, elle avait profité de cette mer de nuages qui cachait l'océan Atlantique qu'elle aperçut enfin alors que l'avion perdait de l'altitude pour préparer sa descente vers l'escale de Montréal. Le vol n'était pas complet et on avait laissé à Anna une place libre à son côté. D'un regard, elle avait demandé à Alix de la rejoindre.

— Cet homme chez qui je vais…

— Victor Coste ?

— Oui. Tu m'en parles ?

— C'est compliqué. Vos histoires sont très différentes, mais lui aussi il a dû se reconstruire. La seule chose que je peux te dire, c'est que tu ne seras jamais plus en sécurité qu'avec lui. Et puis vous n'allez pas rester en tête à tête tout le temps. Saint-Croix t'a parlé de ta couverture ?

— Le refuge pour animaux ? Un peu.

Alix l'avait rassurée, puis avait cherché des sujets plus légers, si bien qu'à deux reprises Anna avait même souri. Puis l'escorte avait senti quand il avait fallu de nouveau la laisser seule et était retournée à sa place.

Excepté cette conversation, Anna avait passé le plus clair de son temps le regard fixé sur l'écran intégré au dos du siège qui lui faisait face, observant leur avion sur le planisphère du programme « suivi du vol » et Saint-Pierre, ce petit bout de terre qui s'approchait et sur lequel elle allait passer un temps indéterminé, à vingt-cinq kilomètres à peine des terres canadiennes immenses et vierges de Terre-Neuve.

Le transfert à Montréal prit moins d'une heure et ils montèrent dans le seul et unique avion qui faisait la liaison, un ATR 42 bihélice d'une quarantaine de places. Trois heures de vol sans turbulences plus tard, les moteurs ralentirent, la descente s'effectua vers l'île et l'avion traversa de nouveau une mer de nuages pour cette fois-ci rencontrer un mur de brouillard. Seule la secousse de l'atterrissage informa les passagers aveugles qu'ils n'étaient désormais plus dans le ciel, car si l'île de Saint-Pierre ne faisait pas partie de Terre-Neuve, elle était sa voisine de quelques kilomètres, assez pour être considérée, elle aussi, comme l'endroit le plus brumeux de la planète.

À la descente de l'avion, Tom, le numéro deux de l'escorte, ne distingua même pas la fin de l'escalier qui les menait sur le tarmac, comme si l'on avait jeté un fumigène sur la piste. Il assurait sa première mission et il s'apprêtait à découvrir sa première résidence surveillée et son premier « peseur d'âmes ».

— La vache ! Mais y a un flic à demeure ici ? s'étonnat-il face à l'environnement peu accueillant.

— Depuis six ans, oui, répondit Alix.

— C'est soit un gars qu'on a puni, soit un gars qui se punit, conclut-il. Quoi qu'il en soit, il me tarde de le rencontrer, et de voir la safe house aussi.

— T'emballe pas. C'est pas le genre à nous avoir préparé une petite fête, et pour la résidence surveillée t'attends pas à une visite guidée. Mais, rassure-toi, je connais un bar qui nous fera patienter jusqu'au vol retour. Le Rustique, aussi accueillant que son nom ne l'indique pas. Y a aussi Chez Txetxo, un bar de pêcheurs tenu par un Basque, mais on en sort généralement les pieds devant et je crois que t'es pas prêt pour les marins de Saint-Pierre.

Douanes passées, valises récupérées, ils s'engouffrèrent dans un taxi qui traversa le brouillard à toute vitesse comme si son chauffeur était équipé de lunettes de vision nocturne. Le centre-ville ne faisait qu'un vingtième de l'île et, puisque seul le centre-ville bénéficiait d'éclairage public, dès la nuit tombée, Saint-Pierre était plongé dans le noir sur 95 % de sa superficie.

Après les lumières de l'aéroport, le taxi entra dans un tunnel blanc laiteux pour ne le quitter que quatre kilomètres plus tard. Alors qu'ils sortaient de la voiture devant la résidence surveillée dont toutes les lumières avaient été allumées, un souffle puissant dissipa les brumes comme on soulève le voile blanc d'une œuvre d'art présentée pour la première fois au public. Elles se posaient, puis s'en allaient, sans que jamais personne puisse les prévoir. Il n'y avait qu'une période, entre le printemps et l'été, où, plus denses et plus fortes, elles emprisonnaient l'île pour trois semaines complètes, au moment des brumes de Capelans. Mais avant leur arrivée imminente Anna allait certainement pouvoir profiter de plusieurs jours d'une météo clémente et d'un soleil radieux qui transformeraient l'île en paradis terrestre.

Alix fit un salut à la caméra placée en bordure de la toiture et les verrous de la porte se libérèrent l'un après l'autre. Ils entrèrent directement dans le salon et, comme Coste s'y attendait, un léger flottement gêné envahit la pièce. Il ne connaissait pas Tom, il découvrait Anna.

— Salut mon beau, lui sourit Alix en lui collant deux grosses bises sur les joues.

— Salut Alix, je suis content de te voir.

— Je te présente Tom, le nouveau.

— Bonjour, Tom. Et vous devez être Anna ?

La jeune femme serra ses mains autour de sa valise et hocha la tête. Alix, qui connaissait les lieux, l'invita à la suivre et la mena jusqu'à la chambre des repentis.

— Je lui ai préparé celle du fond, Alix.

— La tienne ?

— Elle est deux fois plus grande, avec deux fois plus de fenêtres, je me suis dit que…

Anna se retourna et regarda Coste pour la première fois.

*
* *

Coste remplit à nouveau les verres puisque, contrairement à son habitude, il n'avait pas éjecté tout le monde à la première occasion, à la grande surprise d'Alix.

— Bon, elle s'est enfilé deux plateaux-repas pendant le trajet et elle n'a pas fermé l'œil depuis vingt-quatre heures, elle devrait pas te prendre trop de temps ce soir.

— Je t'avoue que je vais voir au jour le jour.

— Ne t'attends pas à une complicité immédiate, hein ? Elle n'a même pas réagi quand Saint-Croix lui a annoncé le décès de sa mère. Vu le contenu de son journal intime, on ne sait pas si la nouvelle la rend heureuse ou triste. Elle n'exprime pas beaucoup ses sentiments, tu verras.

— Quel dommage, ironisa Coste.

— T'en veux encore à Saint-Croix ?

— J'hésite. Je suis un peu comme un chat sous la flotte, là.

Puis Tom s'excusa trois fois après avoir renversé sa vodka sur le parquet et Alix décida qu'il était grand temps de retrouver le centre-ville.

— J'ai changé d'avis, dit-elle. Je crois que t'es prêt pour les marins de Chez Txetxo. Il y a des types dans ce bar, avec des accents mélangés espagnols, basques, normands, bretons, irlandais et ivres, qui peuvent te parler une heure en français sans que tu comprennes un traître mot !

— C'est dangereux, tempéra Coste.

— Première fois à Saint-Pierre, faut bien qu'il s'en souvienne.

Alix serra fort Victor dans ses bras, et le flic se laissa faire avec plaisir, profitant un peu de cette chaleur humaine dont il se persuadait ne pas avoir besoin. Tom bafouilla un truc gentil, pendant que sa collègue allait faire ses au revoir à une gamine qui l'avait touchée et lui avait fait penser un instant à la mère qu'elle aurait pu être si la vie, le temps, le job, les mecs… Et une fois la porte fermée, le silence revint dans la résidence surveillée.

Coste vérifia les alarmes extérieures, les caméras et coupa les alarmes intérieures, au cas où la petite se balade ou somnambule dans la nuit. Puis, comme s'il n'était plus chez lui, il tourna un peu dans le salon, marmonna deux-trois options dans sa tête avant de se décider.

Anna était assise sur le coin de son lit, porte de la chambre ouverte, quand il toqua contre le chambranle. La silhouette du flic obstruait une grande partie de l'embrasure, mais son attitude était beaucoup moins assurée.

— Je vais pas vous ennuyer longtemps. Je voulais juste vous dire que je suis à côté. Que je suis dispo au moindre souci, à la moindre question. Que vous n'allez pas rester enfermée dans cette maison et que bientôt, si vous en avez envie, vous pourrez même rencontrer du monde, avoir une activité.

Elle laissa passer.

— Aussi, je connais un voisin, un vieux type qui a une petite annexe à côté de chez lui. Une chambre, une cuisine, rien de bien exceptionnel, mais vous ne serez pas non plus bloquée avec moi. Je voulais que vous le sachiez.

La jeune femme écarta une mèche de ses longs cheveux teints en blond.

— Si je vous parle de lui.

— Pardon ?

— Tout ça, c'est si je vous parle de lui.

C'est le deal, pensa le capitaine. Tu parles ou je te remets dans l'avion. Je suis pas là pour lacer tes chaussures et te faire des chocolats chauds, encore moins pour te faire visiter l'île.

Avec les repentis, Coste savait comment faire. Avec elle, Victor était paumé.

— J'ai un peu sommeil, dit-elle doucement.

12

Il s'était levé tôt, mais pas aussi tôt qu'elle.

Il la retrouva dans un large pantalon de lin blanc et un tee-shirt de la même couleur et à sa juste taille, les pieds nus sur le parquet, légèrement courbée comme un arc au repos, flanquée devant sa bibliothèque, à inspecter du bout des doigts les tranches des ouvrages qui pesaient sur les planches de bois irrégulières.

— Pas de romans policiers ? remarqua-t-elle.

— Pas si je peux éviter. Café ?

Sans le regarder, elle leva sa main qui tenait déjà une tasse.

Dans la cuisine, Coste constata que la gamine avait sorti la cafetière de la machine et fait couler elle-même l'eau sur les grains moulus en posant un filtre sur une passoire, probablement peu habituée aux divers boutons de sa machine, ou de n'importe quelle autre d'ailleurs. Malgré la manière, le résultat était agréable.

— Vous aimez lire, je crois.

— Beaucoup, répondit-elle.

— Alors prenez ce que vous vous voudrez.

Coste traversa le salon en soufflant sur sa tasse et s'installa à une extrémité du canapé. Anna se détacha des romans sans en prendre un et vint s'asseoir à l'autre extrémité, à un mètre de lui.

— Ça ne vous plaît pas que je sois là, dit-elle.

— Pourquoi dites-vous ça ?

— Tout le monde attend quelque chose de moi. Dans la cage ou hors de la cage. Vous êtes le premier qui me donne l'impression d'attendre plutôt que je m'en aille. Quelque part, ça me rassure.

— Vous avez raison, ce n'est pas le genre de mission que j'effectue normalement. J'ai plutôt l'habitude de gérer des criminels repentis à qui on offre une nouvelle identité pour autant qu'ils balancent tout sur leurs anciens complices. Des petits salauds qui nous en donnent des plus gros et pour qui je n'ai aucun affect. Mais à la fin, la mission, c'est moi qui l'accepte ou non. Alors si vous êtes là, c'est que je le veux bien.

Il posa son café sur la table basse et aperçut la carte d'identité et le passeport flambant neufs que Saint-Croix lui avait fournis.

— Votre nouvelle identité vous convient ?

— Oui. Non. Elle n'est pas si nouvelle. Anna Loriot. Pourquoi avoir gardé mon prénom ?

— Procédure normale. Cela fait vingt-quatre ans que vous répondez à Anna. C'est devenu un réflexe dont vous aurez du mal à vous défaire et vous vous retourne-rez toujours à ce prénom. C'est une habitude profonde. Si après vingt ans vous changez de place un interrupteur, vous passerez les prochaines années à appuyer quand même là où il n'est plus. Alors on change les noms, pas les prénoms.

— Sauf que je n'ai pas beaucoup aimé ceux qui l'ont prononcé.

Son père, son ravisseur, évidemment. Coste se rappela à l'ordre.

— J'en parlerai à Saint-Croix, elle fera une exception pour votre identité définitive, j'en suis certain.

Le premier rayon de soleil de la journée traversa le salon pour atterrir sur eux, sur elle. La peau de son visage devint alors encore plus translucide, ses yeux jade immenses s'enflammèrent et Coste baissa le regard un bref instant. C'est alors qu'avec la lumière rasante il aperçut, sur les avant-bras de la jeune femme, les stries parallèles de scarifications, partant des poignets jusqu'à l'intérieur des coudes, régulières, presque effacées, comme de vieilles blessures de soldat. Les entailles n'étaient pas récentes et il se demanda si elle se les était infligées à cause de son père ou de l'autre monstre.

Habituée, Anna se laissa détailler. Elle observa dehors la forêt de pins dont les couleurs se révélaient enfin. Les branches prises au vent, accompagnées du ressac des vagues invisibles, plus bas contre la falaise, comme si les arbres jouaient eux-mêmes cette mélodie, et les murs du salon se firent plus proches.

— Vous m'avez dit que je pourrais sortir quand je le voudrais.

— Plutôt quand vous serez prête. On ne peut pas tout de suite risquer de croiser quelqu'un. Les gens sont curieux des nouveaux venus, ils posent plein de questions auxquelles vous n'avez pas encore les réponses.

Bonne élève, elle récita sa nouvelle identité où, excepté son prénom, tout avait été modifié.

— Je suis votre nièce, je m'appelle Anna Loriot, je suis née le 23 mai 1998 à Paris et je vis dans le XXe arrondissement au numéro 1 de la rue Levert.

— Ce n'est pas assez. Une légende est faite d'un millier de petits pièges insoupçonnés. Par exemple, quel est votre signe zodiacal ?

Anna ouvrit la bouche et manqua de se tromper.

— Quelle est la signification de votre nom ?

Elle se rembrunit et baissa le visage.

— Tout le monde connaît son signe. Vous êtes Gémeaux. Et s'il a une signification, tout le monde connaît celle de son nom.

— Loriot ?

— Une manie de Saint-Croix. Il y a du sens dans tous ses choix. Le loriot est un petit oiseau noir et or. Elle veut vous dire que vous êtes en transition, ici, et que vous vous envolerez un jour. Mais pas aujourd'hui. Il va falloir combler les dix dernières années. Connaître vos groupes de musique préférés, et les écouter. Le genre de films que vous aimez, et les voir. Vos plats préférés, les manger et même savoir les cuisiner. Imaginer ensemble votre ancienne vie à Paris. Les raisons pour lesquelles vous êtes ici. Les erreurs que vous avez commises pour devoir partir en résidence chez votre oncle au bout du monde. Des anecdotes sur tous les sujets quotidiens, sur l'école, la fac, les garçons, la famille. En somme, vous devrez pouvoir répondre à n'importe quelle question d'une conversation banale. Et chaque histoire que nous inventerons, vous devrez l'apprendre par cœur, pour toujours et à tout le monde répéter la même.

Ensemble, ils allaient peindre par-dessus un tableau déjà existant, avec assez de couches de couleur pour faire oublier l'œuvre précédente.

— Mais c'est une légende simple, la rassura-t-il. Vous devriez l'avoir intégrée en quelques jours, et de toute façon nous n'avons pas beaucoup le choix, vous commencez votre job la semaine prochaine.

— Je n'ai jamais eu de chien, ni de chat, fit-elle remarquer.

— Alors c'est eux qui vous apprendront. Je n'ai pas d'inquiétude.

Coste s'amusa même à penser que les singularités de son physique et de son visage, la rendant aussi sauvage et énigmatique qu'il l'avait redouté, lui permettraient de régner sans souci sur une meute d'animaux perdus, abandonnés ou cassés.

— Et vous ? Votre histoire ? Elle raconte quoi ? demanda-t-elle.

— Je suis officiellement chef de la police aux frontières, un service tranquille qui me permet de poser des congés dès que je reçois un repenti.

— Je ne parlais pas de votre légende.

— Et je ne suis pas le sujet, coupa Coste un peu plus brusquement qu'il ne l'aurait souhaité.

Et en une seconde, comme on marche par inadvertance sur une branche sèche en forêt, il fit s'envoler son loriot.

— Évidemment, dit-elle doucement. Melchior, Saint-Croix et vous maintenant. C'est moi le sujet. C'est moi qui dois parler. Juste moi.

— Anna… tenta-t-il de s'excuser.

129

— Laissez. Vous avez raison. Mieux vaut s'y mettre au plus vite.

Depuis trois semaines qu'elle avait été retrouvée, le prédateur n'avait pas agi. Elle avait certainement dans sa tête de quoi faire tomber la sienne, il le savait et se tenait tranquille. Bien sûr, Coste devrait la faire parler, mais rien ne se ferait correctement dans la violence.

— C'est bien trop précipité. Vous êtes arrivée hier. Rien ne vous force à…

Elle se leva et d'un simple regard érigea entre eux des montagnes et des murailles.

— Vous pensez tous être les seuls à vouloir le retrouver. Mais vous voulez l'arrêter, et moi je voudrais le voir crever.

Elle se dirigea, déterminée, vers le bureau sur lequel les piles de dossiers « Victime 1 » à « Victime 10 » masquaient partiellement la vue offerte de la fenêtre, s'installa dans le fauteuil du flic et posa ses bras sur les accoudoirs, immobile. Seule sa respiration se fit entendre.

Agrafés les uns aux autres, dissimulés entre deux piles, se trouvaient les avis de recherche dont une photo dépassait à peine. Anna tendit la main, les fit glisser vers elle et en tourna les pages, s'arrêtant sur chacun des visages. Coste resta sur le canapé à fixer ses gestes, conscient du mal qu'elle se faisait.

Garance, Salomé, Sacha, Claire, Maud, Samia, Julie, Cléo, Virginie.

Seule sa photo était absente, puisqu'on l'avait pensée fugueuse, comme si elle n'avait jamais fait partie de cette histoire.

— Je les connais toutes, souffla-t-elle enfin. Je les ai toutes rassurées. J'ai essayé.

Le feuillet se mit à trembler entre ses doigts.

— Et je les ai toutes vues partir.

Coste se leva dans sa direction et fit juste à temps un pas de côté pour l'éviter lorsqu'elle se précipita aux toilettes pour vomir.

*
* *

Il l'avait laissée pleurer autant qu'il avait fallu, faisant les cent pas tout en se maudissant dans le salon. Voilà six longues années qu'il n'avait pas parlé de lui. De ses enquêtes au vieux Bisset, des menaces aux repentis, des bateaux et des avions à ses subordonnés, de ses résultats à Saint-Croix, mais jamais de lui. Rien ne pourrait se faire dans la violence, mais rien non plus ne pourrait se faire à sens unique. Alors il était venu s'asseoir le dos contre la porte fermée de sa chambre et il avait commencé, n'importe où, au milieu ou à la fin, il verrait bien où il irait.

— On devient invincible quand plus rien ne compte.

De l'autre côté, Anna avait remonté ses genoux contre son ventre, essuyé ses yeux et son nez avec un coin du drap et regardait la porte.

— Saint-Pierre est une île de naufrages. J'ignore pourquoi. Six cent trente en deux siècles. Je suis venu m'ajouter à cette liste.

Il entendit des draps se froisser, des pas légers dans la chambre.

— J'ai perdu un membre de mon équipe que j'étais censé protéger. Je n'ai même pas eu le courage d'aller à ses funérailles. Et je n'ai pas réussi à aimer la seule personne qui comptait pour moi.

Il sentit à travers le bois de la porte qu'elle posait son dos contre le sien.

— Alors un matin, j'ai décidé de disparaître. J'ai regardé quel était l'endroit le plus éloigné de moi et, puisque je n'ai jamais eu de passeport, j'ai découvert Saint-Pierre. Quatre mois par an, il y a un vol direct et on peut atteindre l'île avec une simple carte d'identité. J'ai fait mon sac et je suis parti avec ma lâcheté et ma culpabilité. Voilà pourquoi je n'ai pas voulu vous répondre tout à l'heure, parce que j'en suis même venu à oublier tout ça. On naufrage, puis on renaît. Mais on peut sombrer de nouveau au premier souvenir.

Un reniflement, un léger frottement contre la porte.

— Je suis désolée.

— Avec ce que vous avez vécu, vous êtes encore capable d'être désolée pour quelqu'un ?

Un silence.

— Pendant dix ans je me suis réveillée tous les matins dans un cachot en me disant : « Encore raté, je suis toujours vivante. » Maintenant, c'est lui qui doit payer. Et je sais ce que je dois faire pour ça. Je suis prête.

— Pas aujourd'hui.

— Non. Pas aujourd'hui. Mais bientôt. Je vous promets.

À la suite de ces confidences, le soleil fit disparaître les dernières neiges sur l'île.

— Hier, vous m'avez parlé de votre voisin. De sa maison qu'il pouvait me prêter.

— Je vous y emmène quand vous le voulez. Vous n'aurez pas à mentir là-bas. Il sait qui je suis et ce que je fais.

Ils se levèrent ensemble et Anna ouvrit la porte.

— On peut se tutoyer ?

— Oui, bien sûr.

— Je sais que je prends ta chambre. Je sais que tu t'aimes mieux seul. Mais… Je peux rester ici ?

DEUXIÈME PARTIE

Les jeunes femmes et les monstres

PROLOGUE EN TROIS PRÉNOMS

THAÏS

Mayotte.
Entre Madagascar et la côte du Mozambique.
À douze mille kilomètres de Saint-Pierre.

Thaïs Laguerra avait constaté que se marier à dix-huit ans revenait à quitter une soirée à 20 h 30. C'était beaucoup trop tôt. Les premières années avaient été trompeuses et, depuis quelques anniversaires, son mari se contentait de répéter la fin des phrases de sa femme en y ajoutant un point d'interrogation, considérant cela comme une conversation.

Même si « je t'aime » n'est pas une question et donc ne doit pas attendre de réponse, elle souffrait d'aimer à sens unique. Jusqu'au jour où elle ne l'aima plus du tout. Elle lui avait alors annoncé un soir que, fatiguée, elle finirait par le quitter, et il le lui avait tout simplement interdit.

Devenue gendarme sur son île, par goût du service public et des possibles horaires à rallonge qui lui permettaient d'éviter son domicile, la capitaine Laguerra en était venue à la conclusion déchirante que quitter Mayotte était la seule solution. Mayotte et ses vingt-cinq degrés minimum tout au long de l'année, son ensoleillement redoutable, sa barrière de corail parmi les plus belles au monde et ses pluies diluviennes qui couvraient l'île de végétation. Il fallait donc un connard de compétition pour être forcée de partir, et le sien décrochait des prix d'excellence. Il avait, de plus, promis qu'il ne la laisserait jamais en paix, puisqu'elle lui appartenait.

Ainsi, dans le plus grand secret, elle rédigea son rapport de demande de mutation, acceptant n'importe quelle destination, pourvu que cela soit pour demain, pour aujourd'hui si cela était envisageable.

Puis elle se radoucit, plus amicale, moins conflictuelle, moins triste aussi. Elle accepta ses travers, ses mauvaises paroles, son indifférence. Il prit cela pour une amélioration dans leur couple sans qu'il ait eu grand-chose à faire et, satisfait de cet heureux changement, pensant qu'il avait enfin dompté ses absurdes velléités de bonheur, il se rassura.

Mais on sait tout à Mayotte comme on sait tout sur une île, et lorsqu'il apprit d'un collègue enivré l'existence de la demande de mutation de Thaïs, mais surtout la réponse positive à celle-ci, à Saint-Pierre, à l'autre bout du monde, l'époux comprit enfin qu'elle n'avait jamais capitulé, mais qu'elle n'avait fait que patienter, comme une proie feint la mort pour mieux s'échapper, prête à l'oublier et à renaître ailleurs.

Avant qu'il tente quoi que ce soit, elle se présenta chez elle avec trois amis mahorais épais comme des coffres-forts, pour récupérer quelques vêtements et effets personnels et faire sa valise, laissant tout le reste derrière elle, sous les invectives d'un mari hargneux, insultant, humiliant, déshonoré dans sa virilité. Qu'allait-elle chercher ailleurs ? Qui voudrait d'elle ? Petite garce gras-souillette. Salope arrogante. Qui dénicherait-elle de meilleur que lui ?

Et bien sûr, il ne la trouva jamais aussi belle que ce soir-là, lorsque furieuse, elle claqua la porte.

Elle quitta l'océan Indien pour l'océan Atlantique et à sa descente d'avion, à l'aéroport de Saint-Pierre, il y avait sur le tarmac, comme ils le font à chaque fois par esprit militaire, la totalité de la caserne de gendarmerie pour l'accueillir. Elle sut immédiatement qu'elle avait fait le bon choix.

Elle arriva en hiver, une saison qu'elle connaissait différemment dans sa Mayotte natale, et alors que la neige recouvrait tout et assourdissait la ville, que dehors les maisons multicolores étaient enveloppées d'un maillage serré de flocons, il lui sembla qu'elle était face à une page blanche, impatiente d'y écrire de nouveaux chapitres.

Elle organisa son divorce d'un hémisphère à l'autre, et par chance son idiot de mari avait déjà trouvé une autre Mahoraise que, sans jalousie aucune, elle plaignait sincèrement. Les papiers furent signés et elle lui laissa tout avec plaisir.

Mais si elle était enfin libre, la criminalité de l'île était loin d'occuper tout son temps, à son grand regret, et depuis trois ans qu'elle était ici Laguerra n'avait pas encore eu de « grande » affaire. En quatre décennies, il y avait eu deux disparitions inquiétantes, mais aucune d'elles n'avait été résolue. Il y avait aussi eu trois meurtres, l'un, familial, livré clé en main, et les deux autres, à nouveau non résolus, ce qui faisait frôler à la brigade de recherche de la gendarmerie de Saint-Pierre un taux de réussite avoisinant le 0 %. Ainsi, le tribunal comme la prison étant hautement sous-utilisés, le petit délinquant, lui aussi très rare, en prenait pour son grade lorsque le coup de la loi frappait. Sur l'île, on savait qui avait cassé une fenêtre avant même que la pierre ne la touche. Le code pénal était appliqué à la lettre et des peines de prison fermes étaient décidées pour un joint ou pour un outrage à agent.

En temps normal, l'activité judiciaire tournait déjà au ralenti. Mais elle accusait depuis quelques mois un réel coup d'arrêt, face à la volonté du lieutenant-colonel de la brigade d'en faire le moins possible. Bientôt, la gendarmerie allait accueillir un nouveau chef, colonel cette fois-ci, un type à la réputation intraitable, et son futur subalterne souhaitait ardemment qu'il arrive sur une île calme à la météo criminelle sereine.

Ainsi, lorsque le standard reçut toute une série de coups de fil affolés relatant le rodéo maritime des frères Grady sur leur hors-bord, le lieutenant-colonel mit ses mains sur ses oreilles en chantant fort, comme les gamins qui refusent d'écouter.

Laguerra avait proposé d'y aller même seule, pas le moins du monde intimidée par deux minots, fussent-ils issus de la famille la plus puissante de l'île.

— Vous êtes à la brigade de recherche[1], avait esquivé le lieutenant-colonel.

— Oui, mais ça fait six mois que je n'ai rien à rechercher.

— Qu'importe, là, c'est une mission de patrouille.

— Alors faites patrouiller.

Fin de non-recevoir formulée, elle alla empoisonner sa dignité à grandes bouffées de cigarette, adossée aux canons historiques du XIXe siècle qui avaient tiré à boulets rouges lors de la guerre de Crimée, et aujourd'hui disposés à l'entrée du port, réduits au chômage, comme elle.

Dix minutes plus tard, elle vit la voiture de la police voisine sortir à vive allure, sirène hurlante, puis encore dix minutes plus tard, rentrer silencieuse et penaude comme si ses pneus avaient été dégonflés. Soba en sortit, aperçut Thaïs et la rejoignit. Police et gendarmerie, côte à côte et frustrées.

— Salut, Laguerra.

— Salut, Kraken.

— Pourquoi vous êtes pas sortis ?

— Le lieutenant-colonel veut pas se mettre les Grady à dos avant l'arrivée du nouveau colonel. Mais j'ai vu que vous, vous y êtes allés.

— Ouais. Pour se faire écraser comme des gonzesses.

Elle laissa passer. Laguerra n'avait pas encore tout gommé du bourrin qu'était Kraken, mais voilà, c'était son Kraken et il faisait beaucoup d'efforts. Encore un an

---

1. Brigade de recherche de gendarmerie, service judiciaire en charge des investigations sur la délinquance et la criminalité (BR).

ou deux, et il serait à l'extérieur le chic type qu'il était à l'intérieur. Et puis aussi, elle l'aimait bien un peu bourrin, et elle n'allait pas s'en excuser.

— On n'a pas été gâtés niveau patrons toi et moi, constata Soba.

— Non, pas vraiment. Faudrait demander aux douanes s'ils leur enlèvent les couilles à l'atterrissage.

Il laissa passer. Parce qu'il aimait tout d'elle, même son côté rentre-dedans et sa vulgarité choisie qui piquait quand il le fallait. Il aimait son caractère devenu intransigeant, il aimait le courage qu'elle avait eu de tout plaquer, et il aimait aussi ce corps dont son ex s'était moqué si souvent. Sa peau noire qui lui donnait des coups de soleil même en pleines brumes, ses cuisses rondes et musclées qui se rejoignaient à mi-parcours, ses bras potelés, son cul indécent qui maltraitait le treillis de son uniforme bleu et son petit ventre accueillant comme un coussin à mémoire de formes qui réveillait chez lui des instincts cannibales.

Une semaine plus tard, alors que Laguerra servait deux verres de vin pendant que Soba dressait la table du dîner, ce dernier continuait à jaspiner sur son patron policier, trouvant d'habitude l'oreille attentive de Laguerra qui n'en pensait pas moins du sien gendarme. Pourtant ce soir-là, si elle répondait à ses plaintes, elle semblait le faire de loin, comme absente.

— Coste reçoit sa nièce en garderie, lui annonça-t-il en disposant les couverts. En fait, elle est déjà là depuis plusieurs jours. Il a posé son jeudi et son vendredi pour être avec elle.

— Qu'est-ce qu'elle a fait de mal, la pauvre ?

— Je connais pas la faute. Mais la punition est sévère. Quand je pense…

— Oui, je sais, quand tu penses au flic qu'il a été, le railla-t-elle.

— Je radote autant ?

— Excuse-moi. Mais je trouve ça mignon, moi, un type qui donne un coup de main à sa frangine.

— Tu trouves tout mignon, même moi, observa le grand tatoué.

Elle se servit un second verre alors que Soba ne l'avait même pas vue terminer le premier.

— Tout va bien ? s'inquiéta-t-il.

— Je sais pas. On a eu une gamine ce matin au service. Une histoire d'agression sexuelle.

— Tu veux en parler ?

— On n'a pas grand-chose, mais c'est pas une raison pour en avoir fait si peu. Elle s'est retrouvée dans la voiture d'un garçon. Lui, il s'est mis à rouler vite et, elle, elle s'est mise à avoir peur. Il l'a emmenée à l'opposé de là où elle devait aller. Elle a carrément flippé. Il s'est arrêté vers la falaise du cap à l'Aigle et il a essayé de l'embrasser, de la toucher. Il lui a bloqué les poignets d'une main et maintenu le visage de l'autre pour l'embrasser encore. Elle a réussi à se dégager, elle lui a envoyé une gifle et il lui a envoyé un coup dans le ventre qui l'a pliée en deux. Il l'a attrapée par les cheveux et il a essayé de la forcer à une fellation. Elle lui a juré qu'elle mordrait tout ce qui se mettrait dans sa bouche et, vexé, il l'a envoyée cogner contre la vitre. Il l'a virée de sa voiture et laissée là, à plusieurs bornes de chez elle, en pleine nuit, sous la pluie, en lui disant que si elle parlait, il lui ferait pire, et avec des potes à lui. Si elle n'avait

143

pas eu autant de courage, je ne veux même pas imaginer ce qu'elle aurait subi ensuite.

— OK, là, il va falloir m'expliquer, s'emporta Soba. Pourquoi tu dis que vous n'en avez pas fait assez ?

— C'est sa parole contre celle de l'autre. Et elle n'a aucune marque de son agression.

— T'es cheffe de la BR, non ? C'est toi qui décides de la suite à donner.

— Non. C'est le lieutenant-colonel qui a voulu s'occuper d'elle. J'ai entendu le genre de questions qu'il lui a posées. Comment elle était habillée, si elle n'avait pas donné de signaux ambigus, si elle n'avait pas tendance à dramatiser une simple tentative de drague maladroite.

— C'est quoi ces conneries ? Depuis quand le lieutenant-colonel prend les plaintes ?

— Il n'en a pas pris. Il l'a congédiée en lui demandant de bien réfléchir à ce qu'elle voulait faire et de prendre en considération les risques pour elle en cas de fausses déclarations.

— L'écoute de la victime, c'est en option dans votre service ?

— Bien sûr que non. Mais le gamin dans la voiture, c'était Sean Grady.

CLÉMENCE

Plusieurs choses n'arrivaient jamais dans la vie de Clémence. Jamais elle ne descendait les escaliers deux à deux. Jamais elle ne courait à en perdre haleine. Jamais elle ne faisait la folle en dansant et en sautant sur le canapé sur des musiques coupables qu'on n'écoute que pour soi. Enfin, jamais son ordinateur ne clignotait pour lui annoncer qu'elle avait un match sur Handylove, son site de rencontres spécialisé.

D'un coup de poignet, elle fit tourner son fauteuil et s'approcha de l'écran, se préparant à être déçue pour ne pas l'être davantage, lorsqu'elle découvrirait qu'il s'agissait de tout sauf de quelque chose de sérieux.

Pourtant, le garçon était bel homme, mais son appréhension se changea vite en méfiance lorsqu'elle découvrit qu'il était, en plus, valide.

Andréas : « Bonjour Clémence. On peut parler ? »

« Andréas ». C'est joli comme prénom, se dit-elle, mais ça promettait la peine et la douleur : une petite à roulettes, pour assouvir un fantasme de chevalier blanc, ou juste pour se faire un plan extravagant à raconter, du genre « Comment ça se baise, une handicapée ? »

Clémence : « Tu fais quoi sur ce site ? T'as vu ma photo ? En dessous du visage, descends un peu… Ça y est ? T'as vu les roues ? »

Andréas : « Oui. Ton fauteuil prend les deux tiers de ta photo de profil, difficile de passer à côté. »

Clémence : « Très drôle. »

Andréas : « C'est toi qui a commencé. »

Clémence : « Alors quoi ? T'es un taré qui aime les esquintées ? T'as tapé quoi sur ton clavier ? Fainéant recherche nana plutôt casanière, et t'es tombé sur moi ? »

Andréas : « T'es marrante. Heureusement, remarque. Imagine, handicapée et chiante. Mais j'avoue, c'est pas le genre de site sur lequel je me balade normalement. Regarde le profil @Sara195. Dis-moi quand c'est fait. »

Un temps passa.

Clémence : « OK. Fait. Et Alors ? C'est ton ex ? »

Andréas : « Non. Ma frangine. On a changé son annonce aujourd'hui. On aime bien faire ça ensemble, comme lire les messages qu'elle reçoit. Pour éviter les tarés qui aiment les esquintées, comme tu dis. C'est là que j'ai vu ton profil. Et t'es bien trop jolie pour que tes roues soient un souci pour moi. J'ai passé le test ? »

Clémence : « Désolée, pas encore. Valide et en plus mignon, tu comprendras que j'aie un peu du mal à y croire. »

Clémence avait l'habitude des faux profils et des photos trompeuses ou simplement volées sur Internet afin de faire passer de vieux pervers pour de jeunes princes charmants, et elle avait la technique pour débusquer les fraudeurs.

Clémence : « Tu peux m'envoyer une autre photo de toi ? Mais cette fois-ci tu tires la langue et tu fais le signe de la victoire. »

Clémence se dit ainsi que, s'il avait volé une photo sur la toile, il serait incapable de lui en fournir une seconde avec ses exactes indications. De son côté, Andréas se félicita d'avoir gardé sur cette photo de profil son vrai visage et, au point où il en était, son vrai prénom. Il activa la caméra de l'ordinateur puis envoya le cliché, langue tirée et signe de la victoire, en message privé sur le site.

Andréas : « C'est bon ? Tu rentres tes griffes ? »

Clémence : « OK. Pardon. »

Andréas : « Tkt. T'excuse pas. Je sais. De mauvaises expériences ? »

Clémence : « Ouais… Plus qu'il n'en faut. C'est quoi le 195 dans @Sara195 ? »

Andréas : « La vitesse de la voiture d'en face. Ma sœur est tétra. Mais elle est plein de choses avant. Ce n'est pas ce qui la définit. Tu fais quoi dans la vie ? »

Elle s'installa un peu mieux devant son ordinateur et tira sur le rideau pour bloquer le soleil qui faisait un reflet sur son écran. Et si elle avait droit, elle aussi, à sa chance ?

Clémence : « Infographiste. Je fais des sites pour des grosses boîtes. Et toi ? »

Andréas : « Steward. Le gars en avion qui t'indique par où s'échapper si l'appareil prend feu. Et je t'assure, ça sert à rien, mieux vaut rester assis et regarder la fin du film. C'est pas le meilleur des jobs, mais je loge dans de jolis hôtels et je vois des couchers de soleil de tous les endroits de la planète. Je t'enverrai des photos si tu veux. »

Clémence : « Carrément ? Je marche pas, et toi tu voles ! C'est pas un peu injuste ? »

Andréas : « Désolé, j'avais pas prévu que tu me répondes, ni qu'on discute si facilement. Je vais devoir y aller, une obligation pro. On se reparle bientôt ? »

Clémence : « Comme tu veux. »

Comme tu veux, pour ne pas dire « Quand ? Mais quand ? Déjà ? Attends un peu… »

Il la laissa là, au début de cette belle journée pendant laquelle elle n'avait prévu aucun pincement au cœur, et le voyant vert à côté du profil d'Andréas passa au rouge, indiquant qu'il était désormais déconnecté.

Il lui avait ouvert une porte et elle s'y était engouffrée. Offert un possible, et elle y avait cru. Il avait donné un peu et l'avait laissée sur sa faim, il devait maintenant la laisser espérer.

ESTHER

Esther ne souhaitait qu'une seule chose, aller voir le reste de la planète. Pourtant, elle savait que, quoi qu'elle découvre ailleurs, elle laisserait une partie de son âme et de son cœur sur cette île sur laquelle elle avait grandi. Elle aimait Saint-Pierre sous la neige, sous les brumes, baigné par le soleil ou lorsqu'un ouragan lui déclarait la guerre.

Celui-ci s'appelait Larry, troisième ouragan majeur de l'année, né d'une onde tropicale sortie de la côte africaine puis transformé en dépression au sud des îles du Cap-Vert, et elle avait rendez-vous avec lui, ce soir même.

Le jour s'éteignait à 20 heures et, bien protégée dans son imperméable, à 19 heures exactement, Esther s'était déjà installée sur les rives faisant face au rocher du Diamant, à la pointe de Saint-Pierre, prête au spectacle. Elle remonta la fermeture de son ciré jusqu'au col et assura ses appuis.

En prélude, ce fut d'abord le vent qui coucha les longues herbes des tourbières et rida l'océan comme s'il frémissait d'avance à l'idée d'être bientôt déchaîné, envolant et emmêlant les cheveux de la jeune fille dont l'excitation grandissait. Pour celui qui sait écouter, ce sont les premières notes de la respiration du suroît qui vous conseille d'aller vous abriter. À la suite de cet avertissement, d'immenses nuages obscurs et menaçants apparurent au fond du ciel, poussés par le souffle de la tempête qui les menait au-devant de la scène, formant un million de petits rouleaux blancs qui parcouraient la surface de l'eau en une armée d'écume resserrant ses rangs. Puis, avec une lenteur inquiétante, se formèrent des masses sombres, puissantes, informes, comme si une nouvelle île venue des profondeurs allait émerger. Ces masses s'élevèrent en s'affinant, devinrent enfin des vagues formidables et démesurées. En grandissant, leur sommet se para de longues crêtes qui s'allongeaient et barraient l'océan, parallèles à l'horizon qui disparaissait sous le temps tourmenté. Toujours plus hautes, les vagues semblaient vouloir se décrocher de l'Atlantique pour rejoindre le ciel, et à leur point culminant, fonçant droit vers la terre, elles venaient, furieuses, exploser dans un tumulte blanc contre les rochers qui ceignaient la plage, donnant de l'océan l'impression qu'il atteignait son point d'ébullition. Et c'est la terre entière qui tremblait de vibrations qui parcoururent, en fin de course, le corps d'Esther, vulnérable et offerte, entourée d'un nuage d'embruns qui couvraient son visage d'une fine pellicule de sel et figeaient ses traits. Sa peau tirailla et piqua lorsqu'elle sourit, comblée par la colère de la nature.

Les houlographes mesurèrent des vagues de dix-sept mètres, et l'ouragan, si puissant, souleva et jeta des rochers de centaines de kilos à plusieurs dizaines de mètres jusque sur la route voisine et démonta des morceaux d'épaves rouillées, échouées et pourtant sédentaires depuis des décennies, qu'il dissémina en petits morceaux de plusieurs tonnes, loin de leur naufrage originel. Mais Esther, fille de l'île et de l'océan, se persuada que ni l'une ni l'autre n'auraient permis qu'il lui arrive malheur puisqu'elle ne voulait rien craindre d'eux.

Elle laissa derrière elle déferler les rouleaux dans un orchestre noir et bleu et quitta son point d'observation. Aveuglée par la nuit, elle rejoignit la route sous une pluie qui se densifiait à chacun de ses pas. Elle n'entendit pas la voiture qui ralentit à son côté et dont elle ne vit d'abord que la lumière des phares éclairant son chemin. Un tout-terrain noir et si gros qu'il en était agressif, dont le conducteur adapta la vitesse à la marche de la jeune fille, puis baissa la vitre.

— Non, merci, répondit-elle à sa proposition.

— C'est ridicule ! T'as vu ce qui tombe ? Et tu me connais, non ?

Esther estima qu'au bout des trois kilomètres qui la séparaient de sa maison elle terminerait trempée malgré son imperméable, transie de froid avec un bon rhume en prime. Et c'était vrai, elle le connaissait. Tout le monde le connaissait.

— Allez. Monte.

La voiture s'immobilisa, la portière s'ouvrit en illuminant l'habitacle et elle grimpa, se forçant d'un sourire. L'intérieur sentait la cigarette et l'alcool. Elle ruisselait d'eau et ôta sa capuche, libérant ses cheveux noir de jais.

— Merci, Sean.

13

6 h 30. Lorsque Coste se réveilla, il trouva la porte de la chambre d'Anna ouverte. Il entendit le jet de la douche et, sentant flotter dans l'air chaud et humide l'odeur fraîche du shampooing et du savon, il comprit qu'une fois de plus elle l'avait pris de court. À croire qu'elle ne fermait jamais l'œil de la nuit ou que quelques heures lui suffisaient. Il enfila un large sweat, un jogging et une paire de baskets puis, par réflexe plus que par crainte, il connecta les alarmes extérieures à son téléphone portable. Sans qu'il ait besoin de clé, la porte de la résidence se referma automatiquement derrière lui, et il partit courir dans la forêt.

À la suite de leur dernière visioconférence avec Saint-Croix et après le mauvais départ pris avec la jeune femme aux premiers instants de son séjour, Victor avait demandé un délai de soixante-douze heures avant de commencer les séances. Voilà dix ans que l'on courait sans succès après le prédateur, la requête n'était donc pas abusive. Mais les soixante-douze heures se terminaient aujourd'hui et Coste était avant tout parti courir pour réfléchir à la façon dont il allait aborder le sujet et à la manière dont il allait renvoyer Anna au sous-sol de la maison aux fenêtres opaques.

À son retour, le front transpirant et le sweat collant à sa peau, il but un litre d'eau fraîche, debout devant la porte du frigo ouverte. Anna et lui étaient dans la même pièce puisqu'il n'y en avait qu'une, mais, avec sa centaine de mètres carrés, elle était assez grande pour que la cohabitation ne les force pas obligatoirement à se croiser.

Elle lui tournait le dos et il la regarda de loin, assise en tailleur au milieu du salon, dans un vieux short de sport court qui remontait haut sur ses cuisses et un tee-shirt noir « Police judiciaire » où quelques lettres s'étaient effacées et qu'elle avait déniché au fond de l'armoire de la chambre qui était normalement celle de son hôte.

— Il va falloir penser à faire un peu de shopping. Tu ne peux pas continuer à porter mes vieilles affaires. Les tiennes ne te conviennent pas ?

— Je ne les ai pas choisies.

Elle lui avait répondu sans se retourner, ses longs cheveux attachés en chignon retenu par un des stylos préférés du flic, sa nuque courbée au-dessus de ce que Coste pensa être son carnet, celui qu'il lui avait offert.

Depuis trois jours maintenant, elle y notait les éléments de sa nouvelle vie. Et, comme son prénom en palindrome, le carnet pouvait se lire dans les deux sens.

D'un côté, il y avait la culture générale normalement acquise par une personne de son âge. Elle aurait pu parler littérature des heures durant, mais les conversations d'une jeune femme dans la vingtaine tournent rarement autour des romans et il aurait été plus étonnant qu'elle ne connaisse rien en musique, en cinéma ou en séries

152

si jamais une banale discussion venait à se diriger vers ces sujets.

Elle se découvrit un net penchant pour les balades d'Alexi Murdoch, les mélodies envoûtantes de Woodkid et la voix hypnotisante de Sam Smith. Et Coste en profita pour se mettre à jour en même temps qu'elle. Côté cinéma, ils décidèrent d'éviter les polars et les thrillers, puisque l'histoire personnelle d'Anna pouvait s'en approcher douloureusement, et il observa de loin que, avec le nombre d'effets spéciaux sur l'écran de la tablette, la science-fiction avait été choisie.

Arrivée le samedi soir avec Alix et Tom, déjà froissée le dimanche au réveil par la maladresse de Coste, Anna avait passé les lundi, mardi et mercredi plus sereinement. Il la laissait au matin et jouait son rôle de chef des Frontières, puis la retrouvait en fin d'après-midi pour endosser son rôle d'enseignant, pour lui faire apprendre sa nouvelle vie. Depuis soixante-douze heures, les journées d'Anna se composaient donc de musique, de cinéma, d'informations générales, sociales ou politiques, d'idioties sur Internet dont elle notait les références, et de quelques remarques personnelles afin de les apprendre par cœur sur les pages de ce côté du carnet qui y était dédié.

De l'autre côté du carnet, de son écriture presque étouffée, elle consignait des petites histoires, anecdotes inventées sur son enfance, son adolescence et sa famille où n'existait aucun monstre ouvrant la porte de sa chambre en pleine nuit. Elle les racontait ensuite à Coste pour s'y habituer et donner l'impression qu'elle les avait déjà racontées cent fois. En supplément, et parce que sa légende était celle d'une gamine en révolte qu'il fallait éloigner de ses mauvaises fréquentations, Coste lui racontait quelques histoires de jeunes à la dérive, lui décrivait les cellules d'une garde à vue et tout le décor judiciaire qu'elle devait connaître a minima. Il avait précisé toutefois que si l'on devait lui poser des questions à ce sujet, la meilleure réponse et en toute circonstance resterait : « Je préfère ne pas en parler. » Et elle avait tout noté consciencieusement sur les pages, de ce côté du carnet qui y était dédié.

C'est donc au-dessus de ce carnet que ce matin Coste la crut penchée, quand il l'aperçut posé sur la table de la cuisine en face de lui. Se demandant alors ce qui accaparait toute l'attention d'Anna, il traversa le salon et la découvrit assise, entourée des dossiers des dix victimes qu'elle avait disposés en étoile, faisant d'elle le centre d'un sinistre système solaire.

Nous étions jeudi matin, les trois jours consentis par la présidente étaient passés et Coste n'eut même pas besoin de forcer sa protégée, qui une fois de plus le prit de court.

— Je suis prête pour le portrait-robot. Tu peux appeler Saint-Croix.

14

Coste contacta Soba, et lui indiqua qu'il avait besoin de son jeudi et de son vendredi pour rester auprès de sa nièce dont le séjour ne se passait pas comme il le voulait, prétendit-il. Il ne demandait pas d'autorisation spéciale, il l'informait juste, puis il raccrocha.

Face à l'écran, Anna écoutait attentivement les instructions du portraitiste du service de l'identité judiciaire de Paris. Il vérifia qu'elle était au calme, dans un environnement apaisant, et elle confirma. Il lui conseilla de baisser l'intensité des lumières et de couper toute source sonore alentour. Enfin, il demanda aussi à Coste de les laisser seuls, puisque l'établissement d'un portrait force à plonger dans des souvenirs que l'on pense même avoir oubliés et relève presque d'un rapport d'intimité.

Anna regarda Victor, inquiète, et il la rassura d'une main posée sur l'épaule. Après son départ, elle sentait encore la chaleur de ce tout premier contact.

Puisque seulement 13 % des portraits-robots s'avèrent fidèles à la personne décrite, l'établissement d'un profil juste nécessite le respect d'un protocole que le technicien commença à décrire d'une voix apaisante.

— Tout d'abord je vous remercie d'avoir accepté de nous aider à réaliser ce portrait-robot. Je vais vous guider du mieux que je pourrai. Je vais vous demander de vous souvenir du visage de cet homme. Pas de vous le rappeler, mais d'être en face de lui, de le regarder. Comme vous avez passé du temps avec lui, je vais vous demander de choisir un moment, le plus calme possible, même si je sais que cela doit être compliqué. Un moment dans lequel il y aura le moins de parasites émotionnels, comme la peur, l'angoisse ou le stress. Je vais vous demander de replonger dans cette scène et de la revivre. Vous l'avez ?

Anna en chercha une parmi ces dix années et confirma au portraitiste qu'elle l'avait.

— Essayez de repenser au lieu, au décor, à la place que vous occupiez dans cette pièce, à l'éclairage, aux bruits, aux odeurs. Vous devez me dire tout ce qui vous vient à l'esprit, même si cela vous paraît futile ou même si vous pensez ne pas être entièrement sûre de vous. Nez aquilin ou lèvres charnues, ce ne sera pas à moi de vous donner les adjectifs pour décrire ce visage, il faudra que vous utilisiez vos propres mots et c'est vous qui déciderez par quelle partie vous souhaitez commencer, la bouche, les cheveux, n'importe quelle partie du visage sera un début comme un autre. C'est essentiellement vous qui parlerez et ne vous étonnez pas de mon silence, car j'éviterai d'intervenir ou de vous couper au maximum. Nous parlerons ensuite aussi d'odeurs, de timbre de voix, de démarche, des émotions qui peuvent se lire sur ce visage, et ce sera normal de ressentir de la peur ou du malaise. À la fin, je vous demanderai de noter sur dix le degré de ressemblance entre le portrait-robot et l'image que vous avez de cet homme. Vous sentez-vous prête ?

— Je crois, souffla Anna.

— Alors je vous écoute.

*
* *

Le portrait-robot avait reçu une évaluation de sept sur dix et était maintenant placardé dans toutes les gendarmeries et services de police, plié en quatre dans les poches des uniformes des flics, dans les boîtes à gants de leurs voitures, et affiché dans les aéroports et les gares. Mais Saint-Croix était mise sous pression par les enquêteurs en métropole dont aucun des efforts et des nuits blanches n'avait permis de faire avancer la traque. Elle avait besoin de résultats, et le portrait-robot était un bon début, mais il en fallait davantage.

Aussi violent et invasif qu'une séance de chimiothérapie, Coste devait renvoyer Anna là-bas, derrière les grilles de sa prison. Et Anna le comprenait. Elle le voulait. Mais en était-elle capable ?

De son enfance avec son père elle avait à ses quatorze ans déjà souffert pour une vie entière. Et les dix années qui avaient suivi relevaient de l'acharnement karmique.

Il existe sept millions de victimes d'inceste, soit 10 % de la population. Ainsi, en enlevant dix jeunes filles, le monstre devait bien, un jour ou l'autre, attraper l'une d'elles entre ses griffes. Par ailleurs, que les prédateurs sentent les faiblesses de leurs proies s'appliquait aussi bien au monde animal qu'aux êtres humains. Et Anna portait dans son attitude, ses gestes et son regard les blessures et les failles qui les attirent.

Comme face à toute menace, l'homme et l'animal s'adaptent pour éloigner le danger. Des chenilles prennent la forme de serpents, ou des papillons présentent deux grands cercles noirs formant deux yeux inquiétants lorsque leurs ailes se rejoignent. Dans le même ordre d'idée, certaines femmes, dans la rue ou le métro, ont développé leur propre système de défense naturel et se forcent à faire la gueule, indiquant que « non » sera la réponse à toute approche. Mais malgré tout, lorsque la peur et la fragilité transpirent, c'est comme une fragrance délicieuse pour leurs agresseurs. Le monstre avait dû sentir Anna à des kilomètres et c'est pourtant vers lui que Coste devait la ramener.

15

Il lui avait laissé son fauteuil confortable qui aurait pu en accueillir deux comme elle et dans lequel elle s'était installée en tailleur, le dos légèrement voûté. Il était en face, sur le bord du canapé, le corps en avant, les mains jointes, un enregistreur vocal numérique posé sur la table basse entre eux. Coste avait fait des auditions de criminels et de victimes toute sa carrière en police judiciaire. Comprendre les silences, entendre les mots derrière ceux qui étaient dits, appuyer ou laisser filer quand il le fallait, mais six années sans pratique lui firent craindre d'être un peu rouillé.

Il appuya sur la touche rouge.

— Premier entretien avec Anna Bailly, jeudi, 15 h 20.

Coste prit un carnet et ôta le capuchon de son stylo. Il la regarda et attendit son autorisation, qu'elle lui accorda d'un bref hochement de tête.

— Tu te souviens du soir où tu as été enlevée ?

— Oui.

— Tu veux bien me raconter ?

— Oui.

Et pourtant elle ne dit rien de plus. Elle regarda par la fenêtre, comme si elle cherchait un moyen de s'envoler, et Coste lui laissa tout le temps… Enfin…

— Je me suis réveillée en pleine nuit une main sur la bouche. Ce n'était pas la première fois, mais là, ce n'était pas mon père. C'était un autre homme, assis sur mon lit, mon petit frère endormi dans le creux d'un bras. Il m'a dit de me taire ou il lui tordrait la nuque d'un coup. Il l'a dit comme ça, avec ces mots. Il a enlevé sa main de ma bouche, il a sorti un marteau, enfin comme un marteau, avec une tête plus fine, plutôt un piolet. Il était neuf, ça se voyait, il luisait. Il a dit qu'il allait tuer tout le monde avec. Sauf si je faisais ce qu'il m'ordonnait. Il m'a demandé de prendre mon frère dans mes bras et d'aller le déposer sur le lit de mes parents. Je me souviens que je me suis uriné dessus. Mais je l'ai fait.

— Tu sais pourquoi il a pris ce risque ? Tes parents pouvaient se réveiller, le bébé aussi.

— Non. Je ne sais pas. Il s'est mis derrière moi et il a passé son bras sur mon torse, la pointe du marteau, du piolet, pardon, sur mon cou, et il les a regardés tous les trois dormir pendant un long moment. Ensuite on est sortis de la maison et il m'a fait monter dans une voiture, garée devant.

— Tu te souviens de la voiture ?

— Non. Noire. Petite. Elle sentait fort le parfum. Il y avait un sac, comme un grand sac à main de femme. Je ne l'avais pas vu au début. Je me suis assise dessus. Je l'ai enlevé après, je l'ai mis entre mes jambes. Puis on a roulé.

Coste nota : « Voiture volée ? Vérifier plaintes jours précédents dans même quartier. »

160

— Combien de temps ?

— Je ne sais plus. Des minutes ou une heure. J'étais pas là, pas présente. Il n'y avait pas de temps.

— Vous avez parlé ?

— Non. J'ai juste pleuré.

— Tu as reconnu des endroits, pendant ce trajet ?

— Non. Il faisait nuit noire. On s'est arrêtés, il m'a sortie de la voiture et m'a baissé la tête de sa main. J'ai vu de la terre, monté des marches, j'ai vu l'intérieur d'une maison, descendu des marches. Il m'a poussée au fond d'une pièce, il a fermé la porte. C'est quand j'ai levé la tête que j'ai vu que c'était une cave avec des grilles.

— La cave dans laquelle tu as été retrouvée ?

— Non. C'était une autre.

— Combien de maisons as-tu connues ?

— Trois.

— Tu te souviens de l'avoir déjà croisé avant ce jour-là ? Devant ton collège, dans la rue ?

— Non. C'était la première fois que je le voyais.

— Il habitait là, ou tu as l'impression qu'il vivait ailleurs ?

— J'entendais une voiture démarrer, tout près, tard le soir. Je pense qu'il avait une maison à lui.

— Il y avait des fenêtres ? Tu as pu voir quelque chose par l'extérieur ?

— Jamais de fenêtres. Que des murs.

— Quand arrivait une nouvelle victime, vous étiez toujours ensemble ?

— Toujours, oui.

— Tu en as rencontré neuf alors ?

— Neuf, oui.

— Est-ce que l'une d'elles le connaissait d'avant ? Est-ce que l'une d'elles t'a parlé de lui ?

— Non, jamais. C'est plutôt elles qui me posaient des questions, qui essayaient de comprendre pourquoi elles avaient été choisies.

— Il leur arrivait de sortir du… cachot ?

— L'enclos. C'est comme ça que je l'appelle. Oui. Quand il voulait les utiliser.

— Les violer ?

— Oui. Les utiliser.

— Et toi ? Tu es sortie ?

— Non. Jamais.

— Et lui… Il t'a… utilisée ?

— Non, jamais, dit-elle plus précipitamment.

Coste s'en voulut de cette dernière question. Non qu'elle fût trop directe, il fallait bien la poser à un moment, mais Anna pouvait très bien refuser de lui dire la vérité à ce sujet, il y avait beaucoup de réserves possibles. Il nota : « Refus ? Déni ? Gêne ? Viol ? »

— Tu te souviens de chacune d'elles ? reprit-il.

— Oui. Plus ou moins. En fonction du nombre de jours ou de semaines qu'elles restaient. Les photos ont aidé à me rappeler.

Elle était restée à la porte de l'enclos et Coste n'avait pas d'autre choix que de la pousser à l'intérieur.

— Si tu veux bien, nous allons faire un exercice. Je vais te donner leur prénom et tu vas me raconter un souvenir, la première chose qui te vient à l'esprit. Même si cela te semble sans importance, minime ou banal, tout peut nous servir ou réveiller quelque chose dans ta mémoire. D'accord ?

— D'accord.

Et il les nomma, de la dernière, la plus récente, à la première, la plus ancienne, comme on plonge de plus en plus profond dans les abysses, un palier après l'autre.

— Garance.

Anna ferma les yeux, comme prise d'un étourdissement. Garance était la dernière, celle avec qui on l'avait retrouvée.

— Tu veux qu'on arrête un peu ?

— Non, ça va. Mais pas Garance. Pas tout de suite.

— Comme tu veux. Tu décides de tout. Salomé ?

Anna respira et se repositionna dans le large fauteuil.

— L'assouplissant. C'est une de celles qui sont restées le moins longtemps. C'était une de mes préférées. Je lui lisais des livres. On dormait en cuillère, l'une contre l'autre. Ses vêtements sentaient l'assouplissant. J'avais l'impression d'être transportée ailleurs. Je l'ai beaucoup respirée, Salomé, jusqu'à ce que, comme moi, elle prenne l'odeur de l'enclos.

— Des livres ? Il vous donnait des livres ?

— Non. Juste à moi. Je lui avais demandé. Il m'a proposé une télé. Je lui ai dit non. Un livre. Il m'en donnait de temps en temps.

— OK. Sacha ?

— Les moineaux. Elle passait son temps à faire des origamis avec le carton des paquets de gâteaux ou de céréales. Toujours les mêmes. Des moineaux, qu'elle cachait sous le matelas ou entre les pierres du mur. Parfois, elle les tenait du bout des doigts, elle les passait devant ses yeux et elle les faisait voler.

— Claire.

— Ses parents. Elle disait toujours que ses parents étaient riches, qu'ils pourraient payer, qu'il suffisait de les appeler, qu'ils lui donneraient tout ce qu'il veut. Et elle pleurait. Et elle hurlait à l'aide. Tout le temps. C'était insupportable.

Anna leva les yeux comme si ses mots l'avaient surprise elle-même.

— Pardon… Quand je dis insupportable, c'est que… toute la journée… Ça me rendait folle. Je n'arrêtais pas de lui dire de se taire. Et puis les hurlements, il aimait ça. C'était pas une bonne idée. Claire, il l'utilisait souvent à cause de ça.

— Maud.

— La télé. Pendant plusieurs jours, il nous mettait devant la télé toutes les deux, et il nous… Enfin elle surtout, il lui faisait regarder les chaînes en continu, pour voir ses parents qui suppliaient qu'on leur rende leur fille. Maud, elle a tenu le coup en disant que c'était pas possible que ça lui arrive, que c'était un truc qui arrive pas, ou au cinéma. Elle répétait toujours « c'est impossible, c'est impossible ».

— Samia.

— La bagarreuse. Elle disait qu'elle était une fille de cité. Qu'elle savait se défendre. Quand il entrait dans l'enclos, elle se mettait en garde. Elle frappait fort, mais ça ne changeait rien. Il avait toujours le dessus.

— Cléo.

— Excuse-moi. Elle disait toujours « excuse-moi ». Cléo, elle avait compris. Comment lui parler, comment agir. Elle était belle, en tout cas elle lui plaisait beaucoup. Avec elle, il avait du mal à être comme avec les autres. C'est comme si elle calmait sa folie. Elle sortait souvent, mais pas que pour être utilisée. Elle disait qu'elle acceptait, que c'était plus facile comme ça. Quand elle revenait en bas, elle sentait la cigarette, des fois la cuisine ou l'alcool. Elle faisait comme elle pouvait pour survivre, Cléo, fallait pas lui en vouloir. Quand on est là, qu'au bout du dixième jour on a compris qu'on ne sortirait pas, on ne pense qu'à ça, la survie. Et quand elle redescendait, elle s'excusait.

— Julie.

— La rançon. Julie était forte. Elle ne pleurait pas, pas devant lui. Elle faisait semblant d'être sûre que tout ça allait avoir une fin. Il la faisait sortir de l'enclos, il l'utilisait, et elle redescendait pareille, comme si rien ne s'était vraiment passé. Il n'a pas réussi à la casser. Et puis ses parents ont offert une grosse somme d'argent. Il a accepté de la libérer. Il l'a laissée prendre une douche, lui a donné des vêtements propres et lui a dit d'attendre. Il lui a dit que ses parents devaient virer l'argent sur un compte dans une heure. Et puis toutes les heures il est revenu pour dire qu'ils avaient demandé de baisser la rançon. Toujours un peu moins cher. À la fin, en pleine nuit, il lui a dit que ses parents refusaient de payer. Et là, il l'a cassée complètement. Elle est devenue folle. C'est là qu'il l'a utilisée le plus. Mais en fait, je crois qu'il n'a jamais eu ses parents au téléphone une seule fois.

Coste recevait ces histoires, les unes après les autres, en les prenant comme des coups, tentant de ne rien laisser transparaître. Si Anna les avait vécues, il pouvait au moins les écouter. « C'est pas tes proches, c'est pas ta peine », avait-il l'habitude de dire. Mais le fait était là, il avait perdu de sa carapace, celle qui fait d'un flic un homme plus hermétique à l'horreur que les autres.

— Virginie, poursuivit-il.

165

— Pourquoi pas elle ? Quand il venait la chercher dans l'enclos, elle disait toujours : « Pourquoi tu la prends pas elle ? » Elle m'insultait, elle me bousculait, elle demandait ce que j'avais fait pour ne jamais être choisie, si j'étais malade ou un truc du genre. Elle me disait que j'avais de la chance d'avoir une gueule comme ça. J'ai détesté Virginie.

— Il en reste une.

— Garance, je sais. La dernière.

Plus qu'une. Anna était essoufflée. Non pas essoufflée par un effort, mais essoufflée comme quand on tente de gérer une crise d'angoisse. Coste s'apprêta à mettre fin à l'entretien et s'approcha de l'enregistreur pour le couper…

— Il y a eu un problème avec Garance.

Coste suspendit son geste et revint à sa position.

— Elle n'est restée que deux jours. Ou trois. Il était inquiet. Pressé. Il a ouvert l'enclos, il m'a dit d'aller au fond. Et il l'a tuée là. Il l'a frappée au cou et il l'a étranglée. C'était la première fois qu'il faisait ça devant moi.

Coste nota : « Précipitation. Pourquoi ? Voiture bicolore aperçue par un témoin dans la forêt d'Argonne. A-t-il vu le témoin ? S'est-il senti en danger ? Nouveau changement de maison, de voiture ? » Puis il ferma son carnet.

Bien sûr, la question finale, évidente, était impossible à poser sur-le-champ. « Et toi, pourquoi il t'a épargnée, toi ? » Coste coupa l'enregistrement.

Épuisés l'un comme l'autre, ils avaient entre eux le fantôme de ces neuf filles et, dans le cerveau de Coste, les abominations qu'elles avaient subies se déversaient

166

en fusion. Trop violent, tout cela avait été bien trop violent. Mais quel que soit le bout par lequel il aurait pris l'entretien, rien n'aurait pu être moins brutal ni épouvantable. Il lui avait alors proposé de parler à Melchior et même mentionné la possibilité d'une psy sur l'île, mais elle était restée fermée à la proposition.

— J'en ai vu au collège, à cause de mes notes et de mon attitude. J'en ai vu ensuite, à cause de mes tentatives de suicide. J'ai parlé, mais on ne m'a jamais crue.

Ainsi, l'idée du soutien psy fut enterrée et Coste devint son seul interlocuteur. D'un coup, le flic sentit peser sur lui un poids terrassant et constata que cette jeune femme était dix fois sinon cent fois plus forte que lui.

Même s'il savait qu'elle lui avait menti.

- 16 -

Coste avait transféré la carte mémoire de son dicta-
phone sur son ordinateur et envoyé l'entretien à Melchior
qui, après deux écoutes, en était arrivé aux mêmes
conclusions que lui.

— Dix ans, sans sortir de l'enclos, comme elle l'appelle, dit le psy. Pour l'avoir gardée en vie jusque-là, il
a dû trouver quelque chose en elle qui l'intéresse, ou
qui le complète, ou dont il profite. L'état de santé de
Mlle Bailly n'est pas compatible avec celui d'une personne qui est restée séquestrée si longtemps dans un
espace réduit, son état psychologique non plus. Elle n'a
pas le profil d'une victime inactive, passive, c'est une
survivante, quelqu'un qui n'a jamais abandonné et qui a
dû chercher à chaque seconde comment s'échapper, ou
simplement comment améliorer sa condition. Bien sûr
qu'elle vous ment et qu'elle est sortie. Mais au moins, à
vous, elle parle. Des phrases courtes, avec le moins de
mots et de sentiments possible, elle ne relate que du
factuel, mais elle parle. Saint-Croix avait raison.

— De me choisir ?

— Oui. De penser qu'Anna serait rassurée par vos propres failles. Que vous vous reconnaîtriez peut-être.

— Puisque vous connaissez mon dossier, vous aurez remarqué que nos failles n'ont pas la même profondeur, relativisa Coste.

— Que l'on tombe de vingt mètres ou de deux cents… le résultat est identique. On se brise.

Melchior tourna les pages de la conversation qu'il avait retranscrite par habitude.

— Elle semble beaucoup défendre Cléo, la « Victime 3 », celle qui « avait compris. Comment lui parler, comment agir », celle qui quittait souvent le sous-sol.

— Possible qu'elle parle d'elle-même, pour voir ma réaction. Quoi qu'il en soit, elle assure qu'elle n'est jamais sortie, mais elle dit ensuite qu'ils ont regardé la télé ensemble avec Maud, pour y voir ses parents supplier le ravisseur, dans un petit jeu pervers de leur geôlier.

— Tout ce qu'elle a fait pour être épargnée est obligatoirement un geste envers lui, supposa Melchior. Un pas dans sa direction, une concession, la recherche d'une connivence, et aujourd'hui elle craint que nous considérions cela comme de la complicité. Si elle a la moindre information sur les lieux des sépultures des autres victimes ou sur son prédateur en particulier, ce n'est pas en restant enfermée qu'elle aura pu l'apprendre. Elle l'aura acquise en parlant avec lui ou en sortant du cachot. Elle est bloquée, tout bêtement. Pour pouvoir vous dire ce qu'elle sait, ce que vous attendez d'elle, elle devra avouer ce qui la rend morte de honte. Et pour qu'elle accepte de le formuler, il faudra qu'elle soit sûre que vous ne la jugerez pas, que vous la comprendrez. Il lui faudra un déclic de confiance.

— Et je trouve ça où ? ironisa Coste, abattu.

— Commencez par lui offrir une pause, la journée a été longue.

17

Le passage de l'ouragan sur les côtes de Saint-Pierre avait laissé une mer tourmentée et un ciel de peintre inspiré, de quoi remplir l'esprit de la jeune femme de nouvelles images, avec pour espoir qu'elles en efface-raient certaines autres.

Ils étaient restés assis face à l'océan, sans rencontrer âme qui vive, sur un rocher affleurant la tourbière imbi-bée par la tempête et la pluie de la veille, partageant l'espace avec quelques chevaux en liberté, et Coste avait eu la bonne idée de ne pas combler ce moment de paroles futiles. Puis Anna eut froid et il lui proposa de rentrer.

Alors qu'il garait son vieux Land Rover devant la safe house, il aperçut la capitaine Laguerra assise sur les marches du tambour qui précédait l'entrée de la maison. Elle n'avait rien à faire ici, et Coste s'en inquiéta.

— Tu dis bonjour. Ce sera suffisant, lança-t-il à sa protégée.

Elle sortit du vieux 4 × 4, claqua la porte grinçante, répéta sa ligne de texte et disparut à l'intérieur après que le flic lui eut ouvert la porte et eut salué Laguerra :

— Capitaine.

— Capitaine, répondit-elle.

— Un souci ?

— Sur une enquête, oui.

— C'est plus mon job.

— Arrêtez, c'est comme le vélo ou un trauma d'enfance, ça s'oublie pas, dit-elle pour détendre le mal embouché. Je peux entrer ?

— Non.

Elle le rencontrait pour la première fois et il était aussi cordial que Soba l'en avait avertie. Malgré tout, qu'il fût rustre à ce point la déstabilisa.

— Vous êtes sérieux ? Je vais pas rester sur le pas de la porte tout de même ?

— Écoutez, j'ai un radar à emmerdes et vous clignotez en rouge. Quoi que vous vouliez je ne suis clairement pas la bonne personne.

— Je vous emmerderai pas plus au chaud, vous savez ?

Et comme à la fin il aurait été plus suspect de lui refuser d'entrer que le contraire, le flic céda.

Assise face au café qu'il lui avait servi, son hôte arrivant là au maximum de son hospitalité, Laguerra ne parut pas savoir de quelle manière commencer.

— C'est votre nièce que j'ai vue ?

— Passons directement à votre souci, si ça ne vous dérange pas.

— C'était par politesse, désolée.

— Vous pouvez vous en dispenser.

— La vache, vous êtes pas facile à aimer, Coste.

Elle l'amusa sur cette repartie, il se détendit un peu et accepta de l'écouter.

— Il y a eu une agression sexuelle hier soir, vers le cap à l'Aigle, commença Laguerra.

Puis elle lui raconta la nuit, la voiture, les poignets maintenus, les baisers forcés, le coup dans le ventre, le choc contre la vitre, la fellation refusée à coups de menaces, la gamine qui se retrouve seule à huit kilomètres de sa maison, en pleurs jusque chez elle, le courage qu'elle avait eu et ce que ce courage lui avait évité, très certainement.

— Et je crois que l'enquête va être étouffée, conclut-elle.

Être flic fabrique une habitude qui vous permet de passer d'un drame à l'autre sans sombrer, et ce n'est que grâce à elle que Coste réussit à rester impassible, malgré l'énervement qui sourdait.

— Je ne vois pas comment. La procureure crève d'envie d'une grosse affaire depuis un an qu'elle a posé ses bagages sur l'île.

— Parce que ça n'ira pas jusqu'à elle. Le suspect est un fils Grady. Et mon lieutenant-colonel ne veut pas d'ennuis avec cette famille avant l'arrivée du nouveau colonel.

Coste souffla, exaspéré par autant de couardise.

— On essaie de ne pas trop le montrer, poursuivit-elle, mais, vous savez que je suis en couple avec l'un de vos hommes ?

— Soba ? Faudrait être aveugle. Quel est le rapport ?

— Cette histoire, ça l'a rendu fou. Il veut bien fermer les yeux sur de petites inconduites, mais là, je crois qu'il va faire une bêtise.

— Je lui parlerai demain, si ça peut vous rassurer. Et vous, passez outre à votre patron et faites votre job, c'est tout ce que je peux vous dire.

Laguerra porta son café à ses lèvres et, constatant qu'il était à peine tiède et du matin, déposa poliment sa tasse sans grimacer.

— Sauf que je ne suis pas sûre que la gamine retrouve le courage de témoigner, après l'entretien humiliant qu'elle a subi. Ils lui ont demandé si elle n'avait pas un peu provoqué son agresseur, dans le seul but de ne pas convoquer Sean Grady.

Pour avoir enquêté sur de nombreuses tentatives de meurtre précédées d'agressions sexuelles, Coste connaissait les blessures profondes de ce qu'il considérait comme le crime le plus dégueulasse qui existe. Il en avait vu les cicatrices invisibles et les traumatismes qui ne guérissent jamais vraiment. Déjà, il mâchait l'intérieur de ses joues comme les chats font jouer leurs mâchoires avant d'attaquer. Mais il avait une mission et une seule, Anna. Il redevint aussi désagréable que possible pour se préserver d'une mauvaise décision.

— Je viens faire quoi, là-dedans ? Et surtout, vous venez faire quoi chez moi ?

— Je suis allée m'excuser auprès de la jeune fille, au nom de la gendarmerie, et j'ai vu son grand-père. Il n'ose rien vous demander, mais il m'a dit que vous sauriez peut-être quoi faire.

— Son grand-père ?

— Oui. C'est Armand Bisset qui m'envoie. La gamine, c'est Esther Bisset.

Mercredi. Ce petit fils de pute de Sean Grady avait agressé Mercredi.

En un instant, Thaïs Laguerra vit dans le regard de Coste ce que personne n'avait vu depuis six ans, et elle en fut assez inquiétée pour se demander même si elle avait bien fait de venir. Clairement, des fils dénudés venaient de faire un court-circuit dans le cerveau de Coste. Puis il croisa les yeux d'Anna, dans l'embrasure de la porte du couloir, qui avait en silence assisté à tout et tout entendu. Il l'avait écoutée ce matin, impuissant, raconter les sévices subis au fil des ans et des victimes, et les frustrations s'étaient accumulées en strates. Cette histoire de plus, personnelle de surcroît, fit céder la digue.

— Rentrez chez vous, Thaïs. J'ai besoin de temps pour réfléchir.

Lorsque la capitaine Laguerra sortit de la résidence surveillée, il faisait déjà nuit sur Saint-Pierre et quelques nuages sombres se donnaient rendez-vous au-dessus de l'île, menaçants. Mais l'orage le plus important était bien celui qu'elle avait laissé derrière elle en partant.

18

« La tempête est le repos du marin », dit une vieille expression. Quand sur leurs embarcations, à des centaines de milles du port, la mer est impraticable et que la pêche devient impossible, il est temps pour les matelots d'écrire à leurs proches, de prendre un peu de repos, de jouer aux cartes ou de s'enivrer, pour peu que leurs estomacs secoués par les vagues l'autorisent.

Tout est histoire de contexte, donc. La tempête des uns est l'accalmie des autres, et l'esprit de Coste s'apaisait toujours quand, pris par les vents, d'autres s'agitaient en gesticulant. Tout devenait plus clair lorsque le navire gîtait dangereusement, tout devenait plus clair au fil des scénarios écartés alors que les options s'amenuisaient. Il savait ce qu'il avait à faire, et comment le faire.

Anna avait compris qu'aujourd'hui ils ne travailleraient pas. Son flic avait le regard dans le vide, non qu'il ne se passât rien dans sa tête, bien au contraire.

— Je ne te connais pas beaucoup, mais je ne t'ai jamais vu aussi calme.

— Tu es prête à sortir, répondit-il à côté. Laguerra va t'accompagner pour acheter des vêtements neufs. J'ai des choses à faire, ça ne prendra pas plus d'une journée.

— La fille dont vous avez parlé hier soir ? Tu vas essayer de la convaincre de porter plainte ?

Il éluda en déposant sur la table une carte bleue au dos de laquelle un Post-it mentionnait le code et qu'Anna prit entre ses doigts.

— OK, et je peux dépenser combien ?

— Fais-toi plaisir. Tout est financé par l'agence de recouvrement des avoirs confisqués. On revend les villas des mafieux, les voitures de luxe des dealers, les tableaux de maître des fraudeurs, tout ce qu'ils ont pu acquérir avec leurs actions criminelles, et nous nous en servons pour financer le programme de protection. Tu ne trouveras pas assez de fringues sur l'île pour nous mettre à découvert. Prends ce que tu veux. Il y a aussi une librairie, tu peux la dévaliser.

*
* *

Mercredi s'était réfugiée chez son grand-père. Bisset ouvrit la porte d'entrée lorsque trois coups y furent frappés, et sans un mot laissa passer le flic. Coste grimpa l'escalier en bois et entra dans la chambre lorsqu'elle l'y autorisa. Seule une liseuse éclairait l'endroit. Au fond de la pièce, recroquevillée, son carnet à dessin contre une cheville, une cigarette à la main, elle l'accueillit d'un visage fermé.

— Même avec toi, j'y retourne pas.

Il resta debout, avec sur les épaules son long imperméable noir mouillé qui gouttait encore de la courte averse qui l'avait accompagné, luisant comme un canon de fusil.

— Je sais. Et ça ne servirait à rien. Pas de témoins, pas de marques sur ton corps. Juste ta parole. T'as pas les mêmes soutiens que lui et tu vas te faire détruire.

— Merci, tes collègues me l'ont déjà bien fait comprendre.

— Pas mes collègues.

— Gendarmes, flics, pareil. Pour ça, tu pouvais m'envoyer un texto, c'était pas la peine de te déplacer.

— Je viens pas te consoler, je suis pas doué pour ça. Je viens te demander ton accord. La prison, ce n'est pas que pour neutraliser les nuisibles, c'est aussi pour donner à la victime la sensation qu'il y a eu une punition. Et il n'ira pas en prison.

Mercredi se redressa et éteignit sa cigarette du bout des doigts pour se faire mal.

— Alors tu veux mon accord pour quoi ?

— Je viens de te le dire. Pour la punition.

*
* *

Soba s'étonna de voir son officier au service. Il s'étonna davantage de le voir au sous-sol, inspecter l'armement collectif.

— Vous deviez pas être là aujourd'hui. Et vous avez collé votre nièce à Thaïs. Et vous fouinez dans les fusils-mitrailleurs et les grenades. Il se passe quoi ?

178

— C'est tout ce qu'on a? Un HK, un PM Beretta et de la lacrymo?

— Ça fait plaisir de voir que vous vous intéressez à notre dotation.

— Me faites pas répéter, s'agaça Coste.

— Oui, oui, pardon, c'est tout ce qu'on a, se radoucit le Kraken. Vous fomentez un coup d'État?

— Non, je cherche le non-létal. On n'aurait pas dû recevoir un pistolet électrique?

— Le Taser? Si, on l'a, mais personne n'est habilité. Attendez, il est sur l'armoire, je vous le sors.

Alors qu'il palpait à l'aveugle le haut du meuble, il profita de ce moment seul avec Coste.

— Désolé, pour Thaïs, je sais qu'elle est venue vous voir hier. Je lui avais dit de pas vous embêter avec ça. Que vous connaissiez la gamine. Que vous sauriez pas quoi faire de plus.

— Trop tard.

Il attrapa enfin la mallette de transport du Taser et la tendit à Coste.

— Trop tard… C'est-à-dire?

— Le petit Grady, il vous colle toujours des fourmis rouges dans le cerveau?

— C'est bon, capitaine. Je sais que Thaïs vous a dit que l'agression de la petite ça m'avait fait un peu vriller. Mais vous savez ce que c'est, on s'énerve, on dit des conneries. Je vous promets, je vais rien lui faire à Sean. J'ai compris, on baisse les yeux et on ferme sa gueule.

Coste ouvrit la mallette et sortit la batterie qu'il mit à charger sous le regard circonspect de son adjoint qui se demandait pourquoi son officier vérifiait un matériel que personne n'utilisait ici.

— Je sais que vous pensez que j'en fous pas une rame et que j'ai pas ma place ici, dit Coste. L'île est petite et vous parlez fort. Mais vous ne répondez pas à ma question, et c'est la deuxième fois. Alors ? Sean Grady ? Les fourmis rouges ?

— Oui. Et vous le savez très bien. Surtout depuis hier.

— Et qu'est-ce que vous pensez du hors-procédure ?

— C'est jamais une bonne idée, mais c'est parfois nécessaire. Quand il n'y a pas d'autre choix, on peut parfois transgresser la loi, mais croire quand même à la justice. Ça dépend jusqu'où on va.

— Rassurez-vous, je finirai seul. Autre chose. Laguerra, en tant que cheffe de la brigade de recherche, elle a bien les clés du coffre à scellés de la gendarmerie ?

*
* *

Chez Cartier Libre, Anna flânait parmi les présentoirs. En plein après-midi, son chaperon et elle étaient les seules dans le magasin, excepté une trentenaire surexcitée par sa conversation qui faisait assez de bruit avec son portable pour que l'endroit semble bondé.

— Tu sais ce que tu cherches ? demanda Thaïs, un peu gênée de baby-sitter une adulte.

— Je vais travailler au refuge pour animaux, alors un sweat et un jean, j'imagine.

La gendarme, en civil pour l'occasion, la regarda de pied en cap. La jeune fille flottait dans ses vêtements comme si d'un matin à l'autre elle avait rétréci de dix tailles. Un pull marine trop grand qui lui arrivait au milieu des cuisses et dont elle avait relevé les manches jusqu'aux coudes et un jogging large dont elle avait retourné les ourlets à plusieurs reprises et qui bâillait sur ses petites tennis blanches.

— Non, mais là, c'est pas possible, sanctionna-t-elle.

— Ils ont perdu ma valise entre Montréal et ici, se justifia Anna. C'est des fripes que j'ai empruntées à Victor.

— À qui?

— Victor, mon oncle. Tu veux que je l'appelle comment? Coste?

— Pardon, j'avais jamais entendu son prénom. Mais c'est pas avec un sweat et un jean que tu vas survivre. T'aimes quoi?

Pour Laguerra, la nièce du flic n'était pas une survivante mais juste une gamine sur de mauvais rails. Anna endossa sa légende et joua son rôle du mieux qu'elle put:

— Je suis pas sûre. J'ai passé les dix dernières années de ma vie en jogging et baskets. Dans les cités d'où je viens, c'est plus simple de porter des survêtements, ça attire moins l'œil. Et comme la plupart de mes potes étaient des mecs, je n'ai pas trop eu l'occasion de me poser la question.

Thaïs éclata alors d'un rire rassuré, comme si on lui enlevait un poids des épaules.

— Merci seigneur! J'arrivais pas à comprendre pourquoi, à ton âge, tu avais besoin de quelqu'un pour t'habiller. C'est juste que tu as perdu le goût! Alors déjà on va remercier Air Saint-Pierre d'avoir eu la bonne idée de perdre aussi ta valise et ensuite on va te faire belle.

— Vu le temps que tu passes en uniforme, je sais pas si j'ai pris la bonne conseillère, répondit Anna du tac au tac sans se laisser faire.

— Et elle pique ! J'adore ! Je suis pareille. À ce sujet…

Elle se retourna vers la cliente bruyante et la tchipa d'un air sévère. Mal à l'aise, l'autre mit fin à sa discussion et rangea son téléphone dans son grand sac. Elles manquèrent d'éclater de rire et revinrent à leurs préoccupations. Doucement, Thaïs fit pivoter Anna vers le grand miroir de l'entrée et, pour la première fois, s'autorisa à l'observer. Elle avait vu dès leur rencontre qu'il y avait, dans le visage de cette jeune femme, toute une série d'anomalies étonnantes, mais ce n'est qu'à cet instant qu'elle en fit le détail. Quelques secondes de trop, et il n'en fallut pas plus pour tomber dans le piège de son regard.

— Tu me fixes, dit Anna.

— Pardon, répondit Laguerra sans la quitter des yeux.

— Tu continues.

Thaïs sourit comme on saisit la beauté d'un tableau qu'un nouvel éclairage rend évidente, maintenant qu'elle comprenait que la somme de ces singularités créait un résultat inexplicablement captivant.

Anna la défia :

— Dis-moi au moins ce que tu vois.

Le portable de la gendarme sonna à ce moment, afficha « Soba » et la délivra de son trouble.

— Désolée, je dois répondre. Je reviens.

Elle quitta la boutique pour prendre son appel à l'extérieur, laissant Anna se faire une idée des vêtements suspendus aux cintres et, alors qu'Anna passait devant une cabine d'essayage, apercevant le sac de la dame bruyante, ouvert sous ses yeux, posé sur le sol, dépassant un peu des rideaux, elle vit tout son contenu, ainsi qu'un paquet de cigarettes. Voilà des semaines qu'elle n'avait pas fumé et l'envie la tirailla jusqu'au fond du ventre. Elle s'agenouilla et plongea la main dans le sac.

Dehors Laguerra faisait répéter Soba.

— Et tu veux que je vole ça dans notre propre coffre ?

19

S'il avait, avec Clémence, utilisé son vrai visage sur le site de rencontres pour personnes handicapées, c'est que ce dernier ne comptait que quelques centaines d'adhérents. Mais sur Grindr, une application de rencontres gay qui dépassait les onze millions d'utilisateurs, Andréas ne prit aucun risque et utilisa, pour créer son profil, une des photos de Thibaut Dalmas, épargné trois jours plus tôt d'un suicide forcé.

Profitant de la sublime vue plongeante du Trocadéro qui s'offrait à lui, installé à la terrasse du Café de l'Homme, le soleil sur la nuque, il commanda une seconde coupe de champagne qu'il paya avec la carte bleue empruntée à la même personne.

Il passait maintenant d'une photo à l'autre sans jamais lire le contenu du profil, puisque ce qu'il cherchait n'était que physique. Trop grand, trop musclé, trop de taches de rousseur, lèvres trop charnues, aucun candidat ne répondait à son unique critère. À la table voisine, une ravissante femme de cinquante ans qui semblait être parfaitement chez elle dans le luxe tapageur de cet établissement n'en perdait pas une miette, et ils échangèrent un sourire entendu. Andréas faisait défiler les hommes comme on tourne les pages d'un catalogue puis, enfin, s'arrêta net sur l'un d'eux.

— Ce sera celui-ci ? demanda la femme, curieuse.

— Je crois bien.

— Il vous ressemble un peu.

— C'est exactement ce que je recherche.

*
* *

L'affaire avait été convenue en quelques messages échangés et ils s'étaient retrouvés sous les arches du Café Marly encadrant les pyramides du Louvre, un endroit de parade où personne ne regarde rien d'autre que soi-même.

— Tu n'es pas comme sur ta photo de profil, fit remarquer son rendez-vous.

— Je suis officier de police, répondit le prédateur, amusé par sa propre impertinence. Même si les mentalités ont changé et que la plupart s'en foutent, il reste tout de même assez de gros crétins pour me pourrir la vie. Pourquoi ? Je te déçois ?

— Non. Tu es mieux. C'est généralement l'inverse quand on ment sur sa photo.

Andréas n'avait qu'un seul but, se retrouver dans l'appartement de son candidat. Il adopta alors une attitude prétentieuse qui semblait dire qu'il était trop bien pour quiconque, inaccessible, agaçant et donc follement excitant. Son rendez-vous s'imaginant la suite de leur soirée et le plaisir qu'il aurait à effacer cette arrogance

185

sous les draps, ils ne restèrent pas longtemps à discuter et, d'un geste suffisant, Andréas convoqua le serveur et paya.

*
 * *

L'appartement n'était pas spacieux mais bénéficiait d'une baie vitrée s'ouvrant sur la Bastille, et son Opéra éclairé aurait pu à lui seul créer une ambiance tamisée dans le salon. Il y avait quelques trophées sur une étagère en verre et les clubs de golf allant avec, dans un sac de transport posé contre le mur rouge, rouge comme tout le reste ici. À la grande déconvenue d'Andréas, entre le temps de sa petite annonce et aujourd'hui, le jeune homme semblait avoir multiplié les séances de sport et il était bien plus massif que prévu. Il serait préférable de ne pas en venir aux mains.

Deux verres furent déposés sur une table basse en inox en forme d'aile d'avion, et Andréas n'eut pas le temps d'y goûter qu'ils s'embrassaient déjà. C'était une première, mais, contre toute attente, l'autre se débrouillait très bien et rendit le moment moins désagréable que prévu.

— Tu ne trouves pas ça déconcertant ? demanda son flirt en reprenant son souffle.

— Notre ressemblance ?

— Tout de même, non ? J'ai l'impression de m'embrasser. Je ne dis pas que ça me gêne… Disons que c'est une expérience.

— Tu me trouverais bizarre si je te disais que je t'ai choisi pour ça ?

— Je te dirais que, sur ce site, des types bizarres, j'en ai rencontré, mais toi, tu es juste… intrigant.

Il se redressa dans le canapé en vieux cuir et, d'un air gêné, proposa d'épicer la soirée.

— Et sinon, un officier de police, ça fume des joints ?

— Ça arrive.

— Oui, vraiment intrigant, conclut-il.

Il se leva, s'approcha d'une console, ouvrit le tiroir où il gardait son cannabis et ses feuilles, et Andréas profita de ce qu'il était de dos pour verser un filet de Rivotril dans le verre opposé au sien. Comment aurait-il pu voir le miroir fixé au mur, puisque tous les murs étaient rouges, et que le miroir sans cadre, en parfait caméléon, ne reflétait lui aussi que du rouge.

— Tu viens de verser quoi, dans mon verre ? demanda le jeune homme en se retournant brusquement.

Andréas soupira, contrarié.

— Attends, mais t'es vraiment flic, toi ?

— Tu n'aurais jamais dû me voir faire.

— Putain, de quoi tu parles ? s'énerva-t-il.

— Je dis juste que tout va terriblement se compliquer à partir de maintenant.

L'amant d'un soir, devenu proie, s'avança vers la desserte de l'entrée où se trouvaient son portable et, juste à côté, ses clubs de golf. Appeler la vraie police ou se défendre, Andréas n'attendit pas qu'il fasse son choix et alors qu'il passait devant lui, sans même se lever du canapé et en prenant appui sur ses bras, il n'eut qu'à tendre la jambe et atteindre son genou dans un violent coup de pied latéral pour que ce dernier se déboîte. L'articulation craqua, le ligament céda, le tibia manqua de traverser la peau, et le pauvre garçon qui n'avait jamais souhaité qu'une chaleureuse soirée s'effondra, le visage contre le sol. Il pensa instantanément à ces pièges tendus sur les réseaux sociaux par des casseurs de pédés dont il connaissait des victimes parmi ses amis. Il pensa à ces cinglés, écœurés par une simple orientation sexuelle ou peut-être écœurés par celle qu'ils répugnent d'admettre, et refusa d'être un nouveau fait divers. La peur prit le relais et déversa assez d'adrénaline dans ses veines pour qu'il se relève sur une jambe et qu'il affronte son agresseur. L'homme se retrouva debout, combattant et furieux, sous le regard éberlué d'Andréas qui ne s'attendait pas à recevoir les deux magistraux coups de poing, rapides et puissants, qui le mirent presque hors service.

Mais avec un genou en perdition, la meilleure option pour son hôte était encore de fuir. Il profita que son adversaire soit un temps neutralisé pour tenter de sortir de l'appartement. Il irait frapper aux portes voisines, il hurlerait à l'aide, on viendrait à son secours, mais il devait d'abord atteindre la porte… Alors qu'il posait la main sur la poignée et qu'il tournait la clé, tout devint blanc, ouaté, sans aucune douleur. Le sang inondait ses yeux, s'échappant à gros bouillon de son crâne ouvert par le club de golf fer numéro 6 que tenait Andréas, debout derrière lui, les deux mains sur le manche.

Le pauvre garçon fit un demi-tour, tomba à genoux, la partie droite de son visage ayant baissé de cinq bons centimètres par rapport à la gauche, un œil à sa place, l'autre au niveau du nez, de la même manière que l'on se trompe d'un trou et que l'on boutonne lundi avec mardi. Andréas fit une moue dégoûtée et dédaigneuse face à ce spectacle, comme si sa victime en était elle-même responsable.

Dans l'appartement rouge, le sang ne se vit qu'à peine, et la large mare qui recouvrait maintenant le parquet du salon refléta Andréas qui fouillait les poches, les tiroirs et les armoires à la recherche de la carte d'identité de ce garçon qui lui ressemblait vraiment. Puis, sur le miroir qui l'avait trahi, en larges lettres majuscules carmin, il inscrivit « SALE PÉDÉ ».

Ce n'était ni sa signature ni son type de victime, et ce qui laissait supposer un meurtre homophobe lancerait les flics dans la mauvaise direction. Comme un évadé traqué, il venait de traverser une rivière, et les chiens ne trouveraient pas sa trace.

Avant qu'il passe la porte, son portable vibra d'un message.

Clémence, la jeune femme en fauteuil roulant lui avait écrit.

Clémence : « En seulement quatre conversations, j'ai déjà envie de te faire confiance et de te voir. Tu m'expliques ? »

Elle habitait loin, mais maintenant, enfin, il avait un sésame. Une pièce d'identité tout à fait similaire à son visage et qui lui permettrait de parcourir la France et de parer à tout contrôle. Clémence faisait partie de son plan et il était temps d'aller à sa rencontre.

Andréas : « Alors pourquoi attendre ? Voyons-nous ! »

20

Tout était prétentieux chez Sean Grady. Le regard qu'il portait sur les autres, ou le ton qu'il adoptait pour leur parler, comme s'ils étaient ses valets. Il en allait de même pour son somptueux hors-bord qu'il aurait sans hésitation mis à la casse pour prendre le modèle supérieur si jamais sur l'île quelqu'un avait acheté le même. Pareil pour son scooter des mers survitaminé capable de traverser les vingt-cinq kilomètres qui séparaient Saint-Pierre du Canada même par gros temps, ainsi que pour sa moto Kawasaki Ninja dont le très agressif vert citron assurait qu'il pouvait tout se permettre, même le mauvais goût.

Toute la jeunesse de l'île se donnait rendez-vous au Rustique, du vendredi soir au dimanche matin, sur les playlists de Bia, la seule et unique deejay de l'île depuis vingt-cinq ans, et c'était évidemment là que l'on pouvait trouver Sean, paradant, offrant des tournées pour se faire valoir, acceptant à sa table celles et ceux dont la compagnie lui plaisait, au moment où il lui plaisait. David, le cadet, était resté à la résidence Grady, laissant son grand frère tout à sa cour.

Sean parlait fort, riait fort, se moquait sans discrétion ni état d'âme et draguait avec aplomb même celles qui n'avaient rien demandé. Surtout celles-là. Son pouvoir, matériel et de nuisance, était tel qu'il était plus simple de laisser passer et de sourire en supportant ce désagréable moment, chargé de son haleine lourde de cigarettes, de son bras pesant autour des tailles et de ses postillons alcoolisés.

En commandant un autre verre, il roula un joint sur le zinc sous les yeux du barman blasé, puis sortit à l'air frais pour l'allumer dans la rue piétonne pavée. Il ne se cacha même pas à la vue du flic lorsque ce dernier vint à sa rencontre.

— Je viens de foutre le feu à ta vilaine moto verte sur le port, l'avertit Coste.

Sean tourna prestement le regard là où il l'avait garée, contre le mur du Rustique, sans cadenas, puisque à Saint-Pierre même les voitures et les maisons restent ouvertes, et constata son absence. « Putain », fulmina-t-il en descendant la rue au pas de course.

Posée là, aussi laide qu'à son habitude, trônait sa Kawasaki intacte que Coste avait fait rouler quelques dizaines de mètres en aval du bar, à l'écart des indiscrets.

— À quoi tu joues, poulet ? s'énerva Sean en se retournant. Tu crois vraiment que tu peux t'amuser à…

Puis, dans un joli éclair bleu et claquant, les deux crochets du Taser balancèrent leurs cinquante mille volts sur la nuque du gamin qui se pissa dessus en s'effondrant aux pieds du capitaine.

*
* *

191

Lorsque le fils Grady reprit ses esprits, les genoux contre le torse en position fœtale dans ce qui semblait être une cage en métal, il lui fallut ressentir quelques secousses, entendre le bruit du moteur à faible régime et reconnaître l'odeur des gaz d'échappement pour comprendre qu'il était dans un coffre de voiture. Il se mit à taper et à hurler, à menacer et à insulter avant que le capot s'ouvre et qu'il aperçoive de nouveau le visage de Coste.

— Fils de pute, je vais te…

— Tu manques vraiment d'une bonne éducation, toi, le coupa le flic calmement en le bombardant encore de cinquante mille volts dans la joue.

Paquet inerte chargé sur son épaule, Coste marcha sur le ponton en bois du port de plaisance où étaient amarrés les bateaux et où Sean et son frère avaient la dernière place, celle de choix, tout au fond, juste avant l'océan. Il le balança sans égard sur la plage avant, l'endroit où normalement les passagers bronzent au soleil et où l'attendait Soba.

Bien qu'une ait largement suffi, à la deuxième claque du Kraken, Sean se réveilla totalement. Il était désormais sur l'une des trois banquettes en cuir de la cabine, étonnamment spacieuse et confortable pour un hors-bord et où l'on pouvait même tenir debout, face aux deux policiers assis, les coudes sur leurs genoux, les mains jointes, penchés vers lui. Depuis des années, l'héritier narguait Soba comme on énerve un chien de l'autre côté de la palissade, assuré que sa chaîne ne rompra pas, mais ce soir Coste avait détaché le molosse.

— J'ai quand même jeté ta moto dans le port, par acquit de conscience, lui avoua Soba. Ça, c'est la mauvaise nouvelle.

— Pourquoi ? Y en a une bonne, tenta de se rassurer le gamin qui en menait de moins en moins large.

— Non, une autre mauvaise, mais j'aime bien te faire chier, s'amusa le grand tatoué en déposant sur la tablette centrale en bois un paquet gros comme une boîte à chaussures entouré de scotch marron, issu directement du coffre à scellés de la gendarmerie.

— Il y a deux kilos de cannabis d'une formidable qualité, l'informa Coste. Tu te souviens de ce qui s'est passé, non ? Parce que, nous, on s'en souvient très bien.

Puis le tatoué récita comme un bon élève, de la même manière qu'il l'aurait fait devant un tribunal, façon rapport de police, ce qui est tout un art :

— De retour de mission de contrôle de l'ATR 42 venant de Montréal, accusant une heure de retard, prévu à 23 h 45 et atterri à 0 h 45, passant par le port de plaisance, notre attention a été attirée par une embarcation de type bateau de pêche s'amarrant au hors-bord Four Winns Vista dont le propriétaire, le dénommé Sean Grady, nous est défavorablement connu. Le bateau de pêche a remis un paquet à M. Grady qui à son tour lui a remis une enveloppe épaisse de format A4. Constatant dès lors un échange de nuit suspect, nous avons décidé de nous approcher. Consécutivement à notre approche, le bateau inconnu a fait un demi-tour et s'est éloigné à vive allure, ajoutant à nos suspicions. Étant en pédestre, la poursuite du bateau inconnu s'est avérée impossible. Toutefois, nous avons constaté que Sean Grady, encore en possession du paquet, a tenté de le dissimuler en le jetant discrètement dans la cabine, confirmant par son attitude la possibilité d'un trafic de stupéfiants en cours. Agissant en matière de flagrance, vu les articles 53 et suivants du code de procédure pénale, nous nous sommes décidés à monter à bord. Constatant que le paquet se trouvait sur une des banquettes de la cabine, à notre vue, et, sans procéder à une perquisition, nous nous sommes emparés dudit paquet dont l'odeur qui se dégageait évoquait sans ambiguïté possible la présence de cannabis, etcétéra, etcétéra. Tu imagines la suite.

— C'est quoi ces conneries ? se rebella le trafiquant imaginaire. Vous avez pas le droit !

— Venant d'un crevard qui s'arroge tous les droits, c'est presque touchant, fit remarquer Coste. Et sur Esther Bisset, tu avais quels droits ?

Sans plus d'explications, Sean comprit à l'instant qu'il allait payer cher cette fin de soirée et ses épaules s'affaissèrent.

— Deux kilos de shit, poursuivit Soba, découverts par les flics, sans aucun gendarme pour te couvrir, ni te laisser filer. Trafic de stups, c'est dix piges dans le code pénal, mais, puisque à la prison de Saint-Pierre on ne fait pas les longues peines, tu iras en métropole, à Fleury-Mérogis, le paradis des sauvages. Ici, t'es quelqu'un, là-bas, t'es moins que personne. Avec ta petite gueule arrogante, tu vas te faire défoncer le portrait tous les matins et, tous les soirs, tu devras les satisfaire. Tu viens de Saint-Pierre et tu vas rencontrer une bonne tripotée d'incultes qui te trouveront exotique et qui penseront même se taper une vahiné. Tu vas gigoter comme celles qu'on met sur les tableaux de bord des camions, ça, je te l'assure. Et ça

194

durera dix longues années, dans une cellule deux fois plus petite que cette cabine, que tu partageras avec cinq de tes nouveaux meilleurs amants.

L'armure rarement éprouvée du jeune héritier céda facilement et de grosses larmes accostèrent.

— Mais Esther, elle est qui, pour vous ? pleura Sean.

— Mon amie, assura Coste. Et tu lui as fait du mal.

— Je vous en supplie, on peut s'arranger ! Je ferai tout ce qu'il faut, tout ce que vous voudrez.

À dire vrai, voir partir l'agresseur de Mercredi en avion, menotté à son fauteuil en direction de l'une des prisons les plus violentes de France, n'aurait pas déplu à Coste, mais les deux kilos n'étaient pas à lui et devaient retrouver leur place avant l'aube.

— Alors si tu ne veux pas passer les dix prochaines années en enfer, tu vas me promettre plusieurs choses. Tu vas me promettre de ne plus approcher Esther, de changer de trottoir si tu la vois, de baisser les yeux si elle te regarde, de faire taire tes bouffons d'amis si jamais ils la dénigrent et de la défendre s'il le faut, autant de fois qu'il le faudra.

— Je le jure, s'empressa Sean. Je peux même la payer, si vous voulez. Pour réparer.

— Ça, c'est une autre partie de ta dette, mais oui, tu vas payer, affirma Coste.

Soba, qui pensait leur vendetta terminée, leva le même regard interdit que Sean, au sujet de cette partie du programme dont il n'avait pas été informé. Les sourcils froncés, il interrogea son officier du regard.

— Remettez ça à sa place au coffre, dit ce dernier en lui tendant le pain de deux kilos, et attendez-moi dehors.

— Capitaine…

— Je vous ai prévenu que je terminerais tout seul. Et c'est un ordre.

Le Kraken regarda Coste qui retroussait les manches de son pull. Puis, presque inquiet, il regarda le gamin, et ce dernier réalisa alors que si le grand tatoué craignait de le laisser seul avec lui, c'est qu'il avait, depuis le début, mal jaugé lequel des deux était le plus dangereux. Soba monta les trois marches de la cabine et disparut dans la nuit. Ne s'entendaient plus que le clapotis des vaguelettes contre la coque, le claquement métallique des câbles des haubans contre les mâts, le bruit du vent et la respiration saccadée de Sean.

— Tu as vu ce dont Soba est capable ? Sortir assez de came du chapeau pour te faire plonger quand il le voulait. Alors, à l'avenir, je t'invite à être plus courtois avec lui. Pour ma part, je serais capable de te tuer pour ce que tu as fait subir à Esther. Alors je vais te raconter une nouvelle histoire, et, pour celle-là, il n'y a pas d'arrangements. C'est ce que tu diras à ta famille, à tes amis, et aux gendarmes quand tu déposeras plainte, quand tu seras capable de parler à nouveau.

Les lèvres de Sean se mirent à trembler, les larmes à couler, conscient qu'il abordait le virage complexe de la soirée et que le pire était à quelques phrases d'arriver.

— Cette nuit, tu as rencontré trois marins. Des types pas commodes, que tu ne connaissais pas, que tu ne pourrais pas décrire, et avec qui la conversation s'est envenimée.

— Trois ? répéta Sean, effrayé.

— Oui. Il faut que ce soit crédible.

Coste se plaça en face de lui, debout, le surplombant, et lui envoya un premier coup en plein visage, lui ouvrant l'arcade sourcilière. Et la voix de Laguerra revint à sa mémoire alors qu'il infligeait la punition promise à sa victime.

« Elle s'est retrouvée dans la voiture d'un garçon. Il l'a emmenée à l'opposé de là où elle devait aller. Elle a carrément flippé. Il a essayé de l'embrasser, de la toucher, lui a bloqué les poignets d'une main et maintenu le visage de l'autre pour l'embrasser encore. Elle a réussi à se dégager et il lui a envoyé un coup dans le ventre qui l'a pliée en deux. Il l'a attrapée par les cheveux et il a essayé de la forcer à une fellation. Elle s'est débattue. Vexé, il l'a envoyée cogner contre la vitre. Il l'a virée de sa voiture et laissée là, à plusieurs bornes de chez elle, en pleine nuit, sous la pluie, en lui disant que si elle parlait, il lui ferait pire, et avec des potes à lui. »

Coste n'allait pas bien depuis longtemps, et depuis longtemps il avait prévenu tout le monde qu'il n'était plus assez émotionnellement stable pour réagir avec discernement ni mesure. Il savait quand s'arrêter mais on lui avait demandé de continuer, d'accueillir Anna qui lui avait mis dans la tête dix années de tortures, et on avait placé sur son chemin une petite ordure qui avait touché Mercredi, la seule avec le vieux Bisset pour qui il avait baissé la garde et qu'il avait accepté d'aimer. Coste n'allait pas bien depuis longtemps. Et il avait pourtant prévenu tout le monde.

Sur un rythme régulier, son poing s'abattit sur le visage de Sean et ne s'arrêta que lorsqu'il fut recouvert du sang du gamin recroquevillé au fond de sa cabine, défiguré, le nez cassé, une pommette brisée, les lèvres explosées, les arcades fendues, les yeux mi-clos, gonflés et tuméfiés.

Il le laissa là, à moitié inconscient, gargouillant dans son hémoglobine, respirant avec difficulté.

— Et si tu poses encore la main sur elle, je te jette de la falaise du cap à l'Aigle, et personne ne te retrouvera jamais.

Coste remonta la rue qui bordait le port, absent à ce qui l'entourait, comme un amnésique égaré, et retrouva son Land Rover garé devant la police aux frontières. Il grimpa dedans et posa ses deux mains tremblantes sur le volant, incapable de faire un geste de plus. Soba l'avait attendu, constata l'état de son officier et posa fermement sa main sur les siennes.

— Putain, quand vous vous réveillez, vous, c'est pas pour faire semblant. Poussez-vous, je vais conduire. Je vous ramène chez vous.

*
* *

Couchée avec le soleil la veille de sa première journée au refuge pour animaux, mais les yeux grands ouverts depuis, Anna entendit le tout-terrain freiner devant la maison, puis des bruits de pas dans l'entrée. Elle passa un sweat, quitta son lit et se rendit dans le salon. Posés sur la table centrale, le pistolet et son chargeur, le Taser, l'imperméable et le pull du flic, dont l'une des manches portait des éclaboussures carmin.

Il était 2 heures du matin passées et, dans la salle de bains, Coste laissait couler l'eau froide sur les jointures ensanglantées des phalanges de sa main droite. Elle apparut derrière lui, regarda l'eau rouge dégouliner de son poing dans le lavabo blanc et les coupures sur sa peau.

— Je croyais que tu allais juste tenter de la convaincre de déposer plainte.

Il laissa passer.

Une marche séparait la douche du lavabo et il s'assit dessus, tendant le bras pour attraper une boîte en métal dans un petit meuble bas, qui contenait des pansements et un bandage qu'il déroula autour de sa main. Elle s'assit à son côté et se colla à lui.

— C'est bien. Il le méritait.

— Tu ne sais pas ce que j'ai fait, souffla Coste.

— Je m'en fous, dit-elle en posant sa tête sur son épaule. C'est bien.

Le temps passa, une minute ou dix.

— Je sais que tu es sortie de l'enclos.

Elle ne bougea pas, mais suspendit sa respiration.

— Je sais que tu es sortie et je suis incapable d'imaginer ce que tu as accepté de faire pour qu'il te garde en vie.

Un silence. Sur le bandage, de petites taches rouges bourgeonnaient et s'étendaient doucement, le sang traversant les couches au fur et à mesure.

— Non, tu ne sais pas ce que j'ai fait, finit-elle par dire.

— Je m'en fous. C'est bien. C'est bien parce que ça t'a sauvé la vie. Tout ce que tu lui as cédé, tout ce que tu as supporté, tout ce que tu as toléré, rien ne pourra me décevoir, ou me dégoûter. Mais on doit mettre fin à tout ça.

— Ça fait dix ans que vous essayez.

Le temps passa. Une minute ou dix. Et lorsqu'elle parla de nouveau, les mots semblèrent lui entailler les lèvres.

— Il s'appelle Louis, finit-elle par dire. Il s'appelle Joseph, aussi. Et Milos. Et d'autres encore, que je ne connais pas. Il passe d'une identité à une autre. Il n'existe pas. Vous ne le trouverez jamais.

21

Certaines personnes peuvent minauder, attendre mieux, prendre leur temps, se dire que d'autres occasions se présenteront ou que derrière celui de perdu dix patientent déjà. Certaines personnes ont cette chance. Mais Clémence était clouée sur son fauteuil depuis sa naissance et, pour elle, le bonheur s'attrapait sans hésiter, sans réfléchir, sans précaution, à pleines mains, quitte à se brûler. Et que pouvait-il lui arriver ? Une déception ? Une peine de cœur ? Comme elle les enviait, celles qui en avaient. Comme elle les enviait de ces souffrances qui lui étaient interdites. Alors, même si cela devait arriver, elle en serait heureuse, de sa peine de cœur, de sa déception.

Ils avaient parlé, beaucoup, des nuits entières, et, puisque ce n'est pas elle qui pouvait aller vers lui, c'est lui qui avait accepté de venir. Lui. Sa chance. Après sa maladie, il pouvait être sa rémission, sa renaissance.

Autonome, elle avait nettoyé son appartement de fond en comble, passé l'aspirateur, changé les draps, pris un bain, lavé ses cheveux puis les avait attachés en chignon lâche. Elle avait fait tout ça comme l'aurait fait une jeune femme valide, avec un peu plus d'efforts bien sûr, un peu plus de pénibilité.

Son trois-pièces ressemblait à un autre, si ce n'est une cuisine plus basse, l'absence d'étagères en hauteur, une baignoire à ouverture latérale et des miroirs qui n'auraient reflété que son nombril si elle avait été debout. Elle alluma un bâton d'encens, changea d'avis, l'éteignit. Mit du parfum, trop, en ôta une partie avec une serviette mouillée. Enfila un tee-shirt bleu avec un décolleté plongeant, trop aguicheur, puis se décida enfin pour un petit corsage blanc à épaules dénudées. Et si Andréas était arrivé une heure plus tard, elle l'aurait passée encore à prendre des décisions et à revenir dessus.

Lorsque trois coups furent toqués, elle dut appuyer sur ses joues pour effacer le sourire exagérément enjoué qui illuminait son visage, certaine qu'elle ne réussirait qu'à lui faire peur par tant d'engouement, si tôt, pour rien, juste parce qu'il était là, derrière sa porte.

Andréas avait pensé son plan chez Thibaut Dalmas, il avait trouvé sa nouvelle identité à la suite d'un rendez-vous meurtrier dans un bel appartement rouge, et il était enfin devant celui de Clémence, là où tout recommencerait. Rien de plus simple que quelques conversations par écrans interposés où, heure après heure, il avait vérifié qu'elle était la bonne candidate, refusant de sortir de chez elle, sans amis proches ni visiteurs inattendus, dans cette ville qu'il apprendrait à connaître pour pouvoir agir de nouveau, être heureux de nouveau. Actif, enfin.

Il sourit à son tour, sa petite valise à ses pieds, lorsque la porte s'ouvrit.

— Bonsoir, Clémence.

— Andréas, dit-elle simplement, comme s'il avait fallu qu'elle le voie vraiment pour accepter l'idée qu'une fois dans sa vie quelque chose de merveilleux pouvait lui arriver.

*
* *

Elle lui présenta une armoire et lui proposa d'y mettre ses affaires. Encore gênés, ils avaient peu échangé et leurs phrases restaient creuses d'embarras partagé.

— Mon bagage ne te fait pas peur ? Je ne vais pas m'installer, tu sais. C'est juste que tu habites un peu loin de la capitale.

— J'espérais bien que tu restes plus de vingt-quatre heures, pour te dire la vérité.

Dans le salon, Andréas s'assit sur le canapé et rebondit un peu dessus comme pour tester sa confortabilité.

— Je crois que je vais y être très bien.

Touchée de ne pas le voir planifier l'invasion de ses draps dès la première nuit, même si, elle ne se le cachait pas, elle n'aurait pas détesté, Clémence fut rassurée de cette simple marque de patience et de respect qui finit de lui faire baisser sa garde naturelle.

— Bon, on est d'accord, on est beaucoup moins à l'aise que derrière nos écrans ?

— On est d'accord, sourit Andréas.

203

Elle fit pivoter son fauteuil, disparut dans la cuisine et revint avec une bouteille de champagne rosé presque gelée à la main et deux coupes posées sur ses genoux.

— C'est une solution comme une autre, non ?

Une heure plus tard, la glace était brisée, les verres vides, et ils se retrouvèrent à parler avec la simplicité et la franchise auxquelles ils s'étaient habitués les jours précédents.

— Tu ne m'as jamais demandé, dit-elle, sans transition.

— Parce que c'est à toi de décider quand.

— C'est une malformation de naissance. Ma colonne vertébrale compresse ma moelle épinière. Un spina-bifida, si tu veux le terme exact. Pas un accident, comme ta sœur qui a croisé la route d'un chauffard. Juste la malchance génétique.

— C'est mieux ?

— Oui. Je n'ai personne à haïr.

Puis elle profita de ce que sa tête lui tourne un peu et le champagne, complice, lui offrit le reste de confiance nécessaire.

— Mais tu ne me poses pas encore la vraie question.

Andréas fit mine d'être gêné et elle adora le voir mal à l'aise.

— La partie motrice est atteinte, mais les sensations subsistent. Je ressens encore tout, assura-t-elle.

— Je n'y avais même pas pensé. Depuis des jours, et sur le trajet, et au coin de ta rue, et il y a une minute…

Un rire de gamine les yeux baissés, puis Clémence fit pivoter son fauteuil et retourna dans la cuisine chercher la seconde bouteille de champagne rosé, laissant Andréas seul avec les deux verres. À son retour, un nouveau bouchon percuta le plafond, une ou deux gorgées glacées pour se donner du courage et elle osa lui montrer comment s'y prendre.

— Approche, lui dit-elle. Pose tes deux mains sur mes omoplates.

Andréas s'exécuta et leurs visages, presque à se toucher, prirent tout leur champ de vision. Elle ne regardait que lui et lui ne regardait qu'elle. Puis elle passa ses mains autour de son cou.

— Lève-toi maintenant, doucement, pivote, et dépose-moi sur le canapé. Voilà.

Elle était à son côté, le souffle un peu plus précipité. Il lui tendit son verre, prit le sien, ils burent ensemble et il reposa les verres sur la table, vides.

— Je ne vais pas te dire comment faire pour tout, le provoqua-t-elle.

Ses lèvres étaient sèches, celles d'Andréas les mouillèrent un peu. Elle garda les yeux ouverts, presque méfiante. Ils ne s'embrassèrent pas vraiment, ils se frôlèrent, bouche entrouverte, à sentir leurs peaux, leurs respirations, à croiser leurs mains, à caresser leurs vêtements, simplement. Il y avait tant à découvrir et l'envie de s'attarder à chaque étape. Mais l'esprit de Clémence devint confus, ses gestes saccadés, comme si elle retenait une impatience rendue presque violente. Elle ferma enfin les yeux, posa sa main sur la nuque d'Andréas et le colla doucement à sa bouche. Elle l'embrassa d'abord comme on goûte, curieuse, puis elle l'embrassa comme on dit adieu sur le quai d'une gare, amoureuse, enfin, elle l'embrassa comme on le ferait à la dernière seconde de l'humanité, sans plus rien à perdre, avec derrière soi,

lumineuse et traversant le ciel, la météorite qui désinté-
grerait la planète. En un baiser, ignorant les précautions
qu'elle s'était promis de respecter, elle lui offrit tout ce
qu'elle était.

*
* *

Quand Andréas ouvrit un œil, elle le regardait déjà.
Dans le salon, le canapé Clic-Clac n'avait pas été déplié,
et Andréas sortit de la chambre pour faire un café. Dans
l'évier, il observa le plat noirci et son contenu assez
indéfinissable dont ils n'avaient pas entamé plus d'un
quart aux environs des 2 heures du matin.

— Je vais devoir sortir, dit-il d'une pièce à l'autre.
Faire des courses. Que tu ne marches pas, je peux m'en
accommoder, mais ta cuisine, ça, c'est un non catégorique. Ta vie est déjà assez compliquée pour ne pas subir
cet outrage quotidien. Et puis ça me permettra de visiter
la ville. Certaine de ne pas vouloir m'accompagner ?

Au culot, il vérifia qu'elle était aussi effrayée de l'extérieur qu'elle le lui avait laissé entendre. Et elle confirma.

— Si c'est un souci, il faut que tu me le dises tout de
suite, s'inquiéta-t-elle en apparaissant dans la cuisine.

— Ce serait un souci si tu me l'avais caché, mais tu
as été très claire. Qui sait, plus tard le regard des autres
n'aura peut-être plus autant d'importance ?

Les justes mots, au juste moment. En lui promettant
un plus tard, il la laissait poser doucement sa patte dans
le collet.

— Qui sait, plus tard, concéda-t-elle, et pour la première fois de sa vie, pas seulement pour faire plaisir

à son kiné et qu'il n'aborde plus le sujet pendant le reste de la séance, mais bien parce qu'elle y croyait un tout petit peu.

Une casquette vissée sur la tête, une paire de lunettes de soleil, ce simple accoutrement permet de croiser dix fois la même personne sans qu'elle puisse réellement vous décrire, et c'est ainsi qu'Andréas se risqua à l'extérieur.

En bas de sa nouvelle demeure, il embrassa la ville du regard. Il en avait acquis la certitude en arrivant, son identité était encore inconnue, et son visage toujours anonyme, mais pour combien de temps ? Une voiture de police passa dans la rue, roulant au pas, et Andréas, d'un signe de tête, salua poliment ses occupants, s'attendant à ce qu'à n'importe quel moment la voiture pile devant lui et que l'équipage lui tombe dessus.

Tranquillement, les flics le saluèrent à leur tour et poursuivirent leur patrouille sans réaliser un seul instant à côté de qui ils venaient de passer.

22

SPM3A
Saint-Pierre-et-Miquelon Aide aux animaux,
dit « le Refuge ».

Bordée par l'Atlantique, une ancienne prairie laissée
en paix, aux herbes folles et aux fleurs sauvages, constituait le terrain de jeux d'une douzaine de chiens et d'une
cinquantaine de chats, vivant en parfaite harmonie et
dont le seul point commun était d'avoir été abandonnés.

Les pensionnaires de la prairie vinrent dire bonjour à
Anna que la végétation faisait disparaître jusqu'aux
hanches, chacun à son rythme et à sa manière. Les chats
de loin, en observateurs prudents, les chiens sans réserve,
collés à sa cuisse, langue pendante et déjà amoureux. Une
patte en moins, un bassin de travers, une queue coupée,
un œil manquant, ils avaient tous leur coquetterie, souvent
raison de leur abandon, quand ils n'avaient pas simplement été un caprice devenu encombrant, désirés puis
rejetés, le cœur inconsolable, surtout les chiens, puisqu'il
reste encore à prouver que les chats ont des sentiments.

Pauline, la directrice du Refuge, grande femme à la corpulence athlétique que personne ne se serait risqué à ennuyer dans un bar, même dans un bar de marins, lui détailla les missions quotidiennes de son nouvel emploi.

— Nettoyage des cages, soins médicaux de base, remplissage des gamelles, annonça Pauline, et s'il reste du temps un peu de jeu. Mais, même avec toi, nous ne sommes que trois, alors ne t'attends pas à avoir beaucoup de moments libres.

On lui présenta la maison bleue, celle des chiens, posée à un bout de la prairie. À l'autre, la rouge, celle des chats. Et dans chacune de ces maisons était prévu un lieu fermé pour les animaux considérés comme agressifs, en phase de réinsertion, à la manière des quartiers de haute sécurité en prison.

Au second étage de la maison rouge, Anna fut présentée aux chats sous surveillance, onze félins sur leurs gardes, qui se figèrent devant les deux humains.

— Tu les approches pas, pas de gestes brusques, pas de contact visuel prolongé, ça les fout en boule. Tu passes de temps en temps, parfois même sans nourriture, juste pour les informer qu'on existe, qu'il va falloir faire avec nous et bientôt avec les autres locataires.

Anna s'étonna de l'affiche punaisée sur la porte et sur laquelle une photo de chaque mistigri était accompagnée de son nom qu'elle lut à haute voix.

— Léonie, Inès, Emma, Loreleï, Amélie, Théana, Julien, Anaïs, Leïan, Julianne et Candice. Pourquoi des prénoms humains ?

— Parce que j'en ai marre des Tigrou, Gribouille, Clochette, Filou, ou encore Câline, Minette et Chipie.

C'est pas la peine de leur donner des surnoms mielleux si c'est pour les jeter de la bagnole aux abords de la déchetterie.

En miroir, Anna récita intérieurement les prénoms des neuf jeunes filles de l'enclos alors qu'Emma, la moins commode des chattes, passait entre ses jambes, le dos rond.

— Tiens, elle avait jamais fait ça encore, s'étonna Pauline. Allez viens, on sort avant d'être de trop.

Elles traversèrent la prairie pour se rendre dans la maison bleue où les chiens en attente de validation pour la vie en communauté, encore trop peureux, donc imprévisibles, étaient gardés en cellules individuelles. Anna les observa, les uns après les autres, roulés en boule dans leurs petites cellules, et les cellules, c'était exactement ce que craignaient Coste et Saint-Croix. L'idée de ce job, de cette légende, pouvait paraître incongrue, mais même Melchior l'avait soutenue, puisque la finalité du Refuge était bien de faire sortir leurs animaux des cages et de leur redonner leur liberté, une nouvelle vie. Anna passa les doigts le long des barreaux, épiée par les captifs, sans émotion aucune.

— On peut les faire sortir de temps en temps ?

— Un par un, et s'ils t'acceptent, confirma Pauline.

Maltraitance ou errance forcée, la confiance en l'autre, humain ou animal, pouvait prendre du temps, et ainsi il y avait une phase probatoire avant le paradis de la prairie. Mais tous ne s'en sortaient pas aussi bien.

À l'écart, tout au fond du champ, à quelques mètres de l'océan, une vieille écurie accueillait les chiens détraqués dans une stalle couverte de paille fraîche et clôturée. Ils avaient été élevés à coups de ceinture, de pompe ou de poing, et leur cerveau avait fondu. Lorsqu'on venait les nourrir, ils se jetaient contre les barreaux, à s'en briser le museau, à s'en péter les dents, juste pour essayer d'arracher un morceau de la main qui tendait la gamelle. Ils restaient un temps, pour être évalués, en attente de verdict, sauvables ou perdus, réinsérés ou piqués. Les cas étaient rares et l'écurie bien souvent vide, au grand soulagement des bénévoles qui y entraient à reculons.

Le tour du propriétaire prit alors un ton beaucoup plus sérieux lorsque, face à l'écurie, on interdit à Anna d'approcher. Depuis deux nuits, un pensionnaire particulièrement ravagé y séjournait, le temps qu'il soit décidé de son sort, et à peine Pauline eut-elle lancé son avertissement qu'une masse vint percuter avec force la palissade de la stalle en faisant trembler l'écurie, puis s'éloigna dans un grognement.

*
* *

Une heure plus tard, Anna avait déjà trouvé sa place et pas une seule fois, quelle que soit la mission demandée, elle n'avait montré le moindre signe de dégoût ou d'exaspération, si bien qu'à la voir s'intégrer aussi facilement ni Pauline ni Camille, son bras droit, chacune absorbée par son travail, ne faisaient plus attention à elle. Jusqu'à ce que son absence paraisse étrange.

— Elle est où, la petite ?

*
* *

Dans la vieille écurie interdite, Marcel, chaton orphelin d'un mois et d'à peine quatre cents grammes, s'avançait sans prudence devant la cage du molosse, faussement calme et inerte. Adorable boule de duvet gris, il faisait des zigzags maladroits, tombant parfois dans la paille et s'en couvrant le pelage, filant droit vers le danger. Les barreaux, assez rapprochés pour ne pas laisser s'échapper le chien, pouvaient toutefois laisser passer un chat, un chaton bien plus facilement. Le molosse s'assit de travers, comme s'il ne le regardait pas, mais ses oreilles se plaquèrent et ses pattes arrière se fléchirent sous lui. Lorsque Marcel posa un coussinet dans la stalle, le chien bondit en avant, gueule ouverte, et ses crocs claquèrent dans la poussière, alors qu'Anna attrapait le chaton par la peau du cou, au moment même où la porte de l'écurie s'ouvrait à la volée sur Camille.

Camille avait le crâne rasé sur les côtés, les cheveux longs sur le dessus, des boucles d'oreilles autant qu'elle pouvait en supporter, un look punk un peu déglingué contrastant avec un sourire timide, comme un fragile bouclier face à une vie compliquée qui l'avait, elle aussi, fait échouer à Saint-Pierre. Sourire qui disparut instantanément face à la scène qui se jouait sous ses yeux.

— Tu fais quoi, ici? demanda-t-elle, inquiète de voir la nouvelle dans le seul lieu du Refuge dont on lui avait pourtant défendu l'accès.

Anna montra le rescapé en le levant devant elle, ses petites pattes pédalant dans le vide.

— Désolée, je l'ai vu se glisser sous la porte de l'écurie, j'ai eu peur pour lui.

D'un geste rapide, Camille lui prit l'animal des mains et regarda le chien qui faisait des allers-retours, furieux d'avoir été privé à la fois d'un jouet et d'un en-cas.

— Bon. T'as bien fait. Je peux pas t'en vouloir, Marcel est mon préféré. Heureusement que tu es passée par là.

Anna lui sourit et Camille eut du mal à soutenir son regard si étrange. Derrière elle le cerbère tourna sur lui-même deux fois avant de s'asseoir, et la fixa à son tour. Et Camille se sentit bizarrement mal à l'aise.

— Allez, on n'a rien à faire ici, viens.

— Je peux rester un peu ? demanda la nouvelle.

L'employée du Refuge hésita, mais le chaton miaula comme pour l'inviter à accepter.

— OK, mais t'ouvres pas la grille et tu ne t'approches pas à moins d'un mètre. T'as pas encore signé ton contrat, si tu te fais croquer, on ferme boutique.

Camille retourna dans la prairie pour y déposer Marcel tout en se promettant d'ajouter un petit grillage à poules au bas de la porte de l'écurie afin d'éviter un nouvel incident. Pendant ce temps, seule avec la bête, Anna s'assit à trente centimètres de la stalle, les jambes croisées, et fixa sans ciller le chien qui montait à nouveau en température. Puis elle tendit la main doucement. Plus proche. Encore plus proche. Il grogna. La main passa à travers les barreaux de quelques centimètres, jusqu'à ce que le chien ne tienne plus et qu'il se jette contre son enclos pour la mordre, s'ouvrant légèrement le museau sous le choc, du sang perlant sur sa fourrure noire et feu.

— Calme-toi, idiot.

Coste avait laissé la gestion du service à Soba au cours de l'après-midi pour aller visiter Mercredi, et l'adjoint avait répondu un « À vos ordres, capitaine » que Coste n'avait jamais entendu jusque-là.

Bien sûr, rien de ce qu'il avait pu faire subir la veille à Sean ne pouvait réparer ce que la jeune fille avait vécu. L'impunité aurait été intolérable, mais la punition réglait en fin de compte peu de choses. Fataliste, la gamine y avait pensé toute la journée.

— Même s'il était mort, je me sentirais encore sale.

— Je ne t'ai jamais dit que j'allais réparer quoi que ce soit. J'enlève juste le poids de l'injustice. Le reste, ça reste. Mais je pense aussi à toutes celles qu'il ne touchera pas.

Ce résumé valait également pour Anna et la difficulté de ce qu'il lui demandait. Pour elle non plus, il ne réparerait rien. Le reste, ça reste. Il laissa ainsi Mercredi, sans pouvoir l'aider davantage, plus inutile qu'il ne s'était jamais senti.

Mais détruire le visage de Sean à coups de poing, il l'avait fait pour elle, ou pour lui ?

18 heures, fin de journée au Refuge. Pauline terminait sa cigarette devant Coste toujours en sevrage, laissant Anna nettoyer ses bottes au jet d'eau du tuyau d'arro-

sage, à l'arrière de la bâtisse. Le flic espérait qu'elle avait pu se changer les idées, aérer son esprit, avant qu'il lui demande ce soir de retourner auprès du monstre, comme il l'avait promis à Saint-Croix.

— Y a un truc, avec ta nièce, assura la directrice en exhalant sa fumée.

— Développe..

— Elle est aussi sauvage que certains de mes pensionnaires.

— Je te l'ai dit. C'est une gamine à problèmes qui a un penchant pour les mauvaises fréquentations.

— Je confirme. Les chats sauvages de l'étage l'ont adoptée.

— C'est bon signe, non ?

— Dans l'Égypte ancienne, on pouvait être condamné à mort si on maltraitait un chat. Ils éloignaient la peste en tuant les rats, et le danger en tuant les serpents. Ils étaient considérés comme des protecteurs.

— S'ils veulent me donner un coup de main, toute aide est la bienvenue. Alors ? Tu la gardes ?

— Bien sûr que je la garde, je n'ai personne d'autre.

23

Clémence s'excusa et partit s'allonger lorsque la tête lui tourna. Il était encore tôt pourtant et elle ne s'expliqua pas que toute son énergie ait semblé la quitter, en quelques minutes seulement. Andréas lui assura qu'il n'y avait rien de grave à cela, ni d'inquiétant, qu'il avait fait irruption dans sa vie et qu'émotionnellement rien que cela pouvait être éprouvant, qu'ils avaient fait trois fois l'amour dans la journée, qu'il lui avait enfin cuisiné quelque chose de comestible, ce qui devait la changer de ses habitudes, et qu'il avait versé quelques gouttes d'un somnifère puissant dans son verre et qu'évidemment ça ne devait pas aider, ce à quoi elle avait ri de bon cœur avant de sombrer dans un sommeil profond.

Il attrapa le trousseau de clés et claqua la porte derrière lui.

*
* *

Résidence surveillée.
Saint-Pierre.

19 heures. Malgré une longue douche chaude, Anna portait encore sur elle, dans ses cheveux et sur sa peau,

une très légère odeur animale qui s'accordait désormais avec le reste de sa personnalité et de son physique. Dans la cuisine, debout devant un café allongé qui relevait plus du thé, ils n'avaient parlé ni du Refuge, ni de sa première journée entière hors de la safe house. Ils avaient économisé leurs mots, conscients des efforts que demanderait l'entretien de ce début de soirée. Anna rangea le sucre à sa place et débarrassa les tasses dans l'évier, en silence, comme s'ils avaient vécu ensemble depuis toujours. Elle tourna le mitigeur du robinet sur son point rouge et regarda couler l'eau jusqu'à ce qu'elle lui brûle les mains, laissa la douleur infuser, puis les retira. Restant le dos tourné, comme si elle ne parlait que pour elle-même, elle trouva la force de se lancer.

— Quand mes parents m'ont annoncé qu'ils attendaient un nouvel enfant, ma toute première préoccupation a été de savoir si ce serait une fille. N'importe qui aurait pensé que j'étais impatiente ou curieuse, eux, ils ont tout de suite compris. C'est juste le pourquoi qu'ils ignoraient. Est-ce que j'avais peur d'avoir une petite sœur et qu'il recommence sur elle ce qu'il me faisait, ou est-ce que j'étais soulagée d'imaginer qu'il s'intéresserait désormais davantage à elle ? Cette question, ça a mis un blanc dans la conversation, parce que je crois que, même ma mère, le sexe du bébé, ça l'inquiétait.

Coste alluma l'enregistreur vocal, toujours à portée de main.

— Un soir, je les ai entendus parler à voix basse au sujet de maladies. Je n'en connaissais aucune, leurs noms étaient complexes. Ils cherchaient. Ils étaient soucieux. Elle était enceinte de cinq mois. J'avais treize ans.

J'ai pensé que mon petit frère avait un problème. Déjà. Dans son ventre.

Anna se retourna pour regarder Coste. Il n'y avait plus un bruit, même dehors, comme si le flic avait réussi à imposer le silence au reste de la planète pour laisser toute la place à ses mots.

— Ils parlaient de dépigmentation, poursuivit Anna, de maladies osseuses, ils priaient pour que cela ne recommence pas et j'ai compris qu'ils parlaient de moi. Sauf que de maladie, je n'en ai aucune. Je suis juste née comme ça. Différente. Ils espéraient que leur nouveau bébé ne me ressemble pas. Je ne leur en voulais pas. Moi aussi, je priais pour ça. Pour ne pas qu'il subisse ce que j'ai vécu à l'école, au collège.

— Tu as autre chose, assura Coste. Autre chose de bien plus précieux, crois-moi.

— Je suis unique, c'est ça ? dit-elle comme un reproche.

Une adolescente se fiche souvent d'être unique et préfère l'invisibilité, et Coste s'en voulait d'avoir trop parlé. Anna sécha ses mains, attrapa le paquet de cigarettes posé sur une étagère en hauteur, un paquet qu'elle avait vu là le premier jour et qui n'avait pas bougé depuis, puis partit s'installer sur le canapé en cuir. Elle ôta ses chaussures et glissa ses chaussettes jusqu'aux chevilles sous les coussins.

— Remarque, c'est certainement ça qu'il a aimé chez moi. Lui aussi, il est unique, à sa manière.

Coste la rejoignit, hésita à s'asseoir sur le fauteuil d'en face pour finalement choisir l'autre bout du canapé.

— La première fois qu'il est entré dans l'enclos, il s'est assis en face de moi, sans parler. J'avais déjà beaucoup pleuré et je n'étais plus terrorisée. On s'est regardés longtemps comme ça, avant qu'il me dise qu'il n'avait jamais vu un visage comme le mien. Plusieurs fois il est venu me voir sans que rien d'autre se passe et au bout d'un moment, pendant nos conversations, il laissait la porte à barreaux ouverte, comme on ouvre la grille d'une cage à oiseau, juste pour voir si je ne tentais rien, pour s'assurer que le moineau avait bien intégré sa captivité et que s'envoler ne lui venait même plus à l'esprit. Un jour, il m'a dit de le suivre, là-haut, dans la chambre. Briquet?

Anna tendait sa cigarette prisonnière au bout de ses doigts. Coste se leva et revint à sa place un briquet à la main. Elle alluma sa cigarette et inspira longuement.

— Avec mon père c'était différent. Mon père me paralysait. Dès que sa silhouette apparaissait dans ma chambre, je me retrouvais comme dans ces rêves où on ne peut plus bouger, immobilisée par des sangles invisibles. Son souffle, ses mains, l'odeur du parfum que je lui avais offert à Noël et que nous avions choisi avec ma mère, dans la galerie marchande… Mais avec lui, c'était différent. Il n'était pas mon père, il n'avait aucun droit, et je ne l'aimais pas. Quand il a ouvert la porte de la chambre, à l'étage, je me suis allongée sur le lit sans qu'il le demande. J'avais décidé qu'il ne me prendrait rien, j'avais décidé d'accepter.

Sa cigarette s'était éteinte entre ses doigts, et elle la déposa, froide, sur la table basse.

— Je lui ai dit. Je lui ai dit que je connaissais ça. Que ça ne me faisait pas peur. Qu'il pouvait y aller. Il s'est assis à côté de moi, il a pris mes mains, puis il a passé ses doigts sur les scarifications de mes avant-bras. Il m'a demandé mon prénom, je lui ai dit « Anna », et il m'a redescendue dans l'enclos. Il m'a demandé ce qui pouvait me faire plaisir, et au lieu de dire que je voulais rentrer chez moi, peut-être parce que je savais que cela ne servait à rien, je lui ai demandé un livre. Il m'a dit qu'il n'en avait pas, qu'il ne lisait pas, et il est parti. Je me souviens que, ce soir-là, j'ai beaucoup dormi. Je pense que c'est parce que je savais que la porte de ma chambre n'allait pas s'ouvrir. Deux jours plus tard, il est revenu avec un vieil exemplaire du *Comte de Monte-Cristo* que j'avais déjà lu. C'était le premier roman qu'il m'offrait. Il m'en a offert beaucoup par la suite, à chaque fois que je faisais quelque chose de bien. Mais, ce soir-là, il m'a dit : « Ça ne va pas fonctionner correctement avec toi », et j'ai pensé qu'il allait me tuer, le temps de lire un Dumas.

*
* *

Andréas erra de nuit dans une ville inconnue, au gré des demeures allumées. Il marcha ainsi des heures durant, quittant le centre pour des rues plus éloignées, observant l'intérieur des maisons, les familles y vivant, dînant en cercle autour de la table, regardant la télé dans un cocon de lueur bleutée, éteignant les lumières et allumant les suivantes, emportant avec elles leurs conversations d'une pièce à l'autre. Il se rappela les images d'un documentaire animalier où un serpent, rampant un millimètre après l'autre, s'enroulait autour d'un nid sans qu'aucun des oiseaux détecte le moindre danger.

*
* *

Résidence surveillée.
Saint-Pierre.

— Quand il est redescendu le lendemain, j'avais
décidé d'arracher avec mes dents tout ce qui passerait à
ma portée. Ses joues, sa gorge, ses doigts, tout. La nuit,
j'avais frappé mes poings contre les murs en imaginant
son visage, et mes mains étaient en sang. J'aurais pu les
nettoyer sur le drap mais j'avais aimé leur couleur,
j'avais aimé ce qu'elles disaient de moi, du courage
qu'il me restait. J'allais peut-être mourir, mais pas sans
me défendre. J'ai entendu la porte du haut s'ouvrir, j'ai
entendu ses pas dans l'escalier, plus lourds que d'habitude. Il portait une jeune fille endormie sur les épaules,
il a ouvert l'enclos et il m'a dit : « Aide-moi » en la
déposant, pour que sa tête ne tape pas contre le sol. Et
j'ai obéi. C'était Virginie. Puisque ça ne « fonctionnait
pas correctement » avec moi, il en avait pris une autre.
Il a jeté un livre sur le matelas, et il m'a dit de m'occuper
d'elle à son réveil. C'était *Papillon*, d'Henri Charrière.
Après Dantès, une nouvelle évasion. C'est là que j'ai
compris qu'il les choisissait exprès. Avant de partir, il a
vu mes mains, le long de mon corps, qui gouttaient de
rouge.

Anna avait allumé une autre cigarette, la troisième, et
elle la laissait encore se consumer entre ses doigts sans
la fumer. Coste s'en saisit et tira une bouffée dessus.
Il se remémora leur entretien quelques jours plus tôt.

Virginie, « Victime 2 », celle qui avait dit à Anna qu'elle avait de la chance d'avoir une « gueule comme ça » et qui lui en voulait de n'être jamais choisie pour monter dans la chambre.

— Il a semblé vraiment embarrassé. En tenant mes mains dans les siennes, il me demandait pourquoi je voulais me faire du mal. Je lui ai dit que je m'étais entraînée toute la nuit à le tuer, il a souri, il a ouvert l'enclos et il m'a dit : « Monte, je vais te soigner. » J'avais deux doigts cassés et il m'a fait une attelle.

Coste s'apprêtait à lui couper la parole, mais Anna savait très bien ce qu'il attendait d'elle et répondit à la question avant qu'il la formule.

— Non, il n'a pas hésité une seconde et ses gestes étaient précis. De toute façon, toutes les questions que tu vas te poser sur lui, en dix ans, j'ai eu le temps de me les poser aussi. Je ne sais pas s'il est chirurgien ou médecin, je sais juste qu'il savait ce qu'il faisait. Et c'est là-haut, dans la cuisine, que j'ai vu Joseph.

*
* *

À la fenêtre de l'une des maisons, une jeune fille, en silhouette dessinée derrière ses rideaux, attira l'attention d'Andréas, et le serpent s'enroula autour de la maison, juste pour sentir la chaleur de l'intérieur, les palpitations du cœur de ceux qui y vivaient. Elle attacha ses cheveux, ôta un vêtement, en ombre, ses seins lourds se dessinèrent nettement et Andréas se délecta de violer cet instant d'intimité.

Presque un mois maintenant qu'Anna était entre les mains des policiers. Qu'avait-elle pu leur dire ? À combien de confidences étaient-ils de l'identifier ? À combien de cadavres encore était-il de la retrouver ?

*
* *

Résidence surveillée.
Saint-Pierre.

Anna se redressa dans le canapé. Avec les images remontaient aussi les sensations, les odeurs, les bruits, elle était de plus en plus proche de lui, presque à pouvoir le toucher.

— Il est allé chercher un stylo qu'il a placé le long de mes deux doigts. Il les a d'abord entourés d'un tissu, et a encore entouré le tout de scotch épais. C'était rudimentaire, mais à la fin ça a fonctionné. À peu près…

Elle montra son annulaire et son auriculaire dont Coste n'avait pas encore remarqué la légère courbure et, lorsqu'elle plia tous ses doigts, ces deux-là refusèrent d'accompagner complètement les autres pour former un poing.

— Pendant qu'il est allé chercher de quoi faire l'attelle, j'ai été seule un instant, quelques secondes seulement. Il y avait du courrier en désordre sur la table, surtout des prospectus, et en tirant sur l'un d'eux j'ai lu un nom. Joseph Peyrat.

Presque sans regarder le clavier de son portable, le flic envoya cette identité par texto à Saint-Croix. Il était bientôt 20 heures à Saint-Pierre, presque minuit à Paris, mais la magistrate et ses effectifs étaient sur le pont de jour comme de nuit.

— J'avais encore mon attelle quand il est venu chercher Virginie un soir. Elle était de plus en plus fragile psychologiquement, et avec moi de plus en plus agressive. Tout ce qu'elle subissait de lui, elle me le faisait payer une fois de retour dans l'enclos. Cette nuit-là, je pensais qu'il l'avait emmenée dans la chambre là-haut, mais je ne l'ai plus jamais revue. Elle est restée au sous-sol deux semaines je crois, un peu plus peut-être. Je me suis convaincue qu'il l'avait libérée, c'était plus facile pour moi.

— Plus facile ?

— Oui. Parce que j'étais heureuse. Heureuse de ne plus la supporter. Mais je me doutais bien de ce qu'il lui était arrivé. Je ne voulais juste pas me l'avouer. D'autant que je me trompais. Le pire n'était pas d'être insultée et bousculée par Virginie, mais bien de me retrouver seule avec lui. Le quotidien avec un monstre qui peut décider à n'importe quel moment de ma mort. Il descendait uniquement le soir. J'entendais sa voiture arriver en fin de journée et repartir dans la nuit, ou au matin. Il y avait un soupirail grillagé sur le mur d'en face. De l'autre côté, la lumière passait un peu à travers. C'était mon horloge. Quand il était là, il me faisait sortir et il me forçait à manger avec lui, dans la cuisine, à lui parler, comme si tout était normal. Il me demandait de faire du ménage, ou de lui raconter mes livres, il m'expliquait que j'étais mieux avec lui, que dehors c'était le chaos et qu'il me protégeait. Quand il buvait, il entrait dans des colères noires, toujours à propos du même sujet : la famille.

Il disait que c'était un théâtre d'obligations, de mensonges, et de trahisons, et il parlait du plaisir qu'il avait à prélever un enfant et à regarder les parents en crever. Mais surtout, il devenait de plus en plus tactile. Il me demandait de venir avec lui dans la chambre, et on restait là, allongés côte à côte. Au début, il ne me touchait pas, puis il s'est mis à me prendre la main et, quelques jours plus tard, à m'embrasser. Quand il m'aurait eue encore et encore, comme Virginie, quand il en aurait eu assez de jouer avec moi, je lui serais devenue inutile, et j'ai compris que si je voulais survivre, il lui en fallait une autre.

Une larme glissa sur la joue d'Anna.

— Alors je lui ai dit que je m'ennuyais. Qu'il nous fallait de la compagnie. Qu'il fallait qu'il retourne punir une autre famille.

Dévorée par les remords, elle semblait incapable de lever le visage et gardait ses yeux baissés.

— Je ne voulais qu'il fasse de mal à personne, Victor, je te le promets. Je voulais juste le mettre en danger. Qu'il cherche une autre fille, qu'il la surveille, qu'il l'enlève, ça lui donnait des chances de se faire remarquer, de se faire attraper.

Elle porta la main à son cœur et inspira avec difficulté.

— Mais quand il est revenu… avec la nouvelle… avec Julie… J'ai su que c'était moi… uniquement moi, qui l'avais envoyée dans l'enclos. C'était moi… le monstre.

Sa respiration se mit à siffler comme si sa gorge était encombrée de chiffons. Ses paupières papillonnèrent, les mots restèrent bloqués dans sa gorge, et elle sembla étouffer comme privée d'oxygène. La crise d'angoisse s'avérait sévère et Coste prit la jeune femme dans ses bras, la souleva sans effort, traversa le salon pour rejoindre la salle de bains et s'assit dans la douche, le dos de la jeune femme contre son torse. L'eau plut sur eux, chaude et rassurante. Il serra Anna, de plus en plus fort, sentant le souffle froid de sa protégée sur ses mains, jusqu'à ce que l'orage se dissipe. Ils restèrent là, immobiles, sous l'averse, comme s'il n'y avait personne d'autre qu'eux sur l'île.

— S'il te plaît, Victor. Fais-moi sortir de cette maison.
— Dis-moi où tu veux aller. Je t'y emmène.

24

Le Land Rover était posé au début de la plage, sur la partie couverte de galets. Victor et Anna s'assirent quelques mètres devant, sur le sable, face aux vagues encore énervées par l'ouragan qui mourait au loin, filant vers le Groenland, prêt à s'éteindre dans la mer du Labrador. Seule la lune les éclairait et cela suffisait à tout voir autour d'eux.

— L'océan est encore tourmenté, apprécia Coste.

— Ça nous correspond bien, non ?

— Je n'ai pas toujours été comme ça, tu sais.

— Et moi, je n'ai jamais ressenti autre chose.

À quatre mille kilomètres de là, Saint-Croix avait réveillé son équipe et, à grand renfort de café et de boissons énergisantes, tout le monde planchait sur Joseph Peyrat, le nom aperçu par Anna, dans la première maison de son ravisseur.

— Au bout d'un certain temps, tu comprends que plus personne ne te cherche, souffla-t-elle d'une voix à peine plus forte que le ressac. C'est la sensation de solitude la plus intense que j'aie jamais vécue. Savoir que l'on n'existe plus, sans presque avoir été, avant de découvrir l'adulte que j'aurais pu devenir…

Elle se rapprocha de Coste jusqu'à le toucher. Le flic ouvrit son large manteau et la protégea du vent, une main sur son épaule.

— Devenir adulte, d'après M. Coste, mon père, c'est comprendre qu'on n'est pas un petit flocon de neige, unique et merveilleux, mais juste le maillon d'une chaîne. Il me disait toujours de ne pas me faire remarquer et que chaque tête qui dépasse pouvait être tranchée. Ma mère pensait le contraire. Elle me disait que la vie, c'est d'être un funambule. D'avancer en prenant des risques, en manquant de chuter à chaque pas, mais d'avancer, et à la fin, peut-être, de se trouver.

— Tu as choisi quel côté ? Le maillon ou le funambule ?

— J'ai pris des deux, je crois. J'obéis aux ordres, comme une bonne fourmi, et parfois je n'écoute que moi, même si je ne suis pas mon meilleur conseiller.

— Et eux non plus, depuis six ans, tu ne les vois plus ?

— Ma mère est morte il y a longtemps, et mon père vit toujours avec elle, avec son souvenir, dans leur maison de l'Aveyron. Il ne l'a jamais autant aimée qu'aujourd'hui.

— Raconte-moi un joli souvenir, s'il te plaît. Moi, je n'en ai pas.

Comme si l'on tirait dessus, le reflet de la lune s'étendait de la ligne d'horizon jusqu'aux premières vagues qui venaient lécher le sable, et Coste n'eut pas à chercher bien longtemps ce souvenir qui était immédiatement remonté à la surface.

— Tu ne te moques pas, j'avais dix piges.

— Promis.

— OK. Allonge-toi. Regarde la Voie lactée. Plie les genoux. Lève les bras devant toi. Tu y es ?

— J'y suis, répondit-elle, intriguée.

— Maintenant, c'est à toi de voir les choses. Soit tu n'es qu'une personne sur sept milliards, allongée, anonyme et minuscule, soit tu décides en fait que tu portes la Terre comme un sac à dos et que tu fonces à cent mille kilomètres-heure droit devant, avec l'Univers qui s'offre à toi, sans limites, et sans personne pour te dire quelle direction prendre.

Anna attrapa les deux lanières imaginaires de son sac à dos imaginaire et se mit à marcher dans l'espace, portant sur ses épaules la planète.

— Je vois que tu as fait ton choix, s'amusa Victor.

— J'ai l'impression d'être en apesanteur, s'émerveilla-t-elle, même si je n'ai aucune idée de la sensation que ça peut donner.

Juste avant qu'ils quittent le Système solaire, le portable de Coste vibra. Il regarda l'heure : 9 heures du soir, 1 heure du matin à Paris. Il y avait peu de chances que Saint-Croix ait déjà des nouvelles à lui donner, et c'est effectivement le nom d'Armand Bisset qui s'afficha sur son écran.

« Viens manger à la maison avec Anna, s'il te plaît. Je ne sais plus comment faire avec Mercredi. Elle reste cloîtrée dans sa chambre. Ça peut nous faire du bien à tous, non ? »

Le flic aimait bien les messages de son vieux voisin, un des derniers à ne pas avoir cédé aux abréviations, aux phrases de trois mots, aux émojis en cascade, aux trois petits points qui perdaient tout leur sens, et à la mise à mort de la ponctuation comme de la grammaire.

— Saint-Croix ? l'interrogea Anna.

— Le voisin.

— Celui qui sait pour moi ?

— Oui. Le seul. Avec sa petite-fille. Et nous sommes invités à dîner.

Elle se rassit, du sable dans les cheveux et sur son dos, laissant la Terre de côté.

— Je t'en supplie, dis oui. Je me ferai petite, je ne dirai rien, je serai polie. S'il te plaît, au moins pour ce soir, ne retournons pas à la maison.

25

Les règles du jeu étaient tacites et personne n'avait eu besoin de les préciser. On ne parlerait ni du sous-sol du prédateur, ni de la voiture de Sean. Et, en cela, la résilience naturelle de chacune des victimes, Mercredi comme Anna, avait été surprenante. Bien sûr, il faut continuer de vivre, et on ne pourrait supporter de n'être que victime vingt-quatre heures sur vingt-quatre, mais les voir là, autour de la table, écouter les souvenirs du vieux Bisset, le sourire aux lèvres, comme si hier n'avait pas existé, était un sas de décompression et un retour à la normalité dont Coste avait sous-estimé la nécessité.

— Victor ne vous a pas encore fait visiter l'île aux Marins ? s'étonna le voisin en remplissant de nouveau les verres de vin. Il serait temps, avant que les brumes de Capelans couvrent Saint-Pierre.

— Les brumes de ? fit répéter Anna.

— De Capelans. Le courant chaud du Gulf Stream rencontre le courant froid du Labrador et, une fois par an, pendant trois semaines, les brumes tombent sur l'archipel et le font disparaître littéralement de la carte. Tout devient… disons… mystique. Et elles arrivent bientôt !

— L'île aux Marins est juste en face de Saint-Pierre, à même pas dix minutes de navigation, précisa Mercredi. Je t'y emmènerai un jour, si grand-père veut bien reprendre la barre. Ça dérouillera son vieux bateau.

D'un regard chaleureux, Anna accepta et invita Bisset à en raconter davantage. Gêné par ce que sa bouteille d'oxygène disait de lui et du temps qu'il lui restait, il l'avait glissée sous la table et n'en faisait usage que quand son corps l'imposait. Il approcha le masque et respira un grand coup avant de le cacher à nouveau, s'excusant presque de son corps défaillant.

— C'est toute mon enfance… Une île de moins de deux kilomètres de long, sans électricité, sans eau courante, et ne parlons pas d'Internet. Dans ma jeunesse, on y comptait jusqu'à six cents âmes, à l'époque où l'on comptait encore en âmes, comme si le diable pouvait y faire ses courses. Il n'y a plus qu'une trentaine de maisons aujourd'hui, dont aucune n'est occupée à l'année. Même les navires ne s'y échouent plus. Mais vous pouvez toujours y voir l'épave couchée du *Transpacific*. Un bateau allemand qui a fait naufrage en 1971 et qui transportait des tondeuses à gazon et des juke-box qui ont tous disparu dans la nuit qui a suivi.

D'un geste discret, Coste montra à Anna le vieux juke-box éteint et silencieux dans un coin du salon et dont les titres et les interprètes n'auraient rien évoqué à sa génération.

— Oui, avoua Bisset, nous en avons tous bien profité et les gazons étaient nets comme jamais.

— Ça fait de vous des pirates, non ? le provoqua Anna.

— Merci du compliment, jeune fille. Quand les gamins des villes jouaient aux gendarmes et aux voleurs, nous, à l'île aux Marins, nous jouions effectivement aux pirates. J'y ai étudié jusqu'à la fermeture de l'école primaire qui est devenue un musée aujourd'hui. Il y a aussi une église au bout de la terre où, comme avant, les cierges sont en cire et coulent sur le parquet pendant la messe. Je me souviens, l'hiver, quand nos encriers gelaient en glaçons, on allait les plonger dans le bénitier, et les paroissiens s'en noircissaient le front et les vêtements en faisant le signe de croix. Et comme il n'y avait que trente élèves, on prenait tous une rouste, histoire de ne pas faire d'injustice. Et puis surtout, il y avait Madouce.

— Eh mince, se lamenta faussement Mercredi. Je suis désolée, Anna, je ne pensais pas qu'il irait jusqu'à mon arrière-grand-père.

Anna lui sourit comme on décoche une flèche en plein cœur et, avec elle, l'adolescente oublia tout, même Sean.

— Madouce, donc, puisque vous me le demandez avec autant de ferveur, était un marin pêcheur presque géant, obligé de s'asseoir pendant les photos de groupe, pour ne pas faire deux têtes de plus que tout le monde. Un jour il m'a attrapé à fumer et il m'a passé par la fenêtre, juste en me tenant par le col de ma veste, les pattes gigotant dans le vide. « Une cigarette, pas deux », il m'a dit. Madouce portait son bateau tout seul sur le dos, ses amis ivres aussi, et deux par deux, s'il vous plaît, et quand il y avait bagarre, il proposait toujours un coup de main. Il suffisait d'en voir la taille pour que tout le monde se calme gentiment.

— Et pourquoi Madouce ?

— Par amour, ma chère, par amour. Pour sa femme qu'il appelait ma douce, qu'elle soit présente ou pas, vivante ou défunte, elle a toujours été « Madouce ».

Une autre bouteille fut ouverte, et les souvenirs, en remontant de plus en plus loin, éloignaient de la même manière les deux jeunes femmes. Anna se pencha vers Mercredi et lui montra discrètement son paquet de cigarettes.

— OK, j'ai compris, dit l'ado, je nous sors de là avant de passer au noir et blanc.

Elles disparurent en direction du jardin qui s'éclaira à leur arrivée, laissant les deux hommes en tête à tête. Bisset regarda Anna s'éloigner, songeur, comme s'il cherchait un mot perdu sur le bout de sa langue.

— « Ses yeux étaient si grands qu'ils fatiguaient le reste de son visage », récita-t-il enfin.

— Raymond Chandler ?

— Tout de même, Victor, je ne connais pas que lui. Proust, *À la recherche du temps perdu*. Tu sais que cette jeune femme est…

Il écarta un à un les adjectifs dont aucun ne reflétait la réalité et sa phrase resta suspendue.

— Oui, je sais. J'ai pas trouvé non plus.

*
* *

Dans le jardin, Mercredi et Anna s'assirent sur la première marche en bois d'un escalier fait de planches irrégulières, descendant vers une plage de galets sur laquelle reposait le bateau du grand-père, accroché à son tout-terrain, face à un océan noir sur lequel il n'avait plus navigué depuis longtemps.

Mercredi chassait les mots au fur et à mesure qu'ils lui venaient à la bouche, persuadée du manque d'intérêt de tout ce qu'elle pouvait bien dire, et donnant l'impression d'avoir perdu l'usage de la parole.

La chose ne faisait aucun doute, elle était tombée amoureuse à la première seconde où elle l'avait vue. Anna ne lui avait laissé aucune chance.

— Je sais ce qui t'est arrivé avec ce garçon et tu sais ce que j'ai vécu les dix dernières années. Je te propose de ne pas faire semblant. Tu ne vas rien dire à personne, n'est-ce pas ?

— Bien sûr que non, assura Mercredi. Victor me fait confiance, tu peux aussi.

Anna tendit une cigarette à la jeune fille qui n'osa pas refuser.

— Tu le connais depuis longtemps ?

— Oui. Trois ou quatre ans, je n'ai pas compté.

— Et il n'a vraiment aucune autre fréquentation que vous ?

— Tu sais, il faut avoir la patience d'un tulipier pour lui faire baisser sa garde.

— J'ignorais que les tulipiers étaient patients.

— C'est parce qu'ils mettent vingt-cinq ans à faire leurs premières fleurs.

Mercredi, un peu gauche, ficha sa cigarette dans ses cheveux, au-dessus de son oreille, et son invitée du soir alluma la sienne.

— Et ce qu'il s'est passé l'autre nuit, tu en penses quoi ? demanda Anna.

— Tu parles de ce qu'il a fait à Sean ?

— Si c'est son prénom.

— Je sais pas. Juste ? Enfin j'espère. Tu trouves qu'il est allé trop loin ?

— Si ça ne tenait qu'à moi, ce Sean serait pendu au mât d'un bateau. Je me demande seulement pourquoi c'est Coste et pas ton propre père qui est intervenu.

— Mes parents et moi ne nous entendons pas bien, avoua Mercredi. Enfin, c'est plutôt moi qu'ils n'entendent pas. Mon souhait de quitter Saint-Pierre joue un peu, et le fait que je préfère les filles aux garçons joue beaucoup.

— Vous avez aussi ce genre de cons sur l'île ?

— Pas plus, pas moins qu'ailleurs, j'imagine. Je suis juste née dans la mauvaise famille.

Anna laissa tomber sa cigarette sur l'herbe et l'écrasa du bout du pied.

— Tu crois que Victor aurait fait ça pour n'importe qui ? lui demanda-t-elle.

— Non. Il essaie de se reconstruire ici. Il essaie de redevenir solide, et nous, on est ses faiblesses. C'est pour ça qu'il est si solitaire. S'il s'engage auprès de toi, tu peux être assurée qu'il te protégera jusqu'au bout. Je crois qu'il y a eu plusieurs versions de lui. Si on écoute mon grand-père, c'était un flic exceptionnel. Mais aujourd'hui il est fragile. C'est pas ce que doit se dire Sean, dans l'état où il l'a mis, mais je t'assure, il est un peu défectueux. Je l'imagine comme un bouclier cassé qui ne peut plus parer que quelques coups. Je ne sais pas combien il peut encore en recevoir avant de s'effriter. Et bien sûr, avec mon histoire, je n'ai pas aidé.

Anna posa la main sur celle de Mercredi et l'électricité se diffusa dans le corps de l'adolescente jusqu'à son ventre.

— Tu n'as rien fait. On est en sursis, dit Anna soudainement très sérieuse. Faut bien que tu te le dises. S'il y a des femmes battues, c'est que l'homme l'a décidé. Si elles restent à la cuisine, c'est que l'homme l'a décidé. Si elles ne gagnent pas le même salaire, c'est que l'homme l'a décidé. Si elles doivent cacher leurs cheveux ou leur visage, c'est que l'homme l'a décidé. Si elles sont agressées sexuellement, c'est que l'homme l'a décidé. Si j'ai été enlevée et séquestrée, c'est parce qu'un homme l'a décidé. Uniquement parce que l'homme a quinze kilos de muscles en plus. Il n'y a pas d'autre raison. Si le lundi, ils décidaient de nous mettre en esclavage, le mardi l'affaire serait pliée. Ils ont la supériorité physique et je ne connais pas une seule espèce animale qui n'ait pas soumis ses inférieurs. On est en sursis et personne ne viendra nous défendre. Tu as lu *La Servante écarlate*, de Margaret Atwood ? Ça parle exactement de ça.

— Non, répondit simplement la jeune fille qui d'un coup se sentit bête. Je suis meilleure en botanique qu'en littérature, tu constateras.

— Je te l'offrirai, promit Anna.

Avec cette promesse, elle lui laissait entrevoir un demain dans lequel Mercredi plongea. Elle souffla dans ses mains alors que le froid devenait plus fort que son envie de fumer une seconde cigarette.

— On caille, non ? On rentre ?

Et Mercredi répondit oui, alors qu'elle aurait accepté de geler sur place et d'être retrouvée mille ans plus tard si elle avait pu passer encore un peu de temps avec Anna.

Vers 2 heures du matin, Bisset remercia chaleureusement ses invités et, sans qu'il s'y attende, Anna le prit doucement dans ses bras, puis fit de même avec Mercredi, avant de monter dans le tout-terrain de Coste.

— Je t'ai mis une copie des rapports d'enquête dans ton garage, indiqua ce dernier au vieil homme. Il y a toutes les victimes, sauf Anna. Je ne sais pas pourquoi, je trouvais ça incorrect. Et je t'en supplie, ferme ta maison et ferme ton garage. Il n'y a pas de problèmes jusqu'à ce qu'il y en ait un.

Alors qu'il enfilait son manteau, le portable de Coste vibra pour la seconde fois de la soirée et, à cette heure-ci, cela ne pouvait être que Paris.

Saint-Croix : « Visioconférence dans une heure. »

26

Coste s'assura qu'Anna dormait avant d'allumer l'écran de son ordinateur et de valider sa participation à la visioconférence. L'aube se levait sur Paris et il faisait nuit noire sur Saint-Pierre. À l'écran, Melchior se trouvait dans son bureau et Saint-Croix, de ce que l'on en voyait, dans sa voiture. Dès le début, le psy commença par des félicitations.

— Bravo, capitaine, je vois que vous avez trouvé le déclic de confiance. Elle parle d'elle, de ses émotions, de sa relation avec son ravisseur, elle est plus claire dans ses souvenirs. Je peux savoir comment vous avez fait ?

Coste revit sur ses poings le sang de Sean.

— Je ne préfère pas. Il y a le secret médical, le secret de la confession, accordez-moi le secret de la résidence surveillée.

— Je vous comprends. Quoi qu'il en soit, ses informations sont précises, ce qui n'a rien de très surprenant. La peur et l'effroi fixent les souvenirs dans la mémoire comme de la colle forte.

— Et le profil de notre ravisseur s'affine, assura Saint-Croix. Je vous envoie les avancées de l'enquête.

Pour résumer, la maison que nous connaissions déjà et dans laquelle a été retrouvée Anna appartenait à un dénommé Louis Sandrel. Sandrel a quatre-vingt-sept ans, pas marié, pas d'enfants, il paie ses impôts et son compte bancaire n'a jamais cessé d'être actif. Enquête de voisinage et fouille de la maison négatives, nous avons même passé le sol et les murs à la plaque sonar, sans résultat. À part Anna et Garance Perthuis, il n'y avait rien de plus chez Louis Sandrel. Sauf que personne ne sait où il est. Melchior ?

— Oui, pas impossible que notre prédateur cherche des maisons isolées occupées par des gens tout aussi isolés pour y garder ses victimes, comme une sorte de garde-manger. Les crocodiles ne font pas autrement.

— Grâce à Anna, nous savons qu'ils sont passés par trois maisons différentes. Et nous savons aussi que le ravisseur n'était présent que le soir.

— Ce qui nous dirige vers un homme qui pourrait avoir deux vies bien cloisonnées, enchaîna le psy. Une vie rangée, pourquoi pas marié, père de famille et employé modèle, préférablement à un poste qui lui offre la possibilité de s'absenter régulièrement de chez lui, et une autre vie, secrète, résolument plus sombre, pour y assouvir ses pulsions. Deux vies, deux endroits.

— Et maintenant, nous avons une autre identité. Celle qu'Anna a découverte sur un prospectus. Joseph Peyrat. Le propriétaire de la toute première maison, à l'époque de l'enlèvement d'Anna. Autant vous dire que des Joseph Peyrat, il n'y en a pas qu'un en France, mais si notre prédateur a une vie « rangée » comme le suppose Melchior, alors il ne peut pas se permettre de longs trajets. Nous sommes donc partis du principe que les trois maisons

240

utilisées ne devaient pas trop être éloignées et nous avons cherché le Joseph Peyrat le plus proche. Quatre-vingt-dix ans, veuf sans enfants, à moins de vingt minutes en voiture de la maison de Louis Sandrel. Notre homme cherche des maisons isolées, habitées par des gens isolés. Alors soit il les épie pendant une semaine pour être sûr de leur solitude…

— Soit il planque une caméra en WiFi et il regarde les allées et venues, ajouta Coste…

— Il peut aussi aller directement à la source, compléta Melchior. Vu que la solitude touche un tiers des personnes âgées, on a le choix. N'importe qui peut devenir visiteur bénévole pour les visiter. La Croix-Rouge, Les Petits Frères des pauvres, je ne vous fais pas la liste, mais il y a plus de deux cents associations dans le genre, et pas toutes très vigilantes. Un vrai supermarché de victimes potentielles.

— Notre homme les cible, poursuivit Coste, s'installe chez eux comme un coucou, s'en débarrasse au plus vite et, pour n'éveiller aucun soupçon, il utilise leur compte bancaire, et paie leurs factures. Tant qu'administrativement les propriétaires des maisons existent, personne ne se pose de questions. Il ne lui reste plus qu'à chasser ses jeunes proies. Et sur ses mobiles, vous proposez quoi ?

— « Il parlait du plaisir qu'il avait à prélever un enfant et à regarder les parents en crever », lut le psy à voix haute, reprenant la transcription du dernier entretien du flic avec Anna. Briser des familles et observer les résultats de son œuvre. J'enfonce une porte ouverte en disant qu'il faut chercher un homme qui a été un gamin maltraité, battu, humilié ou plus simplement abandonné. Il se venge de quelque chose de personnel en faisant payer d'autres au hasard. C'est ça, ou autre chose, vous emballez pas, j'ai plus de chances de me planter que de viser juste.

— Ça ne nous permet pas non plus de mettre la main dessus, se désola Coste. Le mieux, à ce stade, c'est encore la bonne vieille police de terrain. Vous m'avez dit que vous aviez trouvé un Joseph Peyrat à moins de vingt bornes de Louis Sandrel, donc vous avez aussi trouvé sa maison ?

— Bien sûr. Je suis devant. Mais c'est la toute première planque, et cela remonte à dix ans. Niveau témoins, autant vous dire que personne ne sait de qui on parle. La famille qui occupe l'endroit aujourd'hui a été relogée en hôtel pour les deux prochains jours, le temps de nous laisser travailler. Les murs et les sols ont été passés au sonar, rien d'intéressant. Par contre, ils ont un jardin… Attendez…

L'écran de Saint-Croix s'agita, on la vit sortir de sa voiture, puis une conversation étouffée s'entendit et elle revint vers eux.

— Je crois que tout le monde est prêt. Nous allons filmer l'opération. Vous devriez recevoir le lien vidéo.

— J'ai, confirma le psy.

— J'ai aussi, confirma le flic.

— Alors ne perdons pas de temps. On envoie la pelleteuse.

*
* *

Région parisienne.
Dimanche, 7 heures du matin.

Dans le jardin entretenu, l'équipe de police avait tout déménagé avec la délicatesse d'un ouragan. La balan-

242

çoire, le barbecue en pierre, le mobilier d'extérieur, et, en une bouchée, la mâchoire de la pelleteuse avait défiguré le potager face au couple délogé qui assistait aux fouilles, impuissant et hypnotisé.

Coste s'était fait un café aussi noir que le pétrole et s'était allumé une cigarette dont il n'avait tiré que quelques bouffées avant de s'en vouloir. Selon son expérience, et qui d'autre qu'un enquêteur de la Crime aurait pu le savoir, les tombes criminelles sont rarement plus profondes qu'un mètre cinquante et, si le moindre cadavre était enterré, il ne faudrait pas attendre longtemps pour en voir les premiers ossements.

Au bout d'un moment, les nouveaux occupants se rassurèrent. Leur jardin était devenu une passoire mais « non », assura la femme au mari inquiet, ils n'avaient pas vécu toutes ces années avec leurs enfants au-dessus d'un charnier. Jusqu'au premier crâne découvert qui mit fin au gros œuvre et fit sortir les pelles aux policiers. En accéléré, le mari repensa à tous les déjeuners ensoleillés, et au rire de sa petite dernière quand il la poussait sur la balançoire, avant de s'excuser pour aller se passer de l'eau sur le visage.

Une heure plus tard, sur une bâche en plastique, quatre crânes avaient rejoint une grande partie des squelettes auxquels ils appartenaient. Sur son écran, Coste reconnut la femme brune penchée au-dessus de ces macabres découvertes. Même de dos. Et même s'il n'avait pu en voir que la silhouette, il aurait été catégorique.

— Vous avez requis une légiste ? demanda-t-il.

— Oui, évidemment. Léa Marquant. Elle suit l'affaire depuis le début. C'est elle qui a fait les autopsies de

Garance Perthuis et de Salomé Acker. C'est aussi elle qui a établi la technique homicidaire de notre suspect : Rivotril et trachée écrasée. Elle est…

Puis Saint-Croix comprit le vrai sens de la question de son capitaine et sortit de son champ lexical habituel.

— Oh merde ! Désolé Coste, j'aurais dû vous prévenir. Je n'y ai pas pensé. Vous et elle…

— Elle et moi, c'était il y a longtemps. J'ai juste été surpris de la revoir. Elle sait que je suis sur l'enquête ?

— Vous êtes sous secret-défense, Victor. Personne ne sait rien de vous depuis six ans. Mais si ça vous gêne je requiers quelqu'un d'autre.

— Surtout pas, c'est la meilleure, assura-t-il. Et désolé, Melchior, pour cette parenthèse personnelle.

— Je vous en prie, je me régale, répondit sincèrement le psy.

Un premier brancard passa devant Saint-Croix, portant les ossements d'une des victimes, et trois autres suivaient derrière.

— Bien… Selon la légiste, donc, reprit-elle avec plus de sérieux, nous faisons face à trois crânes adolescents, probablement les trois premières victimes. Virginie Ferrah, Julie Delaissant, Cléo Villeneuve. Et un crâne adulte.

— Le propriétaire ? supposa Coste.

— Joseph Peyrat, certainement.

— Dans la première maison, ses victimes sont enterrées dans le jardin, résuma Melchior, alors que l'on a retrouvé Salomé Acker, l'une des dernières victimes, dans une forêt à deux heures et demie de Paris. Il éloigne les tombes au fil du temps, il est plus prudent.

— Il a appris, il s'est amélioré, dit Coste. Il a eu dix ans pour ça. Et depuis la découverte d'Anna, il est devenu invisible. Il sait qu'elle est avec nous. Soit il se planque, soit il planifie. Toujours est-il que son portrait-robot est dans chaque gare et dans chaque aéroport, ça limite ses déplacements.

— Oui, il est obligé de rester sous les radars, approuva la magistrate. Bon, j'envoie tout ça à l'IML. On cherche de l'ADN dans les ossements, on compare avec celui des victimes et, quand on sera sûrs, j'appellerai les parents.

— Dix jeunes filles, résuma Coste. Cinq mortes, une vivante. Nous en manque quatre.

— Et la localisation de la deuxième maison, observa la magistrate.

— Et n'oubliez pas qu'elle a cité trois prénoms, rajouta le psy. Louis, nous le cherchons, Joseph, nous venons probablement de le trouver, et un certain Milos. Il faut vite reprendre les entretiens.

— Je sais, je sais, tempéra Coste. Elle dort encore, il est 4 heures du matin ici, mais je vais aller la secouer et lui dire de s'y remettre.

Lorsque Melchior constata que le capitaine avait raccroché sans formule de politesse, il s'inquiéta auprès de la magistrate.

— Il ne va pas…

— Non, il ne va pas la secouer en pleine nuit, le rassura-t-elle. Il se fout juste un peu de vous. Mais c'est positif. Il la protège.

- 27 -

10 h 15...

Quand Andréas vit Clémence se réveiller, hagarde, il craignit d'y être allé un peu trop fort sur le sédatif. Mais elle ne se doutait de rien puisqu'elle accepta un baiser.

— J'ai cru que tu allais faire le tour du cadran, dit-il. Le café est prêt.

Après qu'elle eut pris une douche, il la retrouva aussi agréable et naïve que la veille. Le petit déjeuner terminé, il n'avait plus qu'à attendre la nuit pour poursuivre ses surveillances et il se jeta à son tour sous une douche chaude. Alors que ses muscles se détendaient doucement, son cerveau entremêlait les scénarios possibles et les options qui s'offraient à lui pour atteindre son but. Qu'il soit devenu l'ennemi numéro un et recherché par toute la police ne pouvait en rien le freiner.

Lorsqu'il sortit de la salle de bains, il retrouva Clémence dans le salon. Elle eut l'air d'une gamine prise en faute quand, rapidement, elle rangea son portable contre sa cuisse, et Andréas s'étonna de cette attitude.

Même le sourire de la jeune femme avait disparu. Elle le regardait maintenant comme si elle le découvrait, et comme si ce qu'elle découvrait lui foutait une trouille bleue.

Andréas s'approcha d'elle, calme et souriant.

— Donne-moi ce téléphone.

10 h 15...

Quand Clémence se réveilla, hagarde, elle eut le sentiment de devoir déchirer un cocon pour s'en extraire. Chaque geste lui pesait et son cerveau la suppliait de rester allongée. Le regard d'Andréas, assis sur le rebord du lit, était déjà posé sur elle.

— J'ai cru que tu allais faire le tour du cadran, dit-il. Le café est prêt.

Il l'embrassa alors sur la bouche, mais les lèvres de la jeune femme restèrent closes, sans réussir à lui rendre son baiser.

Alors qu'elle prenait une douche presque froide, elle tenta de repousser les idées sombres qui coulaient le long de son histoire d'amour, comme la pollution noircit les murs des maisons.

Parce qu'elle avait été malade toute sa vie, parce qu'elle en savait autant sur les médicaments et leurs effets qu'un pharmacien en fin de carrière, parce qu'elle connaissait le goût et les sensations de l'engourdissement chimique qu'elle avait ressenti en ouvrant les yeux, Clémence se répétait encore et encore cette même question : « Pourquoi m'avoir droguée ? »

Elle-même n'y croyait pas, ou refusait de l'admettre et cherchait mille explications, mille excuses, sans en trouver une de valable. Était-elle seulement sûre d'elle ?

Il avait disposé, sur la table du salon, un petit déjeuner plein d'attentions auquel ne manquait plus qu'une fleur coupée. Dès qu'il eut le dos tourné, partant s'affairer à la cuisine, elle versa son café à la hâte dans le pot de la plante la plus proche et garda la tasse en main pour ne pas qu'il la voie déjà vide à son retour.

Elle lui proposa ensuite de débarrasser, le temps que lui aussi prenne une douche, et le jeune homme accepta sans se faire prier. Dès qu'elle entendit le bruit de l'eau, elle se saisit de son portable et se connecta sur le site de rencontres Handylove. Rapidement, elle chercha le profil de la sœur d'Andréas, @Sara195, et constata qu'elle y était déjà en conversation avec un autre membre. Elle eut tout le mal du monde à canaliser les tremblements de ses doigts.

Clémence : « Bonjour, je m'appelle Clémence. »

Quelques secondes d'attente interminable et la réponse arriva enfin.

Sara : « Salut Clémence. J'ai déjà vu ton profil sur le site, mais je ne suis pas vraiment intéressée par les filles, tu sais ? »

Clémence : « Moi non plus. C'est juste que je passe la semaine avec ton frère, et je voudrais cuisiner pour lui. Tu peux m'en dire plus sur ses goûts ? »

La porte de la salle de bains s'ouvrit à ce moment, et Clémence eut à peine le temps de lire une partie de la réponse.

Sara : « Mon frère ? Mais je n'ai pas de… »

Elle rangea précipitamment le portable contre sa cuisse et tenta d'avoir l'air aussi naturel que possible alors que son ventre se nouait et que son cœur s'emballait. Qui avait-elle invité chez elle ?

— Donne-moi ce téléphone, lui dit Andréas d'un air menaçant, malgré le sourire qui ne quittait pas son visage.

*
* *

Il était maintenant face à elle, assis sur le canapé, et particulièrement intrigué.

— Je n'arrive pas à voir mon erreur.

— Tu ne donnes pas de sédatif à une femme qui en prend depuis plus de dix ans sans risquer qu'elle le remarque, dit-elle, la voix blanche et tremblante.

— Et pourquoi ton appartement n'est-il pas déjà envahi par les flics ?

— Parce que j'ai prié pour me tromper. Parce que j'ai mal depuis si longtemps et que je suis seule depuis si longtemps que j'étais prête à me mentir, à douter de moi.

— Au risque de te mettre en danger ?

— Je suis en danger depuis que je suis née. Tu n'es pas plus effrayant que ma maladie.

— C'est bien courageux pour une petite histoire d'amour.

— Elle n'a rien de petit pour moi, dit-elle, vexée.

— Tu ignores qui je suis et ce dont je suis capable. Je pourrais te tuer à l'instant.

— Il faut bien mourir de quelque chose… Et, au regard de ce qu'a été ma vie, je veux bien mourir de toi.

Clémence ne semblait plus apeurée, même sa voix se fit douce à nouveau.

— Parle-moi, dis-moi ce que tu veux, ce que tu cherches, je peux peut-être l'accepter?

Andréas sembla sincèrement touché par la jeune femme. Il recula dans le canapé, le portable de Clémence toujours dans sa main.

— Je veux bien te raconter mon histoire, mais elle ne te plaira pas. Tu n'y as pas le premier rôle. Il est pour une autre.

— Il est toujours pour une autre.

Comme un oiseau dans une marée noire, la magie des deux derniers jours venait de s'engluer dans la triste réalité des projets d'Andréas, et Clémence s'en voulait d'y avoir cru, malheureuse qu'elle était, profondément, terriblement déçue par sa vie.

Et c'est à ce moment que la sonnette résonna dans tout l'appartement.

— Clémence? Clémence? appelait-on derrière la porte.

Andréas se redressa d'un coup et avant qu'elle ne puisse crier, dans un puissant revers, il lui brisa le larynx. Elle prit sa gorge à deux mains et chuta de son fauteuil, cherchant l'air qui ne passait presque plus.

— Nos séances ne sont pas facultatives, vous savez, dit la voix masculine.

Andréas s'assit sur le torse de la jeune femme, un genou sur chaque bras, posa une main sur sa bouche, une sur son cou qu'il avait tendrement embrassé deux jours durant, et pesa de tout son poids.

— J'ignore si vous êtes là ou pas, si vous m'entendez ou pas, mais vous ne pouvez pas annuler comme ça, pas après tout ce qu'on a fait. Clémence?

Elle fixa Andréas et, lâchement, Andréas détourna le regard. Tuer, il n'aimait pas foncièrement ça. Il serra de plus belle.

Persuadée que la jeune femme était chez elle, refusant d'ouvrir ou de lui répondre, la voix poursuivit.

— Je n'abandonne pas, vous le savez. Je n'abandonne jamais.

Une goutte de sueur perla sur le visage du prédateur alors que, doucement, les paupières de sa victime papillonnaient et que ses bras se détendaient, son corps ensuite, pour enfin abandonner.

Puis, des deux côtés de la porte, le silence. Andréas n'entendit aucun pas dans l'escalier, ni la porte de l'ascenseur s'ouvrir. L'inconnu restait donc là, immobile. Et que fait-on lorsque l'on s'inquiète ? Peut-on se contenter de toquer ?

Andréas se leva d'un bond et chercha des yeux le portable de Clémence. Là, sous la roue du fauteuil. L'écran s'alluma avant que la sonnerie ne retentisse. Andréas se jeta dessus comme un soldat se jette sur une grenade pour sauver ses frères d'armes et se roula en boule autour en le maintenant hermétiquement entre ses mains. La sonnerie retentit, étouffée, trois fois, quatre fois, et le mobile passa en messagerie. La voix s'entendit de nouveau, de l'autre côté de la porte.

— Clémence, c'est moi, votre kiné. J'ai vu sur le tableau de ce matin que vous aviez annulé votre séance. Je sais que vous ne trouvez pas toujours le courage, mais j'en ai pour deux. Je repasserai demain et cette fois-ci, s'il vous plaît, ouvrez-moi.

Épuisé, Andréas restait là, le portable dans une main, le corps de la jeune femme à son côté. En une matinée, tout était tombé à l'eau. Dans le plan qu'il avait élaboré, Clémence était une des dernières étapes mais, après l'intrus de ce matin, il devait maintenant improviser. Et ce fichu kiné inattendu ne lui avait laissé que vingt-quatre heures.

- 28 -

Assise dans la prairie du Refuge, Pauline finissait son café et sa cigarette dont les effluves attiraient irrémédiablement les mêmes deux vieux chats nicotinodépendants qui avaient vécu des années durant dans une maison de fumeurs avant de s'en faire évincer. Addicts, ils ronronnaient comme des moteurs de vieilles bagnoles, et disparurent une fois le mégot éteint. Le regard de la jeune femme se porta alors sur l'écurie dont elle aperçut la porte entrouverte.

Inquiète, elle s'y rendit à grandes enjambées et constata qu'à l'intérieur le portail de la stalle entourée de barreaux était lui aussi béant. Calmement, elle se saisit de la perche de capture suspendue à un clou, élargit d'un geste sec le col du lasso et avança à pas prudents.

— Arrête, s'il te plaît, on ne lèche pas le visage ! entendit-elle.

Au fond de l'enclos, Pauline découvrit alors, aussi joueur et inoffensif qu'un chiot, le molosse noir de quarante kilos qu'elle hésitait encore à faire euthanasier quarante-huit heures plus tôt, la queue en essuie-glace, défoncer une balle en mousse et la rapporter entre les jambes d'Anna, en tentant de lui saliver les joues à grands coups de langue quand elle s'approchait trop.

— Alors là… J'ai pas les mots… souffla la directrice, ébahie. T'as fait comment ?

— Si je savais, avoua Anna, amusée. J'ai senti que je pouvais, alors j'ai essayé.

Pauline attrapa son portable pour envoyer une photo à son adjointe Camille, en congés ce jour-là, certaine qu'elle n'en reviendrait pas. La photo représentait l'animal sauvage devenu toutou domestiqué, assis crânement sur les jambes d'Anna comme pour en affirmer la propriété. Pour apparaître sur le second cliché, elle le poussa un peu sur le côté, et le chien se retourna vers elle en grognant. Elle lui attrapa alors la gueule à pleines mains, fermant les deux mâchoires l'une sur l'autre, et plongea ses grands yeux verts dans les siens.

— On a dit : « Fini les grognements. »

Enfin, elle se leva, épousseta ses vêtements et, en récompense, tapota le haut du crâne du chien qui tenta une dernière fois de la couvrir de bave, puis elle referma derrière elle le portail.

Confiante, Pauline s'approcha alors de la cage pour une dernière photo du monstre repenti et, pour éviter qu'on y voie les barreaux, elle passa l'objectif entre eux. Le chien plaqua ses oreilles en arrière et bondit d'un coup, crocs en avant, manquant de peu sa main dont s'échappa l'appareil alors que, de peur, Pauline avait fait un saut de côté. Anna se baissa, se saisit du téléphone tombé aux pattes de l'animal, sous le regard menaçant du molosse qui cette fois-ci ne bougea pas.

— Dompté par moi ne veut pas dire dompté pour toi, fit remarquer la nouvelle recrue. Ça reste une sale bête, et les sales bêtes, on s'en débarrasse.

Puis elle quitta l'écurie, laissant Pauline encore sous le choc.

*
* *

La journée finie, Anna grimpa dans le Land Rover de Coste sans dire un mot. Le capitaine n'était pas disert, tant s'en faut, mais il était attentif à sa protégée.

— Tout va bien ?

— Question bête, rétorqua-t-elle froidement, le visage tourné vers la fenêtre.

Coste partageait la même sociabilité et n'en prit pas ombrage.

— D'accord. Alors qu'est-ce qui va mal ?

Le Refuge se trouvant en hauteur, sur l'horizon devant eux, Saint-Pierre était sur la même ligne que l'océan, et les bateaux posés dessus donnaient l'impression de parcourir la ville. L'un d'eux flottait sur le toit de l'église quand un autre sembla sortir par une fenêtre de grenier et traverser la rue pour rentrer au second étage d'une villa.

— J'en peux plus d'être ici, finit-elle par dire.

— C'est pour ta sécurité, et ton anonymat, uniquement. Je ne fais pas tout correctement, mais j'essaie comme je peux de…

Sans se retourner, elle posa sa main sur le genou de Coste.

— Arrête. Tu es la seule chose positive qui me soit arrivée depuis dix ans. Je ne parle pas de toi. Je parle d'ici. Je suis loin.

— Loin de quoi ?

— Pas de quoi. De qui. Mon petit frère.

Le flic resta silencieux, les yeux sur la route et l'air embarrassé de celui qui va briser un espoir.

— T'inquiète, Victor, fais pas cette tête. Je sais bien que je peux pas le rencontrer. Pas encore, du moins. Je ne vais pas débarquer et lui balancer qu'il a été adopté, que son vrai père était un pédophile, que sa vraie mère est morte, et que sa frangine dont il n'a jamais entendu parler a été la captive d'un détraqué pendant dix ans.

— Ça ferait cher en suivi psy, effectivement.

Ils contournèrent le phare rouge et blanc du bout de l'île et plongèrent dans la rue en pente qui menait à l'entrée du centre-ville de Saint-Pierre.

— Il y a combien de résidences surveillées dans le programme ? demanda Anna.

— Secret-défense, désolé.

— Moi aussi, je suis secret-défense.

— Douze, capitula sans efforts le flic. Huit en France, quatre en Europe.

— Et si ta safe house était découverte, si j'étais en danger pour quelque raison que ce soit, on mettrait combien de temps à partir ?

— Deux minutes pour quitter la maison, une heure pour se faire affréter un avion privé.

— Tu vois, c'est pas compliqué. Alors si on partait en deux minutes ? Je pourrais peut-être regarder mon petit frère de loin. Juste le voir exister, ça me suffirait.

— On ne choisit pas les résidences surveillées pour leur localisation, mais en fonction des caractères. Tel repenti ira avec tel flic. Pour toi, ils ont pensé que j'étais le meilleur choix. Si tu changes de safe house, tu changes de gardien. Ma légende est ici, je ne peux pas partir, mais je vais en parler à Saint-Croix si tu le souhaites.

Anna se retourna alors vers lui, catégorique.

— Tu ne vas rien faire du tout. Je reste avec toi. Si tu essaies de te débarrasser de moi, je ne dirai plus un mot. Je ne l'ai pas vu depuis si longtemps que je peux patienter quelques semaines. Et puis c'est utile, non, ce qu'on fait, toi et moi ?

— Utile ? s'étonna Coste. Avec la deuxième planque, tu as donné assez de boulot à Saint-Croix et à la vingtaine de flics sous ses ordres pour au moins quelques jours. Ton ravisseur y est resté au minimum trois ans, si on calcule en fonction des dates d'enlèvement. Il y a bien quelqu'un qui se souviendra de lui.

— Les familles ont été prévenues ?

— Oui. Les ADN correspondent. Tu viens de leur offrir la seule chose qui les empêchait d'avancer. Le deuil. C'est inestimable.

— Et mon père, il sait que je suis en vie ?

— Non, avoua Coste. Saint-Croix a jugé qu'il n'était pas digne de confiance.

— Ça, j'aurais pu lui dire moi-même, assura Anna.

*
* *

Le tout-terrain retrouva sa place devant la résidence surveillée et le flic coupa le moteur.

— On reprend les entretiens, c'est ça? demanda la jeune femme, résignée.

Le dernier ayant terminé en crise d'angoisse assis sous la douche, Coste voulut éviter de pousser son indic trop loin. À moins qu'il ait été incapable de la renvoyer dans les sous-sols de son passé parce qu'il commençait fortement à s'y attacher. Elle n'était à Saint-Pierre que depuis une semaine mais avait fait faire un bond de géant à l'enquête. Autant préserver leur meilleur atout.

— Non. Je vais appeler Saint-Croix. Elle devrait nous laisser la soirée libre.

Il posa la main sur la poignée de sa portière et la question d'Anna lui fit suspendre son geste.

— Tu peux envoyer un de vos agents prendre des photos de mon petit frère, discrètement, dans la cour de récréation de son école, par exemple?

— D'accord, accepta Coste dans l'instant, comme si elle lui avait simplement demandé un verre d'eau.

— Sérieusement?

— Je fais partie d'un groupe qui traque les pires criminels d'Europe, donc prendre en photo un écolier, ça devrait être dans nos cordes.

Elle décrocha alors sa ceinture de sécurité, se pencha vers lui et l'embrassa sur la joue.

Andréas avait passé la journée à nettoyer l'appartement de Clémence à l'eau de Javel. Il avait aussi passé l'aspirateur partout et en avait vidé le sac dans une poubelle qu'il ferma et déposa à côté de son bagage. Il lui fallait désormais trouver une autre planque, puisque le visiteur de la veille avait tout l'air de ne pas vouloir en rester là.

Au beau milieu de la nuit, il souleva le corps de Clémence et l'installa sur son fauteuil roulant. Il entrouvrit la porte et écouta le silence des étages et des autres appartements, pour s'assurer qu'il pouvait agir en toute discrétion. Il avait trouvé, dans la ville, l'endroit exact où se débarrasser d'elle et décidé, puisqu'on l'y forçait presque, d'accélérer nettement son programme.

Il poussa le fauteuil, appela l'ascenseur, s'y engouffra et appuya sur le bouton du rez-de-chaussée.

*
* *

À Saint-Pierre, Coste avait laissé sa protégée seule une petite heure, plongée dans un roman, pour aller visiter

Mercredi, comme il le faisait presque tous les jours. Cette dernière eut l'air franchement déçue de ne voir que lui et lui demanda des nouvelles d'Anna. Constatant qu'il avait subitement perdu tout intérêt, il accepta de décapiter quelques oursins offerts par les pêcheurs voisins, et de boire un verre de vin blanc proposé par son vieil ami Bisset. Le criminologue portait encore les traits tirés d'une nuit blanche passée à lire les dossiers d'enquête que lui avait transmis Coste.

— Encore plus passionnants que cette enquête, assura Bisset, ce sont les rapports de ce commandant Russo. Tu le connaissais ?

— Non. Pas eu le temps. Pas eu l'occasion.

— Tu vas dire que je suis monomaniaque, mais c'est du Raymond Chandler dans le texte. À chaque fois que le détective Marlowe entre dans une pièce, il en fait le détail sans rien omettre des boiseries, du plafond, des tapis, des tableaux, du moindre élément de décoration… Russo ne fait pas différemment, j'ai eu l'impression d'être sur place. Saisissant !

— Je crois bien que tu as malheureusement lu ses derniers écrits. Cette affaire que tu aimes tant a eu raison de lui.

— Ah, se désola Bisset. Trop tard pour l'inviter à s'installer sur notre île. On aurait été bien, tous les trois.

— Trois vieux types à ressasser tout le sordide de l'humanité ? Il n'y a que toi que ça fasse rêver.

— C'est que ça en fait, des soirées à occuper, entre les tempêtes de neige qui empiètent sur le printemps et les brumes de Capelans d'avant l'été. À ce sujet, elles ont du retard à cause du dérèglement climatique, mais elles arrivent. Ce soir ou demain, au plus tard. Et elles s'annoncent intenses. Quand on s'aventurera dehors, on pourra tendre le bras et voir disparaître sa main. Ce ne sera pas le moment d'égarer quelque chose.

— Je ne compte rien égarer du tout, assura Coste en prenant congé de son hôte.

*
* *

Résidence surveillée.
Saint-Pierre.

Coste fut réveillé par les vibrations de son portable. Il plissa les yeux pour lire l'heure : 2 heures du matin. S'il avait encore été à la tête du groupe Crime du SDPJ 93, il en aurait immédiatement déduit que quelqu'un, quelque part, s'était fait buter. Il n'y avait dans la vie de Coste, à cette époque, aucune autre raison de se faire réveiller au milieu de la nuit. Mais il avait laissé tout cela derrière lui… Il lut le message laconique venant de Bisset, insomniaque professionnel :

« Spectacle de marionnettes ! »

Il enfila alors un pantalon et un épais manteau avant de se rendre dans la chambre d'Anna. Il secoua douce-ment son épaule et déposa sur son lit une doudoune.

— Habille-toi. Je veux te montrer quelque chose.

Elle se frotta le visage et enfila ses fringues les yeux fermés, comme une somnambule, sans poser la moindre question.

— Mes baskets… marmonna-t-elle.

Coste s'agenouilla et fit glisser un pied après l'autre dans ses chaussures.

Dans le Land Rover, le bruit du moteur et la conduite douce du flic avaient endormi de nouveau Anna en quelques secondes. Coste se gara au bout de la falaise du cap à l'Aigle, sur laquelle la sphaigne et l'herbe poussaient en abondance et qui surplombait la ville entourée par l'océan.

Le silence et l'immobilisation du tout-terrain réveillèrent Anna, et ses yeux, déjà grands, s'ouvrirent encore plus grand devant le spectacle qui s'offrait à elle. D'une extrémité à l'autre du ciel visible, une aurore boréale verte en immenses draperies verticales ondulait avec une extrême lenteur, comme un châle divin échappé, et se reflétait sur l'océan noir.

— Les anciens et les marins les appellent les « marionnettes », murmura Coste.

Une lueur spectrale nimbait le visage de la jeune femme dont la peau diaphane offrait une parfaite toile vierge, et, de fascinante, elle devint surnaturelle. Elle donnait ainsi l'impression d'avoir tendu la main, de s'être accrochée à un pan de l'aurore et de s'y être enroulée.

— Je dors encore ? demanda Anna.

— Non. Ou alors nous sommes dans le même rêve. C'est ce que j'ai vu le soir où je suis arrivé ici. Il y a six ans. Et j'ai compris à cet instant que j'y resterais. C'est ici aussi que j'ai eu ma dernière conversation avec Léa.

— C'est la première fois que tu l'appelles par son prénom, remarqua Anna.

— Elle m'a demandé si je reviendrais un jour. Je n'ai jamais répondu à cette question. Elle fait partie d'une

262

autre vie, une vie que j'ai voulu oublier et dans laquelle j'ai aussi laissé mes amis.

— Certains s'enferment eux-mêmes dans l'enclos, et deviennent leur propre ravisseur. Tu devrais les appeler, ces amis.

— Je devrais, oui.

Anna quitta ses baskets et glissa ses pieds sous elle. Pelotonnée, un frisson la parcourut.

— Il y en aura d'autres ?

— Je crains que non. Les brumes vont se lever et bientôt elles avaleront l'archipel pour de longues semaines. Entre le poudrin de l'hiver et les brumes, même le climat essaie de cacher Saint-Pierre. À croire que l'île est si belle qu'il faudrait la garder secrète.

— Alors on reste, décida-t-elle.

Coste attrapa deux couvertures sur la banquette arrière et chacun baissa un peu son siège. Seule leur respiration s'entendait, lente et profonde.

Pour certains peuples, le ciel est une digue retenant des rivières de lumières, et lorsque la digue cède s'échappe un torrent de couleurs. Longtemps inexplicables, les aurores boréales ont forcé les hommes à leur créer des légendes. Âmes dansantes des défunts, reflet des armures des Walkyries ou pont vers l'au-delà, les habitants des terres qu'elles éclairent leur ont toutes trouvé une histoire.

Mais pour les Sámi de Laponie, et pour eux seulement, elles sont un mauvais présage, une entité menaçante qui scrute la planète et dont il ne faut pas attirer l'attention, au risque de se faire enlever.

Bercée par leur halo, Anna se laissa emporter, et Coste la veilla.

30

À 8 heures du matin et depuis quinze minutes déjà, l'homme ne faisait que se répéter.

— J'ai toqué hier, et elle n'a pas répondu. J'ai recommencé ce matin, et rien non plus. Je m'inquiète.

— Elle est peut-être partie quelques jours avec des amis. Vous êtes juste son kiné, elle n'est pas obligée de tout vous dire.

L'homme rassembla son calme.

— Nous nous voyons une fois par semaine et notre travail est capital pour elle. Alors si, je vous l'assure, si elle partait, elle m'en informerait.

— Bon, céda son interlocuteur, vous me répétez son adresse ?

*
* *

L'appartement était aussi propre et rangé que s'il avait dû être mis en vente le jour même et recevoir des visites. Le gendarme écouta les déclarations du soignant qu'il nota dans son calepin, puis se rendit au salon pour y faire un résumé à son officier, plantée au milieu, statique et concentrée, cherchant à se décider entre une disparition inquiétante ou un simple voyage improvisé.

— Clémence Banon, vingt-six ans, handicapée en fauteuil roulant, ne sort jamais de chez elle, sauf pour ses séances de kiné qu'elle ne rate jamais. Son portable n'est pas là, son ordinateur non plus, et le requérant est incapable de nous dire s'il manque quoi que ce soit dans sa garde-robe. Dépressive, mais pas suicidaire, d'après lui.

— Ses affaires de toilette ?

Le gendarme se sentit bête, courut presque à la salle de bains et revint à la même vitesse.

— Brosse à dents, maquillage et pas mal de boîtes de médicaments.

— Mauvais signe.

L'officier décrocha la radio à sa ceinture et contacta son service.

— Capitaine Laguerra, brigade de recherche. J'ai besoin de l'identité judiciaire sur place.

Elle hésita un instant, puis…

— Faites aussi venir le chien.

Elle se rendit ensuite à la fenêtre dont elle écarta un pan des rideaux. Face à elle, à une vingtaine de kilomètres seulement, flottant sur l'océan, une masse immense, grise, opaque et impalpable se dressait devant Saint-Pierre, s'apprêtant à l'abordage. Comme une armée installe son campement aux frontières de la ville à assaillir, les brumes patientaient.

— Avant demain, on ne verra plus Saint-Pierre. T'auras choisi le pire moment pour disparaître, toi, dit-elle à voix basse.

À quelques mètres de là, à travers la baie vitrée de l'office de tourisme, Andréas regardait les effectifs en bleu entrer et sortir du domicile de Clémence.

— Vous venez d'arriver ? lui demanda l'employée de l'office.

— Non, je suis là depuis cinq jours déjà. Je suis venu retrouver une amie.

Il s'était planté devant l'affiche des horaires des ferries, laissant croire qu'il s'y intéressait.

— Je peux vous conseiller de jolies balades, insista-t-elle.

— Merci… Je commence à connaître l'île. Et je sais déjà ce que je veux voir.

Il douta toutefois qu'un tour-opérateur assure les balades allant du centre-ville jusqu'à la maison au bord de la falaise, là où Anna était gardée prisonnière.

— Vous savez ce qu'il se passe ? l'interrogea Andréas en désignant du menton le ballet des forces de l'ordre.

— Aucune idée, répondit la jeune femme en haussant les épaules. Mais pour que les gendarmes de Saint-Pierre sortent de leur caserne, ça doit être tout à fait exceptionnel.

Andréas accepta le compliment et quitta l'endroit en assurant qu'il y reviendrait certainement.

TROISIÈME PARTIE

Dans les brumes de Capelans

31

Dans chaque fibre de ses vêtements était prisonnière la fragrance du parfum de Clémence. Atlas, la petite chienne jagdterrier noire à col blanc de la gendarmerie, pas plus haute que trente-cinq centimètres, avait reniflé un des pulls de la disparue, activé ses deux cents millions de cellules olfactives et dirigé les enquêteurs directement vers l'hôpital, là où la jeune femme retrouvait son kiné pour ses séances hebdomadaires. Ce n'était pas un échec, mais il y avait peu de chances qu'elle s'y trouve. Confiant, le maître-chien avait alors répété l'opération et la chienne était repartie comme un missile, son petit cul en l'air et sa truffe au sol, sur une autre trace.

Atlas s'arrêta net quatre rues plus loin, devant la boutique Récréations, postée juste en face du port de plaisance, déboussolée par le rayon parfumerie qui proposait lui aussi *La Petite Robe noire* de Guerlain, le favori de Clémence. Ce n'était pas non plus un échec, mais Laguerra commença sérieusement à s'agacer et se recentra sur sa respiration avant de décrocher son téléphone, dont l'écran annonçait un appel de la procureure de Saint-Pierre. Les politesses respectées, elle lui fit son compte rendu.

— Nous avons contacté ses parents en métropole, elle n'est pas chez eux ni chez aucun autre membre de la famille. Nous leur avons demandé si elle avait des amis, ils ne lui en connaissent pas. Nous avons reçu les factures détaillées de son portable qui ne nous donnent aucune information utilisable et l'appareil est silencieux depuis hier, 3 heures du matin.

— Et votre chien ?

— Chienne. Ou plutôt couteau suisse. Elle fait le job de quatre. Elle est spécialisée en recherche stups, en faux billets, en explosifs et en recherche de personnes disparues. Autant vous dire qu'elle n'est spécialisée en rien. Pour l'instant, elle nous fait visiter l'île, sans succès.

À trente mètres de Laguerra, abandonnée des yeux par son maître qui réfléchissait probablement à une rapide reconversion, Atlas s'était écartée et furetait vers la jetée du port.

— Voilà qu'elle pêche, maintenant, se moqua l'un des gendarmes.

Puis la chienne se figea et aboya joyeusement devant l'eau qui clapotait contre les bateaux, un mètre plus bas, avec l'envie évidente d'y plonger. Laguerra l'observa et reconnut que si l'animal s'était planté en deux endroits, il s'agissait tout de même de deux endroits en rapport avec Clémence, tout du moins avec son odeur.

— Madame la procureure, permettez-moi de vous rappeler, annonça-t-elle juste avant de raccrocher sans attendre de réponse.

*
* *

Sur le pont du bateau *Petit Saint-Pierre* de la SNSM[1], le câble plongé dans l'eau se tendit brièvement deux fois d'affilée, comme un signal. Quelques mètres plus bas, les plongeurs avaient retrouvé ce qui avait attiré la chienne de la gendarmerie. Le capitaine activa alors le moteur du treuil de son mât de charge et, sur la rive, badauds, marins et gendarmes attendirent avec la même fébrilité ce qui allait émerger.

À un mètre au-dessus de la surface, accroché au câble par l'un de ses accoudoirs, le fauteuil de Clémence gouttait et tournoyait, quelques algues à ses roues.

Les plongeurs replacèrent leur masque, portèrent l'embout de leur détendeur à la bouche et disparurent à nouveau sous l'eau. Maintenant qu'elle n'était plus écrasée par le poids de son fauteuil, la jeune femme était devenue accessible. Les plongeurs passèrent une sangle sous les genoux, une autre sous les bras, et fixèrent l'embout d'un bloc de plongée au parachute de relevage dont les deux montgolfières se remplirent d'air et décollèrent le corps du sable. Dans le silence de l'océan, les cheveux en apesanteur et les bras pendants, Clémence remonta doucement vers la lumière du jour.

Sur le béton du port, Laguerra fit dresser une tente judiciaire blanche en moins d'une minute, maintenant qu'un tiers de l'île se tordait le cou et se grandissait sur la pointe des pieds pour ne rien rater de ce qui serait pour les semaines à venir le sujet de conversation le plus abordé.

---

1. Société nationale des sauveteurs en mer.

Sous la tente, on allongea le corps sur une housse mortuaire noire et, déjà, l'on pouvait voir le travail des crabes et des crevettes, des poissons, des étoiles de mer et des oursins, toujours les premiers à festoyer. Ainsi, en certains endroits du corps, la peau dévorée laissait apparaître la chair à vif, pâle et lessivée par la nuit passée sous l'océan.

La capitaine de gendarmerie enfila ses gants, posa un genou à terre, et se mit à palper la dépouille avec attention, recherchant le moindre signe d'agression. Elle écarta les cheveux mouillés qui recouvraient le visage de la jeune défunte, et la bouche de Clémence, tordue et entrouverte, révéla plusieurs dents cassées. Laguerra estima qu'il pouvait tout autant s'agir d'un coup violent porté par un agresseur que d'un choc contre un rocher du fond marin, la victime étant lestée par le poids du fauteuil. Elle ne trouva par la suite aucune blessure sur le crâne ni aucun coup sur la nuque, et, puisqu'il fallait dévêtir entièrement la victime, elle décida que le reste de l'examen pourrait se faire au funérarium de la ville, avec plus d'intimité. Mais alors qu'elle posait une main sur son genou pour se relever, elle remarqua, sur la gorge, un creux, comme un effondrement, et caressa l'endroit du bout des doigts, perplexe. Puis, dans la tente, son portable résonna de nouveau. Elle retira un de ses gants, déjà recouvert de puces de mer, et prit l'appel.

— Vous m'avez raccroché au nez, capitaine, fit remarquer la procureure.

— Nous avons retrouvé le corps de la victime, répondit Laguerra sans faire cas de la susceptibilité de sa supérieure.

— Suicide ?

— J'ai peut-être découvert une marque de coup à la gorge.

— Pas suicide, alors. Autopsie ?

— Ça me semble opportun. Je fais préparer le cercueil et je lui cherche une place pour le prochain vol vers Paris ?

— Oui, ce sont mes instructions, mais ce serait quand même bien d'avoir un légiste sur l'île, fit remarquer la procureure.

— Pour une affaire sensible tous les dix ans, il a intérêt à avoir une vie intérieure particulièrement riche, votre légiste.

*
* *

Le Refuge.
10 heures.

Anna, assise au milieu des chats sauvages à l'étage de la maison rouge, se laissait approcher, renifler, frôler, gagnant leur confiance, un geste après l'autre, quand, en bas de l'escalier, la porte s'ouvrit, et Camille, sans monter, s'adressa à elle :

— Une visite pour toi !

La jeune femme se leva et les félins s'écartèrent alors qu'elle descendait les marches de bois vermoulu.

Devant l'entrée du Refuge, Mercredi était juchée sur son vélo et, si Anna était apparue quelques secondes plus tard, peut-être aurait-elle fait demi-tour tant son ventre et son cœur subissaient de tempête.

— Tu n'as pas cours ?

— Je te dérange ? s'inquiéta Mercredi sans répondre à la question.

— Pas si tu m'emmènes loin d'ici, je commence à saturer. Une quinzaine de beagles viennent d'arriver en pension et aboient sans discontinuer, ils vont me rendre dingue.

— Normal. Une partie des habitants quitte Saint-Pierre à la période des brumes. Elles peuvent taper sur le système, c'est compliqué de ne pas voir à un mètre devant soi pendant trois semaines, alors s'ils sont chasseurs, ils laissent leurs beagles en pension au Refuge. D'où tes quinze nouveaux locataires.

— Savoir d'où ils viennent ne les rend pas moins pénibles, objecta Anna.

— Alors suis-moi, dit la jeune fille en couchant son vélo sur l'herbe.

La plaine était ceinturée de rochers affleurants, couverte d'un manteau de fougères brunes et de camarines aux baies noires, puis s'arrêtait abruptement en à-pic face à l'océan. Si caractéristiques de la forêt boréale, quelques sapins baumiers arrivaient difficilement à atteindre la taille d'un homme, quand les épinettes, exposées aux vents, préféraient pousser parallèles au sol, dans un entrelacs indémêlable de racines parcourues de bouquets ronds d'épines inoffensives.

— Ici, la végétation est si basse qu'on marche sur les arbres, présenta fièrement Mercredi. On se croirait…

— Géantes ?

— Oui, géantes. Invincibles. Tu vois, là-bas, au centre de la lande ? demanda-t-elle en pointant du doigt une roche plate à cinquante mètres de leur position. Je m'y assieds, je ferme les yeux, et j'y rêve.

— Alors on y va ?

— Non. On y court. C'est plus drôle, tu verras, on ne sera pas seules.

Elles se regardèrent un instant, et Anna accepta le défi, surprenant presque celle qui le lui avait lancé en filant sans l'attendre. Dès la première foulée, elles réveillèrent un bataillon de libellules qui les accompagnèrent en une nuée vrombissante, virevoltant dans leur course. Lorsqu'elles arrivèrent, essoufflées, là où Mercredi rêve, tout autour d'elles, les milliers d'ailes irisées scintillaient sous les reflets du soleil en un feu d'artifice nacré. Anna ne trouva pas les mots et les remplaça par un éclat de rire tant toute cette beauté était difficile à supporter.

Assises côte à côte en tailleur, leurs corps se touchant presque, elles n'avaient qu'à tendre la main pour qu'une demoiselle, curieuse, s'y pose.

— Merci, souffla Anna.

— Je voulais te montrer ça avant qu'il ne soit trop tard. Les brumes arrivent et elles vont tout faire disparaître, tout endormir. La nature, ses occupants et les archipéliens. C'est comme un sortilège de conte pour enfant qui plongerait le royaume dans le sommeil.

Une libellule tournoya autour de la tête de Mercredi et atterrit délicatement sur une mèche de ses cheveux noirs. Anna tendit les doigts pour l'inviter à s'y poser et, ce faisant, s'approcha du visage de la jeune fille. Mercredi s'abîma dans ses yeux, perdit raison et sans y penser, sans même avoir l'impression d'être maître de ses gestes, l'embrassa sur la bouche. Le goût de ses lèvres, l'interdit de sa peau, la douceur de sa langue contre la sienne et leurs doigts qui s'entremêlaient… Anna se laissa faire quelques secondes avant de tourner le visage.

— Pardon, rougit Mercredi. Je ne sais pas ce qui m'a pris. Je suis désolée.

— Ne t'excuse pas. Tu ne m'as pas fait mal, la rassura Anna. Je ne suis juste pas…

— Intéressée ? se désola Mercredi, le regard baissé.

— Prête. Je ne suis pas prête. Ni pour une femme, ni pour un homme.

D'un doigt, Anna lui releva le menton et lui caressa la joue.

— Tu es si belle, si jeune, et si fragile. Et moi, pas certaine d'être réparable. Je suis nocive, tu ne le vois pas ?

— Je ne vois que ça. Et je m'en fous.

— S'entêter à aimer ceux qui ne nous conviennent pas, nous partageons la même faiblesse.

— Tu parles de Victor ?

Anna hésita à répondre et lui prit la main dont elle embrassa la paume, une lèvre sur la ligne de cœur, une lèvre sur la ligne de destin.

— Rentrons, dit-elle.

*
* *

Coste, à son bureau des Frontières, tentait par la simple force de sa volonté de faire avancer les aiguilles fainéantes de l'horloge murale. Les manifestes journaliers des passagers maritimes et aériens ayant été vérifiés par son équipe, aucune menace ne semblait avoir atterri ou accosté sur l'île. Et chaque seconde supplémentaire passée à son poste se soustrayait au temps qu'il aurait pu partager avec Anna à chercher la deuxième maison, les autres charniers, à se rapprocher du monstre en somme. Dehors, un bruit de voiture au moteur emballé suffit à le distraire, un second, à lui faire tourner la tête vers la fenêtre, et un jappement, à le faire se lever, intrigué de tant d'activité provenant de l'immeuble voisin de la gendarmerie normalement si léthargique.

Dans la pièce annexe, Soba lui aussi avait trouvé étrange cette activité inédite et, se posant les mêmes questions que son capitaine, le retrouva à son bureau, debout, les mains dans le dos, à observer l'extérieur.

— Je vais voir ?

— S'il vous plaît, répondit Coste sans se retourner.

*
* *

Le fauteuil habillé d'algues tournoya au-dessus de la surface. La tente judiciaire fut montée sur le béton du port. Les deux montgolfières ramenèrent Clémence à la lumière et Laguerra trouva le temps d'assouvir la curiosité de son policier de compagnon qui ne perdit pas une seconde pour appeler son officier.

— Ils ont retrouvé une gamine au fond de l'eau.

— Pas besoin de deux bagnoles et d'un chien pour constater un accident, fit remarquer Coste.

— Vous voulez quelle version ?

— Autant qu'il y en a de disponibles.

— Alors, pour la procureure, on est encore en protocole mort suspecte.

— Et pour Laguerra ?

— C'est un meurtre. La victime s'appelle Clémence Banon, handicapée en fauteuil roulant, plusieurs dents cassées, trachée écrasée, téléphone désactivé, ordinateur portable introuvable.

De ce rapport succinct, deux mots en particulier interpellèrent Coste.

*
* *

Au dernier étage du palais de justice de Paris, Saint-Croix avait réuni son équipe rapprochée et évalué au plus vite le niveau d'alerte de la situation avec Tom et Alix, ses agents de terrain. Au centre de la table de réunion, le haut-parleur du téléphone permettait à tout le monde de suivre la conversation, et la présidente du programme de protection fit faire à son officier l'économie d'un résumé circonstancié.

— Je suis déjà au courant, Coste. J'ai un effectif scotché à toutes les fréquences radio, même celles de la gendarmerie, et je suis informée du moindre vol de vélo à cinquante kilomètres autour de mes douze résidences surveillées.

— Alors on fait quoi ?

— Option un, il y a eu un meurtre à Saint-Pierre, tout arrive un jour. Option deux, votre victime s'est esquintée sur les rochers en sombrant et c'est un accident. Et l'option trois n'est même pas une option, même si je sais que l'écrasement de la trachée a dû vous mettre les voyants au rouge. Personne ne sait où est cachée Anna

Bailly, mais par acquit de conscience un technicien informatique vérifie en ce moment même s'il y a eu une intrusion dans nos systèmes, ce dont je doute.

— Vos instructions ?

— On attend d'en savoir plus sur l'enquête de la brigade de recherche et on ne fait rien d'inconsidéré. Vous restez le chef de la police aux frontières et un oncle soucieux du bien-être de sa nièce. C'est reçu ?

S'ensuivit un silence insubordonné qui ne rassura personne.

— Tenez-moi au courant, conclut enfin Coste en raccrochant.

Dans la salle de réunion flottaient encore les incertitudes de cette fin de conversation…

— Vous pensez qu'il va obéir ? s'inquiéta Alix.

32

Coste réunit Soba, Casteran et ses quatre autres policiers dans son bureau des Frontières. Aucun d'entre eux n'avait jamais vu leur officier si déterminé, excepté bien sûr Soba, quelques nuits plus tôt.

— Clémence Banon vient d'être retrouvée morte au fond du port. Si c'est un meurtre, il a été commis soit par une personne de l'île, soit par un étranger, et, si c'est un étranger, il est arrivé soit par bateau, soit par avion, donc il est passé entre nos mains et présent sur nos manifestes. Alors on reprend toutes les listes des passagers, on remonte à une semaine et on revérifie les casiers judiciaires et les fiches de recherche.

— C'est une requête de la gendarmerie ? s'étonna l'un des policiers.

— C'est une requête de moi.

— Et depuis quand on leur donne un coup de main ? poursuivit un autre.

— Et depuis quand tu discutes un ordre ? le coupa Soba, une main pesante sur son épaule, surprenant le reste du groupe par sa nouvelle loyauté.

La réunion finie, seuls le Kraken et Casteran avaient été priés de rester dans la pièce.

— J'ai besoin de vous, et ça n'a rien de professionnel, annonça Coste.

— On ne vérifie pas les listings avec les autres ? s'étonna le Toulousain de guingois. C'est que je suis bon, moi, en listings.

— Je sais, mais je voudrais vous demander un service. Et éviter que l'on me pose des questions au sujet de ce service. Alors j'ai pensé à vous.

Casteran se gonfla d'orgueil tant il y avait longtemps qu'il n'avait pas été considéré comme l'homme de la situation. Toute sa vie ressemblait à la constitution des équipes en cours de sport, quand il fallait attendre la fin pour être choisi par dépit.

— Ma nièce a été embauchée à l'Aide aux animaux, et je crains qu'elle ne soit pas l'employée du mois. Je ne voudrais pas qu'elle perde son job, alors si vous pouviez vous mettre en civil, prendre une banalisée et la surveiller cet après-midi, je vous en serais reconnaissant. Si elle sort, si elle voit du monde, si quelqu'un semble la chercher ou l'attendre, tout ce qui vous paraîtra suspect, vous me passez un coup de fil.

Et c'est bien parce que Coste avait spécifiquement demandé à ce qu'on ne pose pas de questions que Soba accepta de la boucler, malgré l'évident mensonge qui leur avait été servi.

*
* *

Suivant son habituelle routine de protection, Casteran tira sur sa chaîne de cou, embrassa saint Christophe, saint Fiacre, se signa et boucla sa ceinture de sécurité.

— Tu vas nous foutre le mauvais œil avec tes bondieuseries, grogna Soba en démarrant.

Puis il maltraita ses mâchoires tout le long du trajet vers le Refuge devant lequel ils se garèrent, encore vexé que Coste ait préféré les balader que de leur donner les raisons exactes de leur étrange mission. Casteran sortit d'entre ses pattes l'ordinateur portable du service qu'il déplia sur ses genoux et afficha à l'écran le résumé des activités aériennes et maritimes.

— Tu fais quoi ?

— Je vérifie.

— Les listings ? Les autres sont déjà dessus.

— Oui, mais je suis meilleur qu'eux. Je saute pas haut, je cours pas vite, mais le reste compense, dit-il en tapotant son front du doigt.

De l'autre côté du grillage qui entourait la prairie du Refuge, un vieux chien de chasse beagle, amoindri par une patte cassée qui refusait de toucher le sol, était venu s'asseoir, passant la truffe à travers les mailles, et les regardait avec un air aussi corniaud que gentil, dans l'espoir de décrocher une caresse ou un peu d'attention. Casteran lui sourit comme s'il souriait à un miroir.

— On cherche un possible assassin sur une possible affaire de meurtre, poursuivit-il. Puisque c'est nous qui savons qui arrive sur l'île et qui la quitte, on focalise sur les étrangers à l'archipel et on laisse les Saint-Pierrais à la gendarmerie. Le capitaine nous a demandé de vérifier sur une période d'une semaine, ce qui n'a aucun sens, vu que l'assassin a pu arriver il y a des mois, mais un ordre est un ordre. Ce qui nous fait deux avions et trois bateaux pour un total de quatre-vingt-deux passagers Mailloux[1].

— Je crois que les autres aussi savent lire et additionner, assura Soba, cynique.

Casteran ignora la pique, habitué à ne jamais être pris au sérieux. Il regarda à nouveau le beagle et sa robe noire et feu, qui lui aussi avait dû être un bon chasseur il y a longtemps.

— Maintenant, on joue aux clichés et aux statistiques. On écarte les femmes, le meurtre, c'est un truc de mecs. Les personnes de moins de dix-huit ans, le meurtre, c'est un truc d'adultes. Celles de plus de soixante-dix ans, le meurtre, c'est pas un truc de retraités. Les hommes arrivés accompagnés, le meurtre ça se fait ni en famille, ni en couple, ni entre potes. Et enfin on écarte ceux qui viennent s'installer sur l'île, le meurtre, c'est pas une priorité quand on emménage. Ce qui nous laisse… trois passagers.

Casteran nota les noms sur une page blanche de son ordinateur avant de conclure :

— C'est donc un de ces trois touristes qui menace la nièce du capitaine.

Jusque-là, Soba avait suivi les déductions de son collègue, mais il trébucha sur la fin comme on rate une marche traître.

— De quoi tu parles ?

— Coste ne s'est jamais intéressé à nos affaires, alors celles de la gendarmerie, y a pas de raison. Meurtre ou

---

1. Maillou : expression locale pour parler d'un étranger à l'île. Maillou est un terme bienveillant. Satané Maillou, beaucoup moins.

pas. Puis subitement, c'est branle-bas de combat. Il faut donner un coup de main aux pandores et connaître le pedigree de tout le monde, mais seulement sur une semaine. Et qui est arrivée il y a une semaine ?

— Sa nièce, répondit Soba après une seconde de réflexion.

— Et qui on surveille sur des motifs vaseux alors que tout le monde bosse au service ?

— Sa nièce, répéta-t-il.

— Alors on n'a peut-être pas le droit de poser de questions, mais ça ne nous empêche pas de réfléchir, et moi, je dis qu'il y a un lien entre le meurtre d'aujour-d'hui et la jeune femme qui est dans le Refuge.

— Sa nièce ?

— Si c'est sa nièce. Et si ce n'est pas sa nièce, qu'est-ce qu'elle fout chez le capitaine ?

Soba siffla son étonnement et gratifia son collègue d'une tape dans le dos.

— Ça fait trop longtemps que je te vois contrôler des visas et des passagers, j'avais oublié que t'étais flic.

— Moi aussi, je crois. Mais c'est toujours là, et je peux encore servir. À ce sujet...

Casteran reposa l'ordinateur sur le tapis de sol et ouvrit sa portière.

— Tu vas où ?

— Chercher un truc au Refuge. T'inquiète. Je la connais pas, elle me connaît pas, et j'y vais pas pour elle. Pendant ce temps, passe les trois touristes aux fichiers et trouve où ils sont logés. Il y a six hôtels et cinq chambres d'hôtes, commence par là.

Coste se rendit à pied au funérarium, là où tous les défunts séjournent, qu'il s'agisse d'un accident, d'une maladie ou, très exceptionnellement dans la région, d'un meurtre, et remarqua qu'une des voitures de la gendarmerie y était déjà, comme il l'espérait. Il poussa la porte du bâtiment de pierres grises, passa devant les deux salles de recueillement pour les familles et se dirigea au fond, à la morgue, une pièce blanche entièrement carrelée, lavable à l'eau du sol au plafond, où l'on rendait les corps présentables avant de les allonger dans un cercueil pour les veillées funèbres.

L'île n'ayant pas de légiste, elle n'avait pas non plus de thanatopracteur, et c'était souvent à un aide-soignant ou à une des employées du salon de beauté que revenait la mission de ces dernières attentions. Mais vu l'état de la jeune victime, personne n'aurait pu faire quoi que ce soit pour la rendre ne serait-ce que regardable.

À la vue du flic, Laguerra ne fit même pas l'effort d'être agréable et le salua d'un reproche.

— Vous n'avez rien à faire ici. C'est une enquête de la brigade de recherche.

— Esther Bisset aussi, et ça ne vous a pas empêchée de venir me voir.

— Et j'aurais dû me prendre un platane ce jour-là. Vous deviez juste faire peur à Sean Grady, lui donner une leçon. À la place, vous me l'avez à moitié tué.

Coste ne s'excusa pas et, d'un coup de menton, désigna le caisson en métal de la taille d'un adulte posé sur le brancard en inox.

— Clémence Banon ?

— Oui. Prête pour le départ. L'autopsie est prévue pour 10 heures demain, à Paris.

— Je peux la voir ?

— Le cercueil en bois est déjà scellé et inséré dans un caisson métallique lui aussi scellé. Il n'y a que comme ça qu'un corps est accepté dans un avion de ligne.

— Alors c'est non ?

— Alors barrez-vous.

Beau joueur, Coste sourit, puisqu'elle était aussi amène qu'il l'avait été avec elle.

— Je sais que c'est votre enquête, mais si pouviez demander à la légiste de faire une recherche toxicologique, je crois que vous avanceriez plus vite.

— Ne faites pas ça, s'assombrit Laguerra.

— C'est-à-dire ?

— On ne vous a jamais appris à prêter vos jouets ? Si vous savez quelque chose que j'ignore, ne me laissez pas pédaler dans le vide. On ne parle pas d'ego de service mais d'une victime.

— C'est une hypothèse qui ne tient encore sur rien d'autre qu'un pressentiment, temporisa Coste.

— Venant de vous, ça me suffit.

— Faites la demande, en fonction des résultats, nous collaborerons.

Et il quitta la morgue en ayant relevé le défi d'y laisser Laguerra encore plus remontée contre lui que quand il y était entré.

*
* *

Face au funérarium se dressait la cathédrale de la ville aux murs rose pâle et au clocher de roche volcanique, et, juste en dessous de la statue de saint Pierre, Casteran faisait les cent pas en cercles concentriques autour de la voiture de police. Coste fronça les sourcils et son flic préféra prendre les devants.

— Vous énervez pas ! Soba est resté devant le Refuge pour surveiller votre nièce. Je le rejoins tout de suite. C'est juste qu'on a une info qui pourrait vous intéresser.

— Vous auriez pu m'appeler, ou passer un message radio.

— C'est que j'ai l'impression que vous avez pas trop envie que ça se sache, mais je sais pas à quel niveau vous voulez pas que ça se sache.

— Je n'ai rien à cacher.

— Ben si, justement, sauf votre respect, c'est le sentiment que ça donne.

Puis Casteran lui expliqua comment il avait réduit les résultats de recherche à trois individus, comment Soba avait retrouvé deux d'entre eux, un à l'hôtel Nuits Saint-Pierre et l'autre dans la maison d'hôtes d'une dénommée Marie-Jo, et comment le dernier suspect aurait eu du mal à se trouver sur l'île, ou n'importe où sur la planète, d'ailleurs.

— Mort ? répéta Coste.

— Oui, il y a moins d'une semaine. À Paris. Dans son appartement du XIe arrondissement, quartier Opéra-Bastille.

— Comment on est passés à côté ?

— C'est qu'on vérifie les passagers uniquement sur le fichier « auteurs », histoire de connaître leur passé judiciaire. Mais celui-ci, vu qu'on le trouvait nulle part sur Saint-Pierre, je me suis dit que s'il avait un jour déposé plainte, il aurait obligatoirement dû renseigner son numéro de téléphone portable et, à partir de là, on pouvait tenter de le localiser, alors je l'ai passé au fichier « victimes », et c'est là que je l'ai trouvé mort.

La voiture de police aboya à ce moment et les deux flics tournèrent la tête.

— Qu'est-ce que c'est que ce truc ?

— C'est pas un truc, c'est un beagle. C'est un vaillant compagnon de chasse, précisa Casteran.

— Pas là, non, fit remarquer Coste au sujet du clébard qui léchait la vitre de l'intérieur comme une glace à la vanille.

— Non, pas là. Mais ça me convient. Je chasse pas de toute façon. Je vous raconte la suite ou on reste sur le chien ?

33

Paris, 16 h 30.
(Saint-Pierre, 12 h 30.)

Sous une pluie battante, Alix sortit du bâtiment du deuxième district de la police judiciaire de Paris et composa sans attendre le numéro de Coste, prenant abri sous l'avancée de l'auvent, gris des gaz d'échappement.

— Ils sont pas cons tes gars, reconnut-elle.

— Je le découvre en même temps que toi. Raconte ?

— Ton type est bien mort. Geoffroy Coudray. Trente et un ans. Le crâne défoncé par un club de golf. Un meurtre homophobe d'après les collègues.

— Et c'est ce Geoffroy qui a atterri sur mon île quelques jours après son décès ?

— Exact. Faut aimer l'imprévu. Toujours est-il que, d'après tes gars, il n'a repris aucun bateau ni aucun avion et, à moins qu'il ne soit parti à la nage, il est toujours à Saint-Pierre.

— Et elle dit quoi, Saint-Croix ?

— Elle dit que c'est un meurtre ultra-violent et que ça ne correspond pas avec le mode opératoire du monstre.

Elle dit aussi que le meurtrier, puisqu'il a utilisé la pièce d'identité de sa victime pour venir jusque chez toi, doit obligatoirement y ressembler, mais qu'il n'y a aucun rapport avec le portrait-robot dressé par Anna. En gros, elle te dit de garder un œil sur l'affaire, de donner toutes nos infos aux gendarmes et de ne pas empiéter sur leur travail, comme elle te l'avait demandé ce matin, déjà.

— Elle est colère ?

— Non, elle est inquiète, comme toi, mais elle ne veut pas griller ta légende pour de simples supputations.

— Elle a dit « supputations » ?

— Ouais, mais tu ne retiens pas le plus important. Mets Anna en sécurité le temps de l'autopsie, et fais un pas en arrière sur l'affaire de la petite noyée.

— Toi aussi, tu penses que je m'emballe pour rien ?

— Je pense qu'on aurait tort de pas t'écouter et c'est ce que je lui ai dit. Mais il te suffit d'attendre une nuit, et demain, avec les examens toxicologiques, on saura ce que Clémence Banon avait dans le sang.

Et puisqu'il fallait bien parler de l'évident non-dit, ce que les Anglais nomment « l'éléphant dans la pièce », Alix se jeta à l'eau.

— Écoute Victor, personne ne sait qu'Anna Bailly est à Saint-Pierre, absolument personne. Nos serveurs informatiques n'ont pas été visités et toute l'équipe a bien conscience du mot « secret » dans secret-défense. Tu vois ce que ça implique, si tu as raison ?

— Mais je ne veux pas avoir raison, se défendit-il. Je suppute, comme dit Saint-Croix.

À l'autre bout du fil, Alix souffla, agacée d'avoir à prononcer les mots à la place de Coste.

— Tu sais très bien ce que je sous-entends. Il n'y a qu'une seule personne qui aurait pu donner cette information au prédateur. Et cette personne, elle habite chez toi.

— C'est impossible, refusa-t-il précipitamment. Il peut y avoir d'autres explications.

— Il y a surtout de grandes chances qu'un gars ait tué un homo à Paris, pris sa carte d'identité et tué une jeune handicapée à Saint-Pierre et que tout cela n'ait strictement aucun rapport avec Anna. Écoute, tu le sais, il y a environ quatre mille cinq cents homicides et tentatives d'homicide par an en France, et tout autant de coupables, notre monstre n'est pas le seul assassin du pays. Toujours est-il que les collègues du 2ᵉ DPJ se mettent en lien avec la gendarmerie pour trouver un rapport entre les deux victimes, Geoffroy Coudray et Clémence Banon.

— Tu me tiens au courant ? Quelle que soit l'heure.

— Bien sûr. Et toi, tu comptes la jouer comment, ce soir ?

— L'île est petite. Anna a certainement entendu parler du meurtre. Je trouverai une histoire.

Coste regarda l'heure sur son téléphone.

— Les dix-huit prochaines heures vont être longues avant les résultats de l'autopsie. J'appellerai directement l'IML, je connais la légiste.

— Léa Marquant ? Saint-Croix m'a raconté pour vous. Tu préfères pas que je le fasse ? Se barrer six ans et rappeler juste pour une enquête, pas sûr qu'elle t'accueille avec un collier de fleurs.

— Ça me donnera l'occasion d'avoir des nouvelles de Paris.

— C'est joliment dit. Mais si t'en veux des nouvelles de Paris, je t'en donne, moi, parce que c'est mieux que tu sois un peu préparé. Paris, elle est mariée. À un des docteurs de l'hôpital Necker. Elle a invité quelques collègues à la cérémonie, dont Saint-Croix. Et elle a une fille.

Il reçut les deux impacts plein cœur, dont il avait tiré les balles lui-même, il y a fort longtemps.

— Quel âge ? finit-il par demander.

— Aucune idée. Tu lui poseras la question.

34

Avec son portable, Coste prit en photo la chambre d'Anna sous différents angles, puis l'intérieur de ses armoires. Scène figée, il renversa tout et fouilla jusque dans les poches de chaque vêtement. Trente minutes plus tard, assis au milieu du foutoir, une pile d'habits sur le lit et les étagères vidées au sol, il s'en voulut presque de cette méfiance, comme s'il avait secrètement trahi la confiance d'Anna, cette jeune femme qu'il avait forcée à revivre un calvaire de dix longues années.

À l'aide des photos prises, il remit tout à sa place, au centimètre près, empocha les clés du Land Rover et roula vers le Refuge où Casteran et Soba avaient passé l'après-midi. Il les salua d'un geste de la main et ses deux flics abandonnèrent leur surveillance. Passant à côté de la voiture de Coste, Soba ralentit et baissa sa vitre.

— Vous savez que vous pouvez me faire confiance, capitaine ?

— Je le sais.

— Alors ?

— Alors à demain, Kraken.

La voiture s'éloigna en aboyant, avec à son bord un chien à la retraite, un flic vexé, et un autre ravi d'avoir été enfin utile.

Dans la résidence surveillée, Anna sortit de la douche au cours de laquelle deux nettoyages au savon n'avaient pas réussi à effacer totalement l'odeur animale accrochée à sa peau. Elle retrouva Coste, silencieux à son bureau, penché au-dessus d'une pile de listings de passagers.

— On ne travaille pas, ce soir ? demanda-t-elle, posant ses mains sur les épaules de son gardien.

— Non, pas ce soir. Je rends un service à la gendarmerie.

— La femme noyée ? Elles n'ont parlé que de ça au Refuge aujourd'hui. Tu sais ce qu'il s'est passé ?

— Meurtre passionnel. Probablement son ex. Un type instable et violent. Laguerra le cherche sur l'île, elle pense qu'il a pu avoir un complice, alors je contrôle les départs et les arrivées sur Saint-Pierre et je vérifie si l'un des passagers a un lien avec le suspect.

Anna partit s'affaler sur le canapé, une moue boudeuse affichée, comme si elle n'appréciait pas de partager son protecteur.

— Je peux aller me balader avec Mercredi ? Elle veut me montrer l'île au soleil couchant.

— Non, trancha Coste un peu sèchement. Tu restes ici ce soir. Je serais un bien mauvais chaperon si je te laissais sans surveillance alors qu'un type pareil rôde. Désolé.

— Passer la soirée avec toi, ça me plaît tout autant, sourit-elle.

Elle rapprocha ses genoux de son torse et les emprisonna de ses deux bras alors qu'un frisson la parcourait. La fragilité et la vulnérabilité d'Anna l'attendrirent et il se retint de la rejoindre.

— Je vais faire du feu.

— Et ouvrir une bouteille de vin ?

— Pourquoi pas.

*
* *

Jusqu'à la nuit tombée, Coste fit mine d'être occupé, indisponible. Il ne supportait pas le doute qui s'était immiscé entre eux et qui lui collait à la peau comme du plastique brûlé. Il espérait que demain tout reviendrait à la normale et qu'il pourrait enfin la regarder dans les yeux sans culpabilité.

Lovée dans le fauteuil que Coste ne partageait jamais, Anna termina son roman, le referma et rangea ses personnages dans la bibliothèque, Erik au visage inhumain et l'ingénue Christine retenue dans les sous-sols de l'Opéra Garnier. Avant de rejoindre sa chambre, à pas de chat, elle s'approcha de son protecteur assis à son bureau, colla sa poitrine contre son dos, l'enlaça, et il posa les mains sur les siennes. Ils restèrent ainsi de longues secondes, partageant leur chaleur, installant une intimité que Coste refusait de perdre.

*
* *

Incapable de fermer l'œil, Coste relisait en boucle les rapports d'enquête du commandant Russo, ceux rédigés il y a dix ans, relatant la fugue d'Anna Bailly et les recherches qui suivirent, bien avant qu'elle ne devienne la « Victime 1 ». Il y avait peut-être dans ces lignes un mot, une information, une aiguille dans la pile des dossiers, un indice passé inaperçu. Mais à 4 heures du matin, force était de constater qu'absolument rien ne permettait de douter de la jeune femme.

Deux heures de plus permettraient d'en être définitivement certain.

Dans les villes, les phares des voitures dansent sur le plafond des appartements, étirant leur lumière au fur et à mesure qu'ils s'éloignent. À Saint-Pierre, seul le phare rouge et blanc de Galantry, tout au bout de l'île, peignait la nuit et l'intérieur du salon de la résidence surveillée des grandes traînées de son optique tournant, pour les replonger dans le noir jusqu'à sa prochaine révolution.

Par un hasard forcé, Coste retrouva ce paquet de cigarettes laissé de côté pendant près de deux ans et qu'Anna avait fait sien. Il en restait trois et il céda. Deux fois encore ensuite, puis sa montre afficha 5 h 59, soit 10 heures moins une minute à Paris. Sans aucune idée de la manière dont il allait aborder cette conversation, conscient qu'il risquait de se prendre de plein fouet et en un seul appel le résumé de six années de silence, de blessures et d'incompréhension, il composa le numéro de l'IML et demanda la ligne directe de la légiste.

— Docteur Marquant, j'écoute.

— Bonjour, Léa.

À quatre mille kilomètres de cette voix, ses jambes faiblirent et elle s'assit sur la chaise à roulettes qui lui

296

permettait de traverser la morgue d'un seul élan, passant de la table d'autopsie au bureau où elle notait habituellement ses conclusions, toujours sur un calepin, imitant un flic qu'elle avait longtemps aimé.

— Victor ?

Outre une franche surprise, il ne réussit pas à déceler dans l'intonation de sa voix si elle était furieuse ou heureuse et, pour l'un comme pour l'autre, à quel degré.

— Je suis désolé de t'appeler si tôt, je ne sais pas si je te dérange.

— C'est de ça, que tu es désolé ? De me déranger ? Putain, Coste, t'as intérêt à t'appliquer sur la suite. J'ai pas le temps pour toi. J'ai plus le temps pour toi.

Furieuse, donc, et à un degré assez élevé. À quoi s'attendait-il d'autre ?

— Tu as disparu et tu veux quoi, maintenant ? T'excuser ? Remonter le temps ? Même tes amis, tu les as abandonnés. Mais qui fait ça ? On a tous souffert, autant que toi, on l'aimait tous, autant que toi. Oh putain que ton appel me met en colère. Je te jure que si tu étais là, devant moi, ton pare-balles ne suffirait pas.

Coste n'avait pas encore réussi à répondre et ce n'était visiblement pas dans le programme de Léa.

— Tu veux quoi ? Tu t'ennuies sur ton île de planqué à jouer au garde-frontière ? C'est bien fait pour toi, j'espère que tu y resteras. Je t'ai oublié, complètement oublié, et tu n'as pas le droit de m'appeler.

Elle se sentit gênée de l'avoir dit presque en criant, décrédibilisant elle-même ses propos, et baissa le volume.

— Écoute, Victor, ne me téléphone plus, d'accord ? Pas au boulot en tout cas. Ou donne-moi ton numéro et c'est moi qui… Je sais pas, peut-être, un jour. Jamais, certainement. Je dois te laisser. Je suis très occupée.

Quitte à être détesté, et à raison, Coste enfonça les clous de son propre cercueil.

— Je sais. Clémence Banon. Noyée. Trachée écrasée. Tu as fait les tests toxicologiques ?

Stupéfaite, Léa se retourna sur le drap blanc qui couvrait la jeune femme, posée sur un brancard au milieu de la pièce, comme un fantôme endormi, ouverte, inspectée, et recousue.

Les corps qu'autopsiait la légiste venaient tous de Paris et elle ne vérifiait que très rarement l'origine de la réquisition judiciaire. Déstabilisée, elle attrapa le procès-verbal et lut son en-tête : tribunal de grande instance de Saint-Pierre.

— Tu te fous de moi ?

— J'ai aussi perdu ce droit, je pense.

— Pour quelqu'un qui est parti sans dire au revoir et qui voulait démissionner, tu peux m'expliquer comment tu en viens à me demander des infos sur une possible victime de l'ennemi numéro un ?

— C'est compliqué.

— Je mettrai ça sur ton épitaphe. Parle.

Si les résultats étaient bien ceux qu'il craignait, dans quelques heures, la couverture de Coste serait grillée et sa légende, révélée au grand jour. Il devrait alors trouver une nouvelle résidence surveillée, ailleurs sur la planète. Le temps n'était plus au secret.

— Rivotril ?

— Ouais. Pas en grosse quantité, mais assez pour être catégorique. La peau est détériorée mais les hématomes sous-cutanés laissent aussi penser à un étranglement, et les cartilages du larynx sont brisés.

— Alors c'est lui ?

— C'est son mode opératoire, en tout cas. Et la PJ a fait assez d'efforts pour que le coup du sédatif ne soit jamais mentionné dans la presse, ce qui écarte la possibilité d'un copycat. Mais à la fin, c'est quoi ton boulot, là-bas ?

— Anna Bailly, la première victime, a été intégrée dans le programme de protection des témoins. Je suis son gardien. Et son prédateur vient de nous rejoindre.

— Vous êtes combien, dans ton équipe ? s'inquiéta subitement la légiste.

— Moi. Il y a juste moi. Et elle.

Anna… Si ton prédateur est sur l'île, c'est que tu l'y as invité, se dit Coste.

Anna. Palindrome jusque dans ton être. J'aurais dû te lire dans les deux sens.

— Alors si cette gamine n'était pas morte, tu ne m'aurais jamais appelée ?

Mentir ne servait à rien. Il resta silencieux et elle raccrocha sans qu'il ait trouvé le courage de lui demander si elle était heureuse, ni quel âge avait sa fille. Il n'en avait de toute façon pas le droit.

Dans la morgue de l'institut médico-légal, Léa gardait les yeux fermés, assaillie par les souvenirs d'une autre vie, une autre vie pour laquelle elle aurait été prête à faire tous les sacrifices, quand un confrère ouvrit la porte et lui posa une question qu'elle n'entendit pas.

— Laisse-moi cinq minutes, tu veux.

35

Résidence surveillée.
Saint-Pierre.
6 h 12.

Trois soleils auraient pu se lever ce matin sans qu'ensemble ils fussent capables de traverser la brume qui fonçait sur l'île. Comme un nuage épais et gigantesque tomberait d'un fabuleux orage pour s'accrocher sur l'océan et fondre sur Saint-Pierre, la brume avala les bateaux amarrés au loin, puis le port, puis les plages et les criques. Elle s'insinua ensuite dans les rues, suivant leurs courbes, grimpant les côtes sans effort, dévalant les pentes comme la fumée poisseuse d'un incendie extraordinaire, butant sur les maisons pour les engloutir enfin, faisant tout disparaître jusqu'aux hommes.

Aussi impressionnante que le loup Fenrir de la mythologie nordique, fils du dieu de la désillusion et de la messagère du malheur, elle vint, « gueule béante, la mâchoire inférieure contre la terre, la supérieure contre le ciel », haute de plusieurs centaines de mètres et de la taille exacte de l'archipel, comme si l'on avait, là-haut, façonné ce manteau gris et opaque juste pour lui.

Désillusion. Malheur. Les brumes semblaient avoir patienté jusque-là, afin d'être à l'unisson avec les événements, complices de la jeune femme qui dormait encore, cette jeune femme qui elle-même avait invité son bourreau.

— Vous souvenez-vous de cette phrase, lorsque Anna comparait le monstre à son père ? demanda Melchior, dont le visage occupait la moitié de l'écran de l'ordinateur de Coste, l'autre affichant le bureau de Saint-Croix, elle derrière, Tom et Alix à chacun des bords. « Il n'était pas mon père, lut le psy. Il n'avait aucun droit, et je ne l'aimais pas ». Elle nous explique, malgré une enfance d'abus, l'amour qu'elle portait à cet homme. Parce qu'il était son père, parce qu'elle croyait ne pas avoir le choix, parce que, ne pouvant en parler à personne, elle aura peut-être longtemps pensé que ses visites nocturnes n'étaient pas des viols, mais un acte d'amour.

— Et ? s'impatienta Coste.

— Et si elle a appris à aimer le monstre qui se faufilait nuit après nuit dans sa chambre, ne pourrait-elle en aimer un autre ? Et il pourrait aussi l'aimer en retour, à sa manière. Imaginons seulement qu'elle se soit sentie sauvée par lui ? Imaginons qu'avec lui elle ne se soit pas sentie jugée, qu'en dépit de toute la perversité de la situation elle ait trouvé ce qui dans sa vie s'approchait le plus d'une relation sentimentale. L'amour n'a pas de forme, il s'adapte et se coule dans n'importe quel moule, même brisé, ébréché. Rien n'empêche l'amour d'être sordide ou malsain.

301

— Vous pensez qu'il vient pour la retrouver, s'opposa Saint-Croix, mais s'il venait plutôt pour la supprimer ? C'est elle qui peut nous en révéler le plus sur lui, elle est son talon d'Achille, et il le sait.

— C'est tout ce que vous devrez découvrir, Victor, poursuivit Melchior. Quoi qu'elle ressente pour lui, cela a pu être assez fort pour qu'elle mette un voile inconscient sur le reste.

— Le reste… Vous parlez du meurtre de neuf adolescentes ?

— Dois-je vous répéter les conseils que je vous ai donnés lors de notre première conversation ? Ne pas la juger. Apprendre à accepter, vous mettre à sa place, imaginer ce qu'elle a payé pour être vivante et, aujourd'hui, tenter de comprendre comment elle a pu se perdre en se créant des sentiments, altérés et corrompus par sa captivité. Elle est toujours une victime, à mon sens.

— Au mien, elle s'est trop jouée de moi pour le rester.

Saint-Croix recentra la conversation sur la menace qui pesait désormais sur son capitaine et celle qui hier encore était sa protégée.

— Toujours est-il que le monstre est sur votre caillou de vingt-cinq kilomètres carrés, et donc bien trop proche de vous. Le plus judicieux serait une exfiltration. Je peux vous faire décoller dans moins d'une heure.

— Désormais, il n'y a que nous deux qui soyons en danger, s'opposa Coste. Me concernant, on va dire que ce sont les risques du métier. La concernant, on va dire qu'elle aura cherché tout ce qui va lui tomber dessus.

— Vous oubliez Clémence Banon. Notre prédateur peut encore sévir à tout moment.

— Je n'oublie personne. Ni la petite noyée ni le jeune homo. Mais ce sont juste des outils. Il avait besoin d'une pièce d'identité lui ressemblant et lui permettant de faire le voyage jusqu'à nous, pour l'un, et d'une planque, pour l'autre, le temps de comprendre l'île et d'essayer de retrouver Anna. Je suis persuadé qu'il a tué Clémence Banon dans l'urgence, parce qu'elle avait découvert quelque chose. Sans son appartement, il se retrouve dans la nature et obligé de chercher une nouvelle cache, à Saint-Pierre, où tout le monde se connaît et se regarde.

— Laissez-moi au moins vous envoyer du renfort, insista la présidente.

— C'est malheureusement inutile. Les brumes de Capelans ont recouvert l'île ce matin et elles vont y rester accrochées. Je peux tendre mon bras et voir disparaître ma main. Vos hommes ne connaissent pas Saint-Pierre. Vous pourriez tout autant faire débarquer quarante aveugles. Ce serait amusant à observer mais pas très efficace. À chercher le monstre, c'est eux qui se perdraient. Et à bien y réfléchir, vous le traquez depuis dix ans et, aujourd'hui, c'est lui qui vient vers nous. Laissons-le s'approcher. Je serai là pour l'attendre.

Assis sur un coin du bureau de Saint-Croix, Tom, nouveau dans l'équipe, se pencha pour faire davantage face à la caméra.

— Désolé pour mon ignorance, mais il est arrivé comment, à quatre mille kilomètres de Paris, avec une simple carte d'identité ?

— La faille est immense, Tom, assura Coste. Saint-Pierre est un territoire français, alors il ne faut rien de plus pour s'y rendre.

— Mais il ne faut pas un passeport biométrique pour l'escale au Canada ?

— Si, bien sûr, compléta Alix. Le sas de détection Parafe[1] aurait contrôlé ses empreintes digitales, il les aurait comparées avec celles enregistrées sur son passeport et le type se serait fait serrer avant même d'approcher le duty free. Sauf qu'à cette période de l'année les vols sont directs de Roissy à Saint-Pierre, de France à France. Il sera passé avec sa seule carte d'identité par le simple contrôle d'un agent de la police aux frontières de l'aéroport et, comme il ressemble à la photo qui est dessus, le tour est joué.

— Sa plus grande crainte est que son nom soit découvert, soit grâce à notre enquête, soit grâce à Anna, assura Saint-Croix. Il doit donc renaître pour poursuivre son plan. Le pauvre Coudray lui ressemblait et c'est tout ce dont il avait besoin pour avoir une identité vierge, et avec celle-ci il a traversé la planète.

— D'abord venir jusqu'ici, reprit Coste, reprendre celle qu'il considère comme sienne, si son but n'est pas tout simplement de la faire taire, puis, au plus simple, filer vingt-cinq kilomètres vers Terre-Neuve, par bateau privé ou volé, sans aucun contrôle, et accoster sur cette île où seuls quelques endroits des cent vingt mille kilomètres carrés sont habités. D'autres avant eux y ont recommencé leur vie et personne ne les a jamais retrouvés.

Soumettant cette hypothèse, Coste en tira les ficelles jusqu'au bout et, face à l'évidence, ses poings se serrèrent. Si le prédateur avait quitté Paris et était arrivé

---

1. Parafe : passage automatisé rapide des frontières extérieures.

sans encombre à Saint-Pierre alors que son visage était affiché dans tous les commissariats, les gares et les aéroports, c'est bien qu'il ne lui ressemblait pas.

— Putain ! Même sur le portrait-robot, elle nous a baladés.

— D'accord, s'imposa Saint-Croix, sentant que la situation leur échappait sérieusement. On verrouille tout. Le Refuge, les minous, les toutous, c'est terminé pour la gamine. Vous la gardez enfermée dans la résidence surveillée. Elle ne met plus le nez dehors.

— On lui colle un bracelet électronique ? proposa Tom. J'avertis la cellule technique ?

— Non, objecta la présidente. Le bracelet, c'est une relation de commun accord. Si elle veut s'échapper ou si « on l'échappe », il lui suffira d'un coup de ciseaux pour s'en défaire. En l'état, ça ne servirait à rien.

— Et je vais surtout la surveiller H24, promit Coste. Je vais me porter pâle pour quelques jours et mettre mon adjoint à la tête du service des Frontières.

— Pour l'instant, nous laissons la gendarmerie piétiner sur l'affaire Clémence Banon. Je vais appeler le ministère pour être tenue au courant de leur avancée et s'il s'avère qu'on a besoin d'eux, alors au temps pour votre légende, à situation exceptionnelle, mesures exceptionnelles, on leur racontera tout.

Saint-Croix, épuisée, s'enfonça dans son fauteuil.

— Je crois qu'on a fait le tour ?

— Une dernière chose, objecta Coste. En dix ans de recherches, la seule et unique personne sur laquelle il n'y a jamais eu d'enquête, c'est Anna Bailly. Amoureuse ou pas, victime ou pas, nous n'avons rien sur elle.

— Je vais y mettre une équipe.

— Ou choisir celui qui la connaît le mieux. Vous ne trouverez personne de plus motivé. Si jamais il accepte.

La présidente comprit sans hésitation de qui parlait son officier.

— Laissez-moi faire. Les flics récalcitrants, je connais bien.

Avant de raccrocher, Saint-Croix voulut s'assurer que son capitaine gérait les derniers dénouements, particulièrement sur le plan émotionnel, ce qui n'était pas son fort.

— La petite va bientôt se réveiller, non ?

Il laissa passer.

— Si vous ne lui dites rien, vous pourriez obtenir d'autres confessions, la laisser croire que l'enquête suit son cours et essayer de découvrir cette fichue deuxième maison et les lieux où ont été enterrées les quatre dernières victimes. Depuis la découverte récente des corps de Virginie, Julie et Cléo, les familles des autres disparues espèrent plus que jamais. Et vous seul pouvez les délivrer. Je crains que, si on la confond dans ses mensonges, Anna se referme.

— Exact, confirma Melchior, vous réussirez mieux en la laissant dans l'ignorance. L'affronter serait piégeux.

— C'est reçu. Je lui prépare son petit déjeuner. Je reste calme. Je ne l'affronte pas.

À Paris, l'écran passa au noir et le capitaine disparut sur ces promesses.

— C'est bien, je crois qu'il a compris, se rassura le psy.

— C'est bien, ironisa la présidente, je vois que vous l'avez cerné.

36

Château du Courbat.
Maison de repos du ministère de l'Intérieur.
Touraine.

Là, dans cet ancien sanatorium devenu refuge, posé au milieu de quatre-vingts hectares de verdure, des flics comme des maisons en ruine, hommes et femmes en lambeaux, étaient accueillis, le temps d'y sevrer une addiction, d'y apaiser une dépression, d'y oublier l'accumulation d'événements traumatiques qui font une carrière, même courte. Du sang partout sur leurs souvenirs, de la peur non évacuée, persistante dans l'organisme, des gamins abattus pour une mauvaise parole, des morts inconnus encastrés dans des voitures, les familles qui vont avec, leurs regards, leurs reproches qui cherchent un responsable, des pièges tendus à la nuit tombée, des collègues morts pour la France ou pour pas grand-chose, une minute de silence pour leur dire au revoir et passer au drame suivant, sur une toile de fond d'insultes au quotidien, d'absence de considération, d'insécurité, de vies de famille brisées, d'ultra-violence devenue ultra-banale, ceux et celles qui avaient souvent plongé le regard au fond du canon de leur arme de service tentaient ici de retrouver un souffle, un peu de confiance, un peu d'espoir, une renaissance, avant de repartir au feu.

Ses baskets couinant sur le lino bleu, l'infirmier suivit le couloir de l'étage des chambres avec dans la main un mot griffonné sur un papier, pas certain que le résident à qui il était destiné ouvre sa porte.

Pour les médecins, il était « épuisement professionnel, double pontage coronarien suivi d'un AVC, alcoolisme, tabacodépendance, obésité morbide, suivi psy nécessaire, suivi par diététicien, patient fragile ». Pour les autres, il était juste Sylvestre.

— J'ai un message pour toi. T'ouvres ? dit l'infirmier en toquant doucement.

Silence.

— Alors je te le lis ? Tu veux ?

Silence.

— Ça vient de Fleur Saint-Croix, procureure de la République à Paris. Et ça dit : « Anna ».

Du mouvement s'entendit dans la chambre. Le grincement des ressorts du lit soulagés d'un poids, auquel firent suite des pas lourds qui se rapprochèrent de la porte.

— Ça dit juste ça ? demanda une voix grave.

— C'est accompagné d'un numéro.

— Glisse-le sous la porte.

Refusant d'avoir un portable ou tout autre objet risquant de lui rappeler qu'à l'extérieur du château un monde continuait à tourner sans lui, Sylvestre sortit exceptionnellement de sa chambre et demanda à l'accueil l'autorisation d'utiliser le téléphone fixe. Il composa le numéro et oublia de se présenter, par maladresse plus que par impolitesse, puisque cela faisait près d'un mois que seuls les psys avaient entendu le son de sa voix.

— Saint-Croix, s'il vous plaît.

— Bonjour aussi, répondit le greffier. De la part de ?

— Russo.

— Commandant Russo ? reprit le greffier.

— Non. Juste Russo.

*
* *

Préférant poursuivre cette conversation ailleurs, il avait emprunté un portable à un ancien collègue des stups contre la promesse d'une partie d'échecs, car, depuis son arrivée, personne n'avait réussi à coucher la reine de Russo. À l'écart, il s'était installé sur un des bancs en bois, face à l'étang du Courbat entouré d'une pelouse rase et entretenue.

— Pourquoi moi ?

— Vous êtes toujours flic, non ? répliqua Saint-Croix.

— J'y réfléchis. Comment va Anna ?

— C'est la raison de mon appel. Nous nous approchons du monstre. C'est une histoire de jours maintenant.

— Cette enquête a failli me faire crever. Qu'est-ce qui peut bien vous faire croire que je vais y retourner ?

— Non, c'est l'absence de résolution de cette enquête qui a failli vous faire crever, si on a la délicatesse de mettre de côté votre mode de vie suicidaire, vu ce que je lis de votre dossier médical.

— C'est pas censé être secret ? s'offusqua Russo pour la forme.

— Justement, le secret, c'est mon domaine. Anna Bailly a intégré le programme de protection des témoins, elle est placée sous secret-défense dans une résidence surveillée où elle devrait soi-disant collaborer à la traque de son ravisseur.

— Soi-disant ? répéta le flic dont l'attention avait été piquée.

— Nous la pensons duplice. Ou encore sous influence. Elle lui a communiqué sa localisation.

Des femmes battues qui viennent chercher leur mari violent avec des croissants à la sortie de leur garde à vue aux femmes violées qui tombent amoureuses de leur agresseur en passant par celles qui s'éprennent des pires ordures en prison en leur écrivant une lettre par jour et leur promettent le mariage, Russo avait rencontré les profils les plus imprévisibles. Mais puisque pour Anna et pour les autres il avait tutoyé la mort en chassant le monstre, il n'en était que plus blessé.

Le lac frémit à sa surface alors que trois canards s'y posaient et Russo chercha dans ses poches le paquet de cigarettes qui n'y était pas.

— Qui est avec elle ?

— Le capitaine Coste.

— Alors vous n'avez besoin de personne d'autre.

— Sauf qu'il est à quatre mille kilomètres, à Saint-Pierre, bien plus proche du Groenland que de Paris, et que nous avons besoin de quelqu'un ici. C'est le moment

310

de reprendre l'affaire à son premier jour, sous le seul angle que nous avons laissé de côté, celui de Mlle Bailly.

D'abord fugueuse, puis première victime, maintenant possible complice… Russo fut projeté dans son bureau aux murs couverts de photos et d'interrogations, Anna au centre.

— Écoutez, commandant, j'ai plus de vingt flics compétents qui pourraient faire ce job sans s'essouffler au premier escalier, assura Saint-Croix, volontairement blessante. Moi, je pense que ce n'est pas une bonne idée et que vous avez gagné tous les droits à ce qu'on vous laisse tranquille. Mais c'est Coste qui vous demande. Il dit aussi qu'on n'est jamais meilleur qu'aux secondes chances.

Russo n'écoutait que d'une oreille distraite. Son cerveau de chien de chasse, habitué à flairer les failles et les indices, remontait déjà tout l'historique de l'affaire, ce jour où, ses vieilles pompes saccageant le jardin des Bailly, il avait déclaré : « Ça ne colle pas. »

— Je dois faire quoi ?

— Commencez par dire au revoir à vos collègues et, quand vous serez prêt, grimpez dans la berline grise qui vous attend. Prenez tout votre temps. Nous nous chargeons déjà de l'administratif.

— Vous n'avez jamais douté de ma réponse ?

— Le chauffeur a votre arme et votre carte de police, si ça répond à votre question.

— Je n'aurai besoin que de l'une des deux.

Remontant l'allée longée d'arbres aux branches chargées du printemps, à travers les barreaux ouvragés de la

311

grille en fer forgé qui protégeait les résidents du château de la société qui les avait anéantis, Russo aperçut le véhicule décrit par la magistrate, fit un hochement de tête à l'attention de son chauffeur, et Tom lui répondit par un salut de la main.

37

Résidence surveillée.
Saint-Pierre.
7 heures.

Il s'était confié. Il lui avait parlé de son enfance, de Léa, du drame qui l'avait fait naufrager à Saint-Pierre où il était venu changer de vie. Il avait baissé sa garde et, comme un soldat de retour d'une longue campagne, déposé une armure épaisse de six longues années. Mais elle l'avait trahi.

Elle et le monstre. Combien de fois s'étaient-ils appelés ? Quand ? Comment ? Quel était leur plan, et surtout, dans quelle mesure Coste n'y perdait-il pas la vie ?

Rester calme. Ne pas l'affronter.

Le rêve d'Anna, ou quoi que pût peupler sa nuit, fut sèchement interrompu alors que, dans le même mouvement, elle était soulevée du lit par les deux bras puis plaquée contre le mur qui trembla et laissa échapper un cadre photo du phare de Saint-Pierre sous la neige qui se brisa en éclats de verre sur le plancher.

Coste ne s'aperçut même pas que les pieds d'Anna ne touchaient pas le sol. Il était si proche d'elle qu'il aurait pu l'embrasser ou, dans le cas présent, lui dévorer le visage.

— Je peux tout t'expliquer, Victor, dit-elle, les yeux bordés de larmes. Je t'en supplie, laisse-moi te parler.

Elle n'avait pas eu besoin d'une seconde de plus pour comprendre pourquoi son gardien s'était subitement transformé en l'homme furieux qui lui faisait face. Coste desserra son étreinte et elle s'effondra à ses pieds.

*
* *

Recroquevillée sur le canapé du salon, entourée d'un vieux pull trop grand, la tête baissée et contrite, Anna le laissait reprendre son calme, tout du moins, le laissait redescendre vers un état nerveux qui lui permette simplement de ne pas s'en prendre une au premier mot prononcé.

Il tira jusqu'à elle le fauteuil dont les pieds raclèrent le bois du parquet, s'y assit et plongea son visage entre ses deux mains. Il respira profondément et Victor, blessé, laissa la place à Coste lorsqu'il releva la tête.

— Depuis quand ?

— Depuis quand je l'aime ? demanda-t-elle en essuyant d'un revers de manche enfantin ses yeux rougis.

— Non. Ça, on y reviendra plus tard. Depuis quand il sait où tu te trouves ?

— Saint-Croix m'a dit que j'allais être transférée à Saint-Pierre, et dans ma chambre d'hôtel à Paris j'avais le téléphone.

— Depuis le début ? se désola Coste. Depuis le début vous aviez pensé à une manière de rester en contact si vous étiez séparés ?

— Tu ne cherches pas à me comprendre. Tu me détestes trop pour me laisser une chance.

Coste balança sur l'un des coussins du canapé son carnet, un stylo coincé au milieu des pages.

— Note le numéro.

— Je l'ai juste appelé deux fois, dit-elle en écrivant d'une main tremblante.

— Une fois à l'hôtel pour lui dire où tu allais, d'accord, mais comment tu as fait la seconde fois ? Tu n'as pas de portable.

En même temps qu'il la questionnait, Coste envoya par texto le numéro à Saint-Croix pour que, dans les minutes suivantes, ce dernier soit localisé et placé sur écoute.

— Un portable ? Tout le monde en a un. J'ai volé celui d'une cliente dans le magasin où tu m'as envoyée acheter des vêtements, avec Thaïs. Mais elle a fermé sa ligne l'heure d'après. C'était avant que je comprenne qui tu étais, ce que tu faisais pour moi. C'était avant que tu m'avoues ce que tu as fait pour Mercredi.

— Je t'interdis de prononcer son prénom, s'emporta Coste.

— Pourtant, c'est grâce à elle. Pourquoi t'aurais-je fait confiance avant ? Je pensais que tu étais comme ces gamins qui se cachaient derrière un groupe pour m'humilier, comme ces psys qui se cachaient derrière leurs études et leurs certitudes pour décider que j'étais une menteuse sans avoir à s'expliquer ni rendre compte, comme Saint-Croix qui se cache derrière la traque d'Andréas pour me refaire plonger dans l'enclos. Et quand Laguerra est venue te voir après l'agression de Mercredi, j'ai cru que comme tous les autres, tu ne ferais rien, que tu te cacherais derrière ta hiérarchie, derrière les règles, le protocole. C'est pour ça que, le lendemain, j'ai volé un téléphone dans la boutique de fringues et que je l'ai appelé. Parce que le seul à avoir été honnête dans toute ma vie, c'est lui, et je l'ai aimé pour ça.

Coste encaissa, comme un boxeur résigné à ne pas rendre les coups dans un match truqué.

— Et puis tu es rentré, un soir, les poings couverts du sang de celui qui avait agressé Mercredi, et j'ai su que je m'étais trompée sur toi et que je serais incapable d'aller jusqu'au bout. Mais ça ne change rien pour nous, je ne t'ai pas menti, enfin pas sur ce qui est le plus important. Ces dix dernières années ont bien existé, mon enlèvement a bien existé, et l'enclos aussi, il a bien existé. Je suis juste tombée amoureuse. Parce qu'il me regardait différemment, parce qu'il me plaçait au-dessus des autres filles, parce qu'il m'épargnait et que je me sentais importante. Même s'il me gardait dans le sous-sol la plupart du temps…

— Comment te croire ?

— Tu ne peux pas. Tu ne peux plus, je le sais. Mais sois honnête, tu aurais été capable d'entendre cette histoire d'amour sans que je te dégoûte ? Même moi, aujourd'hui, j'ai du mal à la comprendre, à me comprendre. Le jour où je lui ai dit que je voulais vivre avec lui, hors de l'enclos, il m'a juste répondu : « Fais attention. Tu n'es pas si importante que ça. Je pourrais en préférer une autre. » J'aurais dû être terrorisée, à la place, j'ai été vexée et je n'ai rien voulu d'autre que lui être encore plus soumise, pour le satisfaire, pour qu'il m'aime aussi. La plupart des femmes battues restent chez elles, non ? Et elles n'ont de cage que l'emprise de leur bour-reau. Il n'y a même pas besoin de barreaux pour retenir quelqu'un.

Coste pensa à ces vieux prisonniers qui se suicident à la veille de leur libération, terrorisés à l'idée d'affronter l'extérieur, un monde qu'ils ne connaissent plus, ou qui demandent même à rester en cellule. La cellule d'Anna l'avait protégée des autres, l'avait éloignée de cette chambre d'adolescente salie par son propre père. On avait sorti la jeune fille de son enclos, on l'avait sauvée de son ravisseur, et, ne connaissant que cela, elle avait voulu y retourner, le retrouver.

— Mais je te le jure, depuis que je suis ici, depuis que je sais qu'il existe autre chose, depuis toi, j'ai espéré qu'il ne m'aime pas assez pour venir jusqu'à nous. Je ne l'ai jamais recontacté. J'ai prié pour qu'il m'oublie.

— Pour te retrouver, s'emporta Coste, il a emprunté l'identité d'un jeune homme à Paris. Pour se cacher ici, il s'est rapproché d'une jeune femme. Et les deux sont morts. Parce que tu l'as appelé.

L'information fit son chemin. L'homme de Paris, elle n'en avait jamais entendu parler. Et une jeune femme, assassinée à Saint-Pierre, il n'y en avait pas grand nombre.

— Tu parles de la noyée ? Tu m'avais dit qu'il s'agis-sait d'un meurtre passionnel, un ex instable et violent.

— Je t'ai dit ce que je voulais que tu entendes. J'ai dû choisir ce que je pouvais te révéler.

Un instant, elle resta paralysée par les conséquences de ses actes. Quand elle releva le visage, son regard était sombre, presque mauvais, comme si subitement elle n'avait pour elle-même plus que du dégoût.

317

— Moi aussi, je suis un monstre, je vous l'ai dit aux premiers jours, souffla-t-elle.

S'il avait été témoin extérieur, spectateur éloigné, Coste aurait probablement réussi à expliquer comment Anna avait transformé sa captivité en histoire d'amour, une histoire vraie ou créée par nécessité, par simple instinct de survie, mais il était au milieu de ce chaos qui lui martelait le cerveau, et rien n'avait de sens.

— Il sait où se trouve la safe house ?

— Je la lui ai décrite. L'endroit sur la falaise. Elle est assez isolée pour être discrète, mais trop isolée pour qu'il se trompe. Oui… Je crois qu'il sait où je suis.

Coste s'imagina épié depuis plusieurs jours, humilié d'être le jouet de leur manège.

— Et moi, dans cette histoire ? Tu sais que je t'aurais protégée, tu sais que je me serais mis entre toi et lui. Tu espérais qu'il me tue ?

Une larme coula le long de la joue d'Anna et, la pensant sincère, Coste la haït encore plus.

— Nous sommes à vingt-cinq kilomètres de Terre-Neuve, tu me l'as dit plusieurs fois. À seulement vingt-cinq kilomètres d'une île si grande que l'on aurait pu y disparaître et recommencer une nouvelle vie. Mais je ne la veux plus, cette nouvelle vie, je veux rester là, avec toi.

— Arrête ! lui ordonna-t-il. Je t'interdis de jouer à ça. Il n'y a qu'une manière pour moi de te croire encore un peu. Donne-moi son nom.

— Andréas, répondit-elle sans hésiter.

— Son identité complète.

— Je ne suis pas si importante que ça, je te l'ai dit. Je ne la connais pas. Tu crois que nous étions un couple normal ? Il y avait lui, ses désirs, ses pulsions, et moi, dans l'enclos. Je sortais tous les jours, mais je n'étais pas pour autant libre, ni pour autant sa confidente.

— La deuxième maison, où est-elle ?

— Je n'ai pas l'adresse précise.

— Alors décris-la-moi, décris-moi ce qui était autour. Donne-moi quelque chose pour que je ne t'envoie pas dans une autre cellule pour les prochaines années.

— L'enfermement ? Tu penses que c'est ça qui pourrait me faire peur ?

Elle reprit alors le calepin de Coste et y griffonna quelques mots. Un train régulier, une enseigne lumineuse, une sonnerie d'école… Puis elle leva son visage et fixa son gardien.

— Je ne fais pas ça pour éviter la prison. Je fais ça pour nous, parce que nous voulons la même chose. Tu le sais ?

38

Avec un cadenas posé sur sa porte, son père avait cloîtré sa fille. Dans une cellule à barreaux, le prédateur avait emprisonné sa proie. D'un double tour de clé, Coste avait enfermé sa « protégée » dans sa chambre.

« Après son père et le monstre, vous serez le troisième homme de sa vie », avait dit Melchior.

Et son troisième geôlier.

*
* *

De l'autre côté de l'océan Atlantique, dans une forêt des Ardennes deux heures avant minuit, trois puissants spots lumineux aux trépieds enfoncés dans la terre meuble éclairaient une large zone de fouille, à quelques mètres des rives d'un des huit étangs d'Argonne. Repoussés à la lisière, les animaux dérangés par l'intrusion nocturne s'étaient réfugiés derrière la haie de chênes, le miroir de leurs rétines brillant comme un diamant dans la nuit.

Des voitures de police au gyrophare tournant en silence nimbaient la scène de rouge et de bleu alors que des silhouettes en combinaison blanche faisaient des allers-retours entre leur matériel d'investigation, entreposé à l'arrière de leur fourgon d'intervention, et un trou dans le sol profond de plus d'un mètre, attirant l'attention de tous. Plus loin, un maître-chien félicitait son limier, des croquettes dans une main, son jouet préféré dans l'autre, fier de ses compétences, puisqu'il lui avait fallu moins de deux heures pour marquer et aboyer sa découverte.

Au fond du trou, une bâche plastique entourait une forme humaine.

Saint-Croix appela Saint-Pierre et actionna la caméra de son portable pour passer en vidéo. Derrière elle, Coste ne vit d'abord que les points lumineux des spots et des gyrophares dans la nuit, alors que sur l'île, le soleil n'avait pas encore entamé son coucher.

— Patient et méticuleux, c'est ainsi que l'analyse Melchior, débuta Saint-Croix. C'est aussi pour cela qu'il nous échappe depuis dix ans. Il prend le temps de chercher des maisons isolées, à environ vingt minutes de voiture les unes des autres, et des zones d'enfouissement à l'abri des regards. Dans la première maison, il a enterré les trois corps au même endroit, dans le jardin. Alors si la jeune Salomé Hacker a été retrouvée dans la forêt d'Argonne, c'est probablement là aussi qu'il voulait enterrer la suivante, Garance Perthuis. Malheureusement pour lui, nous sommes arrivés entre-temps et nous l'avons retrouvée morte dans son sous-sol, avec Anna.

— Et comme il n'a utilisé cette forêt qu'une seule fois, vous y êtes retournée, déduisit Coste.

— Exact. Avec plus d'effectifs, plus de chiens et sur une zone plus large.

Puis elle tourna le portable vers le trou creusé au fond duquel la bâche bleue, désormais ouverte, luisait sous la lumière des projecteurs. Le corps, sur le ventre, ne permettait aucune identification précise. Seuls ses vêtements racontaient une partie de son calvaire. Un tee-shirt largement déchiré au col, une bottine à un pied, une simple chaussette blanche salie de terre à l'autre.

— Sacha ? La jeune fille aux origamis ? demanda le flic.

— Si on suit l'ordre, en toute logique, oui. Sacha Imhof, « Victime 7 ». L'ADN nous le confirmera.

La présidente désactiva la caméra, mais il fallut quelques secondes à Coste pour encaisser l'image de cette vie fauchée, avant de reprendre le fil des hypothèses.

— Il a un rythme et il s'y tient, se ressaisit-il. Restent à retrouver trois victimes, une dernière maison et un nouveau site de fouille.

Saint-Croix fit demi-tour et grimpa dans sa berline dont elle ferma la portière.

— Vous pouvez rayer la maison de votre liste. Nous l'avons aussi. Alix est sur place avec une équipe pour une perquisition poussée et une large enquête de voisinage.

— Bien joué, vous avez fait vite.

— Vous risquez d'avoir du mal à l'entendre, mais nous n'aurions rien trouvé sans l'aide d'Anna.

Sur le canapé, le regard de Coste tomba sur le vieux pull bleu distendu dans lequel elle s'était emmitouflée le matin même.

— Après Louis et Joseph, qui se sont avérés être les propriétaires, nous avions aussi un troisième prénom, rappela Saint-Croix.

— Milos, confirma le capitaine.

— Exact. Ajoutez maintenant les précisions qu'Anna vous a données ce matin. Nous avons donc cherché une maison, de préférence isolée, à moins de vingt minutes en voiture des deux premières, à proximité d'une gare ou d'une voie ferrée, puisqu'elle entendait un train régulier, avec à portée de vue une enseigne lumineuse et à portée d'oreille une sonnerie d'école.

— J'ignorais que la police avait un logiciel qui recoupait les informations parcellaires, s'étonna Coste.

— Nous, non, mais les agences immobilières oui, et avec la cartographie photographique des rues sur le net et dix flics vissés à leurs écrans, en moins de cinq heures, Alix était sur le perron. C'est à Bois-Colombes, en région parisienne, rue Heynen, une maison enfouie dans les arbres, à quelques mètres de la ligne J du Transilien, de l'école privée Saint-François-d'Assise et de l'école élémentaire Paul-Bert, et pour l'enseigne lumineuse, c'est celle d'un garage. Le nouveau propriétaire de la maison est là depuis un an, mais l'ancien s'appelait bien Milos. Milos Calestro.

— On sait ce qu'il est devenu ?

— Pas de femme, pas d'enfants, évidemment, sinon notre prédateur ne l'aurait pas choisi. L'endroit était à l'abandon et tombait en ruine. Il a été revendu par la municipalité. J'imagine que M. Calestro ne doit pas être loin du corps des trois autres jeunes filles.

— L'enquête de voisinage a donné quelque chose ?

— Si on regarde les dates d'enlèvement des victimes 1 à 3 et des victimes 7 à 9, les victimes 4 à 6 remontent obligatoirement à une période qui se situe entre trois et six ans, alors pas impossible que quelqu'un se souvienne de quelque chose. J'attends qu'Alix me contacte.

L'habitacle de la berline de Saint-Croix s'éclaira soudain sous la lumière blanche de la torche d'un flic qui toqua deux fois à la vitre. Elle actionna le bouton pour la baisser et, sans rien dire, le flic dirigea le faisceau sur sa main refermée en poing qu'il ouvrit alors. Au creux de sa paume, trois moineaux de papier au ventre rond gisaient, écornés, délavés, mais encore identifiables.

— Trouvés dans la poche arrière de son jean, précisa-t-il. Protégés par le tissu et la bâche.

Saint-Croix approcha l'objectif de son appareil, déclencha le flash puis, d'un hochement de tête, remercia le policier et lui indiqua de les placer sous scellés.

— Vous avez reçu la photo, Victor ? C'est bien Sacha Imhof, la petite aux origamis. Et maintenant que nous avons la deuxième maison, ce n'est pas le moment de relâcher la pression, il nous faut le site d'enfouissement qui va avec. Mais vu la retranscription de votre entretien de ce matin, Anna devrait collaborer sans difficulté.

— Vous sous-entendez quoi ?

— Ne me faites pas dire l'évidence, je vous en prie. Vous êtes aveugle à ce point ?

— Il faut croire, répondit Coste sincèrement.

— La petite est en train de tomber amoureuse de vous, idiot. Remarquez, ce sujet n'a jamais été votre fort.

Le silence qui suivit ce constat s'étira sur de longues secondes et le portable de la présidente vibra.

— J'ai Alix en double appel. Patientez, je vous reprends.

Bois-Colombes.
Rue Heynen.

Alix gardait encore dans la bouche le goût du mauvais café qui lui avait été servi, et dans le nez l'odeur de tabac brun qu'elle avait respiré tout au long de la conversation avec le vieil homme du rez-de-chaussée, dont la retraite lui permettait depuis des années de jouer les James Stewart et de faire de ses journées un remake de *Fenêtre sur cour*. Elle téléphona à Saint-Croix et s'adressa à elle avec un débit de parole accéléré, tant elle voulait arriver à la conclusion de sa rencontre.

— Il est sûr de lui ?

— Catégorique. C'était son voisin le plus proche, même s'ils sont séparés d'une bonne vingtaine de mètres. Il a tenté plusieurs fois de nouer le contact, mais Milos Calestro l'a toujours envoyé paître, selon ses propres termes. C'est pour ça qu'il a été surpris en voyant un homme entrer et sortir de sa maison, et même une fois accompagné d'une jeune fille au visage étrange. Inoubliable, a-t-il précisé.

— Ce n'est pas de ça que je vous parle.

— Je sais. Le ventre de la jeune fille. Oui, il en est sûr. La nouvelle va clairement dégrader les relations entre la petite et Coste.

— Si elles peuvent se dégrader davantage. J'ai l'impression de ne plus rien contrôler du tout. Ça va nous sauter au visage et je suis sur un autre continent, sans rien pouvoir y faire. Et il n'a jamais voulu de cette mission.

— Personne n'aurait pu prévoir cette situation, tempéra Alix.

— Coste est mon meilleur élément. Paradoxalement, c'est aussi le plus fragile, et il a fallu que ça tombe sur lui, se fustigea la magistrate. Poursuivez et tenez-moi au courant.

*
* *

Saint-Pierre.
Résidence surveillée.

À travers les vitres de la maison perchée sur la falaise, les brumes grimaient de mystère tout ce qu'elles enveloppaient. Au loin, le faisceau du phare peinait à les traverser et ne restait qu'un œil menaçant, brillant par intermittence, surveillant chacun des archipéliens. Un trois-mâts courageux rentrait au port et ses voiles prises dans l'épais brouillard lui donnaient un air de vaisseau fantôme autour duquel semblaient flotter les âmes des pêcheurs d'antan et des matelots de huit piges qui les accompagnaient des mois en mer.

Et au milieu de cette poisse, seul dans son salon, un flic s'était aussi perdu.

— Coste ? Vous êtes toujours là ? demanda Saint-Croix en reprenant la conversation mise en suspens.

Il récupéra son téléphone posé sur la table dont il coupa le haut-parleur.

— Alix a trouvé un témoin, poursuivit-elle.

— Intéressant ?

À la façon d'une annonce décès, la présidente savait qu'il ne servait à rien de se perdre en circonlocutions inutiles.

— Il a vu plusieurs fois un jeune homme faire des va-et-vient dans la maison de Milos Calestro. Il était accompagné.

— Anna ?

— Nous le pensons.

— Il en est sûr ?

— Il ne l'a vue qu'une fois, mais oui. Une jeune fille au visage étrange. « Inoubliable », répéta la magistrate.

— Je ne l'aurais pas décrite différemment, concéda le flic.

— Et enceinte jusqu'aux yeux…

Comme dans un violent accident, une seconde avant qu'une voiture à pleine vitesse ne se désintègre contre un mur, Coste vit défiler devant ses yeux les milliers de pages de procès-verbaux de toute l'enquête sur le prédateur.

— C'est impossible, assura-t-il. L'examen médical n'a démontré aucune trace d'accouchement.

— Je vous laisse réfléchir encore un peu, ou vous y êtes ?

Coste s'extirpa de son accident, du métal plié et du verre brisé partout dans son cerveau mais les idées un peu plus claires.

— Un faux ventre ? Un piège à victimes ?

— Comme Monique Olivier a utilisé sa grossesse pour Michel Fourniret. Une manière de faire baisser la garde aux jeunes filles, pour qu'elles acceptent de s'approcher, peut-être même de monter dans leur voiture.

— Alors ils chassent à deux ?

— Rien ne nous permet d'être catégoriques. Je ne sais pas combien de fois cela s'est répété, mais c'est une éventualité. Quoi qu'il en soit, concernant Anna, nous en sommes au même point. N'importe quel avocat invoquera un acte forcé, une emprise. Et si cela suffit à un tribunal pour douter de sa complicité, alors nous devons douter nous aussi. N'essayons pas de réfléchir avec nos propres schémas. Je vous rappelle qu'elle n'avait que quatorze ans quand sa vie d'enfant abusée est devenue une vie de captivité dans un sous-sol. Certaines personnes semblent attirer le mal.

— Captivité toute relative, fit remarquer le flic. Je vais reprendre les entretiens. Si elle l'a aidé, même une seule fois, peut-être sait-elle où sont les trois derniers corps. Ça me fera patienter jusqu'à la nuit.

— Vous ne voulez toujours pas de renforts ? s'inquiéta Saint-Croix. Le portable que vous a fourni Anna est coupé depuis la veille de la mort de la jeune handicapée et il a borné pour la dernière fois dans ce même quartier. Nous ignorons tout à fait où il est et nous ne vous serons d'aucun soutien. Même « Andréas », le nom qu'Anna vous a avoué, ne résonne nulle part dans la totalité de l'enquête, et pourtant Russo en a relu chaque ligne.

— Ravi qu'il ait accepté de nous rejoindre.

— J'ai un avis plus mitigé. Pour vous dire la vérité, depuis que Russo et Tom ont pris une voiture de service, je ne sais pas où ils se trouvent, ni ce qu'ils font. Je n'aime pas les électrons libres.

— Je dois le prendre pour moi ?

— Je ne fais pas dans le sous-texte, si j'ai quelque chose à vous dire, vous l'entendrez assez fort. Vous avez l'habitude, et j'ai l'habitude de vous. Mais lui, je ne le connais pas.

— On lui demande de réfléchir sous un autre angle, de poser des questions là où on n'en a jamais posé, ce n'est pas maintenant qu'il faut lui coller une laisse.

— Si vous le dites, concéda la présidente sans conviction. En attendant, ce Soba et ce Casteran m'ont l'air d'être de confiance, non ? Collez-les en surveillance autour de la résidence. Victor… Pour me rassurer.

Coste imagina son flic tordu et son grand tatoué, planqués dans la brume.

— Au mieux, ils se feront détroncher et feront fuir notre prédateur, au pire, je les mettrais en danger. Je ne veux rien entre lui et moi. Si ça ne risquait pas d'éveiller ses soupçons, je laisserais même la porte de la résidence ouverte.

Sous les yeux de la magistrate et dans la forêt d'Argonne, dans un silence religieux, le corps de Sacha était déposé sur un brancard pendant que les techniciens de l'identité judiciaire nettoyaient leurs bottes, et jetaient charlottes et blouses dans un sac-poubelle siglé « RISQUE BIOLOGIQUE ». Leur nuit était loin d'être finie puisque, selon toute logique, le corps du propriétaire de la maison devait se trouver sur le même site d'enfouissement mais sur une zone différente, et changer de combinaison leur éviterait de polluer la nouvelle scène de crime qu'ils espéraient découvrir. Après avoir été félicités, les chiens de la canine furent sollicités une nouvelle fois et partirent à l'intérieur même de la forêt.

— Comment êtes-vous sûr qu'il va agir bientôt ? poursuivit la magistrate.

— Toute l'île est au courant de la découverte du corps de Clémence Banon dans les eaux du port. Entre le bateau à treuil et la foule qui s'est amassée autour, je pars du principe que lui aussi est au courant, et il ne s'attendait certainement pas à ce que la gendarmerie soit aussi efficace. Il a dû en déduire qu'après l'autopsie nous retrouverions des traces de Rivotril ainsi que la trachée écrasée, et que nous saurions qu'il est ici. Pour notre homme, le tout n'était pas de récupérer Anna, mais aussi de savoir où la garder, le temps de trouver comment quitter Saint-Pierre. Il avait besoin de l'appartement de cette jeune femme, il ne l'a plus. Tout son plan s'effondre et il va agir précipitamment. Alors ce sera ce soir ou demain.

— C'est téméraire.

— Il n'a pas le choix. Et il est porté par quelque chose d'assez puissant pour tout oser. Je ne crois pas qu'il vienne jusqu'à elle pour la faire taire, mais pour la retrouver.

Certains s'empoisonnent par dépit amoureux, d'autres gravissent des montagnes, d'autres construisent des palais, Andréas, lui, tuait maintenant par amour. Et sa sécurité passait en dernier.

— Vous affronter en tête à tête est déjà une mauvaise idée en temps normal, mais comme ça, sans arme, c'est se jeter dans la gueule du loup.

— Mais qui vous dit qu'il n'a pas trouvé une arme ? À Saint-Pierre, une personne sur cinq chasse, ne serait-ce qu'occasionnellement, alors on peut trouver un fusil dans une maison sur trois. Et puisque le groupe d'intervention a découvert un revolver Manurhin lors de la perquisition de la maison où Anna était emprisonnée, partons du principe qu'il sait s'en servir. À ce sujet, on connaît son parcours ?

— Oui. L'arme a été dérobée à un brigadier, récita de mémoire la présidente, lors des émeutes de 2005 en banlieue parisienne, puis des ogives portant les mêmes marques de rayures ont été retrouvées sur un braquage de bijouterie. C'est un flingue baladeur qui passe de main en main et qu'il a dû acheter pour quelques centaines d'euros. Rien qui nous permette de remonter jusqu'à une identité précise.

Coste tourna le regard vers l'armoire sécurisée qui contenait son fusil à pompe. Voilà six années qu'il patientait là, depuis que le flic l'y avait enfermé au premier jour de son arrivée dans la résidence surveillée.

— Lorsque les brumes tombent, les Saint-Pierrais qui n'en supportent pas le poids préfèrent s'exiler au Canada, en France métropolitaine ou sur d'autres îles. Et comme il n'y a plus d'éclairage public dès la sortie du centre-ville, il lui suffira d'attendre la nuit pour repérer les maisons qui restent éteintes et donc vides, d'en visiter quelques-unes et de peut-être trouver ce qu'il cherche.

— Je n'aime pas ça, Victor, s'inquiéta Saint-Croix.

— Et moi, je n'attends plus que ça.

39

Dans le hall de l'aéroport de Saint-Pierre, Andréas avait croisé son portrait-robot dont aucun trait ne lui ressemblait et il avait eu du mal à réfréner un sourire. Ce visage dessiné et collé sur tous les murs, si différent de lui, n'était rien d'autre qu'une déclaration d'amour. Anna résistait. Pour lui. Elle mentait. Pour lui. Elle l'attendait.

À leur seconde et dernière conversation, elle lui avait tout dit. Pour la maison, isolée. Pour le flic, ce type fatigué qui ne poserait aucun problème, et pour le portrait-robot, qu'elle avait volontairement détourné. Et il avait été fier d'elle, plus que jamais.

L'appartement de Clémence aurait dû être son lieu de repli, le temps de retrouver Anna, de se débarrasser du flic, de voler un bateau et le marin qui allait avec, puisque Andréas n'avait aucune idée de comment ne serait-ce que le démarrer. Et pour les vingt-cinq petits kilomètres qui les séparaient des espaces vierges de Terre-Neuve, il ne s'inquiéta pas davantage. Il avait su garder neuf jeunes filles dans une cage sur une décennie, il pourrait se débrouiller trente minutes avec un marin. Seulement

Clémence avait compris, rien du tout à vrai dire, juste compris qu'un truc ne tournait pas rond dans l'histoire de ce prince charmant qui avait pris l'avion pour venir la voir. Elle avait compris et la voilà maintenant, remontant à la surface des eaux du port, la peau et une partie du visage dévorés par l'océan.

Ils avaient fait vite. Bien plus vite qu'il ne l'aurait cru. Ils feraient une autopsie, c'est certain, ils trouveraient le Rivotril, ils comprendraient. Il lui fallait agir rapidement, accélérer son plan, ajouter un peu d'imprévu sans pour autant improviser. Et il savait parfaitement où aller. Laissant derrière lui la foule hypnotisée, bruissante des premières interrogations et des premiers émois qui deviendraient vite certitudes et ragots, Andréas quitta le centre-ville, casquette baissée jusqu'aux lunettes de soleil. Sur le trajet, sans avoir rien croisé d'autre que deux voitures et quelques chevaux en liberté autour des marais, il trouva un endroit à l'abri des regards, ouvrit son petit sac de voyage, passa un second tee-shirt sur son tee-shirt et un second pull par-dessus son pull puis recouvrit le tout de son épais manteau avant de jeter le reste de ses affaires et son bagage dans la première benne à ordures. Il devait se déplacer léger et parer à une éventuelle nuit à la belle étoile si son plan, de plus en plus fragile, venait à lui échapper. Il s'enfonça ensuite dans le reste de l'île, sauvage et inhabité, excepté les quelques maisons le long des côtes. Un endroit qu'il arpentait discrètement depuis son arrivée, sur les indications d'Anna.

Deux jours plus tôt, lors de l'une de ses balades nocturnes, il avait retrouvé sans difficulté la falaise, la maison, le vieux Land Rover. Il avait même aperçu le « flic fatigué » à travers la fenêtre, et c'est ce chemin menant vers eux qu'il emprunta, ce chemin qui scinde le sud de l'île en deux et que les Saint-Pierrais appellent la route du Milieu.

Pourtant, bien avant la résidence surveillée, il s'arrêta un instant à proximité d'un groupe de quatre maisons colorées, dont deux possédaient exactement ce qu'il recherchait : un chenil vide. Et la seule raison d'avoir un chenil ici, c'était d'être chasseur et d'avoir besoin de chiens de chasse. Mais, par-dessus tout, la présence de ces cages grillagées, comme on en voyait des centaines sur l'île, signifiait la possibilité de l'existence d'une arme, quelque part à l'intérieur.

Andréas se dissimula dans la forêt boréale dont l'orée longeait la route, et dut même s'y asseoir tant il dépassait les premiers arbres. Il patienta ainsi, animal tapi, jusqu'à la tombée de la nuit, pour constater lesquelles des quatre maisons resteraient éteintes.

De nombreuses heures plus tard, grelottant de froid, il jeta une pierre dans la vitre du garage d'une maison rouge au toit orange.

Le verre crissa sous ses pieds et, dans le noir complet, la flamme de son briquet lui permit de trouver une lampe torche sur sa station de recharge. Les occupants partis en week-end ou en vacances avaient eu beau couper le compteur, la lampe avait eu le temps de remplir ses batteries et c'est avec le manche de cette même torche qu'il fit sauter le petit verrou de l'armoire du salon, dans laquelle il trouva un fusil semi-automatique Verney-Carron spécial gros gibier et la boîte de munitions 12/76 à moitié pleine qui allait avec.

Andréas ouvrit ensuite les placards de la cuisine, décapita quelques boîtes de conserves de fruits au sirop, plongeant ses doigts dans la mélasse sucrée, avant de s'enrouler dans une couette, allongé dans le canapé qu'il avait préalablement tourné dans la direction de la porte d'entrée afin de ne jamais la quitter des yeux.

Au loin, la brume avait installé son campement à quelques kilomètres de l'archipel et patientait.

Il avait désormais une arme, il savait où étaient Anna et le flic qui la gardait prisonnière, mais il y avait encore une étape entre eux, et c'est pendant qu'il cogitait sur cette étape que le sommeil le rencontra.

*
* *

Au matin, sans se lever du canapé, Andréas eut beau regarder par les trois fenêtres du salon, il ne vit rien qu'une masse nuageuse grise et impénétrable. Il se demanda s'il dormait encore et s'il s'agissait d'un rêve. Un rêve étrange où le monde extérieur aurait disparu, comme si chaque chose et chaque humain s'étaient désintégrés, évaporés pour ne former plus qu'un grand tout, un grand rien impalpable. Mais il était là, bien réel, son dos encore douloureux d'une nuit inconfortable, et, lorsqu'il baissa la main vers le sol, le bois de la crosse de son fusil sous ses doigts fut lui aussi bien réel.

Son calibre 12 en bandoulière, il quitta la maison fraîchement cambriolée, et, d'un pas assuré, chemina jusqu'à la fin de la route du Milieu, tourna plein ouest vers la route du cap aux Basques, sans crainte aucune d'être remarqué. La brume, complice, ressemblait à une rivière de nuages au ralenti, et il se félicita d'avoir effectué les reconnaissances nécessaires quelques jours plus tôt.

Invisibles en temps normal, les millions de toiles d'araignées tissées entre les brins d'herbe, d'une fleur à l'autre, d'une branche d'arbre à la suivante, se révélaient au fur et à mesure que l'humidité de la brume s'y déposait en minuscules gouttelettes, comme des broderies de perles recouvrant la quasi-totalité des terres non habitées de l'île. Chacune représentait un piège mortel alors qu'Andréas s'apprêtait à tendre le sien, et, devant ce spectacle qui témoignait de la cruauté ordinaire de la nature, il se sentit faire partie d'une grande famille, celle des prédateurs.

Il arrêta ses pas devant cette demeure qu'il avait déjà épiée et dont le jardin surplombait une plage de galets que l'on rejoignait par un chemin de planches de bois irrégulières. Au bout du chemin, un vieux bateau accroché à un tout-terrain semblait se reposer d'un orage.

Il franchit la petite grille ouverte et se retrouva en deux pas devant le perron à la porte duquel il sonna. Il cacha son fusil sur le côté, crosse sur l'herbe et canon reposant contre la façade en bois peint, la porte s'ouvrit et il afficha son sourire le plus cordial.

— C'est à vous ce bateau ?

40

Armand Bisset avait écouté le flash info de la radio locale SPM Première. Cette petite, il la connaissait sans la connaître, une gamine plutôt très jolie qu'il avait croisée dans les couloirs, lors de l'un de ses nombreux séjours à l'hôpital. Ils avaient même échangé quelques mots, de quoi se redonner le moral, elle prisonnière de son fauteuil et lui relié à sa bouteille à oxygène.

Chez lui, Bisset ne supportait pas le silence, encore moins lorsqu'il était souligné par le bruit pourtant discret du mécanisme de sa vieille pendule en bois, haute comme un homme. « Le tic-tac régulier des vieilles horloges dans les maisons vides est un exhausteur de solitude », disait-il à Coste. L'une de ses phrases toutes faites qu'il aimait à répéter, autant qu'il aimait les citations. Et lorsque l'on venait à s'en lasser, il avait pour cette circonstance une autre phrase toute faite : « Toutes les choses ont été dites, mieux que je ne le saurais, alors pourquoi paraphraser ? », si bien que l'on pouvait honnêtement se demander si le vieux criminologue aimait lire pour ce que les livres contenaient d'évasion, ou simplement pour y chiper de quoi alimenter ses conversations. Et face à sa bibliothèque débordante, où les livres n'avaient même plus de quoi respirer tant ils y étaient serrés, avec Chandler, Barjavel et Proust pour compagnie, Bisset trouvait encore le moyen de glisser une citation, de Daniel Pennac cette fois-ci : « J'ai une solitude fabuleusement peuplée. »

Afin d'éviter le silence, donc, il changea de fréquence sans attendre, pour passer du bulletin d'informations locales à l'émission de radio qu'il ne ratait jamais, surtout pour sa poésie, se justifiait-il. Il fallait bien être îlien pour comparer la météo marine à de la poésie et alors que le poste grésillait, passant d'une station à l'autre, il retrouva cette voix familière qui annonça l'arrivée de la brume. La mélodie du temps était apaisante, même si l'on n'en comprenait pas tout le sens :

« Zone archipel, vents d'ouest de quinze nœuds tournant en vents de suroît. Mer peu agitée devenant agitée demain midi sur Saint-Pierre-et-Miquelon, Langlade, île aux Marins, île Verte et passe à Henry. Zone côte sud-ouest, visibilité réduite dans la pluie et le brouillard sur Terre-Neuve comme à Grand-Bruit, Lamaline, Bear Island et Point May. Zone côte sud, vents de noroît de vingt nœuds, mer peu agitée devenant agitée sur la baie de Plaisance de Terre-Neuve péninsule d'Avalon comme à Cap Pine, Mary's Harbor et Saint Brides. Zone Banquereau, vents et mers identiques, visibilité réduite dans la brume et les embruns… »

… Lorsqu'on toqua à la porte.

Il s'y rendit et le jeune homme à son seuil lui sembla parfaitement sympathique.

— C'est à vous ce bateau ? demanda-t-il.

— À celui qui veut l'utiliser. Nous sommes en froid depuis que l'océan m'est interdit, répondit Bisset en montrant sa bouteille d'oxygène sur son petit chariot métallique. Mais vous ne vous êtes pas présenté. Vous êtes un petit qui ?

— Un petit de personne. Je ne suis pas de l'île.

— Un Maillou, alors ? Si c'est une balade en mer que vous voulez, il faudra vous rapprocher du port, je ne vais malheureusement pas vous être d'une grande aide.

— Rassurez-vous, je suis exactement là où je dois être, affirma l'inconnu. Une maison, isolée, à un kilomètre de celle de votre ami policier. J'imagine que votre petite-fille est au lycée ?

Ces deux informations privées qu'aucun étranger ne pouvait connaître ôtèrent le masque du visiteur et Bisset comprit à l'instant qui se trouvait en face de lui. S'il avait eu trente ans de moins et une arme, il aurait utilisé cette jeunesse pour sauter vers elle, mais il était vieux et désarmé, pas même capable de respirer sans assistance.

Andréas mit un pied entre la porte et son embrasure en même temps que son sourire s'effaça, puis, sur le côté, il récupéra son fusil et le passa en bandoulière.

— Je vais rentrer cinq minutes, si cela vous convient, dit-il poliment en repoussant Bisset vers l'intérieur.

*
* *

Nonchalamment, Mercredi balança son sac de cours qui glissa sur le parquet et buta contre le pied de l'horloge. Elle ouvrit le frigo et attrapa une grande bouteille

339

de soda dont elle vida un bon tiers. Les bulles lui remontèrent jusqu'au nez qu'elle fronça comme une gamine contrariée, puis elle se retourna pour attraper un verre qu'elle comptait remplir à ras bord avant de filer dans sa chambre.

— Tu dois être Esther, lui dit alors Andréas quand elle lui fit face, son fusil à gros gibier entre les mains.

Le verre s'éparpilla en cent éclats à ses pieds.

— Pardon, je t'ai fait peur ? Tu préfères peut-être que je t'appelle Mercredi ?

L'adolescente, terrorisée, chercha du regard l'absent dans la pièce.

— Où est mon grand-père ? finit-elle par réussir à demander, sa voix se brisant au milieu de sa question.

— Rassure-toi, il est ligoté dans sa chambre et toujours en vie, répondit le monstre aimablement.

— Vous lui voulez quoi ? trembla-t-elle.

Andréas éclata alors d'un rire franc et Mercredi en fut encore plus glacée.

— Je me contrefous du vieux, confessa-t-il. C'est toi que je suis venu voir. Tu es mon plan « B », jeune fille. Tu ne me connais pas, mais nous avons une amie en commun. Anna t'a peut-être déjà parlé de moi ?

Une larme coula le long de la joue de l'adolescente alors qu'elle serrait les poings. « On est en sursis et personne ne viendra nous défendre », lui avait assuré Anna quelques jours plus tôt. Elle fit un pas de côté, s'approchant des couteaux de cuisine plantés dans leur support en bois, décidée à ne plus jamais céder.

— Tu n'auras pas le temps, s'amusa Andréas. Mais vas-y. Tente ta chance.

D'un geste vif, elle se projeta en avant et sa main s'enroula autour du manche du plus imposant des couteaux, au moment même où celle du monstre s'abattait sur son visage en une claque puissante qui l'envoya chuter au sol.

— Gentille petite conne... Je n'avais pas prévu de te faire du mal, mais si tu insistes, je peux faire un effort.

41

Un peu avant la tombée de la nuit, Coste ouvrit en grand la porte de la chambre d'Anna et resta de côté, sans un mot. Sa protégée comprit l'intention, se leva et le suivit, le visage baissé, les bras croisés sur son ventre. Dans le couloir, elle avança à petits pas, comme si ses chevilles étaient reliées par une chaîne de prisonnier.

Ils étaient désormais assis face à face dans le salon, elle sur le canapé, lui dans son fauteuil, et l'ambiance était aussi lourde que du plomb.

Il est impossible de mettre le feu à un livre fermé. Sans oxygène, les flammes étouffent et s'éteignent. Mais il suffit d'ouvrir un peu ses pages et la combustion est immédiate. Il en allait de même avec le flic. Sa colère s'opposant à ses doutes et son devoir de protection s'opposant à la trahison possible le laissaient dans une contradiction oppressante qui l'empêchait pour l'instant de s'embraser.

Anna lut la déposition qu'il lui tendit et, arrivée aux dernières lignes du témoignage de l'homme qui assurait l'avoir vue il y a des années de cela, elle sembla abattue, comme consciente que rien ne pourrait plus la sauver.

Mais elle puisa une dernière fois dans ce qui lui restait de courage pour se défendre encore.

— Tu veux que je te dise quoi? Que je l'ai supplié de m'emmener avec lui? Allons enlever des gamines! Mets un coussin sous mon manteau, elles croiront que je suis enceinte, elles ne se méfieront pas. Ça te rassurerait d'entendre ça, ça rentrerait dans tes cases, dans ta conception des choses? Si elle tombe amoureuse d'un monstre, alors elle ne vaut pas mieux que lui. Si on l'a vue avec lui, alors elle est sa complice! Tout blanc ou tout noir, c'est tellement plus simple. Tu n'as jamais été dans la zone grise? Jamais? En toute une vie de flic? Tu n'es jamais tombé amoureux de la mauvaise personne? À moins que ce soit toi, la mauvaise personne. C'est ce que doit se dire Léa. Tu dis l'aimer et tu l'as abandonnée. C'est plus cohérent que mon histoire? Tu sais ce que c'est d'aimer, toi? De vouloir protéger une personne alors que tu sais pertinemment qu'elle est malade, dangereuse. Et tu l'as protégée, ton équipe? Tu as perdu un de tes flics et tu n'es même pas allé à son enterrement. Et tu voudrais…

La gifle qui partit surprit même celui qui la donna. Anna mit la main sur sa joue encore endolorie et Coste se mordit les lèvres, retenant des excuses qu'il refusait d'offrir.

— C'est tout? demanda-t-elle. Tu peux faire mieux, tu peux frapper plus fort. Ne te retiens pas surtout, si ça te fait du bien.

Sa voix était claire et agressive, comme si rien ne pouvait l'atteindre ou la faire souffrir, mais les larmes qui se mirent à couler ne montraient qu'une femme blessée que l'on refusait de croire.

Coste ouvrit un dossier dont il sortit deux grandes photos qu'il déposa sur la table basse. Un quartier, des maisons, des voies ferrées, vus de haut.

— Tu reconnais ?

— Je crois. C'est la deuxième maison ? demanda-t-elle en posant le doigt exactement sur la demeure entourée d'arbres.

— C'est ici que tu as été vue, enceinte.

— Pas enceinte, rectifia-t-elle, comme si l'idée l'écœurait.

— Il commençait à te faire confiance puisque tu participais. À Paris, ils veulent connaître le site d'enfouissement qui nous manque. Claire, Maud, Samia, où sont-elles enterrées ?

Son regard se fit implorant…

— Je n'ai pas pu te le dire avant, j'aurais dû tout te raconter et expliquer comment je le savais. Mais tu n'étais pas prêt à l'entendre. Tu ne l'es toujours pas.

— Tu n'es pas le sujet, trancha le flic. Où sont-elles enterrées ?

Anna se pencha à nouveau sur les photos et chercha en vain.

— Il y avait un chantier, pas loin. Il n'y est plus. C'était le long des voies ferrées. Je ne suis pas sûre qu'elles y soient toutes les trois, mais une au moins, c'est certain. Je le sais, parce que cette nuit-là j'ai tenu la lampe torche pendant qu'il creusait. Tu peux l'ajouter dans ton rapport. C'est bon, non ? C'est ce que tu voulais entendre ? Ça te rassure ? Ça enlève tes doutes ? Je suis aussi cinglée que lui, tu peux nous mettre dans la même case, celle des amants diaboliques.

Hermétique, Coste rangea les prises de vue aériennes dans le dossier. Une violente migraine sabotait ses pensées. À l'extérieur de la résidence surveillée, la brume empêchait de voir à deux mètres. À l'intérieur, toutes les informations contradictoires empêchaient de comprendre Anna. Visuellement ou intellectuellement, Coste était aveuglé.

— Je peux essayer de te raconter maintenant, si tu es prêt à écouter.

Par son silence, il accepta.

— Il a ouvert l'enclos, dit-elle alors doucement. J'étais seule depuis longtemps, c'était bien après la mort de Claire. Il m'a dit qu'il voulait éprouver ma loyauté, savoir si j'étais de son côté. Et moi, je voulais lui plaire. Il m'a donné un oreiller, je l'ai mis sous mon manteau. Nous avons roulé plusieurs nuits, sans que rien se passe. Il freinait parfois à côté d'une jeune fille et se ravisait. Mais un soir il a croisé le chemin de Maud. Il l'a dépassée et s'est garé à cent mètres d'elle. Quand elle est arrivée à notre niveau, il a ouvert la porte de la fourgonnette, il a dit que j'étais enceinte, que je n'allais pas bien. Elle s'est approchée, elle s'est inquiétée de mon état, elle a proposé d'appeler les secours, et elle s'est effondrée, devant moi. Il l'avait frappée assez fort pour qu'elle perde connaissance, il l'a chargée à l'arrière en me demandant de la surveiller. Mais sur le trajet, elle a repris conscience. Elle m'a regardée, terrifiée, et je n'ai rien dit. J'aimais Andréas, mais je n'étais pas capable d'aller jusqu'au bout. Il ne roulait pas vite, je pensais qu'elle allait ouvrir la portière, sauter en marche, je lui ai même fait signe, signe de partir. Je ne sais pas pourquoi elle lui a sauté dessus. Elle lui a griffé le visage, elle m'a crié de l'aider, Andréas a perdu le contrôle et il a fait une embardée qui a envoyé la fourgonnette contre un mur. Avec le choc, j'ai percuté de plein fouet la portière et je me suis cassé le poignet et la cheville. Andréas a sauté à l'arrière de la voiture et il l'a cognée jusqu'à ce qu'elle ne bouge plus. Devant moi. Ses poings en sang. J'ignorais encore que j'étais blessée, la douleur n'était pas encore arrivée.

Elle se pencha vers Coste, tendit doucement son bras vers lui comme elle l'avait fait avec le molosse enragé du Refuge et posa sa main sur la sienne.

— J'ai essayé de la sauver. Tu dois me croire. Peut-être que je n'ai jamais aimé Andréas, peut-être que je ne faisais que me protéger. Si j'arrête de me persuader de ça, alors je vais devenir folle, tu me comprends ?

Troublé, le flic retira sa main. Blessée et impuissante à être entendue, Anna en souffrit encore plus que de la gifle.

— J'aurais préféré qu'il me tue. Tu m'aurais découverte dans une bâche en plastique recouverte de terre, tu m'aurais regrettée, tu aurais culpabilisé comme tous les autres flics de ne pas m'avoir retrouvée à temps. Tu m'aurais aimée, autant que les autres victimes.

Coste partait en morceaux comme du papier sous la pluie. Sa raison, son discernement et sa lucidité se désagrégeaient et tombaient au sol, emportés par l'eau jusqu'au caniveau.

— Je voudrais mourir, Victor, juste pour que tu souffres autant que moi quand tu comprendras enfin. Parce que tu trouveras Andréas. Tu le feras parler, bien sûr, tu le vaux mille fois, il n'aura aucune chance. Et il te racontera tout. Tu sauras alors que tu t'es trompé mais il sera trop tard. Je sais que tu doutes de moi, mais imagine, si je disais la vérité ? Imagine ce que tu me fais subir. Imagine comme j'ai mal de ne pas t'avoir avec moi.

Le faux portrait-robot. Les deux appels téléphoniques passés au prédateur. Le faux ventre. Coste était incapable de les sortir de sa tête et, dans sa balance de peseur d'âmes, leur poids était trop lourd. Lorsqu'il leva les yeux vers Anna, elle n'y lut que du dégoût.

— T'es un salaud, Coste. Tu m'avais juré. Tu m'avais juré que tu ne me regarderais jamais comme ça.

42

Résidence surveillée.
Saint-Pierre.
À la nuit tombante.

« Tout son plan s'effondre et il va agir précipitamment. Alors ce sera ce soir ou demain. »

Coste ouvrit son ordinateur et afficha à l'écran ce que filmaient les seize caméras de surveillance qui couvraient les abords de la maison. Du gris et des formes sombres, rien de plus. Les alarmes extérieures à détection infrarouge et volumétrique toujours opérationnelles, il s'assit à la grande table en bois flotté sur laquelle reposaient ses armes, démontées. Il nettoya et huila les pièces de chacune et les remonta avec facilité et rapidité, gardant dans ses mains les réflexes d'avant.

Muette à l'autre bout de la table, Anna le regardait faire, inquiète.

Mais inquiète pour qui ?

Coste inséra quinze cartouches dans le chargeur de son Sig Sauer qu'il glissa dans son holster. Il approcha le fusil à pompe Winchester Defender dans lequel il enfourna quatre cartouches, chargea l'une d'elles dans le canon pour libérer une place qui lui permit d'en chambrer une cinquième dans le tube d'alimentation. Enfin, il se leva et, de l'un des longs tiroirs qui se trouvaient à la base de sa bibliothèque, sortit deux gilets pare-balles. Il ôta son pull et passa l'un d'eux sur son tee-shirt, puis il attrapa l'autre et revint vers Anna.

— Lève-toi.

Il détacha les bandes Velcro de chaque côté, lui passa le gilet par le col et referma les bandes en serrant au maximum autour de sa taille. Ces gestes les avaient rapprochés, leurs regards n'avaient pu éviter de se croiser et Coste aperçut un certain soulagement dans celui d'Anna.

— Je reste ton protecteur, non ?

Une heure plus tard, Anna n'avait pas bougé de sa chaise et le flic, assis dans son fauteuil, gardait les sens en éveil, le fusil sur les genoux comme la vieille Rachel Cooper attend le Chasseur, les yeux fermés. Sans les ouvrir, il s'adressa à la jeune femme.

— Tu penses qu'il vient te chercher, mais s'il venait juste te faire taire ?

Elle ne trouva rien à répondre.

Coste fouilla sa poche dont il sortit un paquet de cigarettes neuf qu'il s'apprêtait à ouvrir quand, provenant de l'ordinateur, un bip régulier aigu retentit et un voyant rouge clignota à l'écran. L'une des alarmes à détecteur avait été déclenchée, mais une fois face aux seize cases de l'écran retransmettant les images des seize caméras, il ne vit que du blanc laiteux et parasite. Le détecteur numéro quatre s'affola un instant et révéla une présence sur la zone arrière de la maison. Silence. Le détecteur six clignota à son tour, sur la zone qui couvrait le côté de la maison. Puis, à la suite, le neuvième s'activa et informa Coste qu'un intrus se trouvait là, juste face à lui, à une dizaine de mètres, devant la grande fenêtre du salon. D'un clic de souris, il passa en caméra thermique, mais l'air humide agit comme un écran, un miroir d'eau que le rayonnement infrarouge fut incapable de traverser et qui rebondit entre les gouttelettes jusqu'à s'épuiser et disparaître. Alors, calmement, le gardien de la résidence se posta à la fenêtre, à découvert, face à un mur de brumes considérées comme les plus denses du monde.

La lune n'était qu'une tache diffuse dans le ciel opacifié. Coste ne discernait rien, mais, de l'extérieur, Andréas le voyait clairement, sa cible révélée par les lumières intérieures de la maison. Il était seulement à quelques pas du flic, invisible, comme on présenterait un suspect à une victime derrière une glace sans tain. Il porta alors son fusil à son épaule et visa la tête.

Instinctivement, Anna s'était levée et renfoncée dans un coin du salon, le cœur en suspens, le souffle court. Aux aguets, Coste restait attentif au moindre mouvement lorsqu'un éclair jaune illumina la nuit et qu'une déflagration assourdissante retentit. Les plombs, en essaim groupé, frappèrent la fenêtre dont le verre s'effrita sur la moitié de son épaisseur, comme on donne un coup de piolet à la surface d'un lac gelé sans le traverser entièrement. L'impact était là, juste au niveau des yeux du flic. En un bond, il fut devant la porte qu'il franchit et qui se referma automatiquement derrière lui, en un autre, il se retrouva dehors et arrosa sans discernement.

Le premier tir, à gauche, fit un large trou dans le feuillage touffu d'un sapin, le deuxième tir, en face, explosa le tronc d'un autre dont l'écorce s'envola en poussière de bois et le troisième, à droite, se perdit au loin. Révélé par la flamme crachée de la bouche du canon, Coste sauta sur le sol mouillé couvert d'épines alors qu'Andréas ripostait d'un nouveau tir qui fit éclater le pare-brise du Land Rover.

Coste entendit un bruit crissant, puis, sans résonance, un bruit mat de pas sur un revêtement uni et solide. Tout se ferait à l'oreille à partir de maintenant et à son avantage, il connaissait bien mieux le terrain que celui qui était venu l'affronter. Il se releva, tira deux fois dans cette direction, jeta au sol son fusil désormais vide, saisit son pistolet à son holster et fonça. Le crissement était celui des graviers de son allée et le bruit mat, celui de la route du cap aux Basques qui passait devant la résidence et descendait vers la route du Milieu, longée par l'océan. Ainsi, le monstre, par chance ou parce qu'il connaissait l'endroit, partait à l'opposé de la falaise, évitant une voie sans issue, si ce n'est celle de sauter dans l'eau glacée.

L'allée, la route, Coste les traversa à grandes enjambées, puis, au loin, le bruit significatif des galets qui s'entrechoquent l'informèrent qu'Andréas courait vers les criques. Après les graviers et le bitume, Coste reconnut sous ses pas d'abord l'herbe qui ceignait la plage, puis les galets et le son d'une course effrénée sur un terrain gorgé d'humidité qu'il identifia comme de la tourbière avant à son tour de s'y enfoncer jusqu'aux chevilles à chaque foulée. Si celui qui était venu pour le tuer poursuivait en ligne droite, il entrerait dans l'une des nombreuses forêts boréales de la côte et ce n'était bon ni pour lui ni pour le flic.

Andréas n'avait pas prévu les vitres blindées et, alors qu'un seul coup de feu aurait dû régler l'affaire de son ennemi, il se retrouvait maintenant à courir à en perdre haleine dans un environnement inconnu. Il trébucha contre une racine, s'étala de tout son long, se releva alors qu'une salve de trois tirs tonnait sans le toucher. Il se dissimula derrière un large tronc, cassa le canon de son fusil, éjecta les deux cartouches et en inséra deux nouvelles puis, sans attendre, se retourna et actionna deux fois la détente, libérant deux détonations et deux éclairs, avant de se remettre à fuir, droit devant, une main tendue, priant pour ne pas percuter un rocher ou un arbre, prédateur devenu proie.

À plus de dix mètres de lui, Coste porta la main à son épaule. Les plombs avaient ricoché au loin sur un des grands rochers qui affleuraient çà et là entre les sapins et une dizaine d'entre eux s'étaient fichés dans sa chair alors que son corps saturé d'adrénaline annulait toute souffrance. À la poursuite du monstre, il s'enfonça toujours plus loin dans la forêt qui bordait la route, laissant derrière lui les lumières de plus en plus faibles de la résidence surveillée.

Se dirigeant à l'ouïe uniquement, plongé dans une mélasse nuageuse, il lui sembla entendre le bruit sec d'un branchage cassé et il tira au même moment qu'Andréas. Les deux déflagrations en simultané leur firent comprendre qu'ils étaient maintenant à moins de cinq mètres l'un de l'autre. Enfermés entre la falaise et l'océan, les deux hommes s'immobilisèrent au cœur de la forêt. Le premier d'entre eux à bouger gagnerait une balle, l'autre gagnerait Anna.

Commença alors un duel de silence, armes tendues, respirations contrôlées. La brume chargée d'humidité s'infiltra dans les vêtements, traversa les couches de tissu et les trempa rapidement jusqu'à la peau. Il faisait sept degrés à peine. Le froid glaça leurs corps, et Coste, vêtu d'un simple pull, se mit à trembler. En vingt minutes, il passa en hypothermie légère, et vingt minutes plus tard, en hypothermie sévère, mais il serra les mâchoires, et sa rage fit croire à son cerveau qu'il tenait le coup. Il suffisait d'attendre, juste encore un peu, d'être plus fort que son adversaire, de le laisser craquer en premier.

Coste focalisa sur sa seule et unique mission, abattre le monstre, mais alors qu'ils étaient statiques depuis bientôt une heure, les tremblements devinrent incontrôlables, et il s'engourdit presque entièrement, ne ressentant plus rien, ce qui n'était pas bon signe, bien au contraire. Il atteignait ses limites et, comme pris dans le rouleau d'une vague, il perdit les notions de haut et de bas, de gauche et de droite, dans un univers paralysé par le brouillard cotonneux.

À moins de crever gelé, il devait agir. Il devait faire du bruit, révéler sa position pour qu'Andréas tire et révèle la sienne. Une chance sur deux d'y rester, il le savait, mais il était glacé jusqu'aux os, sa température chutait dangereusement et il ne tiendrait pas plus longtemps avant de perdre connaissance. Alors qu'il était prêt à tout risquer, deux yeux jaunes apparurent au loin et se rapprochèrent, accompagnés du ronronnement puissant d'un moteur. Un imposant camion-citerne revenait du centre-ville de Saint-Pierre après y avoir alimenté les stations essence de nuit, et Coste constata qu'ils étaient plus proches de la route qu'il ne le croyait. Le vrombissement se fit de plus en plus fort et, arrivé à leur niveau, recouvrit tous les bruits environnants pendant quelques secondes.

Andréas sut qu'il ne gagnerait pas ce soir, et le flic fatigué dont Anna lui avait parlé n'avait rien d'un retraité inoffensif. Le monstre profita du vacarme pour bondir de sa cache et fuir.

Même si Coste crut percevoir un mouvement, quelque part, il fut incapable d'en identifier l'origine ou la direction prise alors que le camion-citerne s'éloignait. Transi de froid, il se laissa glisser le long du tronc et, saisi de spasmes violents comme des coups, s'assit sur le sol humide, à deux cents mètres de la résidence surveillée. Il ne se battait plus contre un autre, mais contre lui-même. Rester là, ou trouver la force de se lever alors que l'engourdissement général devenait de plus en plus dangereusement agréable.

*
* *

Anna l'attrapa par les épaules et tira de toutes ses forces pour le traîner à l'intérieur. Elle avait entendu un choc sourd contre la porte et avait trouvé Coste, écroulé, presque inanimé.

Sous la douche tiède, brûlante sur la peau du flic, elle lui ôta son pull et son tee-shirt, et au bout de quelques

354

minutes Coste fut enfin capable de desserrer sa mâchoire et d'articuler une phrase qui trembla autant que lui.

— Dé... désolé. Je... je suis encore vivant.

Elle aussi sous le jet de la douche, Anna augmenta progressivement la température. De l'épaule blessée, du sang coulait et se mélangeait à l'eau avant de disparaître en tourbillon rouge dans la bonde.

— Et lui ? demanda-t-elle.

— Je... je l'ai raté... je... je crois. Heu... heureuse ?

— Stupide policier. Dans ton état, je pourrais tout de suite en terminer avec toi.

— Alors je... je vais... de... devoir te faire confiance.

Elle l'entoura de ses bras et de ses jambes, et posa sa tête en arrière contre les carreaux bleus du mur de la salle de bains, sa peau blanche ruisselante d'eau.

— Tais-toi. Je m'occupe de toi.

43

Paris.
Quartier des Halles.
10 heures.

Russo reposa l'exemplaire de *Dragon rouge* à l'endroit où il l'avait trouvé après en avoir feuilleté les pages, au cas où un message y aurait été glissé. Hannibal Lecter et ses victimes retrouvèrent leur place sur la table basse et le vieux flic s'assit sur le canapé du salon, face au locataire des lieux.

Pendant que Tom fouillait l'ordinateur, Russo, englouti par les coussins généreux, contacta Saint-Croix.

— J'aimerais que vos rapports soient au moins quotidiens, l'accueillit-elle sans autre formule de politesse. Deux jours que je n'ai aucune nouvelle. Je n'aime pas assister au spectacle depuis les strapontins. Et vous transmettrez cette soufflante à Tom, ça vaut aussi pour lui.

— Notre homme s'appelle Andréas Sorrento, lui révéla alors Russo, comme si les remontrances ne le concernaient pas.

Dix années que cette information faisait tourner en rond une cinquantaine de policiers, lui compris, et il venait de la déterrer en reprenant tout à zéro. La possible découverte de l'identité du prédateur eut pour effet de calmer les nerfs de la magistrate dont l'électron libre Russo n'était pas le seul souci.

— Désolée commandant, je suis un peu en pelote, là. Je n'arrive pas à joindre Coste. Je sais qu'il n'est que 6 heures du matin à Saint-Pierre et qu'il m'aurait contactée au moindre souci, mais ça ne change rien, le monstre rôde sur l'île et je m'inquiète.

— Et j'ai interdit à Tom de vous contacter tant que nous ne serions pas totalement sûrs de notre avancée. Ni moi ni Coste ne vous facilitons la vie à ce que j'entends, mais je vais faire en sorte de vous tenir au courant plus régulièrement.

— Andréas Sorrento, répéta la magistrate plus calmement, et comment en êtes-vous sûrs ?

— Je ne l'étais pas encore il y a quelques minutes, mais Tom a fait du bon boulot.

Le locataire de l'appartement se trouvait au centre des événements, silencieux et droit dans un fauteuil de velours vert au large dossier, une odeur putride autour de lui, encore prégnante malgré toutes les fenêtres ouvertes sur la rue et l'effervescence de la ville un samedi matin.

— Comme vous me l'aviez demandé, j'ai repris l'enquête en me focalisant uniquement sur Anna. Elle avait trois galaxies. Le collège. Sa famille. Et l'hôpital psychiatrique Sainte-Anne, où elle a fait trois séjours. Deux pour des tentatives de suicide et un après son dépôt de plainte pour agression sexuelle au collège. Et comme on recherche un type visiblement dérangé, j'ai laissé de côté le collège pour focaliser sur l'hôpital.

— Un patient qu'elle aurait rencontré sur place ? Un psychiatre qui profiterait d'elle ? pensa Saint-Croix tout haut.

— C'est aussi ce que j'ai imaginé. J'ai comparé ses dates de présence avec des irrégularités ou des dysfonctionnements. Pour les patients, des séjours annulés ou prolongés. Pour le personnel hospitalier, des modifications d'emploi du temps, des absences répétées, des retards… J'ai fait la même chose en changeant de grille et en prenant comme filtre les dates d'enlèvement des neuf victimes ou la date de découverte d'Anna.

— Alors ? Patient ou psy ?

— Infirmier, corrigea Russo. Andréas Sorrento a été un employé modèle pendant treize ans. Mais après les trois internements d'Anna, on note quelques absences et une série de retards qui lui valent une lettre de mise en garde, puis il redevient aussi régulier qu'un métronome. Je pense qu'il s'est laissé emporter au début et qu'il a réussi à mieux se contrôler par la suite.

— Ce ne sont que des retards, et des Andréas, j'en compte trois mille deux cent dix en France.

— C'est pour cette raison que je voulais être sûr de moi, avant de créer de faux espoirs. Les faux espoirs, ça a ruiné ma santé.

— Oui, si on met de côté votre…

— Je sais, je sais, j'ai pas la meilleure hygiène de vie, c'est la deuxième fois que vous le soulignez. Je poursuis, ou on parle malnutrition et alcoolisme ?

— Poursuivez. Et désolée.

— Pas besoin. Anna a été retrouvée il y a trente et un jours exactement. Deux semaines passées entre les mains de la PJ, une semaine avec le programme et dix jours à Saint-Pierre. Et depuis trente et un jours exactement, Andréas Sorrento est en abandon de poste. Absent et injoignable.

— S'il l'a rencontrée à Sainte-Anne, le problème c'est qu'Anna dit ne pas le connaître.

— C'est tout à fait possible. Il a pu la voir de loin, avoir accès à son dossier, ou avoir surveillé un groupe de parole. Le GHU Paris Psychiatrie et Neurosciences emploie des milliers de personnes, il a pu la choisir sans même qu'elle le remarque.

— Donc, vous retrouvez Anna il y a trente et un jours et notre homme a disparu depuis tout autant de temps. C'est le seul lien ?

— Non. Comme il nous échappe depuis dix ans, j'ai pensé à la possibilité d'un ou d'une complice et j'ai cherché d'autres irrégularités, sans rien trouver parmi les employés. Mais, parmi les patients, j'ai eu plus de chance. Un certain Thibaut Dalmas, c'est un adepte du Cercle, le nom qu'ils donnent aux groupes de parole. Il s'y rend une fois par semaine depuis quatre ans sans en rater une. Mais il sèche depuis quatre séances.

— Environ trente et un jours, donc.

— Il participait au groupe « Isolement, enfermement, introversion et solitude », sous-titré « Incapacité aux inter-actions sociales », et Andréas Sorrento en a surveillé la quasi-totalité des réunions.

— Il faut absolument retrouver ce patient, s'empressa la présidente.

— Je suis devant. Je vous envoie une photo, ce sera plus simple.

Dans le salon, Thibaut Dalmas, la tête entièrement entourée de scotch, reposait dans son fauteuil, les bras sur ses cuisses. Le flash de l'appareil fit briller le ruban adhésif.

— S'il était son complice, il s'en est débarrassé, constata Saint-Croix. Mais pourquoi une mise en scène ?

— C'est la deuxième. Il avait déjà inscrit « sale pédé » sur le miroir de l'appartement de la victime dont il a utilisé l'identité pour arriver jusqu'à Coste et pour envoyer les collègues vers un crime homophobe. Pour Dalmas, je vous passe Tom.

Russo tendit son téléphone à son nouvel adjoint qui détacha son attention de l'écran d'ordinateur.

— Madame. Désolé de ne pas vous avoir appelée avant.

— Pas de soucis, Russo m'a expliqué. Et vu les résultats, j'imagine qu'on ferait mieux de s'adapter à sa méthode plutôt que de lui imposer la nôtre.

— Oui, on ferait mieux, confirma Tom, qui en quarante-huit heures était passé de l'agacement à l'admiration. Ici, tout a été imaginé pour fourvoyer la police, poursuivit-il. Dans l'historique de Thibaut Dalmas, on trouve des recherches sur les différentes méthodes de suicide avec des questions comme : « Comment en finir ? », « Comment en finir sans emmerder personne ? » ou « Comment en finir proprement ? », ce qui correspond à son profil hautement introverti et isolé, le genre d'individu qui ne veut pas déranger, jusque dans sa mort. J'ai aussi trouvé une page consultée, c'est un article du journal *Libération* sur un Italien de soixante-six ans qui s'est autoétouffé en s'entourant quinze fois la tête de ruban adhésif. Je vous envoie le lien. Même le scotch a été acheté dans le quartier, avec la carte bleue de la victime. Donc ça, plus ça, plus ça, les collègues auraient traité l'affaire en suicide si on n'avait pas débarqué ici avant eux. D'un autre côté, vu l'odeur, c'était une question de jours. Ils n'auraient pas non plus ressuscité tous les éléments effacés de son ordinateur, et ils n'auraient eu aucune raison de le faire, mais c'est pourtant là que j'ai trouvé le plus intéressant.

Il ouvrit une fenêtre et fit la capture d'écran d'un des profils du site Handylove qu'il envoya dans l'instant sur la messagerie sécurisée de son interlocutrice.

— Clémence Banon ? s'étonna Saint-Croix.

— Ouais. Avant de filer, notre homme a tout supprimé, le site de rencontres, leurs discussions, mais j'ai tout récupéré. Pauvre petite. Elle y a cru.

— Nous avions déjà neuf victimes kidnappées et assassinées, et maintenant trois victimes de plus, juste pour retrouver Anna. C'est l'histoire d'amour la plus sordide de ma carrière. Je vous envoie la légiste et l'identité judiciaire, vous restez sur place ?

Tom tourna le regard vers Russo qui calmement observait la victime scotchée, œuvre moderne macabre. Les lèvres du flic bougeaient imperceptiblement, comme un prêtre donnerait l'extrême-onction, s'adressant à Dieu en silence. Il lui parlait peut-être, lui qui il y a peu de temps avait posé un lapin à la Faucheuse, mais Tom n'aurait pu le jurer.

— Bien sûr, madame, on ne bouge pas, mais… Il y a autre chose. La légiste vous l'expliquera mieux que moi sûrement…

— Je vous écoute.

— Russo a trouvé des marques, des contusions sur le dos des deux mains, comme si on les lui avait tenues fermement pendant qu'il étouffait.

— Probablement pour qu'il ne se débatte pas ? proposa Saint-Croix.

— Il aurait aussi immobilisé ses jambes dans ce cas-là, non ?

— Pas faux. Alors vous proposez quoi ?

— Je sais que ça ne colle pas trop avec le personnage, mais… s'il l'avait accompagné ?

— Accompagné ? répéta la magistrate, larguée par l'hypothèse de sa nouvelle recrue. Vous parlez de commisération ?

— Si ça veut dire compassion, pourquoi pas ? Il a pu lui tenir les mains pour le rassurer.

— Je ne manquerai pas de le préciser à la famille, je suis certaine que ça leur fera plaisir, dit-elle en raccrochant.

44

Coste se réveilla en sursaut et son cerveau peina à remettre tous les événements de la veille en place, comme aux prises avec un puzzle dont toutes les pièces seraient blanches. Par réflexe, il fouilla sous le matelas pour y chercher son arme, en vain. Ce n'est qu'à ce moment qu'il aperçut Anna, assise en face de lui sur la longue banquette en bois accolée au mur sous la fenêtre de la chambre. À son côté, le Sig Sauer du policier reposait, la main de la jeune femme posée dessus.

Il se redressa sur ses avant-bras et la douleur dans son épaule envoya une décharge électrique au reste de son corps. Il inspecta le bandage correctement fait, régulier et bien serré, et tout lui revint en mémoire.

— Huit petits plombs, dit-elle. Visibles et à fleur de chair, retirés à la pince à épiler. Je n'ai pas eu besoin de trop te charcuter.

— J'ai eu de la chance, grimaça-t-il. Je crois que ce ne sont que des ricochets. Tu as désinfecté ?

— J'ai désinfecté. Et rien ne t'a réveillé. Tu étais plus proche du K-O que du sommeil. Et je suis encore là, comme tu peux le voir.

Torse nu, Coste chercha autour de lui de quoi se vêtir et elle lui lança un sweat noir où le mot POLICE floqué au dos s'était dégradé au fil des lavages.

— Merci.

— Pour le sweat ?

— On va dire ça, oui.

— Pardon… Tu voulais dire merci pour t'avoir réchauffé, soigné et veillé alors qu'hier encore tu étais prêt à me jeter en prison ?

— C'est un peu tôt pour me faire culpabiliser, non ? capitula Coste.

Anna se contenta de sourire et, avant de quitter la pièce, elle lui proposa un café qu'elle avait déjà fait couler et dont l'odeur rassurante avait plané jusqu'à eux.

*
* *

« Quand une opération de police ressemble à un western, c'est le moment de poser les colts et de repenser son plan. »

C'est ainsi que Saint-Croix réagit après que Coste lui eut fait le compte rendu de la nuit passée.

— Et maintenant ? demanda-t-elle.

— J'ai raté mon duel. Ma seule chance. Sa seule chance à lui, surtout. Il a vu que la résidence était imprenable et que j'étais prêt à tout pour défendre Anna. Il ne recommencera pas frontalement. Il ne peut pas non plus se planquer indéfiniment à Saint-Pierre. Pour être honnête, je ne vois pas comment il compte la reprendre. On est en pleine impasse mexicaine, j'ignore où le chercher et il sait que la safe house est trop protégée pour une nouvelle attaque.

— Ne faut-il pas être trois, dans une impasse mexicaine ?

— Reste Anna.

— D'accord, c'est à cause d'elle si notre homme est là, tempéra la magistrate, mais Victor, elle vous a soigné et veillé, vous voulez quoi de plus ?

— Elle n'allait pas non plus sortir de la résidence en pleines brumes, dans la nuit et le froid, à le chercher à l'aveugle en criant son prénom. Nous sommes bien trois en scène, tant que j'ignore réellement de quel côté elle est. Flic échaudé craint la victime éplorée. Elle nous a déjà tous baladés et j'en ai marre de me promener. Des nouvelles de Russo ?

— Oui, pendant que vous mitraillez les sapins, on avance. Notre homme s'appelle Andréas Sorrento, trente-six ans. Inconnu des services de police comme auteur, ce n'est pas la même chose en qualité de victime. Melchior a fait sauter quelques verrous pour nous retracer son enfance. Son père, Marcel Sorrento, est un ancien militaire qui est rentré psychologiquement détruit de l'Algérie où il a passé sept années de 1955 à 1961. Il se marie avec une dénommée Huguette Marin en 1970, ils ont Andréas sur le tard, en 1985, mais la mère fait un déni de parentalité et quitte le domicile familial. Le père en reproche la faute au gamin, et dès 1990 commencent les premiers coups et maltraitances, dénoncés par des proches et le voisinage. Pour autant, Andréas niera toujours être battu par son père. Malgré ses dénégations, il sera placé en foyer par l'Aide sociale à l'enfance.

— C'est de leur service que Melchior a réussi à récupérer toutes ces informations ?

— Oui, et bien plus rapidement que si nous les avions demandées nous-mêmes, reconnut-elle avant de poursuivre. L'année qui suit le placement de son fils, le père se tire une balle dans la tête, vêtu de sa tenue militaire d'honneur. Andréas quitte le foyer social à ses dix-huit ans et retrouve sa mère, victime d'un Alzheimer sévère. Il décide de s'occuper d'elle jusqu'à sa mort sans qu'elle le reconnaisse jamais, ce qui correspond à la date où il plante sa seconde année de médecine. Melchior assure que cela s'accorde avec le profil. Un homme détruit par sa famille et qui en détruit d'autres. Ses victimes ne sont pas les jeunes filles, ce qu'il cherche, c'est faire souffrir les parents. Quoi qu'il en soit, deux ans après le décès de sa mère, il devient infirmier psy à l'hôpital Sainte-Anne, là où Anna a fait trois séjours.

— Alors elle le connaissait ? déduisit Coste, qui se demandait toujours de quel côté de l'échiquier il pouvait placer celle qu'il était censé protéger.

— Ou pas. S'il l'a choisie comme première victime, la fréquenter, entretenir une relation intime ou juste lui adresser la parole aurait pu diriger des témoignages contre lui. C'est justement parce qu'il la voulait, elle, qu'il devait en rester le plus éloigné.

*
* *

Au lycée Émile-Letournel de Saint-Pierre, la professeure de français répéta le prénom de l'absente.

— Esther Bisset ?

Dans la salle de classe, quelques élèves se regardèrent, s'interrogeant d'un coup de menton et répondant négativement d'un haussement d'épaules.

L'absence fut consignée et le directeur d'établissement, informé dans l'heure.

*
* *

Saint-Croix avait disposé devant elle deux photos vues du ciel, représentant le même endroit à quelques années de différence. Le quartier de Bois-Colombes dans lequel la rue Heynen serpentait avait connu quelques améliorations et divers changements.

— Il y a effectivement eu un chantier à une centaine de mètres de la seconde maison, ce qui confirme les déclarations d'Anna. Malheureusement, si les corps sont sous les fondations, il y a désormais un immeuble de quatre étages par-dessus.

— Je vois mal comment vous allez faire entrer des pelleteuses chez les gens, se désola Coste.

— Quand les propriétaires apprendront que leurs familles petit-déjeunent tous les matins en se tartinant des toasts de confiture au-dessus de trois adolescentes et d'un vieil homme assassinés, ils préféreront qu'on creuse un trou dans leur salon plutôt que d'imaginer ces dépouilles sous leurs pieds. J'ai déjà contacté la mairie et le procureur général du tribunal de grande instance local. Ça tergiverse, mais j'ai bon espoir.

*
* *

Après avoir laissé un message sur le portable de sa fille et laissé sonner le téléphone fixe de son beau-père jusqu'à l'exaspération, Mme Bisset, inquiète de l'appel reçu de l'établissement scolaire, se rendit sans attendre à la maison sur la côte. La porte d'entrée était ouverte, ce qui n'avait rien de surprenant ici, mais le bateau sur remorque n'était plus à sa place et du tout-terrain ne restaient que les traces d'enfoncement des pneus dans l'herbe, juste avant la plage.

Elle poussa la porte, entra à pas légers comme on cambriole, presque gênée de ne pas avoir été invitée, appela Esther et Armand sans recevoir de réponse, quand son pied droit écrasa les débris d'un verre cassé sur le carrelage de la cuisine dans un bruit aussi horripilant que celui des ongles grinçant sur l'ardoise d'un tableau.

Les battements de son cœur accélérés par l'angoisse, elle passa d'une chambre à l'autre, puis visita chacune des pièces restantes. Dans la salle de bains, elle découvrit de la terre sèche dans la cabine de douche et une pile de vêtements encore humides au sol. Le pull était grand et le jean ne seyait ni à Armand ni à Esther, mais ce n'est qu'en découvrant une cartouche de fusil de chasse dans la poche arrière de ce dernier qu'elle se décida à contacter la gendarmerie.

*
* *

Coste avala deux cachets codéinés pour faire disparaître la douleur à son épaule. Saint-Croix fit disparaître sa fatigue en harcelant sa machine à café.

— C'est troublant d'imaginer que cet Andréas et moi réfléchissons exactement à la même chose, pensa le policier à voix haute.

— Comment garder Anna et éliminer l'autre ? comprit la magistrate.

— Personnellement, pour la protéger, je n'ai qu'à rester barricadé, mais, pour mettre la main sur lui, je serai obligé de m'exposer. J'ai ce qu'il veut et il va devoir trouver comment me le reprendre, alors qu'il n'a plus aucune carte en main. À moins qu'il n'en reste là et qu'il disparaisse.

À travers la fenêtre de la pièce principale, l'extérieur monochrome comme une pluie de cendres fut transpercé par deux phares dont l'intensité augmenta tandis qu'ils grimpaient la côte qui menait à la résidence surveillée. Ce n'est qu'à un mètre de lui que Coste reconnut la voiture de fonction bleu gendarmerie de Laguerra et qu'il mit fin à sa conversation téléphonique.

Elle toqua fort deux fois, assez fort pour qu'Anna l'entende et rejoigne le salon au moment où son gardien ouvrait la porte.

— Salut Coste. Esther est chez toi ?

*
* *

Laguerra lui expliqua ce qu'elle ne comprenait pourtant pas totalement. L'absence de Mercredi, son portable éteint, la terre séchée au sol, les vêtements humides et la cartouche de fusil. Et pour Coste, tout faisait douloureusement sens.

« J'ai ce qu'il veut et il va devoir trouver comment me le reprendre, alors qu'il n'a plus aucune carte en main. »

Il restait pourtant à Andréas une dame de cœur, et cette seule carte pouvait lui permettre de gagner la partie.

Mais comment avait-il su que Mercredi était un talon d'Achille ? Comment, autrement qu'avec un peu d'aide ?

— Toi… siffla-t-il en se tournant vers Anna.

Il fonça vers elle, et Thaïs, pour les avoir vus tant de fois tout au long de sa carrière, reconnut dans l'instant cette colère brûlante et le déferlement de violence qui allait suivre. Anna recula d'un pas et, d'un bond, Laguerra se mit entre les deux.

— Oh ! Putain ! Il se passe quoi, là, Coste ? cria-t-elle en déboutonnant l'étui qui contenait sa bombe lacrymogène.

La gendarme plaqua une main contre le torse du flic et essaya de le freiner, mais il ne la considéra même pas, la forçant à reculer sous la pression, un pas après l'autre, jusqu'à ce qu'il soit à portée de poings.

— Tu vas la voir tous les jours ! hurla Anna avant qu'il ne l'atteigne, en larmes et terrorisée. Tu vas la voir tous les jours, répéta-t-elle. Ce n'est pas moi qui l'ai envoyé vers elle !

« Comment avait-il su ? Comment, autrement qu'avec un peu d'aide ? » Comment accepter surtout que cette aide soit venue directement du flic lui-même. Combien de fois Andréas l'avait-il épié, et combien de fois l'avait-il vu rendre visite à Mercredi ? Il s'immobilisa d'un coup, à la surprise de Laguerra qui se demandait déjà comment maîtriser la masse de haine qui la dépassait d'une tête.

Comme si on venait de lui arracher la colonne vertébrale, le flic s'affaissa sur lui-même, baissa la tête, le regard dans le vide.

— Bon, vous m'expliquez, oui ou merde ? s'énerva la gendarme.

Pâle et hagard, Coste battit en retraite et marcha au ralenti jusqu'à son fauteuil dans lequel il s'effondra, la tête dans les mains. Anna avança vers lui et repoussa Laguerra qui, prudente, tentait de la protéger encore, puis elle s'agenouilla devant son protecteur, implorante.

— Je sais que je l'ai appelé. Je sais que tout ça est de ma faute. Mais Victor, je t'en supplie, tu me détesteras plus tard. C'est pas le moment de flancher. Pense à elle d'abord, tu auras tout le temps de me punir ensuite.

Il leva enfin les yeux et sembla peser chacun des mots qu'elle venait de lui dire.

— Va me chercher mon arme, murmura-t-il alors, sans que sa voix ne trahisse plus aucun sentiment.

Et comme s'ils avaient été partenaires depuis toujours, Anna courut dans la chambre, prit le pistolet sur le banc, puis de retour dans le salon tira le long tiroir sous la bibliothèque dont elle sortit les deux gilets pare-balles et déposa le tout sur la table basse du salon, sous le regard stupéfait de Laguerra pour qui plus rien dans cette scène ne faisait sens.

— Emmenez-moi au service, lui ordonna Coste, déterminé.

QUATRIÈME PARTIE

« La tourmente et la bagarre »

Je m'adresse à vous, mon Dieu,
Car vous donnez ce qu'on ne peut obtenir que de soi.
Donnez-moi, mon Dieu, ce qu'il vous reste,
Donnez-moi ce qu'on ne vous demande jamais.
Je ne vous demande pas le repos, ni la tranquillité,
Ni celle de l'âme, ni celle du corps.
Je ne vous demande pas la richesse,
Ni le succès, ni même la santé.
Tout ça, mon Dieu, on vous le demande tellement
Que vous ne devez plus en avoir !
Donnez-moi, mon Dieu, ce qu'il vous reste,
Donnez-moi, ce que l'on vous refuse.
Je veux l'insécurité et l'inquiétude,
Je veux la tourmente et la bagarre,
Et que vous me les donniez, mon Dieu, définitivement.
Que je sois sûr de les avoir toujours
Car je n'aurai pas toujours le courage
De vous les demander.
Donnez-moi, mon Dieu, ce qu'il vous reste,
Donnez-moi ce dont les autres ne veulent pas,
Mais donnez-moi aussi le courage,
Et la force et la foi.
Car vous êtes seul à donner
Ce qu'on ne peut obtenir que de soi.

Prière du para, André Zirnheld, 1938.

45

Les sentiments sont des parasites qui détournent de la vérité. Quand les émotions bouillonnent, la raison s'efface, et la réalité devient celle que l'on choisit de façonner.

Sentiments et émotions sont le ciment des erreurs judiciaires. Mais les plus pernicieuses restent la haine et la colère. Comme une poussière dans l'œil. Comme un soleil regardé de face trop longtemps, elles aveuglent. Comme une brume poisseuse fixée sur un archipel.

Et pour sauver Mercredi, ni la haine ni la colère ne devaient prendre le dessus. Coste s'en fit la promesse, sans pour autant préjuger de ses capacités à la tenir.

Sans jamais passer la troisième vitesse, Laguerra roula à travers une ville engloutie par le brouillard, Coste à son côté, Anna à l'arrière, pare-balles enfilés sous les manteaux.

La main enroulée autour de la crosse de son arme posée sur sa cuisse, la vitre ouverte, comme le protocole l'indique lors des convois de prisonniers dangereux et susceptibles de se « faire évader » sur le trajet vers le tribunal ou la prison, Coste restait aux aguets, dans un silence pesant. Il avait demandé à Laguerra de ne s'arrêter à aucun des feux rouges, simples points lumineux dans la brume, et après avoir traversé une ville fantôme, ce n'est que face aux deux bâtiments voisins, police et gendarmerie, qu'il rangea son pistolet dans son étui.

— Je crois que j'ai été assez patiente, non ? s'agaça la gendarme qui depuis quinze minutes ruminait le flot d'interrogations qui ne cessaient de s'accumuler dans son esprit.

— Encore un instant, promit le flic.

Il sortit de la voiture, ouvrit la portière d'Anna, l'escorta d'un pas rapide vers l'entrée commune aux deux services et bifurqua à gauche, côté police.

— La brigade de recherche est à droite, fit remarquer Laguerra.

— Je sais. Mais à partir de maintenant, je prends le commandement de toute l'opération.

— La police aux frontières ? Sur une enquête de disparition de la gendarmerie ? On est d'accord que vous faites n'importe quoi, là ?

*
* *

Avant de quitter la safe house et par message texte, Coste avait demandé à Soba de réunir tous ses hommes, soit cinq gars de bonne volonté. Dans la salle de réunion dont les fenêtres ouvraient sur l'océan invisible, Laguerra, en tenue de gendarmerie parmi les uniformes de flics, se retrouva comme une convive qui se serait trompée de déguisement lors d'une soirée à thème. Anna, assise dans

376

un coin, ajoutait à la confusion d'une situation où rien ne semblait s'accorder.

— Nous manquons de temps et je ne compte ni me répéter, ni répondre à vos questions, prévint Coste en introduction. Il y a dix ans, dans la région parisienne, une jeune fille a été kidnappée. Beaucoup d'autres ont suivi sans que jamais l'on mette la main sur leur ravisseur.

— Vous parlez du « voleur d'enfants » et de ses neuf victimes ? l'interrompit Casteran qui semblait ne pas avoir compris les règles simples édictées quelques secondes plus tôt.

— Dix… entendit-on au fond de la pièce.

Tous les regards se tournèrent alors vers Anna, la nièce de Coste jusqu'à cet instant :

— Je suis la première.

— La seule à ce jour à être encore en vie pour en parler. Et je suis son gardien, pas son oncle. Ma maison est une résidence surveillée du programme de protection des témoins et, depuis six ans, mon poste ici aux Frontières est une légende. J'agis sous secret-défense, et à partir de maintenant vous aussi.

L'assistance resta passablement sonnée. Casteran garda la bouche à moitié ouverte comme un gamin devant son premier tour de magie, alors que Soba affichait un sourire satisfait, rassuré qu'il y ait toujours eu un vrai flic à l'intérieur de son chef. Enfin, Laguerra s'avança d'un demi-pas, prête à expliquer encore les principes de base de leurs services respectifs.

— Oui, vous passez aussi sous mon commandement, Laguerra, la coupa Coste. Je sais, ça fait beaucoup d'un coup, mais il va falloir faire avec.

— Faudrait peut-être en aviser ma hiérarchie, non ?

— C'est bon pour moi, confirma une nouvelle voix.

Les regards se tournèrent cette fois-ci vers la porte contre laquelle était adossé le lieutenant-colonel, arrivé sans un bruit, et Casteran, plus bringuebalé que dans un vaudeville, perdit littéralement la mâchoire.

— Le ministère de l'Intérieur a téléphoné au procureur général de Paris qui a contacté notre procureure locale qui m'a informé que… Bon, quoi qu'il en soit, Laguerra, vous êtes sous les ordres du capitaine le temps de cette enquête.

— Elle, comme le reste de vos effectifs, précisa Coste.

— Voilà, c'est ça, tout le monde, capitula le haut gradé sans aucune susceptibilité, voire avec un brin de soulagement.

Le chef des Frontières n'était pas celui qu'il prétendait être et la jeune fille qui vivait dans sa résidence surveillée n'avait aucun lien de parenté avec lui, mais pour Thaïs, et malgré ces explications, l'horizon n'était pas plus dégagé qu'à l'extérieur.

— OK, tenta-t-elle de comprendre, mais quel est le rapport avec la disparition d'Esther ?

Coste serra les poings comme s'il avait le prédateur en face de lui.

— Nous pensons qu'elle a été enlevée par le même homme. Andréas Sorrento, celui que la presse appelle « le voleur d'enfants ». Il est sur l'île, à la recherche d'Anna, et il a besoin d'une monnaie d'échange.

— Sur l'île ? répéta Soba qui en deux mouvements d'épaule avait relégué ses collègues à l'arrière. Je croyais que votre opération était secret-défense ?

Mais il y avait eu une fuite et Anna aurait voulu disparaître à ce moment, consciente de sa trahison.

— Il y a eu une infiltration de notre réseau informatique, mentit Coste. Je ne vais pas perdre mon temps à vous expliquer comment on s'est fait avoir, mais le fait est là, le prédateur est à Saint-Pierre et nous allons le traquer, le trouver et le foutre dans une cellule jusqu'à ce qu'il oublie son propre prénom.

— Alors Clémence Banon… réalisa Laguerra.

— Oui. Il est entré en contact avec elle depuis la métropole et s'est servi de son appartement comme base de repli. Malheureusement, quelque chose ne s'est pas passé comme prévu, et vous connaissez la fin.

Coste avait fait basculer l'assemblée d'une réalité à une autre et alors que chacun emmagasinait et analysait la dose massive de nouvelles informations, il en profita pour prendre la barre du navire.

— Le bateau d'Armand Bisset a disparu et vu qu'il n'a pas de traqueur, il pourrait être n'importe où. Deux options. Soit ils ont quitté Saint-Pierre pour être plus discrets, soit c'est une diversion et ils sont toujours sur l'île. Soba, vous vous collez sur le Pass Track de Marine Traffic et vous regardez tous les bateaux équipés d'un SIA[1] qui étaient en mer entre hier et aujourd'hui. Je me doute bien qu'avec la brume on aura peu de candidats, mais on ne sait jamais. Casteran, vous prenez la tête du reste des hommes et, si des pêcheurs les ont croisés, vous partez faire leurs auditions, ce sera sûrement notre meilleure piste. Voilà pour le côté police.

Coste se tourna vers le chef de la gendarmerie, qui, pleutre à son habitude, se trouvait particulièrement ravi que la chasse de l'ennemi numéro un ne soit pas de sa

---

1. SIA: système d'identification automatique.

responsabilité. Dans quelques jours, il serait relevé de son poste par son successeur, et lui laisser l'archipel en effervescence était tout ce qu'il tentait d'éviter depuis des semaines. Saint-Pierre serait probablement encore bouillonnant à son arrivée, mais cela ne serait pas de son fait et c'était tout ce qui comptait.

— Colonel, j'ai besoin que votre chienne soit emmenée à la demeure de Bisset et qu'avec un des vêtements d'Esther elle commence ses recherches.

— Reçu.

— Les portables d'Armand et d'Esther sont coupés, mais, par précaution, je veux que vous les mettiez sous surveillance. Leurs opérateurs téléphoniques sont locaux, je n'ai pas les contacts, je vous laisse faire. Sinon, en cas de disparition en mer, comment obtenez-vous une assistance aérienne ?

— Via le 103ᵉ escadron de recherche et de sauvetage de l'Aviation royale canadienne. Ils ont un hélicoptère CH-149 Cormorant.

— Parfait, contactez les Canadiens immédiatement et envoyez-leur l'immatriculation du bateau de Bisset.

— Avec la purée de nuages qui colle à Saint-Pierre ? fit remarquer Soba. Si le pilote voit son manche, ce sera déjà un exploit. La brume recouvre aussi l'île aux Marins et la partie sud de Langlade.

— Alors dites-leur de survoler les côtes de Langlade Nord, Miquelon et aussi Terre-Neuve, de Fortune à Lord's Cove. En attendant, je veux que le reste des effectifs patrouille jour et nuit dans Saint-Pierre et passe dans chaque maison, chaque entreprise, chaque cabane et chaque établissement administratif pour une enquête de voisinage et une visite domiciliaire.

— Reçu. Ce sera tout ?

— Non. Contactez SPM Première télévision. Je veux un flash d'information toutes les heures.

— Et qui dirait ? commença à s'inquiéter le lieutenant-colonel.

Coste réfléchit une dizaine de secondes et chercha les mots adaptés et le ton juste.

— « Suite à la disparition d'une jeune femme, et à la présence toujours effective sur l'île de son ravisseur, il est conseillé de rester à domicile après les heures de bureau et à la fin des cours, pour une durée de vingt-quatre heures renouvelable. » Quelque chose dans ce style. Vous me passerez le texte, que je le valide avant diffusion.

— Ça va nous foutre la panique, ça.

— On en guérit, assura Coste, imperturbable. Vous avez tous vos missions, ne perdez pas de temps. Je garde Laguerra avec moi. Soba, quand vous aurez vérifié Marine Traffic, vous nous rejoindrez à ma résidence.

La gendarme acquiesça d'un mouvement de tête et Casteran se mit sur la pointe des pieds pour chuchoter à l'oreille de Soba, au sujet de leur chef et de son radical changement :

— Tu vois, j'en étais sûr qu'il y avait un truc !

— Arrête, répondit le Kraken, c'est moi qui en étais sûr.

Alors que Coste tendait son manteau à Anna, prêt à rentrer à la safe house, Thaïs se fraya un chemin vers lui.

— Pourquoi moi ?

— Parce que j'ai besoin de quelqu'un qui a les idées claires, et je ne me fais pas confiance.

46

Dans la brasserie aux nappes à carreaux et à la décoration de bric et de broc faite d'objets éclectiques de récupération, le serveur remplit les deux verres dépareillés d'eau pétillante et posa la bouteille sur la table, puis il revint avec deux grandes assiettes de salade composée.

— C'est gentil, fit remarquer Russo.

— Je n'allais pas faire bombance devant vous, tout de même, dit Tom.

— Faire bombance ? répéta-t-il, amusé. Merci, j'aime bien voir ressuscitées de vieilles expressions françaises.

— Elles… comme vous, ont droit à une seconde chance.

Russo enfourna une fourchetée de légumes sans aucun plaisir et le système de récompense de son cerveau resta au point mort. L'enquête lui apportait bien plus de satisfaction que le piètre déjeuner qui fanait sur la table et c'est d'elle qu'il préféra se nourrir.

— Toutes les recherches ont eu pour point de départ le prédateur. Aujourd'hui, notre axe, c'est Anna. Il faut nous focaliser sur les événements fondateurs de sa vie.

Enfin, fondateurs, plutôt destructeurs. Ça donnerait quoi, d'après vous ?

— Dans l'ordre chronologique, je dirais son père et sa mère, répondit Tom en posant ses couverts sur sa serviette.

— Bien sûr, sa fracture originelle.

— La psychiatre choisie par son père, et qui ne l'a jamais crue, ou qui a rendu un service à son camarade de promo ?

— Effectivement. Le sentiment de ne pas être écoutée, même par celle dont c'est le sacerdoce. Ensuite ?

— Ce serait quand même pas mal d'aller voir les familles des victimes. Chacune d'entre elles a été interrogée sur les autres, mais personne ne leur a parlé d'Anna, puisqu'il y a encore un mois elle n'était même pas intégrée à l'enquête. Ce serait un sacré coup de chance, mais la chance fait partie de la réussite.

— Ça a plutôt bien fonctionné pour la pénicilline et la tarte Tatin. Poursuivez.

— Vous savez, quand je m'en remets à la chance, c'est que je suis généralement à court d'idées.

— Reste le gamin qu'elle a accusé d'agression sexuelle au collège, compléta le commandant.

— Je me souviens, oui. Il a même été renvoyé. Mais quel est le rapport ?

— Je veux bien qu'il y ait des victimes qui attirent la merde comme les aimants attirent le métal, mais entre son père, le prédateur et cet élève, ça fait beaucoup, trouvez pas ?

Tom, convaincu, nota chacun des nouveaux points de leur enquête parallèle alors que Russo venait de se mettre en arrêt, comme un chien de chasse devant une perdrix.

Le jeune flic regarda dans la même direction, comprit l'objet de convoitise de son partenaire à la diète et héla le garçon à travers la brasserie.

— Il est fait maison ?

— Assurément, se vexa presque le serveur.

— Alors vous nous mettrez deux parts de saint-honoré et deux cafés sucrés s'il vous plaît.

À ce moment, Russo l'aurait presque embrassé.

— Le pire ennemi des bonnes résolutions, c'est l'extrémisme, affirma Tom. Vous n'allez pas tenir deux jours avec vos salades, et on a tous besoin de vous.

Les gâteaux, comme de lourds nuages crémeux, se posèrent sur la nappe et, cette fois-ci, le système de récompense du cerveau du commandant s'agita comme une boîte de nuit en été.

47

De l'hélicoptère CH-149 Cormorant jaune et rouge siglé « RESCUE/SAUVETAGE » ne s'entendait que le bruit du rotor au loin et des pales couchant les herbes hautes des îles qu'il survolait parfois à basse altitude.

Atlas, la petite jagdterrier noire à col blanc avait filé, truffe baissée cul en l'air, de la maison d'Armand Bisset jusqu'aux rives de l'océan qu'elle s'était mise à longer de gauche à droite, la trace s'arrêtant là, ses efforts aussi.

Derrière leurs fenêtres sans spectacle, les îliens épiaient, comme un public devant un rideau gris baissé, et, pour certains, les fusils de chasse avaient quitté leurs étuis, chargés et à portée de main. Le flash info avait inquiété, et l'île était sur ses gardes, mais le sang mêlé qui coulait ici était espagnol, basque, normand, breton et irlandais, et personne n'était prêt à se laisser impressionner par un petit Parisien, tout prédateur machiavélique qu'il était.

Sur l'écran des téléviseurs, on recommandait la prudence et la présentatrice laissa la parole à son journaliste de terrain.

— Mathias Raynaud, vous êtes sur place pour nous. Comment les Saint-Pierrais ont-ils réagi aux recommandations de la gendarmerie ?

— Les consignes sont ici parfaitement respectées. Les rues sont vides, les commerces aussi, mais il faudra me croire sur parole, puisque je suis comme vous, incapable de voir à plus de deux mètres.

*
* *

À la résidence surveillée, Soba arriva avec le soleil couchant, rejoignant Thaïs Laguerra, le flic et sa protégée, pour leur faire un point décevant de la situation. L'hélico bredouille faisait retour base, Atlas était déjà rentrée au chenil, Marine Traffic avait enregistré le signal du traqueur de deux navires assez braves pour avoir affronté l'océan malgré la visibilité nulle, sans croiser rien de plus que quelques dauphins, et, enfin, pas un seul des véhicules de gendarmerie, en patrouille dans la ville, n'avait permis de faire avancer l'enquête.

Coste ne s'attendait guère à autre chose et le rapport de Soba ne mérita même pas un commentaire. Régulièrement, son regard traversait le salon et s'arrêtait sur Anna. Sans qu'un mot ait été prononcé, elle savait exactement ce à quoi il pensait. Il visualisait les scénarios, les menait jusqu'à leurs conclusions en pesant le pour et le contre, les validait ou les rejetait. Mais pour chacun d'eux, la même question se posait. Si le prédateur demandait un échange et que la situation venait à déraper, qui Coste protégerait-il vraiment ? Et vu le regard de son gardien, Anna ne paria pas sur elle-même.

Dans cette attente insupportable baignée d'une ambiance plombée de suspicion et de ressentiment, le téléphone qui sonna ressembla presque à une délivrance. Laguerra écouta, raccrocha et expliqua :

— Le portable de Mercredi vient de se réveiller. Il active les cellules sud de la presqu'île de Langlade. La gendarmerie envoie sa navette, ils sont sur place dans moins de vingt minutes.

— Il est pile au milieu de l'archipel, remarqua Soba, et sous couvert des brumes. Intelligent.

— Son intelligence, couplée aux connaissances d'Armand Bisset, fait de lui un gibier à ne pas sous-estimer, avertit Coste. Il nous file entre les doigts depuis longtemps et il connaît parfaitement toutes nos techniques. En activant le portable, il sait qu'il sera repéré. Donc, il va agir dans les minutes qui viennent.

Et comme le cerveau du flic marchait sur les sentiers de son adversaire, ce dernier ne le fit pas mentir. Le capitaine accepta sans attendre l'appel dont la sonnerie avait mis tout le monde à l'arrêt et activa le haut-parleur.

D'abord, dans le salon de la safe house, les vagues contre la coque du bateau, le bruit du moteur et le souffle du vent. Puis son interlocuteur, presque enjoué.

— Bonsoir, Coste.

— Andréas, répondit-il simplement, dans une tonalité grave comme une menace.

— Je vous regarde depuis plusieurs jours, mais je ne vous avais jamais entendu parler. Je crois que ça m'aurait gâché le plaisir d'affronter un type à la voix de fausset.

Qu'il soit véritablement sûr de lui ou simplement bravache, le flic préféra laissa filer car il avait une et une seule préoccupation.

— Je veux savoir comment va Esther. Je veux que vous me la passiez au téléphone. Vous pourrez parler à Anna ensuite.

— Pas nécessaire, refusa calmement Andréas. Je me doute bien qu'elle est en vie. Vous n'êtes pas un assassin, alors que moi, si. Malheureusement, votre Mercredi n'est pas avec moi en ce moment, mais si vous écoutez bien et que vous obéissez, vous pourrez la prendre dans vos bras au matin. Je sais ce qu'est l'amour, va, mais j'ignorais que vous aussi, vous craquiez sur les gamines.

Soba fut soulagé de ne pas avoir été en négociation, parce que, avec son caractère, il en serait déjà aux insultes et aux tirades de héros qui finissaient toujours par promettre que la planète n'était pas assez grande pour que l'on s'y cache indéfiniment. Coste se força à être plus modéré et il accepta de plier, puisqu'il y était forcé.

— Vous avez les cartes en main. Donnez-moi les règles.

— Oups, je vous ai vexé en parlant de Mercredi ? Vous savez, vous la baisez si vous voulez, c'est pas moi qui vais vous jeter la pierre. Quoi qu'il en soit, un bateau va arriver au port dans une heure. Vous ferez monter Anna dessus. Je vois quelqu'un d'autre que vous, Mercredi meurt. Un bateau nous suit, Mercredi meurt. Pour faire court, tout ce qui ressemblera à une embrouille provoquera la même finalité. Mercredi mourra.

— Quelles sont mes garanties ?

— Vous n'achetez pas un lave-linge, capitaine, vous tentez de sauver votre amie. Il va falloir me faire confiance et, très honnêtement, je suis tout sauf un homme de confiance. Mais avez-vous seulement le choix ?

Puis, sur ces mots, il raccrocha.

48

59 minutes avant l'échange.

Dans l'instant qui suivit, Coste avait déplié une carte de l'archipel sur son bureau.

— Une heure ? s'étonna Laguerra. Pourquoi nous laisse-t-il autant de marge ? Plus on a de temps, mieux on peut prévoir une parade.

— Les antennes relais activées par son appel se situent sur le sud de la presqu'île de Langlade, montra Coste en posant un bouchon de stylo dans la zone. Dix minutes vers le nord, il est à Miquelon. Vingt minutes vers le sud-est, il est à l'île aux Marins. Quarante minutes vers l'est, il accoste à Terre-Neuve. En nous donnant rendez-vous dans une heure, il nous empêche de déduire le lieu où il les retient.

Coste fouilla son paquet vide et Soba lui tendit une des siennes. Pour la deuxième fois en moins de dix minutes son téléphone vibra et afficha « Saint-C » et, pour la deuxième fois, il ignora l'appel de la magistrate. Sombre face aux brumes opaques, il en était revenu à ses scénarios et à leur degré de viabilité quand Anna se leva et le rejoignit, mortifiée.

— Il a raison, tu n'as pas le choix. Tu dois me laisser partir. Je le connais, je saurai le convaincre de ne pas faire de mal à Mercredi, je te le promets.

— Alors à toi aussi, je devrais faire confiance ?

— Non. J'ai abandonné l'idée depuis longtemps. Je crois que tu me détesteras toute ta vie. Tu n'arriveras jamais à m'aimer, je le sais.

— Ça n'a jamais été ma mission, répondit-il froidement.

— Alors qu'est-ce que tu as à perdre, sinon moi ?

Cette conversation surprenante provoqua un échange de regards entre le Kraken et sa compagne, et ils comprirent que la relation du gardien et de sa protégée s'avérait bien plus complexe qu'ils ne l'imaginaient.

— OK. On se prépare pour l'échange, décida Coste, déterminé.

— Dans « programme de protection des témoins », il y a protection. Vous pensez vraiment que votre procureure va accepter ça ? douta Laguerra.

— Je sais que non, mais dans quelques heures je m'expliquerai et j'en assumerai les conséquences. Anna et moi serons les seuls en danger, je refuse de vous faire courir le moindre risque.

— Personne ne décide plus pour moi depuis bien longtemps, s'opposa la gendarme. Et la dernière fois qu'on vous a laissé agir seul, Sean Grady s'est retrouvé entre l'hôpital et la morgue.

— On peut lui coller un portable et activer sa géolocalisation ? proposa Soba. De cette manière, on la garde sous nos radars et on sait où il l'emmène.

— Un téléphone, ce serait la meilleure solution si on captait correctement sur toutes les îles, reconnut Coste.

C'est malheureusement loin d'être le cas. Imaginez que l'on perde le contact ? Mais j'ai une autre idée.

Il se leva et, de la base de sa bibliothèque, dans le tiroir où étaient rangés les gilets pare-balles, il sortit une mallette en plastique noire qu'il ouvrit et qu'il posa sur la grande table en bois flotté.

— Un bracelet électronique ?

— Dernière génération, confirma-t-il. Bien plus discret que ses prédécesseurs, et on fouille rarement au niveau des chevilles.

— D'accord, mais vous comptez l'activer comment, sans que votre supérieure soit au courant ?

— Je vais avoir besoin d'une amie de confiance.

*
* *

53 minutes avant l'échange.

Au palais de justice de Paris, Alix reçut un message texte quelques minutes avant minuit.

« Besoin de te parler sans Saint-C. Urgent. »

Elle leva les yeux et observa Tom, concentré sur les derniers rapports de Russo, et la magistrate au téléphone, en pleine crise diplomatique depuis que Coste avait pris le commandement de la gendarmerie, placé l'île sous couvre-feu et réquisitionné un hélicoptère canadien.

— J'ai la tête en vrac, prétexta Alix, je vais fumer une clope dehors.

Et sans que l'on fasse attention à elle, elle quitta le bureau.

391

Au pied de la Sainte-Chapelle, édifice religieux gothique intégré au Palais de justice, sous la sublime rosace de l'Apocalypse, les saints et les apôtres, figés dans leurs vitraux, écoutaient Alix.

— Tu fous quoi, Coste ? La présidente n'arrête pas d'essayer de te joindre !

— Je sais, je sais.

— Pardon, je te saute à la gorge. Des nouvelles de la petite ?

— Et d'Andréas Sorrento aussi. Je viens de l'avoir. Il veut procéder à un échange. Esther Bisset contre Anna. Ce soir. Dans cinquante-deux minutes exactement.

Réflexe opérationnel, Alix remonta la manche de son pull pour découvrir la montre à son poignet et déclencha un minuteur de cinquante et une minutes.

— Saint-Croix ne prendra jamais ce risque, affirma-t-elle.

— C'est bien pour ça que je vais le prendre à sa place. Faire ce qui est juste, c'est la seule raison de ce métier. L'enlèvement d'Esther repose sur les épaules d'Anna, la mort de Clémence Banon aussi, alors s'il faut choisir entre Anna et Esther, je n'hésiterai pas une seconde.

— Mais à la fin elle est qui pour toi, cette gamine ?

Assis sur les marches du perron de la résidence surveillée, à l'écart des autres, plongé dans le brouillard mais l'esprit clair, Coste n'avait jamais été aussi sûr de lui.

— Elle représente tous ceux que j'ai abandonnés en me planquant ici. Elle est exactement ce que l'on doit protéger et défendre. Elle est la seule à qui je me sois confié et c'est parce que j'ai voulu être là pour elle que le prédateur l'a remarquée. Il y a six ans, j'ai fui par lâcheté. Par faiblesse j'ai tourné le dos à tous ceux que j'aimais. Mais c'est fini, je ne fuis plus, je ne tourne plus le dos.

— Et j'imagine que j'ai un rôle dans tout ça ?

— Oui. Je vais avoir besoin de toi. Ou plutôt d'Isaac.

— Le geek des darkphones ?

— Je ne peux rien te promettre, mais si tout se passe comme je le prévois, tu ne devrais pas avoir de soucis. Il me faut son contact d'urgence, je sais que tu y as accès.

— Et ensuite ?

*
* *

49 minutes avant l'échange.

Les pales du ventilateur faisaient danser les rubans de tissu coloré accrochés aux lames des volets mi-clos. L'intérieur de la pièce principale était peint en bleu pâle et se confondait avec l'azur de l'océan Pacifique, si bien que la maison tout entière semblait plonger dans le golfe de Thaïlande.

Allongé sur sa chaise longue dont les pieds s'enfonçaient dans le sable blanc de Ko Samui, Isaac avait adopté sans effort un style de vie qui lui convenait assez. Il avait rapidement trouvé une place de responsable informatique dans l'un des hôtels cinq étoiles de l'île, bien qu'avec l'argent qu'il avait réussi à mettre de côté avant de passer entre les mains de la police rien ne l'y forçait. Mais ce job ne lui prenait que quelques heures par jour, et il profitait du reste de la journée pour améliorer sa capacité à glander au soleil.

Quand, sur le coup des 10 heures du matin, la mélodie du téléphone traversa la maison, survola un peu de plage et arriva jusqu'à son transat, il manqua de laisser échapper son thé glacé dont le verre s'était perlé de condensation. Non qu'il fût sur ses gardes et qu'il sursautât à tout, mais cette sonnerie appartenait à un téléphone en particulier, et ce téléphone ne devait jamais sonner. À moins qu'Isaac ne soit compromis.

Un peu transpirant, il ouvrit l'armoire du compteur électrique et en sortit le mobile qui y était remisé et toujours branché. Et puisque personne d'autre que le programme de protection ne connaissait ce numéro, il se passa d'un « Allô bonjour ».

— Ne me dites pas que je dois faire mes valises ?

— Non, Isaac. Vous êtes toujours en sécurité. C'est moi qui suis dans la merde.

— Je connais cette voix, elle m'a menacé bien des fois. La vache, Coste ? C'est vous ?

— Oui, et je sais que je n'ai rien à vous demander, mais j'ai vraiment besoin d'aide. C'est personnel.

— Ça sent le flic en perdition. J'aime ça. Et quoi ? Si je ne vous aide pas, vous grillez ma couverture ?

— Je ne sais même pas sur quel continent vous vous trouvez. Je n'ai aucun moyen de pression sur vous.

Saint-Pierre attendit que Ko Samui se décide. Le geek, le flic, le sable fin, les galets froids, la brume, le soleil ardent.

— Écoutez, je nierai l'avoir dit, mais je vis ma meilleure vie, ici, et c'est tout de même grâce à vous…

D'un revers de la main, Isaac dégagea un gecko tacheté de points bleus et rouges qui se prélassait sur son clavier et réveilla l'écran géant de son ordinateur d'un coup de souris.

— J'imagine que si vous venez vers moi, ça doit avoir un rapport avec un piratage informatique, alors je vous écoute.

— Par ma faute, une amie est en danger et, pour la sauver, je vais devoir faire courir de grands risques à une seconde personne. Si je veux éviter un bain de sang, j'ai besoin de la suivre à la trace.

— Joli pétrin. Je vois que vous faites toujours attention à vos jouets.

— Je n'ai pas le choix, mais ma hiérarchie ne me suivra pas. Il va falloir entrer dans le logiciel de surveillance électronique mobile du programme secret-défense de protection des témoins, activer un bracelet et le géolocaliser. Et vous avez dix minutes.

À l'autre bout du combiné et de la planète, Coste entendit Isaac, surpris, siffler entre ses dents.

— C'est carrément Noël ! Faut surtout pas hésiter à m'appeler plus souvent. Malheureusement, je ne peux rien faire à distance. Vous avez quelqu'un sur place qui aurait accès au serveur ?

— Oui. Vous vous souvenez d'Alix ?

— Bien sûr, c'est elle qui m'a installé ici. OK. Passez-moi une adresse mail et je vous envoie un logiciel espion. Il faudra juste qu'elle le copie sur une clé USB et qu'elle l'insère dans l'ordinateur. De là, je verrai ce que je peux faire.

— Il faudra aussi que l'attaque ait l'air d'avoir été menée de l'extérieur, que personne ne puisse remonter jusqu'à Alix.

— Je saloperai tout après mon passage, c'est jouable. Mais à moi, ça peut me causer des soucis ?

Coste ne sut quoi répondre sans mentir.

— Je ferai ce qu'il faut pour mon amie, et si ça nous pète à la gueule je prendrai tout sur le dos.

— Je savais bien que vous n'étiez pas qu'un immense connard.

— Neuf minutes, Isaac.

*
* *

44 minutes avant l'échange.

Avec cinq minutes d'avance, le repenti envoya son espion qui transita par Saint-Pierre avant d'arriver à Paris sur le portable d'Alix pour être copié sur une micro-USB qu'elle inséra dans l'ordinateur réservé à la surveillance électronique mobile.

Dans le bureau des services techniques, l'écran se mit à s'agiter, ouvrant et fermant des fenêtres au fur et à mesure qu'Isaac en prenait le contrôle.

— Je vous remercie de votre loyauté, dit Saint-Croix debout derrière elle.

— J'ai l'impression de le trahir, s'en voulut Alix. Vous savez qu'il vous court-circuite uniquement pour nous protéger ?

— Le code pénal nous dit ce qu'il est juste de faire, mais parfois ce qu'il est juste de faire n'est pas dans le code pénal, et en fonction des choix que vous ferez vous saurez quel type de flic vous êtes.

— C'est de vous ?

— Non. C'est du Coste dans le texte. On prépare nos opérations avec notre cerveau et notre raison, mais il faut parfois les terminer avec ses tripes et son instinct. Il sait très bien que je n'aurais jamais pu accepter officiellement l'échange proposé par Andréas et que cela mettrait en péril Anna, nos carrières et le programme de protection en entier. Mais si son plan fonctionne, personne n'ira fouiller dans les détails et il deviendra un héros.

— Et si Anna nous échappe, ou pire, si elle y reste ?

— Mise en danger de la vie d'autrui. Non seulement Coste sera viré, mais il passera devant un tribunal. Et je ne pourrai plus rien faire pour lui.

*
* *

40 minutes avant l'échange.

Coste contrôla le suivi géolocalisation du bracelet dès qu'il fut activé et, sur son écran, un point rouge s'afficha aux coordonnées GPS exactes de la résidence surveillée. Il demanda alors à Anna de venir à lui, releva son pantalon et entoura sa fine cheville du bracelet qu'il clipsa au boîtier.

— Tu peux encore faire marche arrière, tu sais.

— Je sais. Mais c'est Mercredi. Et je le fais pour toi.

Soba et Laguerra s'approchèrent d'eux, de plus en plus angoissés par cette opération qui ne tenait en partie que par la chance.

— Dans trente-neuf minutes, poursuivit Coste, tu vas monter sur un bateau. Notre but est de savoir où il les détient.

Il déposa alors dans le creux de sa paume un petit canif à la lame aiguisée.

— Dès que tu verras Mercredi et Armand, tu devras discrètement couper le bracelet. Je recevrai immédiatement une alerte évasion et ta position GPS. Ce sera le signal, la seule manière pour toi de communiquer avec nous, de nous dire qu'ils sont bien là, vivants ou pas. De là, on improvisera en fonction des revendications d'Andréas.

— Il n'y a pas cinquante scénarios possibles, fit remarquer Soba. Il va vouloir prendre la fuite avec Anna et, seulement une fois à bonne distance ou à destination, il nous dira où se trouve la petite. Sauf que, grâce au bracelet, on aura déjà sa localisation.

— Il nous faudra deux bateaux, reprit Coste. Un qui me permettra d'aller sur le lieu où Mercredi est captive, et un autre pour que vous partiez au plus vite sur la trace d'Andréas et d'Anna pour les arraisonner en plein océan avant qu'on les perde.

— J'appelle la gendarmerie, intervint Laguerra, notre navette UFC 11 sera parfaite pour les rattraper. Par contre, nous n'en avons qu'une…

Coste regarda le temps défiler sur le minuteur de son portable. Ce serait serré, mais il savait où trouver le second hors-bord.

*
* *

La bille blanche percuta la numéro 9 qui se perdit dans l'une des poches latérales de la table, et Sean, l'alcool n'aidant pas, perdit pour la quatrième fois de la soirée une partie de billard contre son frère. Le carillon sonna à la grande porte de la villa Grady, l'employé de maison ouvrit et fronça du nez comme un critique d'art face à un tableau de mauvais goût. Soba et ses tatouages visibles ne convenaient pas à la prestance des lieux.

— Sean est là ?

— Patientez, s'il vous plaît.

L'employé referma la porte, traversa le hall, passa le double escalier central, longea le salon de réception, traversa les cuisines, monta à l'étage, emprunta le long couloir des chambres, puis celui des chambres d'invités, monta un dernier étage, passa le fumoir vitré pour enfin arriver à la salle de jeu, au moment où David Grady replaçait les billes dans le triangle, pariant un nouveau billet que son frère subirait une cinquième défaite.

— Monsieur ? On vous demande à la porte.

— C'est qui ? grogna Sean.

— C'est en uniforme de police.

L'héritier jeta sa canne sur le tapis vert duveteux et fit le trajet inverse en jurant. Désinhibé par le whisky, auto-alimentant sa colère d'une pièce à l'autre, se sentant plus fort qu'il ne l'était, plus intrépide qu'il ne le devrait, c'est à bonne température qu'il se présenta à l'entrée, le visage encore marqué par sa dernière rencontre avec Coste.

— Ouais ? aboya-t-il devant Soba. J'ai rien dit pour votre collègue, mais je commence sérieusement à réfléchir.

— Je ne viens pas pour ça, assura le Kraken.

— Ouais, ben moi, je vous dis que c'est pas correct ce que vous avez fait et que je me demande si faut pas que j'en parle à vos supérieurs.

— Vous ferez ce que vous voudrez, pour l'instant, c'est de votre bateau que j'ai besoin. Une heure. On le prend, on le remet à sa place, vous entendrez plus parler de nous.

— Tu te fous de ma gueule ? Faudrait que je vous rende service maintenant ? Écoute-moi bien, tu vas gentiment aller te faire mettre par ton collègue et, quand il aura terminé, vous inverserez les rôles et tu m'enverras la vidéo.

Puis, sur ce programme, il lui claqua la porte au nez.

À peine cinq secondes plus tard, le carillon résonna à nouveau, et Sean, enhardi par sa sortie imagée, fit demi-tour, rouvrit la porte, prêt à peaufiner ses insultes s'il le fallait.

La première chose qu'il vit fut la bouche du canon d'un pistolet qui le regardait droit dans les yeux, et juste derrière le visage de Coste, inamical. « Et merde… », eut-il juste le temps de dire avant que le flic l'attrape par les cheveux et tire vers le bas pour le faire plier en deux, l'arme collée à sa tempe.

— Désolé, paraît que tu m'en veux pour la dernière fois ?

— Non, mais c'est bon en fait, gémit Sean. Pardon, je me suis emporté, j'aurais pas dû.

— Alors va chercher les clés de ton bateau.

— OK, OK, j'y vais, pas la peine de s'énerver.

— Et prends un manteau. Il fait froid et tu nous accompagnes.

8 minutes avant l'échange.

Dissimulés derrière l'imposant *Nordet*, le ferry bleu à deux étages qui assurait les liaisons quotidiennes entre Saint-Pierre et Miquelon, la navette de la gendarmerie avec à son bord Laguerra et Soba et le hors-bord du fils Grady pouvaient en plus profiter du rideau dense de la brume pour parfaire leur invisibilité.

Sur le port, seuls, Anna et Coste scrutaient devant eux, silencieux et anxieux. Le froid ne tarda pas à les saisir et Coste enfonça ses mains dans les poches de son long manteau. Anna se mit à trembler, et à son tour elle plongea une main dans la poche du manteau de Coste, et leurs doigts se rencontrèrent et s'entrecroisèrent. Coste se tourna vers elle et découvrit alors que le froid n'y était pour rien, et qu'elle était simplement terrifiée.

— Tout va bien aller ? lui demanda-t-elle.

Il fut incapable de répondre et n'osa plus la regarder.

À quelques mètres d'eux, une ombre légère à la forme indistincte attira leur attention, puis, comme une esquisse se transforme en dessin, elle se fit plus précise, plus noire, avant de devenir le vieux bateau de Bisset. Il s'y trouvait, et uniquement lui, portant autour du cou une cordelette à laquelle était attaché un portable, l'objectif tourné devant lui.

La coque rebondit mollement sur l'un des pneus disposés tout au long du quai et Armand accrocha son amarre d'un nœud de taquet. Coste remarqua immédiatement le téléphone, et de celui-ci résonna la voix d'Andréas, métallisée par le haut-parleur. Il comprit alors que, de loin, il entendait et voyait tout.

— Désolé, Coste, mais mon passeur n'est pas autorisé à vous parler. Si vous ne respectez pas cette règle ou si la communication est interrompue, vous en connaissez les conséquences. On relance les chronos et, dans moins d'une heure, je vous donnerai la localisation d'Esther. Maintenant, faites monter Anna.

Le flic approcha de l'embarcation et, puisque Andréas ne le lui avait pas interdit, il s'adressa à Bisset.

— Pardon, mon ami. Tout est de ma faute.

Bisset posa une main sur son avant-bras, et sans un mot, d'un sourire profondément malheureux, il l'excusa.

— Tiens le coup, c'est bientôt terminé, lui promit-il.

Anna n'avait qu'un pas à faire pour monter sur le pont et, tandis que le vieil homme s'était retourné pour défaire son amarrage, elle embrassa Coste, si furtivement qu'il ne le réalisa qu'après que ses lèvres eurent quitté les siennes. Il goûta le sel sans savoir si c'était celui des embruns ou celui de ses larmes.

Alors que le bateau s'éloignait, le flic ne réussit pas à la quitter des yeux et elle fut bientôt enveloppée d'un linceul vaporeux avant de disparaître lentement, comme un souvenir dont on oublie les contours.

Il attrapa son téléphone et contacta immédiatement Laguerra à bord de la navette, à une trentaine de mètres de lui.

— Il a tout surveillé en vidéo. Que disent les portables ? Ça borne quelque part ?

Par radio, le gendarme passa l'info à sa cellule technique, la cellule technique répondit dans l'instant et Laguerra répéta l'information mot pour mot.

— Désolé, il est passé par une messagerie cryptée vidéo via Internet. On n'a rien sur nos écrans.

Coste longea le port, rejoignit le ferry derrière lequel les deux bateaux veillaient, accrochés l'un à l'autre, et monta sur celui de Sean.

— On ne peut plus rien faire qu'attendre, assura Laguerra, résignée.

Le flic se sentit marionnette, impuissant, attendant que l'on tire les ficelles pour le faire agir. Plus aucun levier, plus aucun moyen de pression, à la merci d'un monstre qui déciderait de chacune des prochaines étapes. Il posa ses deux mains sur son visage comme on se cache de ses fautes.

— Qu'est-ce que j'ai fait… réalisa-t-il enfin.

49

Le passé de l'île aux Marins était si riche qu'il aurait pu se raconter en plusieurs romans. Son présent, lui, ne se racontait plus qu'en quelques phrases.

Au nord, l'épave déchirée du cargo allemand *Transpacific*, le ventre ouvert sur sa machinerie, couchée sur les galets, rappelait la marine marchande d'avant les porte-conteneurs. Les canons alignés du fort rouvraient les blessures des invasions anglaises et des pillages des tuniques rouges de Sa Majesté la Reine, puis, sur une plaine couverte d'herbes basses, se dressaient les trente dernières maisons de bois aux couleurs éclatantes, sans eau courante, alimentées par groupe électrogène ou panneaux solaires, habitées parfois aux beaux jours, abandonnées pendant les temps froids.

Au sud, l'école et l'église témoignaient de cette époque où l'on vivait sur l'île comme n'importe où ailleurs, à apprendre à lire et à craindre Dieu. Les portes de l'église ne s'ouvraient désormais qu'une fois par an, à l'office du 15 août, et plus un écolier, depuis 1963, n'avait secrètement gravé son prénom sur son pupitre. Le maître avait fermé ses classes, le cœur lourd, et l'endroit était depuis un musée où, sur le tableau noir préservé, restait encore la toute dernière leçon écrite à la craie. Puis, juste avant le phare érigé sur la rive et qui éloignait les bateaux des naufrages, un minuscule cimetière, dont les pierres tombales brisées se confondaient avec les rochers affleurants, était entouré d'une palissade de planches de bois blanc qui séparait la terre ferme de l'océan. La brume s'insinuait entre les stèles et les statues, les enveloppant d'un drapé surnaturel, et plus rien alors n'empêchait de croire aux fantômes.

Au centre de l'île, désertée à cette période, juste après l'épave échouée et un peu avant les premières habitations, le second étage d'une grande maison peinte en vert et recouverte de fresques enfantines accueillait en été les dortoirs d'une colonie de vacances, aux trente lits vides et froids à cette saison. Le rez-de-chaussée, constitué d'une seule et immense salle percée de nombreuses fenêtres, permettait par une météo dégagée de voir de loin qui s'en approchait. Mais sous la chape de brouillard, ce n'est qu'à l'oreille qu'Andréas sut que le bateau de Bisset était de retour, Anna à son bord. Il sortit de la demeure et fonça vers la plage sur laquelle prendrait bientôt fin une trop longue séparation.

*
* *

Ils ne s'embrassèrent pas.

Cela n'aurait pas été suffisant.

Ils se serrèrent si fort dans les bras qu'ils ne firent qu'un, à s'en couper le souffle un instant, oubliant jusqu'à la présence du vieil homme.

— Mon amour...

Au fond de la grande salle de la colonie, entre les jeux de société, les livres d'images, les ballons, les raquettes et tout le fatras des vacances, deux bureaux en bois avaient été joints, alignés contre le mur, sur lequel au fil des ans les enfants avaient écrit leurs prénoms avec autant de couleurs que les maisons de Saint-Pierre. Et contre le mur coloré reposait le fusil qui avait tiré par cinq fois sur Coste une nuit plus tôt.

— Ton flic t'a suivie ? demanda Andréas.

— Il n'oserait pas courir ce risque, et ce n'est pas « mon » flic, juste un type chargé de me protéger.

— Je sais. J'ai failli y rester.

— C'est un faible, et je hais les faibles, dit-elle pour le rassurer. Je ne veux que toi, qu'importe l'endroit où l'on fuira, même si l'on meurt demain, juste toi.

Au dortoir de l'étage, Mercredi était solidement attachée au barreau d'un des lits superposés, les poignets entaillés par les liens, et lorsque celle dont elle était tombée amoureuse à la première seconde apparut dans l'embrasure de la porte, le visage de l'adolescente s'éclaira.

— Anna ?

Puis le monstre la rejoignit et, devant elle, ils s'embrassèrent. Mercredi pensait avoir atteint un seuil au-delà duquel plus rien n'aurait pu la faire souffrir, et réalisa à ce moment qu'il existait toujours un palier de plus dans la douleur.

Avant de redescendre dans la grande salle, Anna posa les yeux une dernière fois sur la jeune fille.

— S'entêter à aimer ceux qui ne nous conviennent pas, nous partageons la même faiblesse.

Andréas attrapa son manteau, empocha les clés du bateau et se retourna vers celle qu'il considérait être sa compagne depuis dix ans. Elle hésitait à sortir de la maison, comme si elle laissait derrière elle une œuvre inachevée.

— Viens, dit-il. Le temps presse.

— Mais tu sauras nous emmener là-bas, à Terre-Neuve ?

— C'est au bout du monde, mais à seulement trente minutes d'ici. J'ai eu la journée entière pour apprendre à démarrer le bateau et à me servir d'un compas de navigation. C'est aussi simple qu'une boussole de scout. Il y a un endroit, là-bas, la péninsule d'Avalon, personne ne nous y trouvera jamais. J'ai vidé les comptes des derniers qui ont eu le malheur de me croiser, nous serons tranquilles un bon moment.

— Et elle ? demanda Anna en levant la tête vers le dortoir.

— Elle ne ferait que nous retarder.

— Tu ne sais pas ce que ce flic m'a fait subir depuis qu'ils m'ont arrachée à toi. Tu ne sais pas ce que j'ai dû supporter pour te protéger ! Elle est importante pour lui. Je crois même qu'avec le vieil homme ils sont les seuls qui comptent dans sa vie. Et je veux le détruire. Offre-la-moi, s'il te plaît. Tue-la pour moi.

Andréas hésita, mais si Anna avait dû jouer double jeu, l'île serait déjà colonisée par les uniformes et leur cavale interrompue. Alors s'il fallait prendre quatre minutes pour lui plaire, il y consentirait.

Doucement, il dénoua les liens de Mercredi en lui assurant que tout était fini, qu'elle allait pouvoir rejoindre son grand-père, qu'il était désolé, qu'elle avait été nécessaire à leur liberté et qu'elle avait été courageuse. Il l'aida à se relever et, alors qu'elle se trouvait debout devant lui, il visa la gorge et décrocha un direct du poing droit en plein larynx. Mercredi tomba à genoux, les mains tenant son cou et la respiration sifflante, cherchant l'oxygène comme si elle se noyait en plein air. Andréas passa ses mains sous ses bras, la releva et l'allongea sur le lit le plus proche, la chevaucha et se mit à l'étrangler de tout son poids.

La jeune fille pensa à son île, à son flic, à son grand-père, aux libellules, au baiser qu'elle avait donné à Anna, à ses parents qui n'avaient pas su l'aimer comme elle était, aux chapitres de son existence qu'elle n'avait pas encore vécus, et ses paupières se mirent à papillonner tandis qu'elle mourait en silence face à cet homme au visage rougi par l'effort et qui n'osait même pas la regarder.

Puis une silhouette. Le canon d'un fusil sur la tempe d'Andréas. Et cette voix qui la ramena presque à la vie.

— Ferme les yeux, ma chérie, lui demanda Anna avec l'affection d'une grande sœur qui éloigne les cauchemars de sa cadette.

Andréas se tourna vers elle. Sa bouche forma un mot qu'il n'eut pas le temps de prononcer. Le coup de feu explosa et arracha la moitié haute de son crâne, projetant sur le visage de Mercredi une gerbe de sang épais mélangée à des grumeaux de cervelle et d'os. Il se leva, corps perdu surmonté d'une tête coupée en deux et qui commençait à la mâchoire, sans plus rien au-dessus qu'une fontaine de jets carmin qui crachaient au rythme des pulsations de son cœur. Il fit un pas à gauche, tourna sur lui-même comme s'il avait changé d'avis puis s'effondra de tout son long entre les deux jeunes femmes. Ses bras se convulsèrent une dernière fois, puis il s'immobilisa enfin.

Anna posa une basket sur le barreau du lit, releva son pantalon et coupa son bracelet électronique en trois coups de canif. Puis elle s'allongea sur le lit et se colla à Mercredi, l'entourant de ses bras sur des draps couverts de sang, chuchotant à son oreille des mots que personne d'autre n'entendrait.

*
* *

Coste reçut une alarme évasion sur son portable sécurisé relié à l'ordinateur de la résidence surveillée. Le GPS indiquait les coordonnées de l'île aux Marins et si, comme elle s'y était engagée, Anna s'était défaite du bracelet, c'est qu'elle avait pu confirmer là-bas la présence de Mercredi et d'Armand.

Sans attendre, les moteurs ronflèrent à leur maximum. La navette de la gendarmerie fila en direction des premières côtes du Canada, là où il y avait le plus de chances que le monstre se dirige, et Sean fonça vers l'île déserte, Coste sur le pontage de son bateau, les mains solidement accrochées à la rambarde métallique. En moins de sept minutes, la coque racla contre la plage de sable et de galets, et le flic sauta à terre, l'océan jusqu'aux genoux. Face à lui, une seule maison était allumée de l'intérieur et il n'en vit qu'une lueur faible vers laquelle il se dirigea, intimant à son pilote l'ordre de rester à bord. Il avançait, un bandeau de brume sur les yeux, quand il trébucha sur une masse indistincte et manqua de perdre l'équilibre. À ses jambes, un corps flottait sur le ventre dans une dizaine de centimètres d'eau salée et Coste reconnut les vêtements de Bisset. Il le retourna, chercha le pouls sans espoir, mais la peau du vieil homme, glacée, racontait déjà sa mort. Une nouvelle strate d'horreur s'ajouta à la nuit et il ne fut plus que vengeance aveugle et rage sourde.

Un violent coup de pied fit voler la porte de la colonie et, arme tendue devant lui, Coste hurla le prénom de Mercredi. L'écho de la grande salle vide répercuta son cri, puis il monta trois à trois les marches vers le dortoir et les trouva toutes deux, allongées et enlacées, le fusil à leur côté. Et sur le sol, un monstre sans presque plus de tête, entouré d'une flaque de sang chaud dont s'échappaient des arabesques de vapeur dans l'air froid.

Aux ecchymoses que portait l'adolescente autour du cou, Coste identifia le mode opératoire d'Andréas. Inconsciente, elle respirait à peine, mais il restait peut-être une chance. Sans chercher encore à comprendre le déroulé des événements, il la souleva sans efforts, un bras sous les genoux, un autre sous les épaules et, avant de quitter la pièce, regarda une dernière fois le cadavre de son adversaire.

50

Hôpital de Saint-Pierre.
Service des urgences.
22 h 30.

Dans la salle d'attente, sous la lumière des néons qui faisait crier le jaune des murs et le blanc du lino, Anna était allongée sur les chaises, épuisée, la tête sur les genoux de Coste. Depuis une heure, les médecins avaient fermé la porte du bloc opératoire et s'acharnaient à sauver une vie.

Laguerra et Soba se présentèrent avec des cafés et, d'un geste bienveillant, Victor réveilla l'endormie.

— Il va falloir démêler tout ça, dit Thaïs en s'asseyant à leur côté. Qui s'occupera des auditions ?

— Toujours moi, assura Coste. Ça reste mon affaire, mais ça attendra le temps qu'il faut, je ne compte pas bouger d'ici tant que…

La double porte battante s'ouvrit alors sur une femme en blouse blanche qui semblait ne pas avoir dormi depuis des semaines. Ses traits tirés et son visage éreinté ne trahissaient aucune émotion si ce n'est une profonde fatigue. Le flic se leva, imité par les trois autres, prêts à tout entendre.

Dans le hall d'entrée de l'hôpital, vide à cette heure, Coste composa le numéro d'Alix. N'écoutant que ses propres besoins, il en avait risqué la carrière d'une collègue et si Isaac, leur repenti geek, n'avait pas réussi à simuler une attaque extérieure, alors la présidente devait déjà avoir tout compris et Alix être en train de s'expliquer, et certainement de rendre son arme et sa carte.

— Coste ? entendit-il en reconnaissant immédiatement la voix qu'il n'avait pas appelée.

— Madame ? Je…

— Ne vous fatiguez pas, l'interrompit Saint-Croix. Nous parlerons de loyauté et de confiance plus tard. Nous sommes à l'écoute des fréquences radio de la gendarmerie, je sais qu'Anna est saine et sauve, mais ils parlent aussi de deux morts. Racontez.

— Exact, madame. Andréas Sorrento et Armand Bisset.

— Votre ami ? J'en suis désolée, dit-elle sincèrement. Que s'est-il passé ?

— Mort noyé. Andréas aura voulu se débarrasser de ce qu'il jugeait être un poids inutile.

— Et justement, pour Andréas ?

— Une balle en pleine tête, résuma le flic.

Le monstre était mort, mais même tuer un monstre laissait des traces.

— Ce n'est jamais facile d'appuyer sur la détente. J'espère que vous avez conscience que ce n'est une perte pour personne.

— J'en ai conscience, mais je n'ai rien fait.

Un silence passa avant qu'elle ne comprenne.

— Anna ?

— Anna.

— Alors je pense que, désormais, vous pouvez lui faire confiance, non ?

*
* *

Hôpital de Saint-Pierre.
Service des urgences.
4 heures du matin.

La chirurgienne avait fait le point avant de laisser entrer quiconque dans la chambre de Mercredi. Parler lui serait impossible pendant quelques jours, bien après qu'on lui aurait enlevé la sonde d'intubation qui lui permettait de respirer, le temps que les cartilages de son larynx se consolident.

Coste se retrouva seul auprès de la jeune fille alitée. L'histoire d'un flic est faite de ce que la vie propose de pire, et cette vie lui avait appris à lire ce que les mots étaient incapables de dire. Et sur son visage, il lut le soulagement, la reconnaissance, l'incompréhension, la douleur, une peur résiduelle qui, même si le danger s'était pris une balle dans la tête, ne l'abandonnerait pas avant longtemps, et enfin l'espoir, une émotion plus forte que les autres, et qui n'avait pas sa place. Il comprit alors que personne ne lui avait encore rien dit. Puisque Mercredi était privée de sa voix, Coste lui tendit son téléphone portable ouvert sur une application bloc-notes.

413

« Mon grand-père ? » écrivit-elle.

Un simple non de la tête suffit à répondre et, comme si elle le pressentait, comme si elle avait déjà prévu les larmes nécessaires, elles inondèrent ses yeux avant de couler le long de ses tempes.

Le vieil homme reposait sous un drap blanc, sur un brancard en aluminium, deux étages plus bas, dans les sous-sols de la morgue. Dans la nuit, Coste était allé chercher une chaise dans une pièce voisine et l'avait tirée jusqu'à son ami, pour partager avec lui une dernière conversation.

— Tu aurais apprécié une citation de ton auteur favori, je le sais bien. Mais je n'en ai pas. Ni de lui ni d'un autre, d'ailleurs.

« Ta vie est un roman, Victor. Tu n'as pas besoin de ces artifices. Je ne lis que par peur de n'avoir rien d'autre à raconter que mes propres histoires, mais j'ai maintenant un grand final que Chandler n'aurait pas renié », lui aurait répondu Bisset.

— Avec un peu de chance, tous les auteurs morts de ta bibliothèque vont devenir tes voisins. Je les plaindrais presque. Tu vas les agacer au début, mais ils comprendront rapidement la chance qu'ils ont de t'avoir.

« Il m'a fallu presque deux ans pour t'en convaincre. »

— Tu as l'éternité.

Mercredi reprit le portable entre ses mains et pianota de nouveau.

« Je ne sais pas comment, mais je sais que tu étais là. Je sais que tu ne m'as pas abandonnée et que si je suis en vie, c'est grâce à toi. »

Elle tourna l'écran pour qu'il lise son message, puis laissa ses doigts danser à nouveau sur le clavier.

« Et à elle aussi ? Dis-moi qu'on ne s'est pas trompés. »

Tout était à la fois de sa faute et grâce à elle. Anna, insondable, jouant de glace et de feu, capable de redéfinir les notions de bien et de mal en se moquant de leurs frontières, invitant le diable et le renvoyant dans ses flammes, ses griffes tachées du sang de Garance, Salomé, Sacha, Claire, Maud, Samia, Cléo, Julie, Virginie, Joseph, Milos, Louis, Thibaut, Geoffroy, Clémence et Bisset, les bras trop chargés pour emporter Mercredi, sa dernière victime, celle qu'il n'aurait jamais.

— Oui. Elle t'a sauvée.

Il ouvrit la porte de la chambre alors qu'Anna, adossée au mur du couloir, levait le visage vers lui. Il fit un pas de côté, laissant libre le passage et referma la porte sur leurs retrouvailles.

51

Résidence surveillée.
6 heures du matin.

La nuit blanche fut rouge sang. Coste et Anna rentrèrent à la résidence surveillée comme si une vie entière avait passé depuis qu'ils l'avaient quittée la veille et, dans sa chambre, la jeune femme quitta ses vêtements largement tachés de la mort d'Andréas, puis fila vers la salle de bains.

La vapeur de l'eau brûlante avait déjà recouvert de condensation les vitres de la cabine et la surface du miroir, faisant revenir les brumes à l'intérieur même de la maison. Elle ouvrit la porte coulissante de la douche, et Coste, un instant désarçonné, la laissa entrer et se coller contre son corps. Sa peau blanche, presque transparente, ses yeux immenses et leur écartement fascinant, son corps androgyne aux seins timides, la centaine d'entailles auto-infligées qui couraient le long de ses bras, du poignet jusqu'au creux du coude, ses lèvres si fines qu'elles semblaient pouvoir le couper d'un seul baiser, il accepta tout entre ses bras et ils se laissèrent disparaître en une brume enveloppante.

*
* *

La chambre fermée garda pour elle la nuit qu'ils passèrent ensemble. À l'autre bout de la maison, sur les gilets pare-balles et posé contre l'arme du flic, son téléphone portable avait sonné en continu sans que personne l'entende.

Coste se leva un peu avant midi et, pour la toute première fois, avant Anna. Il aperçut l'écran de son mobile éclairé comme un sapin aux fêtes, et écouta les neuf messages qui pourtant disaient tous peu ou prou la même chose.

« Coste. Russo à l'appareil. Rappelez-moi. C'est urgent. »

Mercredi étant sauvée, l'urgent était passé et il décida de s'accorder une minute pour se faire couler un café et dissiper le sommeil. Sans bruit, Anna s'était levée et l'enlaçait déjà de ses bras, son ventre contre le dos de son gardien.

— Si je te dis que j'ai envie de rester avec toi, je te fais peur ?

— Tu gâcherais de bien belles années, lui assura-t-il.

— Et quand je serai ailleurs, quelque part sur la planète, là où Saint-Croix aura décidé que je recommence ma vie, tu viendras me voir ?

Il se retourna et profita encore de son visage envoûtant.

— Si ta vie est en danger, je te retrouverai toujours. Pour ce qui est du reste, le bonheur et le quotidien, je suis un très mauvais élève. Tu vas bientôt renaître, tu devras tourner la page, mais je suis aussi sur cette page, alors tu m'oublieras, et c'est mieux ainsi.

— Je ne sais rien faire. Je ne sais que survivre. Survivre et lire.

— Libraire, alors, c'est un joli métier. Mais rassure-toi, le programme ne t'abandonnera pas tout de suite, alors profite un peu de ces vacances payées par l'État et ne te précipite pas sur la première offre d'emploi.

— Libraire... songea Anna en attrapant la tasse de Coste qui s'en servit une nouvelle.

Son seul tee-shirt long était bien insuffisant et elle frissonna. Elle partit vers la chambre et il en profita pour rappeler Russo. Après deux sonneries et un déclic, et alors même qu'ils ne s'étaient jamais encore parlé, ce dernier ne laissa pas le temps aux formules d'usage et aux présentations.

— Anna est avec vous ? attaqua-t-il.

— Pas loin.

— Trouvez un endroit à l'écart, s'il vous plaît.

— Plus à l'écart que Saint-Pierre, ça va demander quelques efforts, ironisa Coste.

— À l'écart d'elle, précisa le commandant.

ÉPILOGUE

52

Le Père.

La disparition d'Anna n'avait laissé qu'un journal intime, lourd d'accusations, certainement, mais qui à lui seul n'avait pas suffi à traduire ses parents devant un tribunal. La faible couverture médiatique de ce que l'on avait pensé être une simple fugue dix années plus tôt avait permis à Marc Bailly de refaire sa vie à une centaine de kilomètres de la région parisienne, sans subir l'opprobre public d'être partout considéré comme pédophile.

L'Aide sociale à l'enfance avait toutefois pris en main la suite des opérations et décidé, sur la foi des écrits de la jeune fille, de retirer aux parents leur dernier-né au bénéfice d'un membre de la famille, la sœur de la mère, en l'occurrence.

Russo n'eut aucun mal à retrouver le père, devenu discret médecin de campagne. Face au jardin en friche qui précédait une maison carrée sans charme, le commandant se souvint du parterre de fleurs entretenues qu'il avait saccagé sans le vouloir, la première fois qu'il l'avait rencontré. Les volets à la peinture écaillée et la boîte aux lettres de travers envoyaient le même message de laisser-aller et le lierre qui dévorait la façade permettait à peine d'entrevoir la plaque professionnelle dorée qui mentionnait son nom et sa fonction.

Tom sonna à la porte et c'est un homme vide aux vêtements sans couleurs et au regard tombant qui ouvrit, les mains l'une dans l'autre devant lui, comme s'il avait continuellement froid.

— Police judiciaire, dit le jeune capitaine en tendant sa carte tricolore pour preuve.

Bailly avait perdu sa fille, son fils lui avait été pris et sa femme était morte d'un cancer deux ans plus tôt. Les docteurs avaient assuré qu'elle pourrait le vaincre en se battant. Elle avait fait tout l'inverse et avait embrassé sa maladie au lieu de résister. Elle l'avait accueillie, presque avec reconnaissance, comme une délivrance. De sorte que la présence des forces de l'ordre ne fit ni chaud ni froid à M. Bailly, tant il n'avait strictement plus rien à perdre. Il ne réagit ni à Tom ni à sa carte, à peine posat-il le regard sur l'homme imposant qui l'accompagnait. Mais cette fraction de seconde fut suffisante pour le reconnaître, lui, le policier qui l'avait emmené dans sa voiture et avait fait son audition le jour de la disparition d'Anna. En un instant, son cœur sembla battre à nouveau, son corps revenir à la vie, le sang chaud couler dans ses artères et rosir à peine un visage livide.

— Anna ? souffla-t-il, porté par l'espoir.

— Pouvons-nous entrer ? demanda Russo.

Le salon était à l'image de son propriétaire. À l'abandon. Tout était en pile, posé sans être rangé. Ici, des piles de journaux, là, des piles de conserves, ailleurs des piles de cartouches d'encre pour imprimante posées sur des piles de ramettes de papier qui auraient touché le plafond si on les avait réunies. Sur le bureau, rendu invisible par le désordre qui le recouvrait, deux autres piles. Environ à gauche, un bon millier d'avis de recherche représentaient la photo d'Anna à l'âge de sa disparition et, environ à droite, autant d'avis de recherche sur lesquels le même visage avait été actualisé et vieilli d'une dizaine d'années par informatique. Sous chacune de ces photos, un seul numéro à contacter. Celui du père.

— Vous recevez des patients ici ? s'étonna Russo face au foutoir.

— Assez peu, je l'avoue. Mais je vous en supplie, si votre visite a un lien avec ma fille, ne me faites pas patienter davantage.

— Elle est vivante et en France. C'est tout ce que je peux vous en dire actuellement.

Bailly sourit. Puis de ce sourire s'échappa un rire nerveux. Il se leva, enchaîna une série de gestes incontrôlés, commençant une action sans la finir, ses mains devant la bouche, puis dans ses cheveux, partant à gauche, puis à droite, regardant les deux flics comme on vérifie par deux fois les chiffres de la loterie, comme on relit sans cesse une bonne nouvelle pour être sûr de ne pas avoir escamoté un mot. Libéré du poids de l'attente, de l'inquiétude et de l'incertitude, il semblait presque voler dans son petit salon bordélique.

— Je peux la voir ? Elle va bien ? Elle était où ?

— Ce sont des questions auxquelles je n'ai pas encore le droit de répondre. Une enquête est en cours.

— Sur moi ? Encore ?

— Non. Sur elle, précisa Tom.

Russo lança un regard de reproche à son nouvel adjoint. Trop tôt. Trop d'informations. Le jeune policier réalisa son erreur et fit un pas en arrière de la conversation de crainte d'en commettre une autre.

— Asseyez-vous, s'il vous plaît, implora le commandant. Vous me fichez le tournis. Si je vous dis qu'elle va bien et qu'elle est en sécurité, vous voulez bien vous calmer ?

Bailly dégagea le tas de vêtements qui encombrait son canapé et obtempéra.

— Vous êtes ce qu'on appelle dans notre métier « le coupable parfait », poursuivit Russo en résumant autant pour le père que pour lui-même. Mais je le sais pourtant, la perfection n'existe pas. Tout pointait vers vous, et cela suffit souvent. Je bossais à la Crime à cette époque, et la fugue de votre fille comme les viols dont elle vous accusait ont été traités par la brigade des mineurs. Vous n'avez fait l'objet que de deux auditions et la disparition d'Anna n'a pas permis d'approfondir les faits devant un tribunal et ses experts. Je voudrais reprendre avec vous quelques points précis, apporter un nouvel éclairage, si vous le permettez.

— Posez-moi toutes les questions que vous voudrez, assura Bailly, les mains sur les genoux et bon élève.

Russo fouilla la poche intérieure de son manteau et en retira un calepin dont il tourna les pages.

— Parlez-moi de ce journal intime. L'aviez-vous déjà vu ?

— Pas avant que vous ne le trouviez. Mais c'est impossible. Impossible qu'il ait été là, dans sa chambre, sans que je le sache.

— Fouiller la chambre de votre fille, c'était une habitude ?

— Oui, absolument, répondit le père sans hésiter. Anna a eu une adolescence compliquée. Imaginez qu'il suffit parfois d'être roux, un peu efféminé ou garçon manqué pour subir le harcèlement des autres enfants, alors vous comprendrez ce qu'a vécu ma fille. Les traits de son visage étaient si étranges et pourtant magnifiques, mais la différence, qu'elle soit belle, honteuse ou hideuse, vous met au ban. Et tout s'est aggravé lorsque ma femme est tombée enceinte. Anna a pensé que nous la remplacions, comme un modèle défectueux. Le bébé a généré chez elle une cascade de sentiments négatifs. L'insécurité et la rivalité, d'abord, qui se sont transformées en colère et agressivité, exacerbées par ses propres incertitudes, et c'est à ce moment qu'ont commencé les dépressions, les crises de nerfs et les scarifications. Alors oui, tous les soirs, je fouillais sa chambre, à la recherche d'une lame de rasoir ou d'un couteau. Et si je réussissais à trouver quelque chose d'aussi petit qu'une lame, j'aurais dû un jour tomber sur ce journal.

— À moins qu'elle ait préféré l'emmener au collège avec elle ?

— C'est aussi ce que je me suis dit. Soyons clairs, vous vous posez aujourd'hui les questions que je me pose depuis dix ans, alors… Continuez, je vous en prie.

Le regard de Russo se posa sur les milliers d'avis de recherche, puis il tourna une nouvelle page de son calepin.

— Vous sauriez m'expliquer la présence du cadenas extérieur ?

— Oui, bien sûr. C'est moi qui l'y ai mis, pour l'empêcher de sortir la nuit. Nous n'arrivions plus à dormir avec ma femme.

— Comment une gamine de quatorze ans pouvait-elle vous coller des nuits blanches ?

Bailly s'assombrit et Russo reconnut cette attitude. L'attitude de celui qui jauge son interlocuteur et se demande quel degré de confiance il peut lui accorder. Le père savait répondre à la question, il se demandait juste s'il le devait. Et ce n'était pas pour lui qu'il semblait inquiet.

— Vous pensez que nous sommes cent flics à reprendre l'affaire ? Mais il n'y a que nous deux. Juste ce jeune capitaine et moi. Et nous sommes votre seule chance.

L'homme se leva et, d'un des tiroirs de son bureau sortit un dossier médical qu'il tendit à Russo.

— À quatre mois, notre nouveau-né a eu un accident. Nous nous étions absentés dans le jardin avec ma femme alors qu'il dormait. Anna devait juste le surveiller, ou nous appeler s'il se réveillait. Puis nous avons entendu les cris. Des cris de douleur insoutenables. Nous nous sommes rués dans la maison, il était au sol, en bas des escaliers, tout tordu, Anna à son côté. Elle nous a raconté qu'il s'était agité dans son petit lit, qu'elle l'avait pris dans ses bras pour nous l'apporter et qu'il lui avait échappé, à quelques marches du rez-de-chaussée. Nous n'avons pas réfléchi sur le moment. Ce n'est qu'aux urgences pédiatriques, morts de trouille en salle d'attente, que nous avons mis les pièces les unes avec les autres, et ça ne s'emboîtait pas.

— Une sœur qui s'occupe de son petit frère, un bête accident, ça arrive, non ?

— Oui. Mais pas avec Anna. Parce que depuis sa naissance pas une fois elle ne l'avait touché. Pas une fois elle ne lui avait parlé. Les psys appellent ça le complexe de Caïn, et j'ai tout lu à ce propos. Nous en étions mortifiés mais persuadés, elle le haïssait. Un accident ? À la toute première fois où nous l'avions laissée seule avec lui ? Et si elle l'avait volontairement laissé tomber au sol ? Vous réalisez combien coûte cette question à des parents ?

— Alors vous avez placé un cadenas à sa porte, conclut Russo.

— Il avait un plâtre à la jambe et un autre au poignet, d'une taille si petite que je n'en avais jamais vu. Notre bébé avait plus de jours d'ITT que de jours de vie, bien sûr que j'ai fait tout ce qu'il fallait pour le protéger.

— Et cette version, vous l'avez racontée ?

— Oui. Mais les services sociaux n'ont vu qu'un père incestueux qui invente une enfant diabolique pour se sortir d'affaire. Toujours est-il qu'après la chute de notre fils j'ai obligé Anna à voir une psychiatre.

— Une psychiatre, mais surtout une amie. Pourquoi ce choix ?

— Je voulais protéger ma fille. Si elle avait avoué un geste de violence délibéré, j'ignore ce qu'un étranger aurait décidé. J'ai demandé à mon amie de garder pour elle tout ce qu'elle entendrait et de n'en parler qu'à moi. Anna est allée la voir une dizaine de fois à l'hôpital Sainte-Anne, elle a toujours nié les faits, mais elle s'est mise à parler d'autre chose. De moi.

— De vos visites nocturnes ?

Bailly grimaça alors qu'il recevait les mêmes coups au cœur que ceux portés par l'Aide sociale des années plus tôt. Il ne releva pas l'accusation, et préféra poursuivre.

— Anna a commencé à faire de courts séjours là-bas. Deux jours, trois au maximum. Des entretiens privés, des groupes dans des cercles de parole, puis, quand sont arrivées les scarifications, nous nous sommes mis à réfléchir à un internement plus long. Mais quand Anna a découvert le prospectus de l'hôpital, quand elle a compris que nous voulions la placer sous surveillance, elle s'est persuadée que nous souhaitions simplement nous débarrasser d'elle. Et les crises de colère ont commencé. Juste avant sa... sa fugue. Tout cela n'a jamais été pensé contre elle, mais pour elle, pour qu'elle puisse s'exprimer loin de ses parents, loin de moi.

— Donc, cette psychiatre, même amie, ne vous faisait pas totalement confiance.

— Je ne l'ai pas choisie pour me défendre ni cacher mes supposées déviances, mais parce qu'elle est la meilleure que je connaisse. Et si elle n'a pas donné suite aux mensonges d'Anna, c'est qu'elle-même n'y croyait pas.

Bailly nota une adresse au dos d'un des avis de recherche.

— Vous la trouverez ici. Elle a quitté Sainte-Anne après cette affaire. Elle ne supportait pas les regards de reproche et les doutes de ses confrères et consœurs. Anna était sa patiente et la question se posait de savoir comment elle avait pu passer à côté de ses souffrances et, si elle était mon amie de faculté, ce qui a rapidement

428

été révélé par vos collègues, dans quelle mesure elle les avait amoindries ou mises en doute.

Russo plia le papier en deux et l'inséra entre les pages de son carnet.

— Je pourrai la voir quand ? Dites-lui que je l'excuse, que tout est oublié, qu'il n'est pas trop tard pour nous, si elle le veut bien. Dites-lui.

Et quand Bailly réalisa qu'il avait imploré le flic en lui tenant les mains, il les relâcha aussitôt.

Après avoir imposé toute la discrétion nécessaire au père, lui interdisant de faire état de leur conversation tout en lui promettant de le tenir au courant de l'évolution de son enquête, Russo et Tom quittèrent la maison.

Tom renseigna l'adresse de la psychiatre dans le GPS de leur voiture tout en faisant part de ses intuitions.

— Un père violeur qui cherche sa fille encore dix ans après sa disparition…

— On voit de tout. Et le problème n'a jamais été qu'il ne l'aimait pas assez mais qu'il l'aimait un peu trop. N'empêche, je suis d'accord avec toi. Ça ne colle pas. Il était sincèrement heureux, non ?

— À moins de mériter un prix d'interprétation, oui, je crois qu'il était sincère.

— Pourtant, les faits d'inceste ne sont pas prescrits et le retour de sa fille sur la scène pourrait lui valoir vingt ans ferme s'ils sont avérés. Ça ne justifie pas tout à fait d'être sincèrement heureux.

— Non. Pas tout à fait, reconnut Tom.

— Alors démarre.

53

La Psychiatre.

Intriguée par la présence des deux hommes installés dans sa salle d'attente, Abigaelle Horowitz consulta son agenda qui lui confirma qu'elle avait bien une journée dégagée dès 19 heures. Armée d'un sourire aimable, ballerines noires, tailleur serré bleu nuit et cheveux gris en chignon parfait, elle s'apprêtait à les congédier sans manquer de leur proposer un rendez-vous ultérieur, quand elle se mit à l'arrêt devant la carte tricolore.

— Anna Bailly ? Vous vous souvenez ?

Dans le bureau sobre et sombre, seules la petite lampe verte de bibliothécaire posée sur le bureau et les deux immenses fenêtres qui touchaient presque le plafond diffusaient un peu de lumière à la soirée tombante.

— Oui, bien sûr, confirma-t-elle alors que Tom se répétait. C'est bien la dernière patiente que j'oublierais.

— Une question me bourdonne dans la tête, commença Russo, à la manière des flics à l'ancienne. Comment faites-vous vos choix ? Comment décidez-vous qu'une personne, disons une jeune fille par exemple, vous dit la vérité ou non ?

— Voilà qui résume tout ce que je voulais savoir sur les raisons de votre présence, constata Horowitz. L'affaire est rouverte ? Vous l'avez retrouvée ?

— C'est plus compliqué que ça.

— Je suis psy. C'est toujours plus compliqué que ça. Mais, pour répondre à votre question, en voilà une autre. Savez-vous que Marc Bailly n'est pas la première personne qu'Anna a accusée de viol ?

— Le gamin du collège ? Oui, c'est dans un de mes rapports.

— La direction était très emmerdée que cela ait pu se passer au sein de l'établissement, poursuivit Horowitz, dont l'allure et le ton distingués effaçaient les vulgarités comme si elle ne les avait jamais dites. Mais Clara Sentenac, la professeure, elle, n'y a jamais cru. À tel point que, lorsqu'elle a demandé sa mutation, elle m'a appelée pour me donner ses nouvelles coordonnées, au cas où.

— Si je peux me permettre… l'interrompit Russo.

— Oui, bien sûr. Je vous les communiquerai. Les monstres ont tous les visages, j'ai pu en faire l'expérience, mais cet élève était considéré comme poli, respectueux et fédérateur. Délégué de classe chaque année, et surtout particulièrement brillant. L'honneur de la famille… selon les propos de la famille.

— Comment avez-vous eu ces informations ? s'étonna Tom, assis lui aussi devant le petit bureau de la psy mais caché de moitié par Russo.

— Après les accusations d'Anna, j'ai fait la demande de leurs deux dossiers scolaires et du rapport d'intervention qui a suivi « l'incident ». La direction était sur des braises et n'avait aucune envie d'une publicité négative. Et ne pas communiquer leurs informations à la psychiatre en charge de réparer l'élève qui s'était fait agresser dans leur propre établissement, il n'y aurait pas eu plus négatif comme publicité. Mais dites-moi, commandant, votre rapport indique-t-il que le garçon s'est suicidé l'année suivante ? Il s'est jeté de sa fenêtre. Onzième étage.

— Je l'ignorais.

Russo l'avait dit en s'excusant presque, et il commençait à trouver profond le marais dans lequel il s'enfonçait.

— Vous confirmez avoir décidé pour Anna de plusieurs séjours, de plus ou moins courte durée, à Sainte-Anne ? poursuivit-il.

— Pour mieux la comprendre, oui. L'éloigner de ce qui pouvait générer sa colère et sa possible mythomanie.

Tom réveilla son portable, ouvrit un fichier photos et en fit défiler plusieurs avant de trouver la bonne. Sur l'écran, le monstre apparut.

— Vous connaissez ? demanda-t-il.

— Euh… Oui… Je crois. Anthony quelque chose ?

— Andréas Sorrento, corrigea le policier.

— Voilà. C'était un infirmier psy. Il m'assistait pour la logistique des cercles. Ce sont des groupes de parole. Efficace et très présent. Il lui arrivait même de converser longuement après les réunions avec les patients. Il était très apprécié. Un jeune homme engagé comme il en faudrait plus.

Question de point de vue, pensa Tom.

— Autre chose ? demanda la psy.

Russo sembla embarrassé, comme s'il s'agaçait lui-même à ne pas vouloir changer d'avis. Un avis qu'il avait tenu pour certain pendant trop longtemps pour en accepter un autre sans résistance.

— Désolé d'insister, mais, parce que vous pensez qu'une jeune fille ment sur un supposé viol, vous en concluez qu'elle ment aussi sur les abus qu'elle pourrait subir de son père ?

— Non, bien sûr que non. Pour son agression au collège, c'est un pressentiment. Pour son père, je suis catégorique. Il ne l'a jamais touchée.

Le flic recula dans son fauteuil et son dos épousa chaque centimètre du dossier.

— Alors j'en reviens à ma première question. Comment faites-vous vos choix ? Comment décidez-vous qu'une personne, disons une jeune fille par exemple, vous dit la vérité ou non ?

Horowitz se leva et se dirigea vers une bibliothèque protégée de vitres brunes que personne n'avait jamais remarquée. Elle fit coulisser un pan, leva le bras vers une étagère et se saisit d'un livre qu'elle lui tendit.

— Parce que toutes les histoires qu'elle m'a racontées à ce sujet, je les avais déjà lues ailleurs.

*
* *

La nuit était tombée sur Paris et sur l'esprit des deux flics. Dans leur berline, Tom n'avait toujours pas démarré et Russo ne le lui avait pas non plus demandé.

— On a oublié de manger, fit remarquer le jeune capitaine.

— Chez moi, c'est pas bon signe, s'inquiéta le commandant.

— Vous avez l'adresse de Sentenac, la prof ? Si on réussit à prouver qu'Anna avait menti, ça jette une toute nouvelle lumière sur le reste de ses accusations, non ?

— Ça peut. Ou on s'emballe en sens inverse. Tenez.

Russo lui passa, plié en deux, le morceau de papier sur lequel Abigaelle Horowitz avait noté l'adresse de la nouvelle école dans laquelle la professeure avait demandé sa mutation.

— Ne perdons pas de temps. Je vous laisse conduire sur tout le trajet, j'ai un livre à lire.

— C'est à six cents bornes, constata Tom en regardant l'adresse.

Puis il s'attarda sur un ajout en bas de note, écrit en plus petit, comme confidentiel.

— Vous avez vu ? Il y a le 06 de la psy aussi.

— Ah, dit Russo, perplexe.

— Quoi ? Vous vous étonnez de pouvoir plaire ?

— Je n'y ai pas pensé depuis longtemps.

— « Malin sur les autres, crétin sur soi-même », disait ma grand-mère.

54

La Professeure.

Tom avait roulé une bonne partie de la nuit et, arrivés à destination autour des 5 heures du matin, ils ne jugèrent pas utile de prendre une chambre d'hôtel et préférèrent dormir quelques heures, les manteaux remontés au col, la tête appuyée contre la vitre de la voiture.

Russo se réveilla seul dans une voiture embuée, le corps endolori, et à peine se fut-il demandé où était son adjoint que celui-ci toquait déjà à sa fenêtre, un café et un croissant aux amandes à la main.

— Vous êtes une mère pour moi, Tom, dit-il en croquant amoureusement dans sa pâtisserie, assis sur le capot de la voiture au frais du matin.

— Collègue, ça ira. Je me suis endormi que vous lisiez encore le bouquin de la psy. Ça donne quoi ?

— Si on le met en miroir avec le journal intime d'Anna ? Des doutes. Du brouillard. Des emmerdes. Je vous raconte ?

À 8 heures précises, trente minutes avant le début des cours, ils entrèrent dans le collège où Mme Sentenac était en charge des sixièmes. Sésame tricolore présenté, ils furent escortés le long des couloirs jusqu'à sa classe. Tom posa la main sur la poignée, mais Russo retint son geste. À travers la lucarne de la porte, le visage qu'il venait d'apercevoir lui était familier.

— Un souci ? demanda Tom.

— Je la connais, assura le commandant.

— Doutes, brouillard et emmerdes ?

— Au contraire, ça se dissipe. Je crois qu'on vient de tomber sur le chaînon manquant.

Clara Sentenac, entourée de cartes de France et d'autres pays européens, un bout de scotch oublié sur la manche de sa chemise à carreaux retroussée, organisait sa journée, juste une journée de plus à supporter, pensait-elle, passant entre les rangées de pupitres. Russo ouvrit la porte, se présenta et, puisqu'elle n'avait pas réagi à son nom, acquit la certitude qu'elle ne l'avait pas reconnu. Ils s'étaient simplement croisés, et c'était il y a longtemps.

— Merci de nous accorder un instant, madame Sentenac, et désolé de débarquer à l'improviste, nous ne serons pas longs.

— Quoi qu'il en soit, dans vingt minutes, l'endroit va être envahi d'une trentaine de monstres de onze piges, et ni vous ni le RAID ne pourrez les canaliser, alors c'est en gros le temps que vous avez. Vingt minutes.

Russo ouvrit son épais dossier sur un des pupitres et tourna les pages jusqu'à arriver sur une photo d'Anna à l'âge de treize ans. À la vue du cliché, Sentenac s'assit sur une des petites chaises.

— Anna Bailly, souffla-t-elle comme on croise un vieil ennemi avec qui on a gardé querelle.

— Vous étiez la professeure de l'enfant qui a été accusé de son agression sexuelle, exact ?

— Et qui a mis fin à ses jours. Oui. Mais vous tombez vraiment mal, ce n'est pas le moment pour moi de revivre ce genre de souvenirs.

— Je crois que je comprends. Nous serons vite partis. Je sais que vous n'avez jamais cru à ces accusations. Je voudrais juste comprendre ce qui vous en a convaincue.

Clara Sentenac remarqua le bout de scotch qui avait atterri sur sa chemise et l'en détacha.

— Je pourrais vous dire combien avec moi il était charmant, bon élève et le reste. Ça ne le disculperait en rien. Je n'étais pas la professeure d'Anna, mais je me suis rapidement inquiétée de son comportement. Bien sûr, les élèves n'étaient pas tendres avec elle, je veux dire, son physique singulier attirait les garçons, agaçait les filles, et l'inverse. Mais elle en avait tout autant à leur égard. Elle montait les uns contre les autres, propageait des rumeurs jusqu'à ce qu'ils se battent parfois entre eux. Elle brisait les couples en allumant les garçons et je l'ai retrouvée par deux fois aux toilettes avec l'un d'eux. Je n'avais pas grand-chose de plus qu'une intime conviction, mais cette histoire de viol, ça ne tenait pas. J'en ai fait part à la direction, au rectorat, et, puisqu'elle s'est manifestée auprès du collège, j'ai rencontré sa psy et je lui ai dit le peu que je vous révèle aujourd'hui. Vous n'allez pas aller bien loin avec ça.

Dans la cour de récréation, le brouhaha des monstres de onze ans grondait la fin de l'entretien.

— C'est déjà beaucoup, madame Sentenac, la remercia Russo. Juste une dernière question. Une précision plutôt. Sentenac est votre nom de jeune fille, exact ?

La professeure acquiesça, évoqua son divorce récent, et Tom se demanda où son commandant avait déniché cette information.

— Vous vous appelez Clara Imhof, poursuivit-il. Et votre fille s'appelait Sacha.

Au souvenir de son enfant, la mère devint blême, vidée de toute énergie. Sa respiration se fit plus lente et elle porta sa main à son cou, se saisit de la chaîne qui y pendait et y attrapa le petit moineau origami en métal doré accroché, empêché de voler à jamais.

— Pardon, je ne comprends plus rien. Quel est le rapport avec Anna ? Pourquoi me montrer une photo d'elle ?

Russo se promit de revenir bientôt, et de tout lui raconter. Mais, à cet instant précis, il lui était impossible d'avouer que l'élève contre qui Clara Sentenac avait témoigné pouvait avoir un lien avec la mort de Sacha. Que les accusations d'une mère puissent avoir entraîné la mort de son enfant.

— Sur les dix disparues, Anna était la première victime, se contenta de répondre le commandant. Et nous traquons toujours le monstre. J'ai cherché Sacha pendant des années. Jour et nuit, sans repos. J'ai même failli en crever. Vous ne vous souvenez pas de moi, je n'ai pas fait votre audition ce jour-là, mais moi je vous connais, comme je connais par cœur chaque page de cette affaire. J'aurais voulu vous délivrer il y a bien longtemps, je suis désolé.

Sur ces derniers mots, la voix de Russo s'étrangla. La professeure posa sa petite main sur la paluche imposante du flic, et c'est elle qui le rassura.

— C'est fini maintenant. Quand une personne meurt, tout l'amour que l'on avait pour elle ne sait plus où aller. Il n'y a que le deuil pour l'absorber, et c'est le deuil que l'on m'a offert en retrouvant son corps. Aujourd'hui, je peux avancer. Et vous le devez aussi.

Elle se leva devant ce flic qui ressemblait plus à un écolier malheureux qu'à un officier en service.

— Je peux vous prendre dans mes bras ?

Russo se laissa faire, entouré de dessins d'enfants et d'odeurs de colle, enlacé par une femme dont il aurait tellement voulu être le héros.

— Toutes mes condoléances, madame, chuchota-t-il aussi bas que s'il avait parlé pour lui seul.

*
* *

Le capitaine et le commandant zigzaguèrent entre les gamins, nuée de sauterelles dans les couloirs du collège, et à peine eurent-ils franchi le porche de l'établissement que Tom put enfin laisser échapper l'excitation qu'il avait difficilement contenue jusque-là.

— Putain de putain de bordel de putain de merde !

— C'est un bon résumé, reconnut Russo.

— OK, et on fait quoi, maintenant ?

— Les six cents bornes à l'envers. Mais plus rapidement si c'est encore possible.

— On rentre au service ?

— Non. On retourne à la maison où Anna a été découverte. J'ai quelque chose à vérifier. En attendant, vous appelez Saint-Croix, je me charge de Coste.

— 8 h 30 ici, ça fait 4 heures et demie du matin à Saint-Pierre, remarqua son adjoint en regardant sa montre.

— Il aura connu des réveils moins violents, c'est certain.

55

Coste avait enfilé son manteau, parcouru les quelques mètres qui séparaient sa maison de la falaise et, le bout de ses chaussures aux limites du précipice, face à l'Atlantique effacé par les brumes, il récupéra la communication.

— Voilà, je suis à l'écart. Vous avez essayé de me contacter neuf fois. Personne n'appelle neuf fois pour une bonne nouvelle.

— Je viens d'apprendre la mort d'Andréas, commença Russo.

— Je n'y suis pas pour grand-chose, mais au moins c'est fini.

— Pas vraiment, objecta le commandant. Vous êtes venu me chercher jusque dans ma maison de repos et tout aurait été plus facile si vous m'y aviez laissé.

À Saint-Pierre, le flic laissa passer, le temps de s'allumer une cigarette.

— Bien, on va y aller d'un coup, comme pour les sparadraps, d'accord ?

Coste reconnaissait ces moments qui précèdent un changement radical. Russo avait été envoyé pour reprendre l'enquête sous le prisme de la toute première victime et il était maintenant là, au bout du fil, et clairement nerveux. Il y avait donc la réalité de l'instant présent, calme et triste depuis la mort d'Armand Bisset, et la réalité de l'instant d'après, visiblement chaotique, si l'on en croyait la voix du commandant. Coste tira deux lattes, retardant le moment du choc, profitant encore un peu de ne rien savoir.

— Allez-y, je vous écoute, dit-il enfin avec résignation.

— Ça commence avec Marc Bailly…

Russo relata alors dans le détail la vérité du père, calepin en main pour ne rien oublier. Les séjours à Sainte-Anne où Andréas travaillait et les piles d'avis de recherche sur le bureau du docteur de campagne, mais, avant tout, les questionnements sur l'accident du nourrisson qui pouvaient justifier la présence d'un cadenas extérieur sur la porte d'Anna.

— Pourtant il n'y était plus quand vous êtes arrivés sur place, ce cadenas. S'il pouvait s'en expliquer, pourquoi l'enlever ?

— De peur qu'on ne le croie pas. Et il n'a pas eu tout à fait tort, non ?

— Je reconnais, mais ce n'est pas que ça qui vous a alerté. Vous oubliez l'essentiel.

— Le journal intime ? répondit Russo en attrapant le livre qu'on lui avait offert la veille. J'y viens. *Le Berceau des dominations*, ça vous dit quelque chose ?

— Si c'est un polar, ça ne risque pas.

— Non, c'est un essai sur l'inceste conseillé par Abigaelle Horowitz, la psy d'Anna. Ce sont des entretiens avec des incesteurs et des incestés tenus par Dorothée Dussy, l'autrice, anthropologue et chercheuse au CNRS. Je vous en lis quelques passages si vous voulez bien ?

Russo fit tourner les pages jusqu'à la première de ses annotations et lut :

« — Vous lui faisiez peur ?

— Non, pas du tout. Au début quand je l'ai vue flirter avec un garçon de vingt-deux ans, c'est là que je lui ai fait peur, je l'ai giflée. À dix ans ! Flirter avec un garçon de vingt-deux ans.

— Oui mais à dix ans, vous l'aviez déjà violée…

— Oui, oui… C'est par jalousie que j'ai fait ça. […] Je lui ai dit une fois : "Si tu veux un garçon, tu prends tes affaires et tu t'en vas." Elle avait dix ans ! »

Il tourna encore les pages alors que, dans la mémoire de Coste, les mots entendus se superposaient déjà à d'autres.

« L'histoire de cette mère d'incestée qui a développé une maladie très rare aux yeux. Son champ de vision rétrécissait, et elle perdait la vue sur les côtés. C'est arrivé juste après le procès que la fille a intenté contre son père. Littéralement, la mère a déclenché une maladie qui lui faisait des œillères. »

Puis il tourna une dernière fois.

« — Il (son fils) n'était pas d'accord, il était demandeur. Je sais qu'on n'a pas le droit de dire ça, mais il était demandeur.

— Dès le début il était demandeur ?

— Oui. Papa ! Est-ce qu'on peut recommencer comme l'autre fois ? »

Russo n'en rajouta pas, assuré que ces premières gouttes de venin se diffusaient déjà dans les veines de celui qui l'écoutait.

— Comme moi, Coste, vous avez déjà lu tous ces mots dans son journal intime.

— Si elle a subi les mêmes choses, elle utilise logiquement les mêmes mots, la défendit encore son protecteur. Et même si elle les a empruntés dans un livre, c'est peut-être qu'elle en manquait ? Puisque votre Horowitz était si sûre d'elle, pourquoi ne pas avoir alerté les services sociaux ?

— Bien sûr... ironisa Russo. Quelque chose comme : « Bonjour, je suis la psy que vous avez déjà épinglée pour être l'amie du violeur présumé de ma patiente, que vous avez accessoirement déchu de ses droits parentaux et à qui vous avez retiré son fils, et je pense qu'Anna ment parce que j'ai lu des trucs un peu similaires dans un livre ? » Sérieusement, vous essayez de vous convaincre ?

— Il faut bien un avocat au diable.

— Coste, c'est presque du mot à mot pour des situations identiques. La gifle, les œillères, le « on recommence » ! Je vous ai cité trois occurrences, j'en ai noté seize autres, et ce n'est qu'une première lecture. Je sais ce que je vous demande, et je sais que c'est douloureux, capitaine. Je suis aussi passé par bien des désillusions dans cette enquête.

— Et ses trois fractures, poignet, cheville et doigts ? rembobina Coste pour ne laisser aucune porte ouverte.

— Trois fractures en dix ans, ça peut arriver à n'importe qui, surtout si dans ce laps de temps on a enlevé et assassiné neuf jeunes filles dont certaines se seront débattues. Il aura suffi à Anna de vous raconter la fable qui allait avec chacune des fractures. Mais ce n'est malheureusement pas tout.

— Si vous avez le sens du drame, j'imagine que vous avez gardé le pire pour la fin ?

Russo referma le livre de la psy en sachant que sa dernière carte serait trop lourde pour que le flic continue désespérément de préserver l'équilibre de son château.

— Vous vous souvenez de son agression sexuelle au collège ?

— Question rhétorique.

— La professeure du gamin n'y a jamais cru. Elle a remué ciel et terre, de la direction au rectorat, défendant l'accusé et accusant Anna de mythomanie. Et cette femme s'appelle Clara Sentenac… Épouse Imhof.

L'éclair partit de la région parisienne, traversa la planète pour s'abattre directement sur la tête du flic.

— Imhof. Comme dans Sacha Imhof ?

— Le chaînon manquant, Coste. Le chaînon manquant. C'est une vengeance, et certainement pas décidée par Andréas Sorrento. J'ai moi-même présenté à tous les parents les photos de chacune des victimes afin de trouver un possible lien. Mais je n'ai jamais montré la photo d'Anna, ni à Clara Imhof ni à personne, puisqu'il y a encore un mois tout le monde croyait à sa fugue.

Entouré de brumes, Coste voyait pourtant très distinctement à deux mètres autour de lui. Le bout de la falaise comme le bout de ses pompes, la tourbe et les premiers sapins. Et c'était exactement ce qui s'était passé depuis le début. Il se persuadait de comprendre son enquête dans les deux mètres carrés de ses certitudes, sans réaliser le brouillard intense qui l'enveloppait réellement, et Russo, d'un souffle brûlant, venait de le dissiper. Son ventre se creusa et il eut l'impression d'être aspiré par un trou noir.

Anna. J'aurais dû te lire dans les deux sens. Ta peau, tes lèvres, ton regard…

Mais elle avait la peau diaphane et blanche des vampires qui se nourrissent du sang des autres. Des lèvres si fines qu'elles trancheraient la gorge de ceux qu'elle embrasserait au cou. Des yeux immenses et suffisamment écartés pour ne rien rater des mouvements de ses proies. Et, aux commandes, un cerveau profondément perturbé entièrement voué au malheur des autres.

Anna, prédatrice parfaite. Et Coste, sa proie depuis le premier jour.

— Pendant les trois premières semaines, passées avec la PJ et ensuite Saint-Croix, elle est restée presque mutique, poursuivit Russo.

— Mais elle ne faisait qu'apprendre son rôle, comprit le capitaine. Parler le moins possible pour éviter toute erreur. Connaître le terrain et ses occupants, puis s'y adapter. Et quand elle a été avec moi, je lui ai appris comment se fabriquer une nouvelle identité, comment se construire un personnage, une légende. Je lui ai donné toutes les clés. C'est la deuxième fois qu'elle s'invente une vie. La première à quatorze ans, la deuxième dix ans plus tard.

— Puis, tout en vous nourrissant de fausses informations, elle a gagné du temps pour que le monstre arrive sur l'île. Elle ne l'a pas fait venir pour qu'ils se retrouvent, mais pour que vous l'éliminiez. Imaginez qu'on l'ait interpellé avant, il aurait tout raconté et transformé notre douce victime en cerveau criminel.

— Pendant ses séjours à Sainte-Anne, ils se sont reconnus, eux et leurs enfances brisées. Elle l'a séduit et a profité de son amour. Ce n'est pas lui qui a jeté son dévolu sur elle, mais elle qui l'a recruté… En détruisant sa propre famille, elle a réalisé qu'elle avait le pouvoir d'en briser d'autres, victime après victime.

— Mais que lui restait-il une fois que tout s'est effondré ? continua Russo. Partir ensemble pour une vie de fuyards ? Ou se débarrasser de lui et de tout ce qu'il savait pour renaître, aussi blanche que la neige.

Ou que cette putain de brume, ragea Coste.

— Si on regarde jour après jour, elle est simplement devenue ce que l'on attendait d'elle, et le reste n'a été que de la survie d'un bout à l'autre. Vous avez tenté d'abattre Andréas une première fois et, lorsqu'il vous a proposé un échange avec Mercredi, Anna y a vu une occasion.

— L'occasion de terminer ce que je n'avais pas été capable de faire. Le tuer elle-même. Et éviter qu'il avoue un jour que le monstre, ce n'était pas lui.

— Désolé mon vieux, on est beaucoup à avoir été manipulés. Mais il me restait un dernier casse-tête à résoudre. L'enclos. Et je suis devant.

Russo faisait face à la cage à barreaux épais, dans le sous-sol de la maison aux vitres opaques, et laissa un instant à son interlocuteur pour qu'il arrive à son tour au casse-tête évoqué, sorte de mystère de la chambre jaune.

— L'enclos, répéta Coste. Ou comment prouver qu'une jeune femme seule se retrouve enfermée dans une pièce alors que les clés sont un étage plus haut et qu'elle s'est enfermée elle-même.

Russo souleva le ruban jaune police « SCÈNE DE CRIME » et fit jouer la porte sur ses gonds.

— C'était sous nos yeux, et honteusement simple. C'est une porte sans poignée. On la ferme en la claquant, mais il faut des clés pour l'ouvrir.

Il regarda l'endroit poussiéreux dont tout ce qu'il contenait de draps, matelas, origamis et revues était désormais placé sous scellé. Il se souvint de cette jeune fille dont la fugue l'avait hanté, cette jeune fille qui lui avait ici même sauté au cou et qu'il avait cru sauver.

— Retrouver Anna, se justifia le commandant, enfermée pendant dix ans, une victime du monstre qu'on avait mise de côté par erreur, on n'a pas réfléchi, y avait rien à réfléchir, on est passés à côté, tout simplement parce que le scénario d'un enfermement volontaire n'existait pas. Nous sommes intervenus alors qu'Andréas devait être à son poste à Sainte-Anne, ou en train de chercher un lieu où enterrer sa dernière victime ou, qui sait, une nouvelle voiture pour la transporter. Anna a dû apercevoir le faux postier qu'on avait envoyé et à qui on avait demandé de prendre des photos en cas d'absence de notre cible. Elle a dû comprendre, s'emparer des clés, descendre à la cave, ouvrir la porte, remonter, reposer les clés au-dessus de la boîte qui contenait le revolver, redescendre, claquer la porte, puis prendre place à côté du cadavre de Virginie, la dixième victime, se salir le visage, les cheveux et les bras avec la poussière et la terre du sol, et jouer son plus beau rôle.

Coste ne tenait plus sur ses jambes. Il s'assit calmement dans la tourbe, mit son portable sur haut-parleur et le posa à son côté. Les bras le long du corps, le dos des mains sur la mousse, il fixa devant lui les mouvements gracieux des drapés de la brume. Totalement K-O.

— Pour comprendre la voie sans issue dans laquelle nous nous trouvons maintenant, conclut Russo, je pense qu'il va vous falloir verbaliser tout ça une bonne fois.

— Je sais, mais c'est la conclusion qui est insoutenable. Le fait n'est plus de savoir si Anna nous a trompés ou pas, mais comment les trois grands acteurs de la justice, magistrats, jury et médias, accueilleront les faits. Et ces faits, il faut les lire avec leurs yeux. D'un côté, un père qui pose un cadenas sur la porte de son enfant dans la chambre de laquelle on découvre un journal poisseux d'horreurs, soutenu par une psy qui accepte comme cliente la fille abusée de son ex-petit copain de fac alors qu'il est lui-même l'abuseur, et armée d'un bouquin dans lequel elle aurait trouvé des similitudes.

— Personne ne leur accordera le moindre crédit.

— De l'autre, une héroïne immaculée, anciennement victime de viol au collège, abusée par son père, enlevée ensuite par un cinglé qui l'a retenue dix ans prisonnière, et qui, en plus de survivre à tout cela et d'avoir permis aux familles de faire le deuil grâce à sa collaboration, a dû elle-même faire le travail de la police en faisant sauter la tête de son prédateur au fusil, sauvant au passage la jeune Esther Bisset, kidnappée la veille.

— Nous n'avons aucune chance, aucune preuve tangible, on avance avec notre seule conviction.

— Et dans moins d'une semaine, le programme lui fournira une nouvelle identité et une nouvelle adresse quelque part sur le globe. Elle disparaîtra, comme ça. Jusqu'à son prochain Andréas.

— Qui sait ce qu'elle fera, une fois libre ? Dix ans d'enquête pour relâcher un monstre. Ma maison de repos me manque.

Le ressac perpétuel frappa les rochers de la falaise comme des poings rageurs.

— Et maintenant ? On fait quoi ? demanda Russo…

Garance, Salomé, Sacha, Claire, Maud, Samia, Cléo, Julie, Virginie, Joseph, Milos, Louis, Thibaut, Geoffroy, Clémence, Bisset et Mercredi.

Le vent souffla sur les braises et raviva la colère.

— Coste ? Vous êtes toujours là ? Coste ?

56

« La tempête est le repos du marin », dit une vieille expression. Quand l'océan hurle et s'emporte, quand il déclare la guerre aux navires, il offre un répit aux matelots, libérés des corvées. Tout est histoire de contexte. La tempête des uns est l'accalmie des autres, et l'esprit de Coste s'apaisait toujours quand, pris par les vents, d'autres s'agitaient en gesticulant. Tout devenait plus clair lorsque le navire gîtait dangereusement.

Il savait ce qu'il avait à faire, et comment le faire.

Six ans plus tôt, un membre de son équipe avait été assassiné et, le canon de son arme sur la nuque de son bourreau, il avait failli appuyer sur la détente.

« On ne se le pardonnera jamais. On en crèvera, vous le savez », l'avait raisonné son adjoint.

Mais il n'y avait plus personne pour raisonner Coste. Et il était prêt à en crever.

— Tout va bien ? demanda Anna lorsqu'elle le vit rentrer.

— Tout va bien, lui sourit-il.

— Qui était-ce au téléphone ?

— Saint-Croix, mentit-il. Elle prépare la suite. Elle hésite entre deux continents. Je n'en sais pas plus. Mais c'est pour bientôt.

— Il nous reste combien de nuits ?

— Quelques-unes.

— Assez pour que tu me cèdes…

— Probablement.

Il enfila un large pull aux mailles épaisses, empocha les clés de son Land Rover et tendit son manteau à sa protégée.

— Le cap à l'Aigle, une dernière fois ? proposa-t-il. Habille-toi, il va faire froid, je n'ai plus de pare-brise depuis qu'on m'a tiré dessus.

— Tout ce que tu voudras, accepta-t-elle en lui prenant la main.

57

En haut du précipice, les rochers couverts d'herbe rase et de tourbe humide s'arrêtaient net et laissaient la place à une mer de nuages si dense que l'on aurait pu essayer de marcher dessus. Et le vide qui s'y dissimulait restait invisible.

— Bien étrange idée que tu as eue là. Nous n'y voyons rien, fit remarquer Anna.

— Rassure-toi, j'y vois très bien.

— La petite falaise devant ta maison aurait offert le même spectacle.

— Oui, mais celle-ci est deux fois plus haute. D'ailleurs, les malheureux ne s'y trompent jamais, c'est elle qu'ils choisissent pour mettre fin à leurs jours.

Anna se plaça juste au bord, à la merci d'une bourrasque. Il ne lui fallait pas plus de sous-entendus pour comprendre et, offrant pourtant son dos, elle ne se retourna pas pour lui parler.

— Je te reconnais Victor. Mais ce n'est plus toi. Tu es aussi calme que l'œil d'un cyclone.

Elle s'approcha encore un peu et un rocher instable bougea sous ses chaussures, laissant échapper quelques pierres dont les rebonds se perdirent en écho jusqu'en bas.

— Sacha, la fille aux origamis… L'accident de ton petit frère… *Le Berceau des dominations* et ton journal intime…

Coste n'avait pas eu besoin d'insister pour déconstruire une histoire qu'elle avait elle-même inventée.

— Tu as laissé ton téléphone sur la table du salon, dit-elle comme si elle n'avait rien entendu. Tu ne penses pas qu'aujourd'hui Saint-Croix va vouloir te parler ? Il s'est passé tellement de choses hier. Tellement de choses à raconter.

— Elle patientera, assura Coste. Plus rien n'est urgent.

— Toujours est-il que si l'on voulait savoir où tu étais ce matin, ce téléphone te localiserait à la résidence. C'est ce que tu voulais ?

— Quelque chose comme ça.

— Mais ce que tu veux et ce que tu es réellement capable de faire sont deux choses bien distinctes. Moi, par exemple, je suis capable de tuer.

— Je le sais bien. Et quand tu trouveras un nouvel Andréas, tu pourras même recommencer.

— Merci, mais je n'ai besoin de personne. Je n'ai plus quatorze ans.

Puis elle se retourna vers lui et lui sourit, les bras ouverts, inoffensive.

— Regarde-moi, Victor. Je suis sûre qu'il te reste un peu de sentiments pour moi.

— Je te mentirais si je te disais qu'il n'y en a jamais eu. C'est ce qui rend ce moment si difficile. Mais je n'ai pas le choix.

— De m'enfermer en prison ? Moi qui ai tué Andréas ? Moi qui ai sauvé Mercredi ?

— Toi… Victime sublime et parfaite aux yeux d'un monde qui pense que tu n'as rencontré que des prédateurs tout au long de ta vie. Non, en prison, tu n'iras jamais. Tu le sais. Moi aussi. Et puisque tu es un monstre, tu vas recommencer. Dans un an ou dix.

— Tu surestimes ma patience. Mais approche un peu. On dirait que je te fais peur…

— Peur ? Non. Tu me terrifies, avoua-t-il en faisant trois pas dans sa direction, si proche d'elle que, sous le vent, les cheveux blonds de la jeune femme, en s'envolant, frôlèrent le visage du flic.

— Comment comptes-tu terminer cette histoire, Victor ? Tu veux que je m'excuse, que j'implore ton pardon ? Je peux aussi te raconter comment j'ai fait accuser mon père en laissant un journal intime assez caché pour que vous le trouviez, comment j'ai réuni ma jolie famille en déposant mon frère entre mes parents, juste pour les regarder une dernière fois en sachant qu'au matin leurs vies seraient à jamais détruites. Et puis comment on choisissait nos victimes à deux avec Andréas, comment j'adorais regarder avec elles leurs parents gémir face aux caméras, jusqu'à m'immiscer dans les veillées funèbres et m'imprégner de leur peine, comment j'ai dû inventer toute une manière de les assassiner tant Andréas était lâche et faible. Dix ans de chasse, dix ans de meurtres, dix ans pendant lesquels vous avez traqué la mauvaise personne. Ce serait peut-être un peu long, non ?

Devant les yeux de Coste, les visages des victimes défilèrent.

Anna tendit les mains, attendant qu'il les prenne, attendant qu'il la choisisse elle, plutôt qu'elles.

— Mon amour, rien ne t'oblige à…

Sous le choc, elle partit en arrière. Deux petits pas à reculons et le troisième rencontra le vide, puis, les cheveux en couronne, les bras en avant, la brume l'avala tout entière et cacha à Coste sa chute et son corps disloqué sur les rochers, quarante mètres plus bas.

Quoi qu'il ait cherché à fuir, la mort en bonne amie l'avait toujours accompagné.

Que cette vie avait été décevante.

Que cette vie avait été brutale.

Que cette vie l'avait malmené.

Et à son tour il se plaça sur le rebord de la falaise.

Lorsque Mercredi sortirait de l'hôpital, elle trouverait
une lettre d'adieu sur le coussin de son lit, dans cette
maison qu'Armand avait toujours voulu ouverte, pour
respecter la tradition et accueillir le voyageur perdu.
Pour préserver Mercredi, Coste y avait raconté une histoire différente. Une histoire dans laquelle Anna restait
innocente. Encore une histoire. Encore des mensonges.

L'horloge de Bisset continuerait son tic-tac pour des
livres orphelins, jusqu'à ce que le testament du vieil
homme lègue tout à sa petite-fille.

Au bas de la falaise, Laguerra déroulait un bandeau
gendarmerie « SCÈNE DE CRIME » autour du cadavre
d'Anna, photographié au flash par l'identité judiciaire.

Soba, resté dans la voiture, n'en voyait qu'un ballet
d'ombres, mais cela lui suffisait. Il y avait eu bien trop
de morts sur cette île d'habitude si calme.

Le corps de la jeune femme serait bientôt mis dans un
cercueil en inox pour être autopsié à Paris. Il reposerait
à côté de celui d'Andréas, déjà dans la pièce carrelée

de blanc du funérarium de Saint-Pierre. Ils prendraient l'avion ensemble, réunis enfin.

Dans la résidence surveillée, Coste prit la place d'Anna dans le canapé et y retrouva l'odeur de sa peau. Un craquement de bois le fit se retourner et, par la grande fenêtre, il aurait juré voir la silhouette de la jeune femme l'espace d'un instant dans le brouillard.

— Vous voulez bien répéter ? demanda Saint-Croix au téléphone.

— Oui, pardon. La gendarmerie vous enverra son rapport, je n'ai pas eu la force d'aller encore sur les lieux. Mon tout-terrain a disparu, il faut croire qu'Andréas lui aura appris à conduire, et elle s'est rendue sur la falaise la plus haute. J'aurais dû être plus vigilant. J'en suis entièrement responsable.

— Responsable ? chercha à comprendre la magistrate.

— Russo m'a contacté pour me faire part des avancées de son enquête. Je me croyais seul dans la maison. Je la pensais à l'extérieur. Mais elle a dû tout entendre, s'imaginer ne sortir de prison que vieille dame. C'est ça, ou la culpabilité. Elle a choisi son sort.

Au Palais et pour la première fois, Russo accompagnait Alix, Tom et la présidente, tous autour du haut-parleur, dans le bureau du programme de protection des témoins.

Russo avait demandé à Coste de se mettre à l'écart, loin d'Anna, et il avait entendu le vent hacher les mots du capitaine. Ainsi, lui seul savait que le flic mentait. Et il décida pourtant de se taire, incapable de savoir ce qu'il aurait fait à sa place. Incapable de savoir où se trouvaient dans cette histoire la morale et la justice.

Six années plus tôt, Coste avait demandé à Saint-Croix de ne jamais plus le rendre responsable de la sécurité de qui que ce soit. Elle n'avait pas tenu sa promesse et avait fini de détruire un homme déjà en mille morceaux. Elle trouverait un jour le temps de s'excuser, comme une amie, mais, à cet instant, elle était toujours la présidente.

— Il va falloir rentrer, Victor. La résidence est compromise, évidemment. Nous la fermons. Vous serez entendu à Paris.

Coste regarda à ses pieds son sac à dos à moitié vide dans lequel il avait pourtant mis tout ce qui lui était important.

— Vous devrez faire sans. Je n'ai de toute façon rien vu et je quitte l'île. Contactez mon ancien patron à la PJ du 93. Dans un de ses tiroirs il doit encore avoir la lettre de démission que j'ai rédigée il y a longtemps. Vous n'aurez qu'à changer la date.

— Vous comptez faire quoi ? s'inquiéta-t-elle.

— Disparaître. Je commence à avoir l'habitude. Et renaître, ailleurs. Si je m'y autorise.

— J'aurai tout de même besoin d'une adresse, d'un contact. Vous gardez cette ligne, rassurez-moi ?

Le portable était sur la table basse, celle autour de laquelle Coste et Anna avaient discuté des heures durant. Pourtant blessé, il avait accepté de laisser tomber une dernière fois son armure, et, vulnérable, elle l'avait touché en plein cœur.

La voix de Saint-Croix résonna dans la maison vide alors que la porte se refermait une dernière fois.

— Victor ? Vous êtes toujours là ?

Je remercie…

Sur l'île…

Valentine Imhof, pour m'avoir offert les brumes de Capelans à temps, avec un soupçon d'aide de Patrick Manoukian. Sans toi, Valentine, ce roman n'existerait pas.

Capitaine Alain et Josée Beaupertuis, ma famille d'adoption, pour m'avoir ouvert leur maison, raconté l'histoire de Saint-Pierre, accepté à leur table et fait découvrir l'océan.

Vincent Rinaldo, pour m'avoir prêté sans même me connaître sa maison face à l'Atlantique, devenue résidence surveillée de Coste. Merci pour ton amitié, tu as la mienne.

Stéphane Zuba, le Kraken, dit « Soba » dans ce roman, mon flic tatoué et bourru. Zuba est un timide, collègues et amis, si vous lisez cela, prenez-le dans vos bras pour un câlin mérité, il va adorer !

Anastasia Laguerra, présentatrice du JT de SPM Première, devenue gendarme intrépide.

Le chef de la PAF, Stéphane Briand, pour m'avoir accueilli et présenté le service des Frontières.

Jean-Pierre Turlais et son whisky à la cannelle que personne, jamais, n'aurait dû inventer.

Cathy Turlais, fleuriste et mille autres choses, pour m'avoir raconté l'histoire de ses aïeux et de Madouce.

Sean Turlais, désolé, je ne voulais pas que Coste frappe si fort, toi qui n'as jamais fait de mal à une mouette.

DJ Bia, et sa légendaire amabilité ! Si triste d'avoir quitté l'île sans t'entendre mixer.

Nathalie Goupillière et son restaurant L'Essentiel, nécessaire aux repos des âmes. Merci de m'avoir fait découvrir Miquelon.

Louise, violoniste, guitariste, chanteuse, au cœur ouvert sur le monde. Tu as été une de mes plus belles rencontres là-bas.

Simon-Pierre, pour sa maison et les deux-trois trucs que j'ai cassés et que tu découvriras un jour.

Philippe et Martine Picault, pieds-rouges de l'île aux Marins, qui m'ont accueilli comme un ami.

Karine Claireaux, ancienne maire de Saint-Pierre qui a pris le temps de me parler de son archipel.

François Gautier, de Météo France Saint-Pierre, qui a dissipé les brumes et m'a offert la poésie d'une météo marine.

SPM3A, le Refuge, Pauline et Camille, pour m'avoir presque réconcilié avec les chats. Presque. Merci pour les abandonnés, les oubliés, les maltraités.

Sébastien Durand et les élèves du prix de l'Ailleurs du lycée Émile-Letournel, devenus chats sauvages dans ce roman.

Mathias Raynaud, journaliste pour SPM Première, pour avoir accepté de répondre à tous mes appels entre deux journaux télévisés.

François Jungelson, porte et cœur ouverts, que l'avenir te soit clément.

Sur le continent… Ma maison d'édition.

Michel Lafon, toujours. Sans toi, pas de Coste. Tout simplement.

Elsa Lafon, qui reprend avec brio les rênes de la maison, forte et indépendante, comme elle.

Huguette Maure, mon amie si chère. Votre main se pose sur la mienne lorsque j'écris.

Béatrice Argentier, à son poste de vigie, à l'affût d'une coquille pirate.

Margaux Russo, accorde-moi de ne pas t'écrire tout ce que l'on sait déjà. Tu es mon garde du corps et mon amie. Et une bise à Valentin.

Julien Russo, tu entres dans la famille, il fallait bien que tu aies ton personnage.

Mathieu Thauvin, pour avoir réussi une couverture sur un roman qui parle de brumes et de brouillard.

Anaïs Ferrah et Alina Gurdiel à qui je laisse avec confiance mon dernier bébé pour qu'elles le fassent grandir.

Honorine Dupuy d'Angeac, encore de nouveaux pays cette année, et celle d'après, le grand froid !

Les Éditions Pocket, toujours à mon côté… Bye, Marie-Christine, tu as été formidable. Bonjour, Carine, tu le seras !

Clément Braun-Villeneuve, traître et camarade, même si ton souvenir s'efface déjà.

Sur le continent… Ceux qui m'ont offert leur expertise.

Ceux dont je dois taire le nom, pour le fonctionnement des résidences surveillées. J'ai préservé le secret-défense, vous pouvez dire à la bagnole noire qui surveille en bas de chez moi qu'elle peut partir.

Christian Sainte, patron de la PJ parisienne dont les coups de fil ouvrent toutes les portes.

Éléonore Delair, tu sais pourquoi. Merci ne sera jamais assez.

Les portraitistes de l'identité judiciaire de Lyon et de Paris pour m'avoir enseigné le protocole portrait-robot.

François Maldonado, capitaine de police et tellement plus, joignable sept jours sur sept pour une côte de bœuf et de bonnes infos. Merci de neutraliser les menaces qui planent sur notre pays.

Pierrick Guillaume, dit « le meilleur flic du monde » par un tour de passe-passe dont lui seul a le secret. Merci pour nos séances de tir avec les légendes vivantes de la PJ.

Michel Cayot, chirurgien, complice depuis déjà trois romans. Le prochain sera légèrement plus sanglant, il faudra reprendre le scalpel !

Patrick Bauwen, chirurgien urgentiste et ami, toujours présent quand un personnage doit mourir avec le savoir-faire nécessaire.

Émilie Zuber, juge, pour sa gentillesse, son professionnalisme et ses précieuses informations sur les bracelets électroniques.

Dominique Noviello, mon lien avec le 93, ma flic de cœur, ma toute première lectrice.

Aurélie Pelletier, blogueuse psychopathe, amie et greffière, qui me relit et me rassure.

Caroline Vallat et Bruno Lamarque, libraires devenus agents du programme de protection des témoins pour l'occasion.

Sur le continent… Mes ami(e)s et ma famille.

Ma famille, mes parents, Victor, Corinne, Bastien, Romain, Bruno. Vous êtes mon centre de gravité.

Désolé, maman, je t'ai encore tuée dans cet opus. Rien qui nécessite une thérapie, je t'aime toujours autant.

Félix, qui a vécu ses premiers jours alors que j'écrivais mes dernières pages. Bienvenue sur la planète, on te laisse un joyeux bordel.

Victor et Geoffroy Mouret, mes inséparables hitchcockiens. Merci frangin de m'avoir fait comprendre que l'on pouvait aussi « réaliser » un roman.

Bruno avec qui j'ai souvent porté la Terre en sac à dos.

Manu, mon ami qui sait très bien pour qui sonne le glas. *Time marches on !*

Bastien et Kelly, votre bonheur est écœurant.

Benjamin et Sébastien, et une douce nuit à vous…

Julie Casteran, sauveuse d'expatriés au bout du monde. Tu peux libérer qui tu veux, mais pas « le serpent » Charles Sobhraj !

Les Pantins, Antonin, Walid et Carla, mon QG, ma base, mon resto confort et par moi étoilé.

Cyril Canizzo, mon agent, pimpeur de lifestyle.

Jamix, un habitué des renaissances, revenu à la lumière.

Les Ami(e)s du noir, sur les Salons et dans le cœur. (Amis pour la plupart. Oui, je parle de toi.)

Les romans qui m'ont accompagné au fil de ces pages…

Avec une première pensée pour les blogueuses et blogueurs, défenseurs de la littérature populaire, ma préférée, et les libraires, contre vents et marées protecteurs et diffuseurs de nos histoires.

Raymond Chandler et Philip Marlowe, fournisseurs officiels des citations d'Armand Bisset.

Crimes et délits à Saint-Pierre-et-Miquelon, de Rodrigue Girardin devenu Armand Bisset pour ce roman, éditions Azimut975.

Par les rafales, de Valentine Imhof, éditions Rouergue Noir.

Une vie, de Guy de Maupassant, dont certaines lignes ont été recopiées au mur dans le grenier du musée de l'île aux Marins.

Le Berceau des dominations, de Dorothée Dussy, éditions La Discussion.

The Night of the Hunter (*La Nuit du chasseur*), de David Grubb.

Daniel Pennac en général.

Barjavel et *La Nuit des temps*, dont l'affrontement des Gondas et des Énisors s'est déroulé il y a 900 000 ans, à l'exact emplacement de Saint-Pierre aujourd'hui.

Les récits de mythologie nordique, et en particulier *La Gylfaginning* de *L'Edda*, de Snorri Sturluson, éditions Gallimard.

TABLE DES MATIÈRES